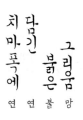

담긴 그리움 붉은
치마폭에

연 연 불 망

치마폭에 담긴 붉은 그리움

1판 1쇄 찍음 2016년 10월 20일
1판 1쇄 펴냄 2016년 10월 27일

지은이 | 지연희
펴낸이 | 고운숙
펴낸곳 | 봄 미디어

기획·편집 | 김민지, 김자우

출판등록 | 2014년 08월 25일 (제387-2014-000040호)
주소 | 경기도 부천시 원미구 소향로17, 304(두성프라자)
영업부 | 070-5015-0818   편집부 | 070-5015-0817   팩스 | 032-712-2815
E-mail | bommedia@naver.com
소식창 | http://blog.naver.com/bommedia

값 9,000원

ISBN 979-11-5810-255-5 03810

※파본은 구입하신 서점에서 교환하여 드립니다.

지연희 장편 소설

치마폭에 담긴 붉은 그리움

연연불망

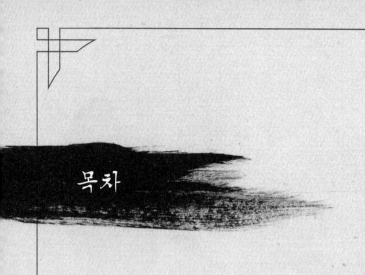

목차

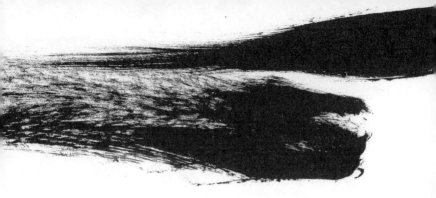

하나
포도가 익어 가는 시절

"반가웠네, 진성."

"다음에 또 뵙겠습니다."

진성이라 불린 남자는 다정하게 어깨를 두드리는 선비를
향해 정중하게 읍하여 인사했다.

남자는 몹시 유쾌한 얼굴로 그를 배웅하는 이가 아닌, 곁
에서 조심스레 경계의 기색을 감춘 이를 흥미롭게 바라보다
불쑥 입을 열었다.

"실례가 아니라면 존함을 여쭈어도 좋겠습니까."

"정암(靜菴)이라 불러 주십시오."

사대부의 이름자란 급제자 방이라도 붙어야 알릴 수 있는
것이니 아마 자호(字號)를 댄 것이리라.

7

남자가 입속으로 몇 번 되뇌며 그 자호가 따라붙어 있던 시구를 되새겼다. 학자다운 결백한 성품을 드러내는 자호는 누가 붙여 준 것인지는 몰라도 몹시 잘 어울렸다.

진심으로 다음을 기약하고 싶은 충동이 일어났으나 굳이 그 감정을 드러내지는 않았다. 어차피 한두 번 정도는 더 만나게 될 터였다. 이 인연을 이어 갈 수 있을지는 그때가 되면 자연스럽게 알 수 있으리라.

몸을 돌려 그 자리를 떠나는 남자의 곁을 새로 나타난 선비가 스쳤다. 남자의 정체를 알아본 그 얼굴에 곤혹스러운 기색이 어렸다.

공손히 인사하는 이에게 더없이 정중한 인사를 돌려주고 표표히 걸음을 딛는 남자의 뒤에 의아함을 감추지 못한 목소리가 닿았다.

"형님, 저자에게 어찌 그리 공손히 대하십니까."

"뉘신 줄 알고! 목소리를 낮추게!"

새로 등장한 선비의 신경질적인 반응을 들은 남자가 빙그레 웃었다. 점잖은 표정을 하고 있던 그자, 정암은 어떤 표정으로 이야기를 듣고 있을지가 궁금했으나 돌아보지는 않았다.

제법 재미있는 광경을 마주하는 것을 포기하고, 그가 오기를 이제나저제나 기다리고 있을 다른 이를 향해 발을 옮겼다.

유유자적한 걸음을 딛던 남자의 얼굴에 떠오른 미소가 엷어지며 입매가 굳어졌다. 조금 전 그의 어깨를 두드리며 유쾌하게 웃던 선비는 다음에 다시 만나게 된다면 몹시 황송하다는 표정으로 사죄의 인사를 건네어 올 것이다.

대군 나리, 소인이 불민하여 미처 알아 뵙지 못하였사옵니다.

정체를 숨기어 상대를 놀린 것은 그였지만 반성은 상대의 몫이 될 터였다. 그 상황을 그저 즐겁다고 여겨도 괜찮은 것일까. 그게 정말 즐겁기는 한가.

제 정체를 알리는 일은 늘 껄끄러웠다. 마음을 나눌 만한 누군가를 찾았다 생각하여도, 혹은 잠깐의 풍류를 즐기고자 하여도 그가 누구인지를 아는 순간 상대의 반응이 돌변했다. 예의를 갖추는 태도 이면으로 그가 품은 마음을 짐작코자 하는 이도 있었고, 후일을 기약하며 친교를 쌓으려 애쓰는 이도 있었다.

그저 경외하는 듯 보이는 이라 하여도 그것이 진심인지 알 수 없을뿐더러, 그런 이들은 그를 가까이하려 들지도 않았다.

하여, 그의 정체를 감추고자 애썼다. 역(懌)이라는 이름이나 낙천(樂天)이라는 자가 아닌, 좀처럼 알아듣는 이가 없는 진성(晉城)이라는 군호(君號)를 알려 주었다. 오늘처럼 다음 만남 이전에 이미 들켜 버리는 경우가 허다하였으나, 적어도

9

그날 하루는 소소한 유희를 즐기는 마음으로 어울릴 수 있었다.

상념에 잠긴 사이 목적지가 가까워졌다. 역의 걸음이 조금씩 빨라지기 시작했다. 팔랑이는 나비처럼 분주히 오가기를 좋아하는 고운 여인이 어울리지 않게 서재에 앉아 뾰로통한 얼굴로 그를 기다리고 있을 터였다. 오늘은 함께 서재에 앉아 담소를 나누며 책장을 넘기기로 한 날이었으니.

그러나 역이 막 제집 담장 근처에 닿았을 때 그의 눈에 띈 것은 주인 나리의 귀가를 기다리는 청지기도 아니요, 오래도록 앉아 있다 제풀에 지친 몸 가벼운 아씨도 아니었다.

어찌할 바를 모르고 서성거리고 있는 그 얼굴은 틀림없이 사랑스러운 아씨의 곁을 그림자처럼 지키는 그녀의 유모였다.

'아아, 부인.'

역이 낮은 한숨을 삼키며 걸음을 재촉했다.

오늘도 그의 여인이 무언가 일을 낸 모양이었다.

둥근 접시 위에는 다 털어 내지 못한 물방울이 송골송골 맺힌 포도송이가 소담하게 담겨 있었다.

여의(如意)는 내내 잘 펼쳐져 있던 책을 밀어내고는 서안 한가운데를 떡하니 차지한 접시를 뚱한 표정으로 바라보았다.

"유모, 이것은……."

"포도입지요."

마치 누가 뒤를 쫓아오기라도 하는 것처럼 여의의 말허리를 급하게 뚝 끊는 유모의 대답에 그녀의 눈썹이 움직였다.

"설마 내가 이게 포도인 걸 모를까."

앉아만 있어도 늘어질 것 같은 무더위는 한풀 수그러들었다. 새벽이면 흰 이슬이 내려앉는다는 백로(白露)를 갓 지나 포도가 제철이었다.

잘 익은 포도알에 송골송골하게 맺힌 물방울은 아침 이슬을 연상케 했다. 백로 아침, 그녀가 선 위쪽에 매달린 나뭇가지를 흔들어 이슬을 튀기던 사내의 장난스러운 미소가 떠올랐다.

"콩잎 위의 이슬을 훑어 마시면 속병이 낫는다던데. 나뭇잎이어도 효험은 비슷하지 않겠소?"

여의가 얼굴을 찌푸리며 가뜩이나 마음에 들지 아니하던 포도 접시를 외면했다.

그 사내, 그녀를 서안 앞에 앉혀 놓은 낭군은 점심때가 지나도록 나타나지 않았다. 부인과의 약조도 잊을 만큼 그리 중한 일이 무어 있나, 짜증스러운 마음으로 입술을 깨물었다.

"그 앞에 앉아 계시느라 식사도 거르셨잖습니까."

유모가 다시 한 번 접시를 달그락거려 포도의 존재를 일깨 웠다.

서안 위에서 쫓겨난 책은 한 시진 남짓 한 장도 넘어가지 않았고, 점심때가 지나도록 물 한 방울 입에 대는 것을 보지 못했다. 때가 지나 이미 끼니를 챙기기는 어려워졌고, 달콤 한 과일로 속을 채우며 기분 전환이라도 하기를 바라는 마음 이었다.

여의가 마지못해 서안을 살짝 밀며 허리를 곧게 폈다. 오 래 앉아 있어서 못이 박일 것 같은 엉덩이를 살짝 들썩이며 팔을 앞으로 뻗어 손끝을 모아 쥐고 위로 쭉 올렸다. 이번에 는 유모가 눈썹을 꿈틀거렸다.

"아씨께서 혼례를 올리신 지 벌써 다섯 해입니다. 성년을 넘긴 것도 세 해 전의 일이고요. 그런데 어찌 아직도 행동거 지는 철없는 아이 같으십니까."

줄곧 앉아 있느라 굳어진 몸을 조금 움직였을 뿐인데 잔소 리가 한가득 밀려들었다. 여의가 억울한 마음으로 유모를 살 짝 흘겨보았으나 대꾸하지는 않았다. 입을 여는 순간 몇 배 는 더 많은 잔소리가 들려올 게 뻔했다. 불퉁한 얼굴을 하고 는 다시 포도 접시를 내려다보다가 애꿎은 포도송이를 타박 했다.

"송이가 과하게 크네."

"찬모가 제일 실하고 잘생긴 놈으로 골랐다 했습니다. 설마 찬모의 눈썰미를 탓하시옵니까?"

무슨 말을 해도 본전을 찾기 어려웠다. 여의가 입을 꾹 다문 채 포도송이를 물끄러미 바라보았다. 유모의 눈빛이 그녀를 재촉하고 있는 것을 모르는 척 고집스러운 입매를 유지했다. 무언의 압박으로도 상대의 행동을 이끌어 내지 못한 유모가 입을 열었다.

"잡숫지 아니하시렵니까?"

"꼭 먹어야 할 이유라도 있나?"

"포도가 뜻하는 바를 모르지 아니하실 텐데요, 아씨."

"그쯤은 알고 있지."

"느끼시는 바 없으십니까?"

"그것이 어디 인력으로 되는 일이던가."

여의가 시큰둥하게 대꾸했다. 알알이 주렁주렁 매달린 모양새 때문인지 포도에는 다산(多産)의 의미가 있어, 그해 처음 수확한 포도를 사당에 고하고 맏며느리에게 먹이곤 했다. 아마 여의의 앞에 놓인 포도 역시 어디선가 처음으로 따 왔을 것이 분명했다. 그렇지 않고서야 이렇게 먹으라고 강권할 까닭이 있나.

유모의 말대로 여의가 혼례를 올린 지 벌써 다섯 해째였다. 역이 성년에 이른 이후로만 셈해도 이태가 지났다. 여느 여인이라면 이쯤이면 젖을 물린 아이 하나쯤은 안고 있어야 마땅했다.

그러나 이 댁 주인아씨는 출산은 고사하고 회임도 하지 아니하였는데 여유를 부리고 있었다. 여의의 곁을 오래도록 지켜 온 유모의 속이 타는 연유이기도 했다.

'계속 이런 식으로 모른 척하신다면, 나라도 나서야지.'

유모가 비장한 각오를 다지며 벌써 일 년 넘게 참아 온 말을 입에 올렸다.

"딸이 있어도 아들이 없으면 홀대받습니다. 한데 아씨는 딸조차도 없으신 것을요. 이래서는 나리께서 첩실을 들이신다 해도 이상할 게 없습니다."

"시앗을 본다고?"

여의가 나지막하게 중얼거렸다. 이제 막 포도송이 위로 향하던 손이 그 자리에서 멈추어 머뭇거리다 조용히 무릎 위로 귀환했다.

유모가 재빨리 여의의 표정에 떠오른 흔들림을 감지하고 기회를 놓칠세라 말을 이었다.

"지금이야 아씨의 자색이 고우니 나리께서 다른 마음을 먹지 아니하시지요. 그러나 용모가 고운 것은 한때입니다. 훗날 용모가 쇠하고 후사까지 생산치 못하면 사내의 마음이 떠나는 건 한순간입니다. 측실을 들일 수 없는 사내는 부마뿐이니, 대군 나리께서 소실을 얻는 건 전혀 이상할 게 없지 않습니까. 언제까지고 '인력으로 되는 일이 아니네'라고 말씀하실 수 있는 것이 아니어요."

"장부(丈夫)가 소실을 얻자고 들면 후사가 있고 없음 따위
가 무슨 상관일까."

여의가 시들하게 대꾸했다. 첩을 들인다는 말에 교태를 부
리는 여인이 역의 옆에 선 모습을 상상했다. 순간적으로 분
노가 솟구쳐 올랐으나 그 마음을 드러내지 않으려 스스로를
가다듬었다. 유모의 말이 길게 이어지자 열이 올랐던 머리가
도리어 차갑게 식었다.

시앗을 보는 건 꿈에도 생각하고 싶지 아니한 일이었다.
그러나 그에 대해 여의가 딱히 이의를 제기할 수 있는 처지
는 아니었다. 그녀에게 아이가 없기 때문이 아니라 다들 그
렇게 살아가기 때문이었다. 장성한 아들이 줄줄이 있는 자도
온갖 핑계를 들어 측실을 들이고 관기나 기녀를 품에 안았
다.

"최소한 소박을 맞는 일은 없겠지요, 아씨."

"포도를 먹는다 하여 회임할 수 있다면 팔도 방방곡곡의
포도는 씨가 마를 걸세."

아씨의 무덤덤한 반응에 유모가 회심의 일격을 준비하여
들이댔다. 그러나 여의의 마음은 이미 다른 곳으로 향해 있
었다.

시큰둥하게 대꾸하며 그대로 방 밖으로 나가는 뒷모습을
바라보던 유모가 짧게 한숨을 내쉬고는 서안 위를 정리했다.

지극정성으로 기원해도 모자랄 판에 저래서야 아이가 생기기는 할지, 아이가 들어선들 지킬 수 있을지나 의심스러웠다.

"사라지셨다……?"

유모가 이러저러하게 설명한 이야기를 듣고 난 역이 낮게 되풀이했다. 얼굴이나 분노하거나 당황한 기색은 찾아볼 수 없었다.

그와 마주 선 여의의 유모가 발을 동동 구르며 손을 맞대고 비비적거리는 것과는 몹시 대조적인 태도였다.

"집 안은 모두 찾아보았는가?"

"안채와 별당은 모두 돌아보았습니다."

"사랑은?"

"큰방과 와방에도 아니 계셨습니다."

여의의 유모가 집안에 소요를 일으키지 않고 둘러볼 수 있는 범위는 그만큼이 전부였다. 아씨가 사라졌다고 집 안을 발칵 뒤집어 놓았다가 얼토당토않은 곳에서 발견되면 그 나름대로 곤란했다.

아무리 주인아씨여도 아랫사람에게 우습게 보여서는 권위를 세울 수 없었다. 딸 이상으로 애지중지 품어 온 아씨가 그런 대접을 받게 할 수는 없었다.

역의 입가에 엷은 미소가 어렸다. 여러 상황을 그리며 초조하게 귀를 기울인 것에 비해 벌어진 일은 몹시 단순했다. 조그만 다람쥐 같은 여인이 어디엔가 숨어 그가 찾아내기를 기다리고 있는 모양이었다.

생각에 확신을 갖기 위해, 점잖은 목소리로 유모에게 일렀다.

"들어가서 아씨의 외출복이 그대로 있는가 확인하게."

"외출복…… 말씀이십니까?"

"아무 말 없이 사라졌다는 부인이 곱게 성장(盛裝)하고 쓰개를 두르고 나갔을까?"

그제야 말뜻을 깨달은 유모가 안쪽으로 사라졌다. 역이 가만히 선 채로 자신의 예상이 빗나갔을 경우를 대비했다. 그의 부인이 행선지로 삼을 만한 곳을 예측하고, 그와 길이 엇갈리지 아니할 방도 따위를 조심스레 떠올렸다. 오래지 않아 집 안으로 사라졌던 유모가 되돌아왔다. 안도감과 혼란이 뒤섞인 표정을 하고 있었다.

"그대로 있사옵니다."

"그렇겠지."

대문 안으로 발을 들여놓던 역이 유모를 돌아보았다.

"아씨는 내 찾아낼 것이니, 자네는 들어가서 좀 쉬게나."

여의는 사방이 막힌 어두컴컴한 공간에 있었다. 위쪽에 나무로 된 살이 늘어선 좁은 창으로 가늘게 들어오는 빛살은

17

어둠을 몰아내기는 턱없이 부족했다.

혹여 누군가의 눈에 띌까 문까지 닫아 놓고 있으니 흡사 누군가에게 납치되어 갇힌 모양새 같기도 했다. 그러나 버젓이 제 발로 들어왔기에 어둠이 두렵지는 않았다. 들어와 보는 것은 처음이었으나, 벌써 오 년째 머무르는 제집의 일부였다.

여의가 소매로 코를 가렸다. 가느다랗게 비쳐 드는 몇 줄기 햇살 사이로 조금 전 문을 닫을 때 보얗게 일어난 먼지가 나풀거렸다.

한 손으로는 터져 나오려 하는 재채기를 막으며 다른 손으로 주변을 더듬거렸다. 몇 걸음 디뎌도 손에 잡히는 것은 물론이고 발에 차이는 것도 없었다. 여의가 생각을 바꾸어 가만히 멈추어 섰다.

오래지 않아 어둠에 눈이 익자 그녀의 주변을 둘러싼 것들이 조금씩 보이기 시작했다. 주인의 성벽을 반영하듯 깔끔하게 정리되어 어두운 가운데에도 무엇이 있는지 한눈에 알아볼 수 있었다.

구석에 접혀진 병풍과 둘둘 말린 채 쌓인 족자, 가지런하게 늘어선 칼 따위를 지나 빼곡하게 책이 들어찬 책장으로 눈이 갔다. 여의가 저도 모르게 눈썹을 찡그렸다.

서재를 가득 채우고도 모자라 여기까지 쫓겨난 책을 보니 여태 모습을 드러내지 아니하는 무정한 낭군의 얼굴이 떠오른 탓이었다.

"밤 깊도록 예서 나가지 말아야지."

여의가 어깃장 같은 혼잣말을 하며 그쪽으로 발을 옮겼다. 그녀가 여기에 숨어 있으리라고는 아무도 상상하지 못할 것이다.

그녀를 찾느라 온 집 안이 발칵 뒤집히고 나서야 어슬렁 나타나면 정인의 얼굴에도 근심의 빛이 떠올라 있을까. 혹 이만큼이나 나이를 먹고도 아이처럼 쓸데없는 짓을 했다고 나무라려나.

"사내의 마음이 떠나는 건 한순간입니다."

유모의 목소리를 떠올린 여의가 한숨을 쉬었다. 어쩌면 그가 약조를 까맣게 잊고 늦는 것은 어디서 고운 처자를 만나 수작이라도 걸고 있기 때문일지 모른다.

정말 그녀에게서 마음이 떠나 첩실을 얻고 기녀에게 눈을 돌리면 어쩌나.

오래도록 숨어 있어야겠다는 생각도 시들해졌다. 무심코 뻗은 손끝에 책등이 닿자 아무 생각 없이 손에 닿는 책을 뽑아 들었다.

그렇게 몇 번, 양팔이 책으로 가득 찬 여의가 밖으로 나가려 몸을 돌렸으나 문 근처에 닿기도 전에 문이 활짝 열렸다.

갑작스러운 환한 빛에 여의가 눈을 깜박거렸다.

그 빛 사이에 자리한 시커먼 사람의 형체가 그녀에게로 다가왔다.

"찾았다."

달짝지근한 목소리의 주인이 팔을 벌렸다. 그녀가 품으로 뛰어들 것을 확신하는 듯한 동작에 여의가 소리 내어 웃었다. 근심 따위는 갖지 않아도 좋았다. 가질 필요가 없었다.

책까지 한 아름 안은 여인이 온몸으로 부딪쳐 든 탓에 역의 몸이 잠시 흔들려 책 몇 권이 바닥에 흩어졌다. 익숙한 향기 위로 오래된 먼지 내음이 피어올랐다.

역이 여의의 어깨를 가볍게 쥐어 몸에서 떼어 내며 짐짓 얼굴을 찌푸려 보였다.

"먼지 구렁에 뒹굴던 괭이를 주워 온 모양새 아니오."

"정(淨)치 못하여 버리고 가시렵니까."

"그건 내면을 알아보지 못하는 자들이나 하는 짓이라오."

역이 살짝 몸을 굽히더니 여의를 안아 들었다. 그 바람에 여의의 팔에 안겨 있던 나머지 책들이 그의 발치로 와르르 쏟아져 내렸다. 여의가 당황한 얼굴로 작게 속삭였다.

"저······."

"걱정 마오."

역이 고개를 돌려 턱짓했다. 여의는 저만치에 선 하인 몇 명과 그 뒤쪽에 고개만 삐죽 내민 유모의 얼굴을 보고는 그의 가슴에 고개를 파묻었다.

떨어진 책이 아니라 저들이 문제인 것이라고, 아랫사람이 보는데 안방마님 체면이 무어가 되느냐는 이야기가 턱 끝까지 올라왔다.

그러나 그 말을 꾹 참고는 그저 고개만 흔들어 보였다. 그녀에게 닿은 매끄러운 옷자락 안에서부터 전해지는 체온이 따스하여 그렇게 오래도록 머물고 싶었다.

"정리해서 서재로 들여 주게."

역이 여의를 안은 채 걸음을 딛다가 하인들의 곁을 지나며 짧게 말했다.

여의가 살짝 고개를 들었을 때, 여전히 그녀를 지켜보고 있는 유모와 눈이 마주쳤다. 얼굴이 붉게 달아올라 도로 고개를 파묻었다. 그 와중에도 유모의 표정이 뇌리에 남았다. 흐트러진 모습을 아랫것들에게 보이면 안 된다는 말을 입에 달고 살던 유모가 왜 싱글거리는지 모르겠다고 속으로만 투덜거렸다.

여의를 서재에 들여놓은 역이 잠시 자리를 비웠다. 방은 조금 전 나간 화려한 선비의 차림새와는 대조적으로 간소했다.

그럼에도 주인의 느낌이 은연중에 묻어난다는 것이 신기했다. 여의가 숨을 깊이 들이마셨다. 엷은 묵향과 함께 익숙한 이의 체향이 함께 스며들었다.

조심스러운 기척과 함께 문이 열렸다. 언뜻 멀뚱히 앉아 있는 것처럼 보이는 여의의 앞에 책이 차곡차곡 쌓였다. 여의가 무심한 손길로 하나씩 서안 아래로 내려놓았다. 책 위에 다른 책이 쌓이는 순간 제목조차 잊어버릴 정도로 건성이었다.

서안 위에 마지막으로 남은 책 위에 막 손을 얹었을 때였다.

"부인."

부드러운 목소리에 여의가 고개를 돌렸다. 그녀의 눈길이 다정한 목소리의 주인공을 따라 움직였다. 역이 맞은편에 앉더니 책 위에 얹힌 손을 잡아당겼다.

여의가 무어라 질문을 던질 새도 없었다. 손끝에 차가운 느낌이 닿으면 물에 적신 하얀 수건에도 잿빛 얼룩이 묻어났다.

여의가 수줍게 손을 잡아 뺐지만 역은 아랑곳하지 않았다. 양손의 손끝 하나하나, 티끌의 흔적도 남지 않게 정성껏 닦아 낸 뒤에야 비로소 손을 놓아주었다. 그는 아무 말 없이 수건을 곱게 접어 옆에 내려놓았으나 여의가 곱게 눈을 흘겼다.

역이 은근한 눈웃음을 건넸다. 그 사소한 표정 하나만으로 사람의 마음을 쥐락펴락하는 게 전혀 어렵지 않음을 오래전부터 알고 있었다. 여의가 눈을 돌렸다. 얼굴이 빨갛게 달아올랐다.

"어디 조그만 생쥐가 무얼 들고 날랐는지 볼까."

혼잣말처럼 중얼거리는 역의 목소리에 여의가 새초롬한 표정을 지었다. 조금 전에는 길 고양이 취급을 하더니 지금은 그보다도 못한 생쥐였다.

역은 그 얼굴을 사랑스럽게 바라보았으나, 서안으로 눈길을 떨어뜨리자마자 진한 한숨을 내쉬었다. 서안 위에 남겨진 책의 제목이 보이지 않도록 뒤집어 책 무더기 위에 얹어 놓은 뒤 피로한 듯 쉰 목소리를 냈다.

"무슨 책을 갖고 나왔는지, 알고 있소?"

대답이 없이 눈만 깜박거리는 여의를 향하는 역의 목소리가 주의를 주듯 살짝 엄격해졌다.

"아무리 사람들과 왕래가 적다 하여도 구설에 오를 만한 일은 피해야 하오."

여의가 반발심이 희미하게 깃든 목소리로 대답했다.

"그저 책일 뿐이옵니다."

"때로는 가장 강력한 흉기가 되오."

역이 아이 달래듯 차분하게 대답하는 사이, 여의가 책 더미를 향해 손을 뻗었다. 역이 그것을 발견하고 그 위를 꾹 눌렀으나 제목을 확인하는 것까지는 막지 못했다.

"백성을 가르치는 바른 소리라, 대체 저 제목 어디에 구설에 오를 만한 구석이 있사옵니까."

역이 여의의 얼굴을 물끄러미 들여다보았다. 몸이 가벼워 틈만 나면 눈을 피해 바깥나들이를 즐기면서도, 순진함이 지나쳐 세상 돌아가는 일 따위에는 전혀 관심을 갖지 아니하는 여인이 그의 부인이었다.

남편을 입신양명시키고자 부지런히 이 댁에서 저 댁으로 걸음을 옮기는 여인보다는 나을지 모르겠으나, 생각해 보면 처음부터 그는 입신양명과 거리가 멀었으니 그럴 필요가 없었다.

그는 부인이 잘 이해할 수 있기를 바라며 천천히 입을 열었다.

"언문은 가르치지도 배우지도 말며, 아는 이들도 써서는 아니 된다는 어명이 내린 바 있소."

그게 벌써 육칠 년 전의 일이었다. 당시에는 그조차도 관심을 갖지 아니하였던 일, 어린 소녀가 그 일에 대해 제대로 알 리 없다.

어쩌면 책에 적힌 '訓民正音'이 언문의 다른 이름임을 알지 못할 수도 있었다. 역이 의구심을 갖고 여의의 얼굴을 바라보았다. 아니나 다를까, 여의의 얼굴에 의아함이 깃들었다. 역이 얼굴을 찌푸렸다. 낭패였다. 긁어 부스럼이라고 할까.

"귀한 뜻을 품고 만든 글자를 그리 업신여기는 것은 옳지 않습니다."

여의의 말을 들은 역이 짧은 한숨을 내쉬었다. 전하를 비방하는 언문 투서가 붙은 바 있다는 말을 덧붙이면, 그 내용이 무엇인지 궁금해할 것이다. 투서의 내용이 진실인지를 물을 것이고, 종내는 전하께서 군왕의 자질을 갖추고 있는가 하는 의문까지도 드러내겠지. 친정에라도 가서 그 소리를 꺼내면. 그가 감당할 수 없는 일이 밀려들 터였다. 결국 역은 알고 있는 진실을 마음에 품은 채로 퍽 강경한 목소리를 냈다.

"정음이든 언문이든, 그것을 알고 사용하려 드는 건 목숨을 내어놓는 것이나 다름없소. 더군다나 부부인인 그대라면 더 말할 것도 없다오. 이 책은 도로 그 자리에 돌려놓을 것이나, 부인이 자꾸 미련을 가질 것 같다면 차라리 태워 없애는 편이 낫겠소."

"받들겠사옵니다."

여의가 한풀 꺾인 목소리를 냈다. 마냥 따스하던 둥근 눈에 준엄한 빛이 어리고, 한일자로 굳게 다문 입술이 가느다랗고 단호한 선을 그렸다. 그 변화를 보며 무어라 더 말하기가 어려웠다.

게다가 '목숨을 내놓는 것이나 다름없다'고 말했다. 그녀의 모험심 때문에 그가 위태로워지는 것은 원치 않았다. 남들 눈에는 천둥벌거숭이처럼 보이는 모양이었지만, 필요한 만큼의 사리분별은 할 줄 알았다.

그녀의 남편은 선왕의 적자(嫡子)인 대군이었다. 사소한 흠집이라도 크게 부풀려져 왕의 귀에 들어가면 앞날을 장담할 수 없었다.

역이 여전히 책 더미를 누른 손에 힘을 준 채 조금 더 다정한 목소리를 냈다.

"내가 바라는 것은 단 하나, 부인과 백년해로하는 것뿐이오. 아무리 귀하다 한들 부인보다 중한 것은 없소. 한낱 종잇장 위의 먹물 흔적에 불과한 서책 따위가 그것을 방해하게 하고 싶지 않소."

여의가 눈길을 떨어뜨렸다. 역이 책을 말아 쥐고 자리에서 일어났다. 그가 막 여의의 옆을 스쳐 지날 때, 그녀의 손이 역의 소맷자락을 잡았다.

여의는 잡은 손에 힘을 주어 자리에서 일어났다. 그의 허리에 팔을 감고 너른 등에 얼굴을 묻었다. 역은 그의 등에 기대인 여인에게서 가느다란 떨림이 전해 오는 것 같아 조심스럽게 불렀다.

"부인."

"송구하옵니다. 매번 심려만 끼쳐 드리게 되어……."

여의가 말을 미처 맺지 못한 채 입을 다물었다. '백년해로'라는 흔한 말의 그 어디가 그녀의 마음을 건드렸는지 잘 알 수 없었지만 가슴이 차오르는 느낌이 들었다. 역이 미소하며 그의 배 위에서 깍지 낀 손을 부드럽게 어루만졌다. 그를 놓치기라도 할까 염려하는 듯 꽉 모아 쥔 손을 풀고는 몸을 빙글 돌렸다.

"그 말은 절반만 옳소."

더없이 다정한 속삭임이 여의의 귀를 간지럽혔다. 여의가 고개를 들어 역을 올려다보았다.

"내 심려를 감(減)하게 하는 것도 오로지 그대만이 할 수 있는 일이라오."

그녀를 향해 다가오는 얼굴을 차마 더 마주 보지 못하고 여의가 눈을 감았다. 살짝 젖어 든 눈가에 엷은 이슬이 맺혔으나 방울져 흐를 정도는 아니었다.

아랫입술 위에 서늘한 느낌이 내려앉더니 이내 그녀와 비슷하게 물들어 갔다. 한없이 가져가도 모자란 듯 탐하고 아무리 나누어 주어도 줄지 않는 듯 내어 주기를 반복하다 보니 열기를 끊임없이 주고받는 그들을 감싸안은 공기가 서서히 달아올랐다.

날이 저물었다. 아침은 이슬이 내려앉은 정도로 서늘해도 낮 동안에는 태양이 땅을 뜨겁게 달구어, 어둠이 내려앉았어도 공기는 후텁지근했다. 그나마 조금씩 불어오는 시원한 바람이 땅에서 올라오는 열기를 누그러뜨리고 있었다.

부부인 마님의 처신을 주시하는 유모가 알면 기함할지도 모를 일이지만, 더운 날씨에 하루 종일 버선 안에 파묻혀 있던 발이 가엾어 잠자리에 들 기약이 없는데도 벌써 맨발인 채였다.

방 한가운데는 여느 때와 다름없는 비단 금침이 깔렸다. 미적지근한 포도송이는 서재에서 이곳으로 옮겨 와 안쪽 문 옆의 소반에서 시들어 가고 있었다. 여의가 안마당 쪽으로 난 큰 창을 열어 둔 채 그 앞에 앉아 둥싯거리듯 느지막이 떠오르고 있는 달을 바라보았다.

평소라면 이즈음에 사랑에서 안채로 걸음을 옮길 역이 오늘따라 소식이 없었다. 낮에 있었던 입맞춤이면 족하다고 생각하였으나, 아니면 책을 두고 하였던 실랑이를 되새기다가 화가 난 걸까.

어쩌면, 어딘가에 숨겨 둔 고운 꽃 한 떨기를 떠올리며 흐뭇해하고 있을까.

"나리께서 첩실을 들이신다 해도 이상할 게 없습니다."

유모의 목소리가 귀에 진득하게 들러붙기라도 한 것처럼 떠나지 않고 맴돌았다. 아이가 없음을 염려하는 그 말을, 첩을 두는 것과 아이의 있고 없음에는 큰 관계가 없다며 대범하게 받아쳤다. 그러나 날이 어두워지면서 은근슬쩍 마음에 깃들기 시작한 불안감은 그가 나타나지 아니하자 증폭되고 있었다.

여의가 손바닥을 위로 한 채 펼쳐 들고 제 손을 내려다보았다. 시앗을 보아도 머리채를 쥐어뜯고 뺨을 올려붙일 힘도 없어 보일 정도로 작고 가늘었다.

눈을 흘기어 못마땅한 마음을 드러내고 앙칼진 목소리로 타박하며 괴롭힐 자신이라도 있으면 좋겠다는 생각이 들었다. 하지만 아이를 낳지 못하는 것 못지않게 투기가 심한 것도 소박을 당하기 좋은 명분이었다.

역은 그녀가 마음에 품은 단 한 명의 사내였다. 그의 곁을 떠나서는 살 수 없다. 그렇다고 누군가와 그의 옆자리를 나누고 싶지도 않았다. 여의가 손바닥으로 얼굴을 가렸다. 갑작스럽게 감정이 울렁거리는 까닭은 달빛이 지나치게 밝기 때문이었다.

한참이 지나 여의가 얼굴에서 손을 떼었다. 물기 어린 피부가 달빛을 받아 반들거렸다.

손등으로 젖어 든 부분을 가볍게 누르며 자리에서 일어나 방문을 나섰다. 안마당에서 바람이라도 쐬려는 생각으로 신을 발에 꿰었을 때였다.

갑작스럽게 울리는 발소리에 여의가 몸을 돌렸다. 멀리서부터 울리는 게 아닌 걸 보면 아마도 줄곧 그녀를 바라보고 있었던 모양이었다.

보이지 않았어야 할 모습을 들킨 게 부끄러워 발을 빼려 서둘렀지만 그전에 이미 큰 보폭으로 다가온 이에게 붙잡히고 말았다.

역이 마루에 선 여의의 손을 붙잡아 자기 쪽으로 돌린 뒤 섬돌 위에서 그녀를 올려다보았다. 손을 꼭 잡힌 채여서 달아나기는커녕 얼굴을 가릴 수도 없었다.

부끄러운 듯 고개를 돌린 옆얼굴에 채 마르지 않은 눈물자국이 선명했다.

"몰래 엿보는 건 장부가 할 일이 아닙니다."

"한참 전부터 있었으나, 부인의 시간을 방해할 수 없었다오."

부드러운 목소리와 함께 다정한 손끝이 여의의 얼굴을 쓰다듬었다. 눈가에 맺힌 이슬방울을 훔치고 볼에 남은 눈물자국을 쓸어 내는 손길이 더없이 애틋하여 여의가 짧게 숨을 내쉬었다. 스치는 손끝조차 짧은 한숨이라도 내쉬지 않고서는 못 견딜 만큼 매혹적이었다.

"무엇이 내 여인을 심란케 하였을까."

혼잣말처럼 들렸지만 향하는 대상은 분명했다. 여의는 역의 눈길을 피하려는 노력을 그만둔 채 그녀에게 꽂힌 그의 눈을 마주 바라보았다. 그의 눈동자 안에서 말간 얼굴로 그를 물끄러미 바라보는 그녀의 모습이 하늘거리고 있었다.

조금의 흔들림도 없는 또렷한 눈빛이 품은 마음은 그녀에게도 명확하게 보였다. 흔들리는 것은 그가 아니라, 그녀였다.

그러나 알 수 없는 일이었다. 남자의 마음이 쉽게 변하는 것이 아니라면, 웃음으로 마음을 사고 주머니를 열게 하는 일을 업(業)으로 삼는 여인이 존재할 까닭이 없었다.

회임이니 후사니 하는 것이 아니어도 그는 언제고 그녀에게서 돌아설 수 있었다. 그저 그러한 것들이 그녀가 그의 정실(正室)이라는 껍데기를 쓰고 있을 수 있도록 도와줄 따름이었다.

그러나 마음이 식어 사라진 자리에 과연 그 허울이 무슨 의미가 있을까.

"부인."

은근한 목소리가 대답을 재촉했다. 여의가 망설이다 입을 열었다. 살짝 잠긴 목소리는 몹시 낮아 역은 눈을 가늘게 뜬 채 그 목소리에 귀를 기울여야 했다.

"오릉의 젊은이가 금시 동쪽에서
은 안장 백마로 봄바람을 가르네.
떨어진 꽃 짓밟고서 어디로 놀러 가나,
웃으며 들어가니 호희의 술집이라*."

마지막 구절을 맺기가 무섭게 역이 유쾌히 웃으며 여의를

---

*이백(李白)의 '소년행(少年行)'.

바짝 당겨 안았다.

지금처럼 대군저에서 지내는 것이 아니라 궐에서 머물러야 하던 시절, 여의는 상궁이며 나인들이 제 곁에 그림자처럼 따라붙는 것을 못 견뎌 했다. 팔랑거리는 나비처럼 뛰어다닐 수도 없고 법도와 예의에 얽매이는 생활에 진저리를 냈다.

그때 책을 권한 것이 역이었다. 나란히 앉아 제가 갖고 있는 책을 펼쳐 드니 시들어 갈까 두렵던 소녀의 얼굴에 웃음꽃이 피어났다.

글의 내용보다는 그걸 들려주는 그의 목소리를 더 반기는 것 같고, 책보다는 그가 곁에 있다는 사실을 더 기꺼워하는 것 같긴 했지만.

그래도 그뿐인 줄 알았다. 책에 대한 흥미는 그가 곁을 떠나는 것과 동시에 뚝 떨어져 버리는 듯 따로 책을 펼치는 일도 거의 없다 했다. 이렇게 시구에 마음을 실어 표현하리라고는 생각지 못했다. 그의 마음이 변할 것을 염려하는 내용은 더욱 사랑스러웠다. 은근슬쩍 드러내는 질투심조차 그저 귀엽기만 했다.

역이 흐뭇해하는 사이, 마루 끝에서 미끄러져 떨어진 여의의 발이 공중에서 버둥거렸다. 바닥에 떨어질 것 같은 불안감에다, 꼭 감은 팔이 호흡을 방해하는 탓에 숨이 막혔다. 여의는 제 손에 닿은 역의 몸을 마구 두드려 댔다. 그는 그제야 팔을 풀어 품 안의 여인을 사뿐히 내려놓았다. 여의의 두 발이 섬돌 위에 놓였다.

"부인은 바느질을 즐기지 아니하고 부엌에도 드나드는 법 없지요. 글 읽기를 좋아하나 마음이 급하면 치맛자락을 걷고 뛰는 모습도 개의치 아니하고."

역이 허리를 굽혀 여의의 귓가에 나지막하게 속삭이자 그녀의 얼굴이 달아올랐다. 하나같이 진실만을 담은 그 말은 여의에게 여인다운 면이 전혀 없음을 드러내고 있었다. 역이 그 이상의 사실을 알지 못하는 것에 감사해야 할까, 여덕(女德)을 갖추지 못하였음을 부끄러워해야 옳을까.

역이 여의의 어깨를 가볍게 눌러 마루 위에 앉혔다. 하늘에서 쏟아져 내리는 달빛은 여의의 머리칼을 타고 흘러내리다 속눈썹 위에 얹혀 파르르 흔들거리기도 하고, 관자놀이를 거쳐 얼굴을 쓰다듬은 뒤 목덜미로 흘러내리기도 했다. 입을 꼭 다문 채 곧은 자세로 앉아 있는 모습은 고고하면서도 연약한 느낌을 주었다.

역이 그 앞에 무릎을 꿇고 앉아 치맛자락을 반 척 정도 조심스레 걷어 올려 작은 신 안에 숨어든 발을 조심스럽게 빼내었다.

버선도 신지 않은 맨발이 공기 중에 드러나자마자 탐욕스러운 달빛이 금방이라도 집어삼킬 듯 발가락 끝에서 넘실거렸다. 서늘한 달빛이 쓰다듬는 것인지 대군의 손이 그녀의 다리며 발끝을 스쳐 지나는 것인지. 차마 눈을 내리깔지 못한 여의는 짐작조차 하지 못하고 발끝만 꼼지락거렸다.

"그러나 설령 서시(西施)인들 그대에 비할 수 있을까. 이 마음, 결코 변치 않소."

간택에서 외모는 빠질 수 없는 조건이었으니, 여의도 어디에 내놓아도 빠지지 않는 용모를 지니고 있었다. 그러나 외모가 애정을 담보하는 것은 아니었다. 지금도 입궐할 때면 그에게 은근한 웃음을 흘리는 미색 고운 궁인과 흥청(興淸)이 여럿이었다. 그러나 그들에게 향한 눈길은 오래 머무는 법이 없었다. 아주 오래전부터 그에게는 활기 넘치는 사랑스러운 소녀가 전부여서, 그 외의 여인이란 그림자에 지나지 않았다.

거기에 덧붙여, 역은 그의 부친인 선왕을 평하던 주요순 야걸주(晝堯舜 夜桀紂)라는 말을 또렷하게 기억하고 있었다.

태평성대를 구가하였던 부왕은 낮에는 정사(政事)에 온 힘을 기울이고 밤에는 정사(情事)에 힘을 쏟았다. 배다른 형제만도 열 명이 훌쩍 넘고, 누이인 공주에다 그 외의 옹주까지 합하면 스물도 우스웠다. 부왕은 분명 존경할 만한 분이었으나 그 점만큼은 닮고 싶지 않았다.

그것이 단초가 되어 일어난 비극은 다시 돌이키고 싶지도 않았기에.

역이 자리에서 일어났다. 조금 전 가지런히 엎어 놓은 꽃신 옆에 자신의 신도 함께 벗어 둔 채, 여전히 그림처럼 앉아 있는 정인의 손을 잡아 방으로 이끌었다.

문이 닫혔다. 주인 없는 방을 홀로 밝히던 외로운 등잔불이 빛을 잃었다.

둘
한 줄기 황금빛 국화향 스쳐 가거든

네댓 마리, 혹은 그 이상이 쐐기 모양으로 무리 지은 철새 떼가 하늘을 부지런히 날았다. 소담한 국화송이는 바람이 불어오면 자신이 머금은 향을 슬쩍 흘려보냈다. 가지 끄트머리에 아슬아슬하게 매달린 붉거나 누르스름한 잎사귀는 가끔 지나는 세찬 바람에 꼭 쥐고 있던 나뭇가지를 놓친 채 바닥으로 떨어져 굴러다니기도 하고, 후원 한가운데 자리한 연못 위에 두둥실 떠올라 마치 일엽편주인 양 같은 자리를 맴돌기도 했다.

연못 옆에는 아담한 정자가 하나 자리 잡고 있었다. 담장 안에 있으니 산 중턱의 정자마냥 탁 트인 풍광을 감상할 수 있는 시원한 맛은 없었지만 철따라 꽃이 피고 녹음이 우거지는 후원의 아늑한 풍경을 즐기는 데에는 부족함이 없었다.

그 정자 한가운데를 상이 차지하고 있었다. 크지 않은 접시가 몇 개, 우아한 곡선을 자랑하는 술병이 하나, 잔이 두 개 얹힌 상을 사이에 두고 풍경 안에 자연스레 섞여 든 한 쌍의 남녀가 앉아 있었다.

여의가 술병을 들어 기울였다. 황금빛을 띤 액체가 병 주둥이를 타고 흘러 잔을 채웠다. 작고 노란 들국화를 말려 고운 베주머니에 넣은 뒤 술독에 며칠 매달아 두면 국화의 향이 술 안에 스며들었다.

지금도 은근한 향이 그들의 곁을 맴돌고 있었으나 바람에 실려 오는 국화의 향인지 술에 배어든 감국(甘菊)의 향인지는 구분할 수 없었다.

"본시 사내는 술을 마시며 높은 산을 올라야 하는 날이라 들었사옵니다."

"오늘만큼은 차라리 계집이 될까 하오."

역은 여의의 질문에 실없는 말로 대꾸했다. 양이 두 번이나 겹치는 중양절(重陽節), 태양보다 강한 양의 기운을 얻기 위해 산에 올라 단풍을 구경하고 술을 마시며 풍류를 즐기는 풍속이 있었다. 그러나 그는 사랑하는 부인과 후원의 작은 정자 안에 마주 앉은 채였다. 여의의 말은 그것을 가리키고 있었다.

"하오면 소첩은 어찌하오리까?"

"위용 당당한 궁중에서도 후원에서 연(宴)을 연다 들었소. 거기에 모여든 이들도 절반은 사내일진대, 부인이 거리낀다면 나 또한 사내로 남도록 하겠소."

연한 웃음을 띠고 농담을 건네던 여의가 그의 말에 고개를 갸웃했다. 궐에서 연회가 있다면, 역도 의당 참여했어야 마땅했다. 그런데 이렇게 한가로이 머물러도 괜찮은 것일까.

"하온데 어찌 나리께서는 입궐하지 않으셨사옵니까?"

"내 말을 제대로 듣지 않았군요. 절반은 사내라 하였으니, 나머지 절반은 계집이라는 뜻인데."

역이 여의의 부족한 주의력을 탓하듯 가볍게 나무랐다. 다시 이어지는 목소리에는 놀림의 기운이 섞여 있었다.

"후원의 누각에서 잔치가 열릴 때에는 항시 장막을 걸을 수 없도록 하는 명이 내린 지 며칠 안 되었소. 게다가 오늘은 기녀를 백 명 정도 부른다 하지. 꼭 오라 명하시지 않아 갈 필요도 없지만, 그 자리에 갔다는 사실만으로도 부인이 온갖 생각을 다 할 게 분명하오. 호희를 만났다 투기하며 다른 여인을 품었다 의심하기라도 하면, 그 등쌀을 어찌 견뎌 내겠소."

"나리께서 소첩의 곁에 머무르심은 기꺼운 일이옵니다. 하오나 이런 날에 집 안에 계시면 적막하지 아니하십니까."

"가인(佳人)이 곁에 있는데 어찌 외로울 틈이 있을까."

싫지 않게 눈을 흘겨 대답한 여의가 남몰래 고민을 품었다. 어디든 사람들이 삼삼오오 모여 왁자지껄하게 정담을 나누는 날, 찾아오는 이 하나 없는 적막한 대군저에 머무르는 것을 쓸쓸하고 초라하게 느끼고 있지는 않을까.

역이 여의를 보고 빙긋 웃으며 술잔을 들었다. 바깥에 나갈 생각은 처음부터 없었다. 그는 입신양명을 목표로 하는 사대부도 아니요, 생업으로 입에 풀칠하기 바쁜 서인(庶人)도 아니었다. 종친의 정치 참여는 부왕 때 이미 엄격히 제한되었기에 그가 할 수 있는 일은 한가롭게 시간을 보내는 것이 전부였다.

역은 애초에 그리 큰 뜻을 품을 수 있는 그릇이 아닌 모양인지 지금의 처지가 못마땅하지 않았다. 그러나 여유롭고 유유자적하게 노닐고자 하면 그의 신분이 발목을 잡았다. 대문간 밖으로 발을 떼기만 하면 틈을 노려 그에게 접근하고자 하는 이들이 끊이지 않았다. 아무런 야망도 없는 역에게는 몹시 피곤한 일이었다.

역은 여전히 미심쩍은 얼굴로 무언가 더 말하고 싶은 듯한 표정의 여의 앞에 술잔을 밀어 놓았다. 조금 전 여의가 내려놓은 술병을 들어 그 잔에 찰랑이도록 가득 따랐다. 여의가 눈썹을 찌푸리고 술잔을 노려보았다. 아무리 제집 후원이고 보는 눈이 없다지만 점잖은 반가 부인이 한낮에 술이라니, 어울리지 않는 일이었다.

"금빛 귀한 잔 그대에게 권하노니, 술잔 가득하다 사양치 마오*."

아마 여의의 표정에서 거절의 기운을 읽어 낸 모양이었다. 역이 못을 박듯 흥얼대며 술잔을 가리켰다. 여의가 찰랑거리는 잔을 내려다보았다.

꽃 필 때 비바람 잦듯이 무릇 인생은 헤어짐이라*.

역이 읊지 아니한 다음 구절이 잔물결 이는 잔 위에서 넘실거렸다. 여의가 그 느낌을 흩어 내듯 잔을 들어 올렸다. 잔을 얼굴에 가까이하니, 바람에 실려 오는 국화 내음과는 묘하게 다른 향이 피어올랐다. 조심스럽게 입술 끝에 살짝 갖다 대고 살며시 기울였다. 코끝을 맴도는 달콤한 향에 비해 입술에서 혀끝으로 전해지는 느낌은 씁쓸하기도 하고 아릿하기도 했다.

여의가 가만히 눈을 들어 상대의 눈치를 살폈으나 편안하게 앉은 역의 시선은 잔에 고정되어 있었다. 그녀가 다 마시는지를 감시하는 것 같기도 했다.

쓴 약을 마시듯 얼른 목으로 넘긴 액체가 몸속에서 묘한

*이상(以上), 우무릉(于武陵)의 '권주(勸酒)'.
*이상(以上), 우무릉(于武陵)의 '권주(勸酒)'.

40

열기를 불러일으켰다. 여의가 얼굴을 찡그리며 어깨를 움츠렸다. 엷은 노랑의 고운 빛깔에 홀리기라도 한 듯 미미한 어지럼증이 일었다. 다만 그뿐, 오히려 별다른 느낌이 없어 여의가 고개를 갸웃했다.

두 번째 잔이 다시 가득 채워졌다. 여의가 손가락 끝으로 잔을 받쳐 올렸다. 채워진 술은 잔의 바닥이 들여다보일 정도로 맑았다. 구름 한 점 없는 맑은 하늘 같아 잔에서 눈을 떼었다. 높디높은 푸른 하늘, 저 멀리 붉게 물든 산, 후원에 만개한 국화까지, 서늘하고 풍성한 가을의 절정이었다. 그러나 조만간 급격히 춥고 황량해지는 겨울이 도래하니 파국의 전조인 듯도 했다.

조심스레 맑은 액체를 삼키는 여의의 귀에 낯선 시구 하나가 들려왔다.

"단풍잎 서리에 취해 요란히도 곱고
국화는 이슬 젖어 향기가 난만하네.
조화의 말 없는 공 알고 싶으면
가을 산 경치 구경하면 되리*."

"처음 듣는 시구인 듯하옵니다."

---

*연산군일기 55권, 연산 10년 9월 7일 갑오 아홉 번째 기사.

"요 근래 전하께서 내리신 어제시(御製詩)이니 들어 보았을 리 있나. 상직(上直)*하는 승지에게 차운(次韻)하여 올리게 하셨다 하오. 부인이 듣기에 어떠하오?"

두 잔을 비우고 석 잔째를 앞에 둔 여의가 곰곰이 생각하다 입을 열었다.

"시가 그리는 풍광은 아름다우나 이는 다만 관조하는 문인의 것일 뿐, 어찌 군주의 시라 할 수 있겠사옵니까."

"어찌하여?"

"임금은 백성의 아비이옵니다. 아비가 살림을 돌보지 않으면 식솔은 굶주릴 수밖에 없습니다. 올해 풍작이 들지 아니하였음은 규방에 들어앉아 있는 아녀자의 귀에도 들어오는데 어찌 일국의 군주가 그것을 알지 못하고 조화를 논한단 말이옵니까."

역이 여의의 얼굴을 바라보았다. 고운 용모에 한 떨기 꽃처럼 연약한 자태를 지닌 부인은 평소에도 염려스러운 말을 쏟아 낼 때가 많았다. 지금은 마치 뜻을 품은 선비처럼 대담하고 굳건한 바위인 듯 준엄했다. 눈동자는 밤하늘을 수줍게 빛내는 별이 아니라 작열하는 태양인 것처럼 형형했다.

그녀가 별다른 거리낌 없이 세 번째 잔을 손에 쥐는 모습을 본 역이 몸을 일으켜 그 곁으로 자리를 옮기며 질문했다.

---

*상직:당직.

"군왕이기 이전에 풍류를 사랑하는 한 명의 선비라 보면 아니 되겠소."

"음풍농월에만 정신이 팔려 가솔의 굶주림을 알지 못하는 아비는 존경받을 수 없습니다. 후대에 훌륭한 문인으로 남겠지만 가장 가까운 이에게 빈곤의 고통을 알게 하였으니 그 무슨 의미가 있을까요. 하물며 군주의 풍류가 백성의 고난을 외면한 데서 나온다면 더 말씀드릴 것도 없사옵니다."

역이 낮은 한숨을 토해 냈다. 술이 사람의 마음을 용감하게 하는 것인가. 그의 부인은 본디도 말을 마음에 품고 있는 이가 아니었다. 그러나 이토록 신랄한 어조로 쏟아져 나오는 것으로 미루어 술의 영향이 없다고는 하지 못할 것이다. 여의가 그의 정인인 것을 떠나 사내가 아님이 다행스러웠다. 뜻을 품은 사내랍시고 바깥에서 저런 소리를 늘어놓았다간 바로 잡혀가서 치도곤을 당해 몸이 성치 못하였을 게 분명했다.

태몽에서 비롯한 태내 아이의 애칭은 여아가 태어난 뒤에도 변하지 않고 아명이 되고 그대로 굳어졌다. 기록에 남기지 않음은 물론 남에게 불리는 일도 적은 여아의 이름이기에 당연한 것이기도 하였으나, 거창한 기원이 담긴 사내아이의 이름자 같은 것을 그대로 붙여 놓은 것이 범상케 보이지도 않았다.

아마 그의 아내가 여인다운 성정을 지니지 못한 이유는 필경 그 이름에 있을 것이다. 그러나 역설적으로, 그의 아내가 사랑스러운 연유도 그 '이름'에 있었다.

마음에 품은 생각을 그대로 공기 중에 흩어 낸 여의는 금방이라도 눈앞에 하늘이 쏟아져 내릴 듯 머리가 어지러웠다. 양 볼과 목덜미에 닿는 공기는 퍽 서늘한데도 가슴께에서부터 느껴 본 적 없는 열기가 올라왔다. 허리를 곧게 세우고 앉아 있으려니 몸이 자꾸 휘청거렸다. 손끝에 힘을 주어 바닥을 짚어 몸을 지탱해 보려 했지만 좀처럼 쉽지 않았다.

"하면, 부인도 전하께서 실정(失政)하고 계신다 말하고 싶습니까."

역은 이미 취기에 젖어 든 부인의 대답을 기대하지 않았다. 왕비와 친척인 그녀가 다른 마음을 품고 있지 아니하다는 것도 알고 있었다. 들릴락 말락 나지막한 역의 목소리가 품은 뜻은 여의의 귓가에 닿지 않았다. 그저 다정한 음성이 지척에서 들려온 것이 반가워, 짧은 한숨에다 옅은 웃음을 함께 토해 내며 그의 어깨에 머리를 기대었다. 정신은 꿈결을 노니는 듯 아득하고 몸도 자신의 것이 아닌 것마냥 생경했다.

"내게 원이 있다면 다만 하나, 그대와 함께 평안히 사는 것뿐인데."

역이 조용히 중얼거렸다. 그가 태어나기 오래전부터 이미 세자는 결정되어 있었다. 폐비를 대신해 중전의 자리에 앉은 그의 모친을 움직여 부왕의 마음을 돌리려는 시도도 꽤 여러 번 있었다. 부왕의 마음도 몇 번이나 흔들렸다 되돌아가기를 반복했다.

그러나 그도, 이제는 대비가 된 그의 모친도 옥좌에 대한 욕심은 없었다. 그렇지 않았다면, 왕이 아무리 그를 아낀다 하여도 가만히 내버려 두었을 리 없었다.

조심스럽게 몸을 돌려 그의 어깨에 기댄 작은 몸을 꼭 껴안았다. 이미 몸을 온전히 제 뜻대로 가누는 것조차 힘들어진 그의 여인이 고개를 비스듬히 기울인 채 살짝 올려 뜬 눈으로 그를 바라보며 방긋 웃었다.

천진한 웃음을 띠고 있음에도 가늘게 뜬 눈에 어린 달뜬 기색 때문인지 몹시 요염하게 느껴졌다. 그가 아는 여의가 맞는지 의심스러울 정도였다.

"낭군님."

여의가 역의 목을 팔로 감싸 안으며 매달렸다. 여의의 팔에 체중이 실린 탓에 자연스레 둘의 얼굴이 가까워졌다. 평소라면 한 치나 될까 싶게 가까이 다가든 얼굴에 부끄러워 눈을 감았을 여의가 역의 입술에 제 입술을 포개었다. 맞닿은 아랫입술을 가볍게 지분거리다 살짝 깨물었다.

대담함과 머뭇거림이 기묘하게 뒤섞인 움직임이 무척 감미로웠다. 온갖 생각을 몰아낸 자리에 온통 그녀가 가득히 들어찼다. 입술을 내맡긴 채 서툰 유혹을 즐기던 역이 서서히 태세를 바꾸었다.

이제껏 활짝 피어나기를 망설이던 작은 들국화 한 송이가 팔랑이는 나비를 유혹하려는 듯 만개했다. 채 스러지지 않은 이슬에서 감도는 진한 국화 향에 취한 나비가 꽃송이를 감추고 싶은 듯 날개를 펼쳤다. 아리따운 감국이 온전히 그의 품 안에 숨어들었다.

✽   ✽   ✽

"어디 나갈 일도 없는데, 이걸 다 입으란 말인가."

여의는 유모의 뒤를 따르는 교전비의 팔에 한 아름 안긴 옷을 보며 짜증을 부렸다.

위험스러운 책을 꺼내어 왔다는 타박과 함께 그녀를 걱정스러워하는 목소리를 들은 뒤 여의는 한동안 얌전하게 지냈다. 겹겹이 둘러지는 치마폭과 저고리에도 무덤덤하게 굴고 조신하게 앉아 전혀 재능이 없는 바느질에도 관심을 보이는 척했다. 그러나 천성이란 숨길 수 없는 것인지, 그런 평온한 날이 달포를 훌쩍 넘기고 나자 갑갑증이 다시 밀려드는 모양이었다.

'어쩐지 한동안 잠잠하더라니.'

유모가 속으로만 한숨을 내쉬었다. 그러나 전의란 상대방의 저항이 거셀수록 불타오르는 것이라 그럴수록 제 아씨를 단아하고 조신한 부부인의 격에 맞는 여인으로 만들고야 말겠다는 결의만 굳어질 뿐이었다. 여의의 불평에도 눈썹 하나 까딱하지 않은 채 교전비들을 독려했다.

반항의 의사는 묵살당한 채 고운 빛깔의 치마저고리로 단장한 고운 부인의 차림이 된 여의가 긴 한숨을 내쉬었다. 여의의 반응은 안중에도 없이 모처럼만에 속옷부터 겉옷에 이르기까지의 모든 복색을 법도에 맞게 갖추어 놓은 유모가 만족스러운 미소를 띠자, 여의가 조그맣게 투덜거렸다.

"이런다고 내가 나가지 아니할 줄 알지."

"무어라 말씀하셨습니까?"

귀가 밝은 유모가 되묻자 여의가 손사래를 쳤다.

"아무 말도 안 했어, 아무 말도."

"분명 무슨 소리를 들었는걸요."

"옷이 곱다 하였네. 요 다홍빛 치마도, 연둣빛 저고리도. 꼭 절기도 모르고 만개한 여름 꽃송이 같지 않나."

그 어조에 유모가 코웃음을 쳤다. 언뜻 듣기로는 칭찬 같은데 묘하게 빈정거림이 뒤섞여 있었다. 혼인한 부인에 걸맞을 남빛 치마를 둘러 주었으면 노숙해 보인다는 불평을 늘어놓았을 것임을 확신하고 있는 까닭이었다.

남의 눈에 띄어 부끄럽건 말건 적삼 차림이나 하고 있어야 만족스럽다고 할까.

그럴 리 없다. 그렇다면 분명히 이게 어디 반가 부녀의 차림인가 잔소리를 해 댔을 테니까. 어떻게 해 놓아도 돌아올 불만이었다.

"고운 차림에 어울리는 부부인 마님이 되어 주옵소서. 철부지처럼 굴어서야 어찌 삼신할미가 손을 점지하여 주겠사옵니까."

여의는 손을 다소곳이 모으며 과장된 인사를 한 뒤 돌아나가는 유모의 뒷모습을 노려보았다. 은근슬쩍 아이가 생기지 않는 것에 대한 타박까지 얹은 얄미운 목소리에 입술을 깨물었다. 날이 저물 때까지 이러고 있을 생각을 하니 짜증이 치밀어 올랐다. 신경질적으로 소매를 털어 내며 발끝으로 치맛단을 툭툭 걷어찼다.

죄 없는 치맛자락이 화풀이를 감내하는 동안 여의의 시선이 방 안을 떠돌았다. 역의 사랑이 그러하였던 것처럼 여의의 방 역시 썰렁하다는 느낌이 들 정도로 세간이 단출했다. 몸을 치장하고 단장하는 데 관심이 없으니 당연한 일이었다.

여의의 시선이 수석(繡席) 옆에 쓸쓸히 놓여 있는 좌경에 닿았다. 귀한 아씨의 것으로는 어울리지 않는 거친 걸음으로 그 앞에 가서 풀썩 주저앉았다. 익숙한 손길로 거울을 펼쳐 놓고는 그 안을 들여다보았다. 화장을 하지 아니하였다 뿐이지, 곱게 단장한 여인이 그녀를 향해 고개를 갸웃하고 있었다.

"이런 건 싫어."

여의가 투덜댔다. 거울 안의 여인이 그 투덜거림을 똑같이 따라 했으나, 이내 입꼬리가 가볍게 치켜 올라갔다.

고운 외모에 만족감이 깃든 미소가 자신의 것임을 깨닫는 순간 역정이 더욱 치솟았다. 팩, 고개를 돌렸다. 오래도록 품어 온 불만과는 별개로, 곱게 치장한 자신의 용모를 대견스러워하는 생각이 은근슬쩍 깃들었다. 비교적 최근에 생긴 변화였다.

아무리 단장한 외모가 마음에 들어도 반가 규수가 어쩌니 부부인이 어떠니 하는 법도 따위는 거추장스러웠다. 찾아오는 이도 많지 않은 거처에 머무는데 어찌 자유롭게 노닐도록 놓아두지 아니하는가.

그러나 여의가 간과하는 사실이 있었다. 사내도 의례에 얽매여야 하는 것은 마찬가지였다. 양반은 행동거지가 점잖아야 했고 늘 책을 가까이하며 식견을 쌓고 품성을 닦는 데 힘써야 했다. 마음을 다스리기 위한 습사(習射)* 정도가 그나마 선비에게 허락되는 무예이며, 유희는 호연지기를 기르는 데 방해가 되지 아니하여야 했다. 그러니 여의가 사내라 하여도 그 가벼운 몸놀림은 지탄받아 마땅한 것일 터였다.

여하간 더없이 다정한 낭군의 곁에서는 그런 제약에 대한 불만이 한결 줄었다. 그러나 역이 제아무리 한량처럼 노니는

---

*습사:활쏘기.

한가한 대군이라 하여도 늘 집 안에만 틀어박혀 그녀의 곁에 머무를 수는 없는 노릇이었다.

그가 없는 긴긴 시간의 무료함을 달래 줄 수 있는 게 아무것도 없었다. 종이 위를 내달리는 글자는 그가 떠나는 순간 활기를 잃었고, 바늘은 쥐는 순간 손끝에 구멍이 뚫리지 않을까 싶을 정도로 그녀와 상성이 나빴다. 심지어는 후원을 거닐며 고즈넉한 풍취를 즐기는 것조차 좋아하지 않았다. 그러니 길 고양이나 조그만 생쥐에 비견되는 것을 감수하며 집 안 곳곳에 숨어들고, 호기심을 품어 부엌이나 광에서 엉뚱한 일을 벌이다 유모의 손에 끌려 나오는 일이 비일비재할 수밖에 없었다.

"싫어, 정말로."

여의가 고개를 돌려 거울 안의 여인에게 다부지게 말했다. 확고한 척 말하고서도 제 표정이 변하는 것을 볼까 두려워 얼른 몸을 일으켰다.

방 한구석에 자리를 차지하고 있는 장 앞에 가 앉았다. 가볍게 숨을 고른 뒤, 손잡이를 잡아당겼다. 약간 뻑뻑한 느낌은 있었으나 별 무리 없이 서랍이 열렸다.

여의의 눈에 가장 먼저 들어온 것은 폭이 좁지 아니한 희고 긴 띠였다. 그 아래에 놓인 것들도 하나씩 꺼내 다른 것 아래로 숨어들지 않도록 나란히 늘어놓았다.

여인의 것에 비해 길이가 긴 저고리와 헐렁한 바지는 물론, 색이 엷은 직령(直領)도 있었다. 몸에 걸치는 옷가지뿐 아니라 흑립과 망건에다 관자, 심지어는 태사혜까지 있으니 퍽 잘 갖추어진 선비의 옷 일습이 펼쳐졌다.

여의가 저고리를 들어 소매 부분을 조심스럽게 팔에 대어 보았다. 손등을 살짝 덮을 정도의 길이는 그녀에게 꼭 맞았다. 작아졌으면 어쩌나 내심 걱정하였던 여의가 안도의 한숨을 내쉬었다.

앉은 채로 앞섶을 여민 고를 잡아당겼다. 길게 풀어 늘어뜨려진 고름을 걷어 저고리를 벗었으나 딱히 보람은 없었다. 송화색 속저고리와 그 안에 숨어 있는 희고 얇은 속적삼 때문에 흰 피부가 비쳐 보이지도 않았다.

여의가 살그머니 치맛자락을 걷어 올려 보았다. 치마 안으로도 속치마가 두 벌, 다시 단속곳과 속속곳까지. 눈을 질끈 감고 한숨을 내쉬며 단삼 고름을 다시 잡아당겼다.

주변에 옷더미를 수북하게 쌓아 두고 성급하게 갓을 머리 위에 얹던 여의가 너털웃음을 지었다. 뒤통수에 둥글게 틀어 올린 쪽머리가 갓이 머리 위에 온전히 올라앉는 것을 방해하고 있었다. 한 손에는 갓, 다른 손에는 망건과 동곳 따위를 쓸어 쥔 채 아까 외면했던 좌경 앞에 가 앉았다.

거울 아래쪽으로 언뜻 보이는 상의와 부조화를 이루는 머리 뒤쪽을 더듬어 뒤꽂이를 빼내었다. 평소에 비해 배는 더 꼭꼭 땋아 내린 것 같은 머리칼에 매달린 까맣고 가느다란 댕기를 풀고 손가락을 집어넣어 땋은 머리를 흐트러뜨렸다.

머리를 빗어 내린 뒤 거꾸로 쓸어 올려 정수리에 모아 동곳을 꽂았다. 상투를 고정하는 품이며 망건을 쓰는 모양새가 퍽 자연스러웠다.

여의가 다시 갓을 눌러 썼다. 갓보다 복건이 어울릴 것 같은 해사한 소년이 거울 속에서 바깥을 내다보고 있었다. 화장기 하나 없는 얼굴은 홍안의 미소년이라 해도 믿을 만큼 앳된 선비의 것이었다. 여의가 익히 보아 온 얼굴을 향해 다정한 미소를 던지며 자리에서 일어났다.

문에 바짝 붙어 바깥의 동태를 살피던 여의는 왠지 수상쩍을 만큼 고요한 집 안을 쥐걸음으로 이동했다.

종종걸음으로 서둘러 담장 근처를 벗어난 뒤에야 참았던 숨을 크게 내쉬었다. 서늘한 공기가 폐부에 스며들자 마음이 상쾌해졌다.

담 모퉁이에 기대어 하늘을 올려다보았다. 담 안에서든 바깥에서든 같은 하늘일 테지만 바람에 실려 나는 듯 멀어지는 구름조차 더 가볍고 즐거워 보였다. 한여름이 끼어 있던 근래 몇 달 동안 어떻게 얌전하게 집 안에 들어앉아 있었는지 자신이 기특할 지경이었다.

"어디로 갈까."

여의가 작게 중얼거리며 생각에 잠겼다. 그러나 곧 행선지를 정하는 것보다 여기를 벗어나는 게 먼저라는 판단이 섰다. 발길 닿는 대로 흘러가다 보면 어디에든 닿기 마련이었고 목적 없는 짧은 유랑 중에 우연히 맞닥뜨리는 광경이 더 즐거울 때도 있었다.

여의가 다시 몇 발 내딛던 참이었다. 그녀의 손목을 단단하게 감아 오는 손길이 있었다.

"어디를 가려 하오?"

익숙한 목소리에 낭패감이 밀려왔다. 여의가 고개를 돌렸다. 역이 그녀의 얼굴을 다정하게 내려다보고 있었다. 마치 '그대는 내 손바닥 위에 있소'라는 듯 여유로운 미소 띤 얼굴을 앞에 두고 먹히지도 않을 '사람 잘못 보셨습니다'를 입 밖에 낼 수는 없었다. 할 수 없이 마음에 없는 미소를 띠고 어리광 부리는 아이처럼 고개를 살래살래 저었다.

역이 저도 모르게 슬금슬금 말려 올라가는 입술 끄트머리를 애써 아래로 붙잡았다. 그가 눈웃음으로 상대의 마음을 느슨하게 만드는 것처럼, 응석에 가까운 여의의 태도는 그가 근엄함을 유지하지 못하도록 방해했다. 역의 표정 관리가 제법 효과적이었는지 여의가 아랫입술을 비쭉 내밀고 불평을 늘어놓았다.

"그저 잠시 바람이나 쐬려 하였을 뿐입니다."

"하여, 사내의 차림을 하였다?"

"달리 방도가 없지 않사옵니까."

"혹 누구에게 들키지는 아니하였소?"

여의가 고개를 젓자 역이 고개를 끄덕였다. 대화를 시작하기 전부터 꼭 잡고 있던 손목을 빼낼 수 없도록 더욱 힘주어 잡고 발을 재촉했다. 손은 단둘이 있을 때나 맞잡을 수 있는 것 아닌가, 여의가 속으로 투덜거렸으나 까닭 모를 두근거림이 밀려들었다. 차림에 어울리지 않는 종종걸음으로 담장에서 한참이나 멀어졌을 때 역이 뜬금없이 여의에게 말을 건넸다.

"그래도 배웅하는 이에게는 답하는 게 예의라오."

여의가 고개를 돌렸다. 조금 전 그녀가 걸어온 길을 되짚어 따라간 눈길의 끝에는 유모가 서 있었다.

정중하게 허리를 굽혀 인사해 보이는 그 얼굴을 얼빠진 표정으로 바라본 여의가 움켜쥐고 있던 역의 손을 잡아당겼다.

"나리께서는 알고 계셨사옵니까?"

"무엇을 말이오?"

"소첩이 이러한 차림으로 나설 것을 말이옵니다."

대답 대신 유쾌한 웃음소리가 들려왔다. 유모가 역의 귀에 대고 그녀의 외출에 대해 속삭였을 것임은 듣지 않아도 알 수 있었다.

그러나 유모는 대체 어떻게 눈치를 챈 것일까. 환복을 하는 동안에도 주의를 기울였지만 방 근처를 서성이는 기척은 전혀 느끼지 못했다. 의문을 품은 여의의 귀에 부러 가늘게 뽑아낸 역의 목소리가 들렸다. 사내에게는 썩 어울리지 않는, 다소 경망스러운 언사였다.

"이런다고 내가 나가지 아니할 줄 알지."

"그건……."

여의의 얼굴이 붉게 달아올랐다. 종종 들으라고 부러 크게 혼잣말을 하던 게 습관이 되어 간혹 마음에 품어야 할 생각도 내뱉을 때가 있었다. 귀 밝은 유모가 그 말을 놓칠 리 없어 역에게 토씨 하나 틀리지 않고 그대로 전달하는 한편으로, 집 안에도 수를 부려 놓았던 것이다.

여러 사람 눈에 띄는 대신 빠르고 조용하게 나갈 수 있도록 배려 아닌 배려를 받았다. 어차피 문밖을 나서는 순간 역의 손에 들어가게 되어 있었으니 굳이 외출하지 못하도록 막아설 필요가 없었다.

'대체 누구의 유모인 거야.'

여의가 입술을 꼭 깨물었다. 주인아씨를 감싸는 대신 주인나리에게 그 행실을 낱낱이 고하는 유모가 과연 그녀의 편인가 의심했다.

그러나 침모에게 일러 그녀에게 맞는 사내의 옷을 짓게한 이도, 신이나 갓 따위를 준비하여 준 이도 모두 유모였다. 유모가 입 가볍게 말을 전한 덕에 역과 함께 시간을 보낼 수있게 되었다는 데까지 생각이 미치자 불만 따위는 저 멀리 날아갔다.

"그리 차리고 어디에 갈 생각이었소?"

아까의 질문이 되돌아왔다. 여의는 역의 말투에 숨어든 짓 궂은 장난기를 모르는 척 고개를 저었다. 이렇게 남복을 하고 나왔다가 들킨 것은 처음이었지만 그걸 알지 못하던 언젠가 흘리듯 건넨 말을 또렷하게 기억하고 있었다.

"여인의 몸으로 사내의 복색을 하는 이가 종종 있다더군요. 계집으로 태어나 굳이 남복을 하려 드는 것은 사내가 드나드는 장소가 궁금하기 때문 아니겠소?"

지금의 어투가 그때와 흡사하다는 느낌이 들었다.

천을 감아 부드러운 곡선을 짓눌러 감추고 펄럭이는 옷자락에 가느다란 몸을 숨겼다 해서 딱히 사내인 척 흉내를 내려는 것은 아니었다. 정인도 머무르지 아니하는 집 안에만 들어앉아 있기에는 날이 무척 좋았다. 단지 그뿐, 아마도 역을 만나지 않았다면 저자나 유유히 배회하다 들어갔을 터다. 애초에 그가 집에 머무를 예정이었다면 굳이 길을 나서지도 아니하였을 것이고.

역이 싱긋 웃었다. 그가 부인의 잠행에 대해 말할 거리는 얼마든 있었다. 여의는 그를 맞닥뜨린 것이 처음이니 이전까지 들키지 아니하였다 생각하는 모양이었지만 썩 오래전부터 알고 있던 사실이었다.

그 행실을 탓한 적은 단 한 번도 없었다. 비밀스러운 외출을 모르는 척 눈 감은 점에서 이미 그럴 마음이 없는 것이나 마찬가지였다.

어릴 적에도 얌전하고 조용히 머무는 것과는 거리가 멀었다. 그런 이가 규방에 하루 종일 들어앉아 책이나 읽고 있는 것이 어찌 답답치 아니할 것인가.

미소년에게 지분거리려는 시정잡배를 근엄한 표정으로 쫓아내고, 어린 선비에게 살랑이며 다가가는 기녀의 눈길을 해사한 미소로 사로잡은 뒤 매정한 눈초리로 떨어뜨렸다. 그 후에 아무것도 모른 채 태평한 걸음걸이로 걸어가는 여의의 뒤를 비밀스레 따른 게 한두 번이 아니었다.

여의가 귀가를 결심할 즈음이 되면 형체를 놓치지 아니할 정도로 멀찌가니 바라보다, 그녀가 집 안에 들어간 걸 확인한 후에야 어슬렁거리며 대문간에 닿았다. 호기로운 목소리로 집 안을 떠들썩하게 만들어 놓고 느긋하게 안채를 찾으면 고운 여인으로 돌아온 부인이 그를 맞이했다. 아무것도 알지 못하는 척 다정스레 뺨을 어루만지며 망건 자국이 남은 이마에 입술을 올렸다.

사실은 오늘도 그리하려 했다. 그러나 공교롭게도 금일에는 꼭 가야만 하는 행선지가 있었다. 여의를 혼자 내보내려니 마음이 편치 않아 동행을 결정하였으나 마음 한구석에 찜찜한 기분이 들어앉았다. 얼굴을 잠깐 비추어 왔다는 시늉만 하면 그만일 것이라고, 자꾸만 마음 틈새를 비집고 올라오는 불안감을 몰아냈다.

"부인이 마음에 둔 곳이 있다 하여도 오늘은 갈 수 없소."

"어찌……."

여의는 딱히 갈 곳도 없었으면서 역의 단호한 말투가 마음에 들지 않아 발끈했다. 그러나 그녀가 입을 열기 무섭게 역이 다시 손을 잡아끌었다. 끌려가는 모양이 되지 않으려면 어쩔 수 없이 보폭을 넓혀 제 뜻인 듯 보조를 맞출 수밖에 없었다.

기껏해야 집 주변을 돌아다니거나 사람 북적이는 저자로 향하던 여의의 눈앞에 펼쳐지는 광경이 꽤 새로웠다.

돌을 차곡차곡 겹쌓아 올린 것이 아니라 흙을 문질러 바른 듯 허술한 낮은 담장을 넘겨다보았다. 그 너머로 보이는 비좁은 마당과 싸릿대 따위를 대충 묶어 세워 놓은 것 같은 문짝도 눈에 설었다.

궁금한 마음에 걸음을 멈추고 자세히 들여다볼 새도 없었다. 그녀의 손목을 쥔 이가 몹시 급한 듯 빠르게 걸음을 딛고 있는 탓이었다.

"나리, 좀 천천히……."

여의가 숨을 몰아쉬자 그제야 역이 걸음을 늦추었다. 가쁜 숨을 고르며 그를 가볍게 흘겨보는 여인을 향해 미안한 얼굴을 했다.

여의가 외출을 감행한 시간이 예상보다 일러 제대로 준비를 갖추지 못했다. 말 한 필에 함께 오를 생각도 하기는 했으나 비단옷 걸친 그 하나만 태우고 다닌 말을 믿을 수 없었다. 별수 없이 구종에게 고삐를 쥐여 주고는 먼저 가서 기다리라 일렀다. 성문 근처에는 말과 마구를 갖출 수 있는 곳이 있어 거기서부터 말 머리를 나란히 하고 달려가면 그리 늦지 않게 도착할 수 있을 터였다.

"고단하오?"

"아니옵니다."

한결 호흡이 편안해진 여의가 고개를 저었다. 이렇게 빠르게 걸어 다닌 적이 없어 다소 힘에 부친다 싶은 느낌이 든 건 사실이었지만 피로감을 드러내면 곧장 집으로 돌려 세워질 것 같았다. 조금 더 멀리 가면 그녀가 알지 못하는 새로운 세상이 펼쳐지리라는 기대감에 가슴에 울렁거렸다.

그러나 역에게는 여의의 대답이 그다지 시원스럽게 느껴지지 않은 모양이었다. 습기가 배어날 정도로 꼭 쥐고 있던 손을 떼어 기울어진 갓을 똑바로 씌워 주고 느슨해진 고를 잡아 단단히 매듭지었다.

애정이 담뿍 담긴 손길에 괜히 머쓱해진 여의가 슬쩍 몸을 뒤로 뺐다.

"소첩, 사내의 복색을 하고 있으니 지나치게 친밀하게 보임은 옳지 않사옵니다."

"그 차림으로 소첩이라 하는 것은 어폐가 있소이다."

"낙천, 그대가 지나치게 다정하게 구는 것이 몹시 불편하오."

역의 대답에 여의가 장난스럽게 눈을 빛내더니 목소리를 낮게 깔았다. 태연스럽게 그의 호를 부르는 부인을 향해 짧게 웃음을 터뜨린 역이 입속으로 가만히 부인의 이름을 굴려 보았다.

소리를 들어도 뜻을 풀이해도 여인의 느낌이 묻어나지 않는 그 이름 탓인지, 별다른 위화감이 느껴지지 않았다. 부드러운 미소를 지으며 한 발 앞으로 다가갔다. 팔을 뻗어 살짝 구부리기만 해도 금방 여의를 품 안에 가둘 수 있을 듯 가까운 거리였다.

"여의, 대군의 자를 그리 친근하게 부를 수 있는 이는 많지 않다오."

여의가 눈을 휘둥그렇게 뜨고 역을 올려다보았다. 한적하다 해도 양옆으로 민가가 들어선 길 위였다. 남녀가 부둥켜안아도 손가락질받을 것이지만 사내 둘의 애정 행각이라, 당장 어디서 돌이 날아와도 이상하지 않았다. 그러나 그를 밀어낼 만한 힘이 없음은 물론 그럴 마음을 먹을 수 있을지조차 불분명했다. 난처함이 가득한 그 얼굴을 바라보던 역이 한 발짝 물러났다.

"조금 더 걸어가야 한다오."

역이 몸을 빙글 돌렸다. 여의가 멍하니 그 모습을 보다 서둘러 뒤따랐다. 손목을 잡혔을 때에는 그것이 불만이었으나 아무렇지도 않게 돌아서는 모습을 보자니 괜한 허전함이 밀려왔다.

그의 옆에 나란히 선 여의는 의도적으로 발을 넓게 벌려 성큼성큼 걸었다. 사내의 뒤를 종종걸음으로 따르는 여인이 아니라 나란히 발맞추어 걷는 벗이 된 것 같아 즐거웠다. 누군가는 지금의 그녀처럼 그의 옆을 차지하여 이렇게 걸어 다니겠지, 방향을 잃은 질투심이 존재하지도 아니하는 사내에게로 떨어졌다.

고개를 들어 그의 옆얼굴을 바라보았다. 시를 짓는 자들이 그러하듯 연인의 얼굴 생김에 미사여구를 붙여 보고자 했다. 마치 반짝이는 별이 하늘에서 내려와 박힌 듯한 눈동자.

문득, 나흘 전 밤의 일이 떠올랐다.

한밤중에 잠이 깨어 한참이나 다시 잠들려 애쓰다 결국은 자리에서 일어났다. 함께 누워 잠든 이를 깨우지 않으려 조심조심 발소리를 죽여 밖으로 나갔다. 새까만 비단을 펼쳐 놓은 듯 매끄러운 밤하늘에는 쏟아지는 잠을 이기지 못하는 듯 깜박이는 별이 가득했다.

커다란 별 하나가 길게 꼬리를 끌며 흘러내렸다. 원이라도 빌어 볼까 생각하였으나 잠에서 깨어 여의를 따라 나온 역이 그녀를 안아 드는 바람에 그대로 방으로 끌려 들어갔다. 그 와중에도 하늘 한가운데에서 동북쪽으로 움직여 자미성 근처로 숨어드는 별의 모양은 똑똑히 보았다.

"혹시 나흘 전 밤에 유성이 떨어진 것을 아시옵니까?"

"듣기는 하였소."

역이 내키지 않는 목소리로 대꾸했다. 그저 별이 흘러가는 것을 보았다는 이야기에 그치지 아니할 것을 알고 있었다. 하늘에 박혀 있어야 할 별이 떨어지는 것이 좋지 아니한 징조임을 입에 담을까 염려스러웠다. 가능하다면 이런 화제는 피하고 싶었다.

그러나 그의 연인은 떠오른 생각을 속에만 품고 있는 이가 아니었다. 그가 대답하여 주지 아니하면 다른 누구에게 같은 질문을 던질지 모른다.

위급한 순간에는 거짓도 만들어 내는 것이 사람의 본성이기에 그 아닌 누구도 믿지 않았다. 그러니 여의가 남에게 틈을 보이는 일 없도록, 그가 대답을 해 주어야 할 터였다. 그러나 마음이 몹시 심란했다.

유성이 떨어지는 것은 왕이 바르게 다스리지 못하고 있음을 의미한다고 주장한 이가 처형된 지 오래지 않았다. 왕의 성정이 불같은 데가 있었으니, 처형된 자가 신료 중 하나였다면 어찌어찌 납득할 수도 있었다.

그러나 그 직언을 올렸던 이는 항렬로 보자면 숙항(叔行)쯤 되는 종친이었다. 왕의 분노가 향하면 그 누구도 안도할 수 없었다.

공교롭게도 목숨을 잃은 이는 하늘의 별을 그린 천도를 갖고 있었다. 그 사실이 알려지자 앎이 얕은 자들이 허황한 말을 꾸며 민심을 소란케 한다며 천도를 회수한다는 명이 내려졌다. 왕명을 받든 이가 역을 찾아온 것이 불과 이틀 전의 일이었다.

그러나 그 사실은 물론이고 역의 기분도 알 리 없는 여의가 청아한 목소리로 말을 이었다.

"자미성은 천제가 사는 곳이라 들었사옵니다. 유성이 그리로 흘러간 것은 궐을 침범하고자 함입니까, 아니면 아뢸 것이 있기 때문이옵니까?"

"그저 별이 하나 흘러갔을 뿐이오."

"별이 흘러가는 것이 그저 물이 위에서 아래로 흐르듯 심상한 일이라면 어찌하여 관상감을 두어 별을 관측하게 하겠사옵니까?"

역이 눈살을 찌푸렸다. 여의의 궁금증을 해소할 수 있으면서도 위험하지 않은 대답을 고민하느라 입을 다물었다. 그때, 화살 하나가 그들 사이를 갈랐다.

조금만 빗나갔더라면 둘 중 하나의 얼굴이 꿰뚫렸어도 이상하지 않을 아슬아슬한 거리였다. 여의의 커다란 눈에 공포감이 가득하게 어렸다.

그대로 굳어진 여의의 곁에 바짝 다가선 역이 화살이 날아온 쪽을 향해 몸을 돌려 막아섰다. 아무것도 지니지 아니한

빈손으로 대체 뭘 어떻게 막아 낼 수 있을지 알 수 없었으나 그가 할 수 있는 최선의 방책이었다.

저만치에서 사람을 태운 말이 나타났다. 사람은 물론이고 말조차도 상대를 압도할 듯한 위용을 지니고 있었다. 말이 그들 앞에 멈추어 섰고 사람이 훌쩍 뛰어내렸다. 그 앞에 공손히 허리를 굽혀 예를 갖춘 역은 머릿속이 몹시 어지러웠다. 그들의 목소리가 어디까지 울렸을까. 그들이 나누는 이야기를, 정확하게는 여의의 질문을 들었을까. 만약 그에 대해 묻는다면 어찌 대답해야 할까.

여의는 역의 등 뒤에서 살짝 고개를 내민 채 검고 긴 목화에 융복, 전립을 갖춘 무관(武官)과 비슷한 차림의 사내가 말에서 내려 다가오는 모습을 바라보았다. 관복처럼 보이지만 몹시 화려한 옷차림을 한 남자의 등 뒤로 기다란 깃이 비쭉 솟아 있었다.

아마 그들 사이를 스치고 지난 화살도 저기에 함께 매달려 있었으리라.

"사후(射侯)에서 단 한 번도 과녁을 비껴간 법이 없지. 내 사랑하는 아우를 곤경에 처하게 할 리도 없고. 한데 이제 보니 부족한 형을 믿지 못하는 모양이군, 서운하게도."

"어찌 전하를 의심하겠사옵니까. 갑작스러운 일에 당황한 것뿐이옵니다."

낮게 울리는 목소리에는 따스하면서도 애틋한 정이 듬뿍

담겨 있었다. 화살을 날린 일 따위는 없었던 것처럼 평온하고 여유로웠다.

그 분위기에 잠시 대화 내용도 제대로 파악하지 못하고 있던 여의가 뒤늦게 소스라치게 놀라며 허리를 굽혔다. 역이 공손하게 예를 갖춘 자세를 취하고 있다는 사실도 그제야 깨달았다.

왕이 역의 어깨 너머에 선 체구가 작은 이를 흥미로운 눈길로 건너다보았다. 입가에 묘한 미소가 떠올랐다. 허리를 굽히고 선 아우를 향해 느긋하고 여유로운 목소리로 농담을 건넸다.

"내실에 있는 한 떨기 꽃을 귀히 여겨 바깥 걸음도 좀처럼 하지 않는다더니, 뜬소문이었는가."

"본디 소문이란 과장되기 마련이옵니다."

"그 말인즉, 그대의 꽃보다 이자를 더 귀히 여긴다는 뜻인가?"

역이 조심스레 고개를 들어 올려 왕의 표정을 살폈다. 늘 그러하였듯 눈앞에 선 이의 감정도 생각도 전혀 읽어 낼 수 없었으나 눈빛에 서린 기색이 심상치 않음을 깨달았다. 그의 대답 여하에 따라 그가 맞이하게 될 풍경도 전혀 다를 것이라, 등골이 오싹할 정도의 긴장감이 그의 몸으로 파고들었다.

그의 부인과 이 어린 선비가 동일 인물이라 밝힐 수는 없었다. 설령 둘이 다른 인물이라 하여도 내당의 부인과 바깥의 사내를 비교하는 것은 어불성설이었다.

그러나 대답을 요하는 질문에 침묵할 수도 없었다. 어찌해야 할 것인가. 짧은 순간, 판단을 마친 역이 공손히 대답했다.

"어찌 한낱 꽃에 비하겠사옵니까. 열흘 붉은 꽃은 없고 여인의 아름다움은 다만 찰나를 스칠 뿐이옵니다. 그러나 이자는 문사로도 손색이 없는 소양을 지니고 있으니, 마음에 새긴 아름다움이 어찌 쉬이 사그라지겠사옵니까. 단언컨대 꽃보다 귀한 이라 하겠사옵니다."

역이 부지불식간에 모아 쥔 손에 힘을 주었다. 그의 대답이 잘못된 것이 아니기를, 자신의 답변에 대한 자신 없음을 들키지 않았기만을 간절히 바랐다.

뒤에서 그를 바라보던 여의가 고개를 살짝 기울였다. 역의 목소리는 가볍고 천연덕스러웠으나 평소에는 느낄 수 없었던 엷은 불안감이 배어 있었다. 그 감정이 고스란히 여의에게로 옮겨 왔다.

대답을 들은 왕이 빙긋 웃더니 아무 말 없이 발걸음을 떼었다. 여의의 눈앞에 번지던 햇살이 더욱 가까이 다가오는 키 큰 형체 뒤로 숨어들었다.

머뭇거리던 역이 옆으로 살짝 물러났으나 여의에게서 시선을 떼지 못했다. 힐끗 그 모습을 바라본 왕의 입가에 걸린 미소가 더욱 짙어졌다.

하얗고 마디가 도드라지는 손가락이 여의의 턱 끝을 치켜올렸다. 이제껏 바닥을 향해 내리깔고 있던 눈이 강제로 손의 주인에게 고정되었다. 그 표정을 제대로 살펴볼 새도 없이 얼굴이 가까이 다가왔다. 뜨거운 숨결이 입술 언저리로 밀려와 맴돌았다.

여의가 당혹감에 눈을 크게 떴다. 제 얼굴이 잔뜩 겁에 질린 채로 심연에서 허우적대고 있음을 발견했다. 맹수를 만난 조그만 들짐승이 달아날 생각조차 하지 못하는 것처럼, 위험한 상황에 처했다는 사실은 알고 있었으나 그 눈을 바라보는 것이 고작일 뿐 몸을 피할 생각조차 하지 못했다.

조금 전보다 깊어진 호흡이 더 가까이 다가들었다. 코끝이 닿고 입술이 스칠 듯 가까워졌다. 타고난 위엄이 자연스레 밴 눈동자에서 위험한 빛이 넘실댔다.

여의가 아랫입술을 살짝 깨물었다. 눈을 감아 두려운 눈길을 피하려는 충동을 억누르기 위해 애썼다.

제가 사내의 복색을 하고 있는 것은 아무 보람이 없어, 눈을 감는 순간 감당할 수 없을 상황이 벌어질 수 있음을 날카롭게 감지했다. 모아 쥔 손이 차갑게 식어 식은땀이 배어들었다.

누군가에게는 찰나에 불과하였을 것이나 다른 누군가에게는 몹시도 길었을 시간이 흘렀다. 왕이 여의의 턱에서 손을 떼고 허리를 펴며 한 발 뒤로 물러섰다.

"아우의 단려(短慮)와 과인의 무례 모두를 용서하시오, 부부인."

여의의 몸이 휘청거렸다. 그녀를 부축하려는 듯 왕이 손을 내밀었으나, 역이 더 빨랐다. 재빠르게 발을 옮겨 여의의 뒤로 가 섰다. 떨리는 몸을 지탱하고 있는 역의 팔은 그녀의 허리를 감싸 안고 있었다. 왕이 태연하게 갈 곳을 잃은 손을 거두어들이며 철없는 아우를 나무랐다.

"규방 깊은 곳에 숨겨 두어도 충분치 않을 귀한 여인을 소년의 복색으로 내어놓았구나. 꽃을 꺾어 보라 유혹하는 것이 아니겠느냐."

역을 나무라는 왕의 시선은 줄곧 여의에게 머물렀다. 잠깐 스쳐 가는 정도라면 소년이라 하여도 깜박 속아 넘어갈 것처럼 그럴듯한 차림이었다. 그러나 그는 여인을 눈앞에 두고도 알아채지 못할 정도로 둔하지 않았다. 가까이서 얼굴을 들여다보니 이목구비가 우상(右相)과 꼭 닮아 있어 그 정체를 모르기도 어려웠다.

마음에 아주 얕게 아쉬움이 남아, 왕이 가볍게 혀를 찼다. 곱게 화장을 하고 매미 날개 같은 옷을 두른 여인은 여간한 미모를 지니고 있지 않고서는 눈길도 가지 않았다.

하여 그가 아끼는 고운 숙용(淑容)에게 분칠을 금하고 그의 옷을 걸치도록 한 적이 있었다. 커다란 옷에 감싸인 가느다

68

란 몸피의 드러날 듯 말 듯한 곡선 탓인지 묘한 색정이 피어
올랐다.

그와는 분위기가 사뭇 달랐으나 고운 여인이 사내 흉내를
내는 것을 보며 비슷한 충동을 느꼈던 것이다.

그러나 그 충동을 실천에 옮길 생각은 없었다. 얼굴을 가
까이하였을 때 여인이 눈이라도 감았다면 가벼운 접문 정도
는 일어났을 수 있겠지만 그것이 전부였을 터였다. 아우의
처인데다 중전의 조카인데 무엇을 도모할 수 있겠는가.

역이 방탕한 사내라면 이야기는 또 다르겠으나 온 세상에
여인이란 단 하나뿐인 듯 아끼는 것이 눈에 훤히 보였다. 여
리고 착한 아우의 마음에 굳이 생채기를 만들고 싶은 마음은
없었다.

"우상의 심려가 남달랐겠군."

그가 유쾌하게 웃었다.

여의의 눈동자는 아직도 왕에게 고정되어 있었다. 심하게
울리는 가슴의 고동 탓인지 고개를 돌려 시선을 외면하는 것
조차도 할 수 없었다. 눈동자만 눈에 오롯하게 들어차던 조
금 전과 달리, 눈앞에 있는 사람의 용모가 또렷하게 눈에 들
어왔다.

형제임을 숨길 수 없을 만큼 외양이 흡사했지만 그 사실을
깨닫기 어려울 정도로 분위기가 딴판이었다. 선이 굵은 얼굴
과 단단한 체구는 이런 상황에 처하지 아니하여도 좀처럼 잊

기 어려울 것 같은 강렬한 느낌을 주었다.

그럼에도 기억에 전혀 남아 있지 않다는 사실이 의아했다. 혼례 이후 한동안 궐에 머물렀으니 얼굴을 본 것도 제법 여러 번일 터인데.

그러나 여의의 기억은 절반 정도만 옳았다. 문안 때에는 예법에 어긋날까 봐 처음부터 눈을 내리깐 채로 들어갔다 그대로 나왔다. 움직일 때마다 줄줄이 따라붙는 사람들이 싫어 거처하는 궁에서 나오는 법도 없었다.

역의 출궁이 계획보다 이르게 이루어진 것은 지금보다 활달함이 더했던 여의가 그 생활을 갑갑하게 여긴 까닭이기도 했다.

어느 정도 마음이 진정된 여의가 역에게 기댄 몸을 바로 세우자 그가 팔을 풀었다. 화살이 날아든 순간부터 직전까지의 일에 그의 심장 역시 세차게 날뛰고 있었다. 여의의 팔을 붙잡고 몸을 돌려 당장이라도 이 자리를 벗어나고 싶은 충동이 불끈거렸다. 그러나 그 마음을 과히 드러내는 것은 옳지 않았다. 여의는 만개하기 직전의, 싱그럽게 피어오른 꽃송이에 비견할 수 있는 나이에 이른 참이라는 것을 생각하면 더욱.

"어승마를 내릴 터이니, 예서 잠시 기다리게. 아우도, 꽃보다 고운 아우의 지음(知音)도."

왕이 몸을 돌려 말 위에 훌쩍 올랐다. 그 모습을 말없이 눈으로 좇는 역의 표정에 서린 의문의 빛을 읽어 낸 왕이 다시금 유쾌한 웃음을 터뜨렸다.

"걸어서는 제때 당도할 수 없고, 사냥을 가는 데다 사내의 차림이니 말이 제격일세. 차림은 완벽하나 아우의 눈빛은 숨기지 못하였어. 장성한 사내가 다정한 기색으로 어린 소년을 품고 말 위에 오르면 누구나 같은 의심을 품을 것이 분명하지. 아끼는 아우의 평판을 염려하는 형의 마음이니 사양하지 말라."

태양이 이미 산 너머로 모습을 숨긴 지 오래인 어둑어둑한 길에는 말굽 소리만 울리고 있었다. 손을 붙잡고 길을 나섰던 이들은 두 필의 말 위에 올라 말 머리를 나란히 한 채 아무 말이 없었다.

친숙한 대문 앞이었다. 여의가 비구름이 잔뜩 몰려온 흐린 하늘과 같은 빛깔의 말 위에서 가볍게 뛰어내렸다. 대문 안으로 들어온 여의가 그들을 맞이하는 자들의 눈치를 살폈으나 별다른 반응이 없었다.

그녀의 정체를 아는 것인지 가벼운 궁금증이 일었지만, 역이 그녀를 스쳐 안채로 향하는 바람에 의문도 잊어버렸다. 그녀가 따라오는지도 신경 쓰지 않는 듯 성큼성큼 걷는 뒷모습이 드물게 위태로워 보였다. 여의가 종종걸음으로 그 뒤를 따라 안방에 들어갔다.

여의가 방 안에 들어서 문을 닫기 무섭게 역이 뒤에서 그녀의 허리를 감싸 안았다. 손가락에 걸려 있던 태사혜가 방바닥에 떨어져 뒹굴었다. 허둥거리며 갓끈을 풀어 갓을 저만치 던져 버리고, 그녀의 온몸을 꽁꽁 얽어맬 듯 강하게 껴안았다. 불안정한 두근거림과 엷은 떨림이 그녀에게로 스며들었다.

"소첩은 괜찮사옵니다."

여의가 짐짓 밝은 목소리를 냈다. 화살이 눈앞을 스치고 가는 바람에 깜짝 놀랐다. 사냥을 간다는 말에 짐승이 화살이나 창을 맞고 죽어 가는 모습을 눈앞에서 볼까 겁먹었지만, 다행히 그런 일은 벌어지지 않았다.

사람들의 눈길이 썩 닿지 아니하는 곳에서 서성이면서 왕의 곁을 지키는 역의 모습을 눈에 담고 있으면 되었다. 여인인 것을 들키지도 아니하였고, 위험하거나 곤란한 상황에 처하지도 않았다. 좋다고는 할 수 없어도, 나쁘다고 말하기도 어려웠다.

'무엇이 괜찮소? 전하께서 부인에게 가까이 다가갔을 때 내 마음이 어떠하였는지 아오?'

역이 입을 굳게 닫아 불안한 마음을 온전하게 내뱉는 것을 막았다. 여의가 생글거리는 얼굴로 그를 올려다보아도, 불안감이 흩어지지 않고 마음 깊은 곳에 진하게 모였다.

진한 빛을 띠고 일렁이던 눈동자에 이어 금방이라도 여의의 입술을 훔치고 그 사이로 파고들 듯 바싹 다가들던 입술이 떠올라 저도 모르게 팔에 힘을 주었다. 만약 일이 그리되었다면 여의는 순순히 받아들였을까. 다만 입술이 맞닿는 데서 일이 그쳤을 것인가. 그는 그 모든 것을 보고만 있었을까.

차마 입에 올릴 수 없는 모든 질문을 그대로 속에 눌러 담았다. 그 어떤 것을 물은들 지금의 한 점 흐림 없는 얼굴에 근심을 어리게 할 것 같았다.

괜한 말을 꺼내는 대신 그를 바라보는 고운 여인과 눈을 맞추었다.

"여의."

역이 낮게 속삭였다. 그가 그녀의 이름을 부르는 일은 흔치 않았다. 여의가 의아한 표정으로 입술을 벌리는 순간, 거센 파도가 밀려들었다.

부드러운 입술을 덮고 가지런한 치열을 훑어가더니 그 안에 숨어든 수줍은 혀를 휘감았다. 여의는 숨을 가누기 어려울 정도로 격렬하게 탐하는 역의 옷자락을 움켜쥐었다. 굳게 감아 안은 팔에 감싸여 있는데도 자꾸만 몸이 미끄러져 고개가 위로 젖혀졌다.

여의의 몸이 반쯤 흘러내린 뒤에야 역이 입술을 떼며 다정하게 일으켜 세웠다. 매끄럽게 빛나는 붉은 입술과 홍조가 어린 고운 뺨이 어두운 가운데에서도 또렷하게 보였다. 아직도 사내의 복색을 갖춘 그 모습을 사랑스럽게 바라보다 얼굴

위에 손을 올렸다. 턱 선과 귓불을 지나 올라간 손길이 머리 뒤쪽을 더듬거려 망건을 풀고 상투를 고정한 동곳을 뽑아냈다. 몇 번의 손길로 머리카락이 어깨 아래로 굽이치듯 길게 흘러내렸다.

"원귀(冤鬼)도 이러하지는 않을 것이옵니다."

"부인이라면 그보다 더한 것이어도 관계치 않소."

곱고 연약해 보이기만 하는 여의를 바라보던 역이 한숨을 내쉬며 다시 껴안았다.

그의 손끝이 보였다. 지켜야 할 것은 단 하나뿐인데도 그의 손은 제 여인 하나조차 제대로 지킬 수 있을까 의심스러울 만큼 가늘고 부드러웠다. 아까 그만둔 상념이 도로 스멀거리며 올라왔다.

'형님은 정말 여의에게 입 맞출 생각이었을까. 설마 내 눈앞에서 여의를 탐하려 들었을 리는 없지 않을까.'

왕은 한참이나 어린 아우인 역을 지극히 아껴 주었다. 나날이 비정해지는 왕을 대신하여 선왕의 적자인 역을 염두에 두는 자들이 있음을 알면서도 그 마음은 변치 않았다. 동복형제라 하여도 보위가 위험할 것 같으면 가차 없이 베어 버리는 것이 권력의 속성이었음에도.

철이 든 직후에는 그 다정함을 의심하였으나, 벌써 십여 년 지속되고 있는 지금은 진심임을 확신하고 있었다. 그 신뢰에 보답하기 위해서라도 어떤 유혹의 말에도 흔들리지 아니하리라 다짐했다.

그러나 다만 한 가지만큼은 마음을 놓을 수 없었다. 여색을 즐기는 왕에 대해서는 진실인지 아닌지 알 수 없는 이야기가 떠돌았다. 여의는 중전의 조카에다 아우의 부인이니 근심하지 아니하여도 괜찮다고 믿고 있었으나 온전히 진심은 아니었다.

선비로 변장한 여의의 정체를 숨기며 눈앞의 소년을 지극히 아끼는 척하면서도 여의와 시선을 마주하지는 않았다. 조금이라도 마음이 덜해 보이면 곁으로 이끌려 들 것이고, 과히 아끼는 것 같으면 호기심에 이끌고 가려 들 것이라 생각한 까닭이었다.

그러나 그 판단이 옳았는가. 알 수 없었다. 이미 지난 일에 대한 생각이 머릿속만 복잡하게 했다. 팔을 내려 여의의 허리를 조인 끈을 살짝 잡아당겼다.

여의의 뺨이 발그레하게 물들었다. 그녀의 허락도 없이 움직이는 손을 제지하려 하였으나, 이미 끈을 풀어내고 직령의 섶을 펼쳐 어깨 아래쪽으로 끌어내리는 손길은 거침이 없었다.

"나리."

"내당에 단둘이 머무르고 있는데 무엇을 저어하오?"

깊어진 목소리와 함께 여의의 몸에서 옷이 한 겹 흘러내려 발치에 쌓였다.

행동을 막아 내는 것은 물론 그의 곁에서 멀어지는 것도 불가했다. 그의 손길에 여의는 어쩔 줄 모르는 얼굴을 하고 다시 헐렁해지는 앞섶을 내려다보다 눈을 감으며 고개를 돌렸다. 다시 한 겹 가벼워진 어깨 위쪽으로 그의 숨결이 스쳐 갔다.

"남복을 한 그대에게서는 청초한 난과 같은 은은한 향기가 감돌아 눈을 뗄 수 없소. 그것도 모르고 사내의 복색으로 활보하는 그대를 어찌해야 할까."

"남복을 하였을 적에만 그러하옵니까?"

농담조로 예사로이 묻던 여의가 문득 이상함을 느꼈다. 비밀스러운 외출을 들킨 것은 이번이 처음이었지만 역의 태도는 몹시 태연했다.

그녀의 기질이 얌전하지 못한 것을 알아 쉬이 이해하였는가 보다고 애써 넘겼지만 이 말로 분명해졌다. 이전의 어느 날부터, 어쩌면 처음부터 그는 여의의 기행을 알면서도 눈감아 주고 있었던 것이다.

역이 여의의 이마 위쪽, 아직 흐릿하게 남은 망건 자국 위에 집게손가락을 살짝 얹었다. 회피한 시선이 그를 향하도록 손끝에 힘을 주었다.

수줍음 가득한 눈망울을 마주하자 부드러운 미소를 보냈다. 여의는 부끄러움에 얼굴을 물들이면서도 그의 눈에서 시선을 떼지 못했다.

늘 보아 오던 그 눈빛이 몹시도 그리운 탓이었다.

깊이를 알 수 없는 까만 눈동자에 잠긴 그녀의 모습이 안타깝기 때문이었다.

깊은 눈동자에 담긴 것이 오롯이 그녀를 위한 연모의 정이어서 그러했다.

그 어느 쪽이든 그의 눈에 빠져들 만한 이유로는 부족함이 없었다. 여의의 얼굴을 이윽히 내려다보던 역이 천천히 입술을 떼었다.

"남복을 하였을 때에 '도' 그러한가 묻는 것이 옳소. 규방에 숨겨 놓아도 향기가 문틈으로 새어 나갈까 두려울 만치 고운 꽃을 품고 있다 여겼으나 좀처럼 얌전히 머무는 법 없으니, 기실은 꽃을 가장한 접아(蝶兒)였을까."

"낮에는 꽃보다 귀하다 하지 않으셨사옵니까?"

실없이 들리는 말에 응대하듯 장난스럽게 시작한 여의의 목소리는 나지막한 한숨으로 끝을 맺었다.

뜨거운 숨결이 귓가를 간지럽혀 어깨를 움츠렸다. 그의 숨결이 닿은 자리마다 입술이 옮겨 가, 도톰한 귓불을 가볍게 깨물고는 부드러운 뺨 위에 닿았다. 가볍게 내리감은 눈과 부드럽게 솟은 코끝을 지나 사랑스러운 입술 위에 진득하게 머물렀다.

"그 무엇에도 비할 수 없으니, 하릴없이 꽃의 이름을 빌리는 것뿐이오."

날짝지근한 목소리를 흘려 낸 입술이 그대로 미끄러져 내려 목덜미에 닿았다. 가벼운 자분거림에 대한 얕은 한숨 소리는 더할 나위 없는 유혹이 되어 역의 마음으로 스며들었다. 가벼운 웃음에 섞여 드는 나른한 숨결을 구하느라 좀처럼 가느다란 목선을 떠나지 못하던 움직임이 그대로 멈추었다.

아직도 사내의 설의를 걸친 채인 부인에게서는 몹시 매혹적인 향이 피어올랐다. 그가 여의에게 말한 난향과 흡사한 듯도 하였으나, 어느 이름을 지닌 꽃에서도 찾을 수 없는 감미로운 것이었다.

수줍게 다가들 적이면 새벽이슬에 젖은 꽃봉오리처럼 향을 품어 가둔 채 그를 미혹했다. 몇 잔 술과 함께하였을 적에는 진한 국화 향처럼 대범하게 그에게로 밀려들어 왔다. 그가 달빛에 젖어 든 치맛단 아래로 배꽃보다도 더 흰 발목이 드러나던 순간을 떠올리던 그때, 여의의 여린 어깨에는 아릿한 통증이 찾아왔다.

역의 입술이 나지막한 한숨을 토해 내던 여의의 입술을 찾았다. 미처 다물지 못한 입술 사이를 파고들어 먼저 유혹한 적 없다는 듯 수줍은 혀끝을 간질였다. 잠시 머뭇거리기는 하였으나 이내 그에게로 돌아오는 움직임은 조금 전의 부드러운 한숨 소리와 닮아 있었다.

역이 여의의 몸 위에 걸친 마지막 옷자락을 걷어 냈다. 곡선을 짓누르고 있는 희고 긴 천을 천천히 풀어 내렸다. 도드라진 쇄골 아래 종일토록 숨어들었던 매끄러운 피부가 찰랑였다. 느리게 배회하던 손끝이 조심스레 다가들자, 오래도록 그들을 기다리던 금침이 가볍게 풀썩였다.

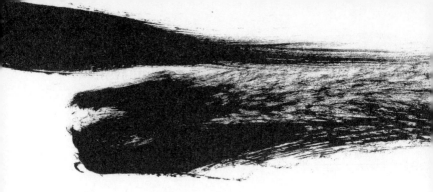

셋
기러기 지난 자리에 눈꽃 피어나네

찬바람과 함께 탕약의 쓴 내가 밀려들어 왔다. 여의가 눈을 가늘게 뜨고 문 쪽을 바라보았다. 유모가 그녀의 곁에 다가들어 걱정스러운 얼굴로 이마를 짚어 보았다. 방 안 공기가 차가워질까 봐 꼭 닫은 문을 아쉬운 마음으로 바라보던 여의는 이마에 얹히는 서늘한 느낌에 만족했다. 그러나 곧바로 밀려드는 오싹한 추위에 몸을 둥글게 말아 웅크리며 이불 속으로 더욱 깊이 파고들었다. 열을 떨어뜨리려면 이불로 몸을 감싸면 아니 될 일이지만, 서늘한 공기가 불어넣는 한기를 도저히 견뎌 낼 수 없었다.

여의는 고개만 간신히 끄덕여 보이고는 다시 눈을 감았다. 가뜩이나 어지럼증에 시달리고 있던 차에 눈을 깜빡이니 감

80

은 눈앞이 빙글거렸다. 낮은 한숨에 가느다란 신음이 섞이자 유모의 표정이 더욱 흐려졌다.

말없이 방을 둘러보았다. 아까 들여놓은 팥 시루떡은 끄트머리에 아주 약간, 손톱만큼 뜯어낸 흔적이 남아 있을 뿐 공기 중에서 말라 가고 있었다. 같이 들여놓은 주전자 역시 이미 식어 버린 채였다.

"차라리 팥죽을 쑬 것을 그랬습니다."

밤이 일 년 중 가장 긴 동지는 음의 기운이 최고조에 달하여 양의 기운이 약해지는 틈을 타 귀신의 기운이 세어지는 날이었다. 대개는 잡귀를 쫓기 위해 붉은 팥죽을 쑤어 집 안 곳곳에 놓아두었으나 상순에 드는 애동지에는 팥죽 대신 팥 시루떡을 하도록 되어 있었다. 하여 방에도 김이 오르는 떡이 접시에 담긴 채 들어왔다. 그러나 여의는 열이 올라 입안이 바싹 마른 탓에 무엇이든 깔깔하여 음식을 목으로 넘기지 못했다.

여의가 힘겹게 눈을 뜨고는 희미한 목소리로 질문했다.

"나리께서는 귀가하셨는가."

유모가 고개를 저었다. 여의는 앓는 소리를 내며 몸을 뒤척이다 눈을 감았다. 앓아누운 주인아씨를 안쓰럽게 쳐다보던 유모는 문틈으로 새어 드는 탕약 내음에 정신을 차렸다. 손댄 흔적이 거의 없는 접시와 식어 버린 물이 든 주전자가 놓인 소반째로 들고 방을 나섰다. 몹시 짧은 겨울 해가 어느

새 한껏 기울어 있었다.

같은 시각, 역은 고삐를 쥔 구종의 뒤통수를 가볍게 노려보았다. 자라나 남생이 저리 가라 할 정도로 느릿한 걸음이 몹시 못마땅하였으나, 사람의 통행이 많은 번잡한 길에서 말을 내달릴 수는 없었다.

'차라리 말에서 내려 뛰어갈까.'

잠깐 뇌리를 스친 생각을 얼른 지웠다. 체면을 차리는 것이 중요하다 생각하지는 않았으나 구설에 오르는 일은 삼가야 했다. 옷자락을 펄럭이며 뛰는 것보다는 말을 재촉하는 편이 더 빨리 목적지에 닿을 수 있는 방법일 터였다.

역이 등자에 올린 발을 살짝 움직이자 영리한 말이 신호를 알아듣고 그 자리에 섰다. 갑자기 움직임을 멈춘 말이 의아하여 구종이 고개를 돌리자 몹시 초조한 표정의 주인 나리가 손을 뻗어 흔들거리고 있었다.

"어디 들러 목이라도 축이고 오너라."

구종의 손바닥 위에 짤그랑거리는 소리가 울렸다. 구종이 고삐를 놓자 역이 재빠르게 잡아챘다. 말이 조금 전보다는 훨씬 빠르게 발굽을 내딛기 시작했다. 오래지 않아 집이 지척으로 다가왔다.

예상보다 다소 늦어진 역의 귀가를 기다리던 행랑아범이 고개를 갸웃했다. 구종은 어디에 버려두었는지 혼자 나타난 주인 나리가 몹시 서두르며 건네는 고삐를 말없이 건네받았다. 말을 끌어다 넣는 정도는 할 수 있었지만 주인도, 평소에 돌보아 주던 이도 아님을 알아본 말이 고집스럽게 굴었다. 낑낑거리며 대문 안쪽으로 말을 밀어 넣었을 때 그의 눈에 보인 것은 사랑에 들어갈 생각도 하지 않은 채 안채 쪽으로 급한 걸음을 딛는 역의 모습이었다. 집안사람들에게는 그다지 낯선 광경도 아니었다.

역은 안채 대청에서 여의의 유모와 마주쳤다. 유모의 손에 들린 작은 소반 위에서 쓰디쓴 기운이 훅 끼쳐 왔다. 얼굴을 살짝 찌푸린 채 대접 옆에 놓인 주전자와 조그만 잔을 바라보다 질문을 던졌다.

"웬 탕약인가?"

"낮에 의녀가 다녀갔사옵니다."

"무어라 하든가?"

"기가 허해져 그러하니 며칠 쉬면 나을 것이라 하였습니다."

"그 정도 말은 나도 하겠네."

오늘은 본디 여의가 입궐하여 어른들께 문안을 올려야 하는 동짓날이었다. 그러나 이삼일 전부터 미열이 있던 그의 부인은 간밤부터 갑작스레 열이 올라 아침이 밝기 전부터 꼼짝달싹하지 못했다.

여의의 몸 상태를 염려한 역이 홀로 입궐하여 망궐례(望闕禮)를 올리기 전에 대전과 대비전에 먼저 문안을 올렸다. 여의의 안부를 묻는 이들에게 앓고 있음을 알렸더니 궐에서 의녀를 보냈던 모양이었다. 그런데 저런 쓸데없는 소리나 지껄이고 갔다니.

역은 의녀가 그리 말한 것이 유모의 탓인 것처럼 투덜대며 대청 위로 올라섰다. 유모의 손에 들린 소반을 빼앗다시피 받아 들고 그녀가 열어 주는 안방 문 사이로 발을 들였다.

소반을 내려놓고는 이불에 파묻혀 고개만 간신히 내놓고 있는 여의의 곁에 다가앉았다. 손으로 이마를 짚어 보았다. 뜨거운 열기가 손바닥으로 배어드는 것이 여의의 열이 높기 때문인지, 그가 오래도록 바깥에 머무른 탓인지 알 수 없었다.

갑작스레 이마에 닿는 차가운 기운에 여의가 몸을 웅크려 이불 속으로 파고들다가 눈을 떴다. 하루 종일 기다린 낭군의 얼굴이 눈앞에서 아른거렸다.

위태롭게 몸을 일으키려는 여의를 부축하여 품 안에 안아 든 역이 그녀의 얼굴을 내려다보았다. 창백하게 여겨질 정도로 흰 피부에 열이 오른 두 뺨만이 두드러지게 붉었다. 꿈결을 헤매는 것처럼 아득한 눈빛과 부드러운 미소를 머금은 붉은 입술을 이슥하게 바라보았다. 물고기가 헤엄치기를 잊어 가라앉고 기러기가 날갯짓을 멈추어 떨어진다는 미인은 고사(故事)에만 있는 것이 아니었다.

"연회가 파하는 대로 오기는 하였으나 이럴 줄 알았다면 더 서두를 것을 그랬소."

"문안 인사를 드리지 못하여 어찌하옵니까."

여의가 희미한 목소리로 걱정을 털어놓았다. 엷은 미소를 보내며 가늘게 몸을 떨었다. 제 몸에 덮여 있던 이불이라도 끌어다 덮고 싶어 손을 휘휘 저어 보았으나 바닥에 놓인 이불자락이 손에 잡힐 리 없었다.

역이 그 손을 꼭 쥐어 몸 위에 가볍게 얹어 놓고 탕약이 담긴 대접을 여의의 입술 위에 갖다 대며 다정하게 대꾸했다.

"빨리 쾌차하오. 그 연후에 날을 정하여 다시 문안을 가면 될 것이니."

"병이 더 도질 것 같사옵니다."

여의는 탕약을 보고 눈썹을 찌푸렸다가, 다 마신 뒤에 진저리를 치며 조그만 목소리로 투덜거렸다. 역이 대접을 상 위로 되돌리며 주전자를 들었다. 품에 있는 여인을 내려놓을 수 없는 탓에 아슬아슬한 느낌이 들 정도로 불안하게 주전자를 기울여 잔에 물을 채웠다. 잔 위에서 김이 오르는 모양이 또렷하게 보였다.

뜨거운 물은 소반 위에 놓아둔 채 다시 고개를 돌려 품 안의 여인에게 입 맞추었다. 늘 부드럽기만 하던 입술이 곧 부르터도 이상하지 않을 정도로 건조하여 버석거리는 느낌마저 주었다. 그 위를 스친 혀끝으로 지독하게 쓴맛이 배어들

85

었다. 여의가 몸서리치는 까닭을 알 것 같다 생각하며 천천히 입술을 떼었다.

조금 전 주전자에서 덜어 둔 물에서 오르는 김이 한풀 꺾여 있었다. 열이 오른 탓에 탈수증이라도 올까 염려스러웠으나 여의는 물을 권하는 시도도 하지 못할 정도로 빠르게 눈을 감고 고른 숨을 내쉬었다.

여의가 눈을 감은 채로 안겨 있는 시간이 제법 길어지자 역은 그녀를 요 위에 내려놓고 이불을 덮어 주었다. 어렴풋하게 들었던 선잠에서 깨어난 여의가 역의 소맷자락을 얼른 움켜쥐었다. 하루 종일 볼 수 없었던 정인이 이대로 나가 버릴 것 같았다.

"책력은 받아 오셨습니까?"

역이 여태 품에 고이 간직해 온 책 한 권을 건네었다. 금빛을 닮은 누런 빛깔의 종이로 표지를 감싼 황장력(黃粧曆)이었다. 몇 장 팔랑거리며 넘겨보던 여의는 곧 피로한 듯 눈을 감아 버렸다.

동지에 책력을 나눠 주는 것이 관습이었으니 물어본 것뿐, 애초에 책력 따위에는 관심도 없었다. 이대로 대화가 끊어지면 낭군이 다시 몸을 일으켜 버릴까 손에 힘을 주고 질문거리를 생각해 내려 몹시 애썼다.

역이 소맷부리를 잡은 여의의 손을 잡아 다정하게 어루만졌다. 평소 여의는 그가 찾으면 반가이 맞아 주되 먼저 찾아

오는 법 없고, 그가 나서는 것을 보며 서운한 기색을 비치더라도 붙잡지 않았다.

그런 여인이 그를 붙잡는 모습을 보니 오죽 아프면 그러할까 싶어 내심 안쓰러웠다. 그새 겨우 말할 거리를 찾은 여의가 힘없이 물었다.

"잔치는 즐거우셨사옵니까?"

"혹 기녀가 있었는지 염려하오?"

"흥겨운 자리였는지가 궁금했을 따름이옵니다."

역이 근심을 숨긴 채 가벼운 어조에 명랑함을 담아 되묻자 여의가 고개를 저었다. 호희를 언급하는 시구를 읊은 그날부터 역은 종종 이런 식으로 그녀를 놀려 댔다. 그 가벼운 어조에는 그의 마음이 오롯이 그녀를 향하고 있음이 담겨 있어 불안감 따위는 생기지도 않았다. 그저 연인을 곁에 오래도록 머무르게 하기 위한 임시방편에 불과했다. 잔치에 대해 궁금하게 여길 정신도 없었다.

그러나 역은 대답에 앞서 신중하게 생각을 정리했다. 열에 취하고서도 책력을 받아 왔는지 궁금해하던 여인이었다. 혹여 그 머릿속에 섣부른 의심이라도 불어넣게 될까 조심스러웠다. 가만히 그가 참석했던 연회의 분위기를 돌아보았다.

겉으로 보기에 자리는 제법 흥겨웠다. 잔치가 열리는 중이었으니 당연히 흥청도 있었다. 그중 하나가 역의 곁에서 술을 따르며 그의 눈길을 구하였으나, 역는 담담하게 그 시선을 흘려 냈다. 눈길 한 번 주지 아니하는 꼿꼿한 자세를 본 왕이 가볍게 나무라듯 말을 건넸다.

"아우가 내실의 꽃을 귀히 여김은 잘 알고 있으나, 자칫 엄처시하(嚴妻侍下)에 있다는 오해를 피할 수 없겠네."

그러나 아무도 그 말에 크게 주의를 기울이지 않았다. 좌중의 눈길은 왕이 지극히 아끼는 숙용에게로 향했다. 나이답지 않게 싱그러운 미색이 몹시 곱고 목소리는 낭랑하며 춤사위는 선녀가 날아오르듯 사뿐했다.

그리 향기롭지 못한 풍문은 떠올리지도 못할 만큼 매력적인 여인이었다. 한때 대군저에서 일했던 가노(家奴)의 아내였으며 비천한 출신을 숨기지 못하여 행동이 경거망동하다 손가락질했던 자들도 그 자리에서는 잠잠했다. 사소한 말 한마디라도 자칫 왕의 귀에 거슬리면 언제 장형(杖刑)이 떨어져도 이상하지 않았다.

술잔이 일순하자 목소리들이 높아지기 시작하고 몇 순배 지나니 즐거운 듯 왁자하였다. 그러나 잔치를 연 왕을 제외한 그 누구도 진심으로 즐거워하는 것 같지는 않았다.

지난여름이 시작될 무렵 불기 시작한 수상한 바람이 피를 흩뿌리고 간 뒤에는 다들 왕의 앞에서 가면을 뒤집어쓴 듯 꾸며 낸 감정을 얼굴에 떠올렸다. 그때 바닥에 흩어진 핏방

울의 주인 가운데에는 그가 아주 잠시나마 스승으로 모신 이
도 있었다.

"전하께서 배설(排設)케 하신 잔치가 어찌 흥겹지 아니할
수 있겠소."

역이 상념을 잘라 내며 간단하게 대답했다. 여의가 건성으
로 고개를 끄덕이는 것을 보며 단령 자락을 걷어 올리고 그
의 무릎 위에 여의의 손바닥을 얹어 놓았다. 그가 자리를 벗
어나지 아니할 것임을 알리기 위함이었다. 그 자세 그대로
사모를 벗어 옆에 내려놓고 기린이 그려진 흉배가 붙은 단령
의 고름을 풀었다. 어렵사리 겉옷에서 팔을 빼내어 사모 옆
에 내려놓자 차림이 훨씬 가벼워졌다.

"전하께서는 정다우신 분이옵니까."

"세상에 둘도 없는 다정한 형님이시오."

역은 무릎 위를 덮은 천을 꼭 움켜쥐는 여인을 향해 절반
의 진실만을 입에 올렸다. 왕은 그 누구라도 두려움에 입을
굳게 다물어 머리를 조아릴 수밖에 없도록 하는 폭정을 행하
는 이였다.

그러나 그에게는 지극히 다정한 우애를 베푸는 인자한 형
이었다. 보위를 유지하는 데 가장 큰 위협이 되는, 선왕의 정
비가 낳은 적자임에도 그를 향한 경계나 의심을 표하지 아니
하였다. 본디 지닌 성정은 온화하였을지 모른다는 생각이 들
었다.

대체 무엇이, 그를 두려운 임금으로 만들었는가.

이십여 년 전, 갓 혼례를 올린 왕비가 천지 분간을 못 할 나이의 어린 세자를 맡게 되었다. 조금 더 일찍 가례를 올렸다면 그만한 아들을 두었음직한 중전은 궁궐 생활에 적응하기도 버거웠다. 층층시하라는 말이 딱 어울리도록 버틴 왕대비와 대비는 세자에 대한 적개심을 노골적으로 드러냈다. 왕비가 세자를 향해 상냥한 미소라도 보일라치면 준엄한 표정으로 그 경솔함을 질책했다. 세자에게서 폐비의 그림자를 발견하고는 왕에게 그를 지적하여 왕의 마음조차도 돌아서게 했다.

국본(國本)이 그러한 취급을 받던 차에 태어난 대군이 역이었다. 세자에게는 서릿발 같은 태도를 취하던 대비는 그에게는 관대한 태도를 보였다.

그럼에도 어린 대군은 세자에게 미움받지 않았다. 대군이 세자를 잘 따르기도 했거니와, 대비의 질타가 두려워 세자에게 상냥하게 대하지 못한 왕비가 자신의 아들에게도 비슷한 태도를 취한 탓이기도 했다.

그 세자가 보위에 올랐다. 얼마간은 선정을 베푸는 왕이라 칭송을 받기도 했다.

그러나 어느 날부터인가 그 공기가 변질되었다. 어린 시절의 불우한 처지만을 탓하기에는 흩뿌려지는 핏방울이 지나치게 붉었다.

세간에서는 핏빛 행보를 막을 수 있는 이는 오로지 중전 뿐이라 하였다. 숙용에게 홀려 있다는 왕은 내전으로 향하는 걸음을 끊지 아니하였다. 그가 중전을 귀한 여인이라 여겨 아끼고 사랑하고 있음은 누구나 인정하는 사실이었다.

역이 질문을 되돌렸다.

"나도 궁금하오, 부인. 중전마마는 어떤 성정을 지니고 계신 분이오?"

"아버님 말씀으로는 제가 본받아야 할 현숙한 여인이라 하셨습니다."

"그 말씀 들으면서 중전마마가 원망스럽지는 않았소?"

한 치 망설임 없이 대답한 여의는 이어진 질문에 고개를 가로저었다. 아주 어릴 적에 가례를 올려 함께 생활한 기억이 거의 없지만, 늘 듣는 이야기가 그러한 것이었다. 고운 고모님, 지엄하신 중전마마는 어린 소녀의 눈에도 우아하고 기품이 넘쳤다.

그녀는 도저히 지닐 수 없는 면모임을 깨닫는 데는 오랜 시간이 걸리지 않아 그저 경외할 뿐 따라잡을 마음조차도 품지 못했다. 비교조차 부질없으니 원망이 깃들 여지가 없었다.

그러나 그것이 문제였다. 조신한 반가 규수의 표본이라 할 만큼 곱고 얌전하게 자란 왕비는 왕을 사랑하는 마음을 제대로 표현하지 못하였다. 대신 선정을 베풀어야 함을 이야기하고, 대신들과 백성들의 말에 귀를 기울일 것을 간언했다.

애정을 제대로 받지 못하고 자라 온기에 굶주린 이는 그 간언이 가장 지극한 마음에서 비롯되는 것임을 미처 깨닫지 못했다. 그 점잖은 말로는 마음에 생긴 커다란 구덩이와 같은 허전함을 메울 수 없었다.

팔에 매달려 웃음을 흩뿌리는 여인이 그에게 가장 지극한 애정을 보여 주는 이라 여기고 고고한 왕비는 존경할 만한 여인으로 삼았다. 존경하는 이에게는 함부로 다가갈 수 없는 법이었다.

역은 여의의 입술이 메마른 것을 발견하고는 그녀의 몸 아래로 손을 넣어 상체를 들어 올렸다. 아까 따라 놓아 미지근하게 식은 물을 권하자 완강하게 고개를 저었다.

역이 한 모금이나 될까 싶은 양의 물을 입안에 머금었다. 뜨겁고 메마른 피부 위에 살포시 내려앉아 더운 숨결이 흘러나오는 부분을 찾았다.

여의의 입술이 조금씩 벌어졌다. 잔에 담긴 물은 마다할 수 있었으나 바람결을 타고 날아든 꽃잎처럼 사뿐히 내려앉는 서늘하고 촉촉한 입술은 밀어낼 수 없었다. 물 한 모금을 넘긴 후에야 해방된 여의의 입술이 새로 떠오른 염려를 속삭였다.

"혹 열병이라도 옮으면 어찌하옵니까."

"부인이 이리 몸져누운 모습을 보느니 차라리 그편이 낫겠소."

짧은 틈에 다시 따스한 물을 품은 입술이 다가오는 모습을 보며 여의가 고개를 돌렸다. 그 마음은 그녀 역시도 마찬가지라 자신 때문에 역의 몸이 상하는 것을 원치 않았다.

그러나 맥진한 여인이 강건한 사내의 힘을 당해 낼 수는 없어 이내 가느다란 물줄기가 그녀의 입술 사이로 흘러들었다.

여의가 의미 없는 저항을 멈추었다. 마지막 한 방울까지 흘려 넣은 뒤에도 떨어지지 않고 더욱 다정하게 자무하는 달콤한 움직임에 취해 마음에 깃들었던 염려를 잊었다. 서늘하게 느껴지는 연인의 품에 안긴 채 서서히 그에게 스며들어 갔다.

* * *

북에서 기러기가 날아드는 절기가 지난 지도, 여의의 열이 내린 지도 오래였다. 그러나 늘 건강하고 활기차던 아씨가 앓아누웠던 것에 놀란 듯 여의를 감시하는 유모의 눈길이 더욱 엄정해져 있었다. 몰래 바깥나들이를 할 수 없도록 잠시의 틈도 두지 않는 것은 물론, 앞마당이나 잠시 서성이려 하여도 옷을 단단히 챙겨 입도록 일렀다.

그 까닭에 모처럼 후원에 나가 보려 한다는 말을 꺼낸 여

의는 제 결정을 후회하고 있었다. 예법보다도 더 두른 것 같
은 몇 겹의 치마와 팔을 움직이는 게 불편한 느낌이 들 정도
로 겹쳐 입은 저고리가 거추장스러웠다. 거기에 털 안감이
덧대어진 배자와 남바위, 포(袍)까지 더해지니 거동이 몹시
불편해졌다.

여의가 한숨지으며 눈을 내리깔았다. 아무런 자수도 놓이
지 않고 금박도 입히지 않은 붉은 치마는 그나마 마음에 들
었다. 날이 잔뜩 흐려 우중충한 가운데 퍽 화사한 빛깔이 다
소 불퉁해진 마음을 누그러뜨려 주었다.

몸종이 먼저 나간 방에서 잠시 선 채로 머무르던 여의가
곱게 빗어 넘긴 머리칼을 손끝으로 매만지며 문을 열었다.
아침부터 지금까지 줄곧 구름으로 잔뜩 뒤덮여 있던 희끄무
레한 하늘에서 눈송이가 흩날리고 있었다. 여의가 가볍게 숨
을 들이쉬었다가 온기를 가득 담아 품어 냈다.

하아.

얕은 호흡에도 입김이 안개처럼 하얗게 흩어졌다. 깊은 겨
울의 절정에 치달아 있었다. 마치 곱게 간 소금인 양 바람 불
면 바로 흩어져 버리는 가느다란 눈발이 날리는 날이면 추위
는 배가 되었다.

다행히도 지금 내리는 눈은 그나마 따스한 느낌을 주는 함
박눈이었다. 이파리를 모조리 떨군 안마당의 나무 위로 소복
하게 쌓이며 피어나는 눈꽃 덕분에 포근한 분위기가 감돌고

있었다.

안마당을 가로지르고 후원의 초입에 선 여의가 발을 가볍게 굴러 흙과 눈이 함께 묻은 밑창을 털어 내며 주변을 둘러보았다.

한 뼘은 족히 될 듯싶은 눈이 정자의 지붕과 난간, 연못가를 빙 두른 돌과 나무 위에 소복하게 내려앉았다. 사람 발자국 하나 없는 뜨락이 눈이 부시도록 하얗게 빛났다.

마당이나 대문간은 누가 낙상할까 염려하여 부지런히 쓸어 낸 모양이지만 한적한 후원에까지 손길이 미치지는 않은 듯싶었다.

여의가 치맛자락을 살짝 걷어쥐고 아이처럼 폴짝이며 사뿐하게 발을 옮겼다. 그저 희기만 한 눈밭 한가운데 들어서서 치맛자락이 눈에 쓸리는 것도 개의치 않고 쪼그려 앉았다.

희고 고운 눈을 콕콕 찔러 보다 한 줌 걷어쥐었다. 펼쳐진 손바닥 위에 작게 뭉쳐진 송편 모양의 눈덩이 하나가 놓였다. 해맑은 미소를 머금고는 눈을 더 모아 양손으로 둥글게 뭉쳐 냈다. 꼭꼭 눌러 매끈해진 눈덩이는 손끝에 스며드는 한기만큼이나 시리게 빛났다.

눈이 쓸려 나간 아래쪽에 눅눅하게 젖은 낙엽이 모습을 드러냈다. 크고 둥그스름한 녀석을 골라 잎자루 부분을 쿡 찔러 넣고 작고 길쭉한 이파리 두 장을 그 옆으로 비스듬히 끼위 넣자 언뜻 사모를 쓴 사내의 모습처럼 보였다.

생글생글 웃은 여의가 팔을 더 길게 뻗어 눈을 다시 움켜
모았다. 크기가 다른 눈덩이 두 개를 쥔 채 일어나 정자로 향
했다.

정자 안쪽으로는 눈이 들이친 흔적이 거의 없었다. 계단에
서 이어지는 입구 쪽에 살짝 쌓인 눈을 손바닥으로 쓸어 내
고, 구석에 조그만 구체 두 개를 내려놓았다. 날씨에 비해 과
히 걸친 것 같은 포를 벗어 놓은 뒤 그 옆에 나란히 앉았다.
입술 근처에 차가워진 손가락을 갖다 대고 더운 입김을 불어
녹이던 그때 가느다랗게 마른 나뭇가지 하나가 눈에 띄었다.
손끝으로 나뭇가지를 집어 들었다. 천천히 획을 내리긋기 시
작했다.

樂天.

낙천. 역의 자를 쓴 뒤 잠시 머뭇거렸다. 좀처럼 사용하지
아니하여 기억조차도 가물가물한 글자를 겨우 떠올려 눈 위
에 새겨 놓았다.

懌

역. 그의 이름은 물론, 자가 품은 뜻도 오로지 한 방향이었

다. 가례를 올리고도 몇 년이나 회임하지 못했던 중전이 낳은 적자에 대한 반갑고도 기꺼운 마음이 오롯이 담겨 있었다. 그 까닭인가, 여의의 낭군은 이름자만큼이나 쾌활하고 여유로웠다.

호흡에도 법도가 있고 생각에도 격식이 있는 것 같은 궐에서 벗어나던 날이었다. 밤을 함께 보낸다는 것이 무엇을 의미하는지도 알지 못하여, 한 방에 들어도 어린 오누이처럼 나란히 누워 잠을 청하던 때였다. 그가 여의의 손을 꼭 쥐고 활기차게 말했다.

"우리 함께, 오래도록 즐거이 지내도록 합시다."

저보다 어린 소년의 점잔 뺀 목소리가 우스워 함빡 웃음을 터뜨리며 고개를 끄덕였다. 화사한 미소를 머금은 역의 표정만큼이나 여의의 마음도 가벼웠다.

그러나 어느 날부터인가, 역이 마치 그 자신에게 다짐이라도 하듯이 말하기 시작했다.

"내가 바라는 것은 다만 그대와 백년해로하는 것뿐인데."

세자 다음으로 옥좌에 가까운 대군임에도 보위에는 손톱만큼도 관심을 두지 않았다. 사랑하는 여인과 유유자적 노니는 지금의 삶에 만족했다. 그러나 자꾸만 그의 귓가에 속삭임을 불어넣어 마음을 뒤흔들려는 이들이 생겨났다. 역의 말은 그에 대한 피로감을 표출하는 의미에 지나지 않았다. 그러나 여의의 마음은 그 말을 들을 적이면 오히려 더 불편한 듯 꿈틀거렸다.

如意.

여의. 역의 이름자 옆으로 그녀의 이름을 나란히 늘어놓은 뒤 가벼운 한숨을 내쉬었다. 이름에는 기원이 깃들기 마련이었다. 그러나 여의가 아들이 아닌 딸로 태어난 순간, 부모가 마음에 품었던 가장 귀한 바람은 그대로 허공에 흩날린 것이나 마찬가지였다. 그녀에게 동기간이 없음을 생각한다면 더욱더.

그런 그녀가 낭군의 뜻이 이루어지도록 돕는 것은 가능할 것인가. 이름에 담긴 기원이야말로 실은 가장 이루어지기 어려운 것이 아닐까.

역의 이름 또한, 그가 평생 추구할 터이나 결국 얻지 못할 것을 뜻한다면 어찌하나.

여의가 제 이름을 나뭇가지로 헤집었다. 뽀득거리는 눈 밟는 소리가 다가왔다. 역의 눈길이 눈 덮인 계단 위에 늘어선 글자를 바라보다 의아한 목소리로 물었다.

"어찌 부인의 이름을 지웠소?"

여의가 대답하는 대신 고개를 들어 역의 모습을 살펴보았다. 퇴궐 후 바로 후원으로 온 모양인지 붉은 단령에 사모를 쓴 차림이었으나 관과 옷 위에 쌓인 눈송이가 제법 소복하였다. 아마도 지난번처럼, 짧지 아니한 시간 동안 그녀의 모습을 바라본 모양이었다.

"이번에도 소첩의 시간을 방해할 수 없었다 말씀하시렵니까?"

여의가 사뿐히 일어나자 치맛자락에 글자가 덮였다. 계단 위에 선 여인의 키는 바닥에 선 사내와 거의 같아, 고개를 젖히지 않고도 눈을 마주 볼 수 있었다.

여의가 역의 손을 잡아당겨 감쌌다. 조그만 눈덩이를 만들고 나뭇가지로 글자를 쓰던 여의의 손이나 찬바람을 맞고 온 그의 손이나 차갑기는 마찬가지였다. 둘 다 얼굴을 찡그렸다가 곧 서로의 같은 표정을 발견하고는 함께 웃음을 터뜨리고 말았다.

"전전반측(輾轉反側)이라, 소첩이 어느 시간에든 품는 생각은 다만 한 가지뿐이옵니다. 무엇을 방해할까 저어하십니까."

"그대의 그리움이 깊어지기를 기다렸소. 내 어떤 청도 거절할 수 없도록."

역의 손이 그녀의 뺨을 감싸고 이마를 맞대었다. 따스한 숨결이 닿는 입술에서부터 서서히 온기가 번지기 시작했다. 웃음을 담뿍 담은 여의의 눈꼬리가 부드럽게 휘어졌다.

역이 여의를 가볍게 안아 들었다. 둥실 떠오르는 치맛자락에 걸려 작은 눈뭉치 하나가 정자에서 굴러떨어졌다. 남자의 품에 수줍게 고개를 파묻은 여인이 떠나간 자리에는 주인이 존재를 잊은 포에 반쯤 덮인 하얀 구체 하나가 외로이 남아 있었다.

넷
연정이 청람(晴嵐)처럼 아른거리면

"이대로 앉아만 있어서는 아니 될 것이오."

"그러나 무엇을 할 수 있단 말이오? 대신은 물론이고 대간(臺諫)도 무조건 전하께옵서 옳으시다 비위만 맞추는 형국에."

"어찌할 수 없는 일 아니겠소? 지난해 목이 달아난 자가 이백도 넘소. 어디 산 자만 그리되었나. 죽고 나서도 부관참시(剖棺斬屍)에 쇄골표풍(碎骨飄風)이라니, 그 누가 감히 그런 일을 상상이나 하였을까."

"이래서야 과연 이 나라의 앞날이 어찌 될지 알 수 없는 것 아니겠소?"

비분강개하게 이야기를 이어 나가던 자들은 그들의 대화

101

를 어우르는 듯 침울한 목소리에 쥐 죽은 듯 고요해졌다. 모두 침통한 표정을 짓고 있는 가운데 갓을 고쳐 쓰는 선비의 입가에 얼핏 조소가 스쳤다. 그러나 워낙 순식간에 지나가 버려 표정을 알아본 이는 아무도 없었다. 단 한 사람을 제외하고는.

"이렇게 말로나마 속을 털어놓으니 그나마 후련하군요."

"술을 엎질렀다, 추위를 염려하여 들어가실 것을 권했다, 얼토당토않은 죄명으로 형벌을 받고 죽어 나가는 세상이니 이런 자리가 아니면 어떻게 이런 이야기를 할 수 있겠소."

말하던 자가 힐끗 누군가를 바라보았다. 좌중이 모두 한 뜻을 지니고 있음은 제법 오래 지속된 만남을 통해 확신하고 있었으나 저자는 초면이었다. 이 모임의 좌장(座長)이 몹시 아끼는 이와 동행한 것으로 일종의 신뢰를 얻은 셈이었지만 왠지 꺼림칙한 느낌을 지울 수 없었다. 내내 말 한마디 없이 경청하고 있는 젊은 선비를 향해 질문을 던졌다.

"여의, 그대의 고견을 구하여도 좋겠소?"

"구구절절 옳으신 말씀이 마음에 가득 들어차 감히 어떤 이야기를 덧붙일 수가 없습니다."

낮은 목소리에 다들 동의하듯 고개를 끄덕였다. 다시 침묵이 깊이 내려앉았다. 상석에 앉은 이가 그 고요를 깨뜨렸다.

"오늘은 이쯤에서 그만 파하기로 합시다."

무겁던 분위기도 함께 깨어졌다. 자리를 털고 일어나 인사를 나누는 이들의 표정이 한층 가벼워져 있었다. 그 누군가의 말처럼 속을 털어놓아 후련하기 때문인지, 우국충정이 가득한 마음도 그 자리를 떠나면 빛이 바래는 것인지 판단은 각자의 몫일 터였다. 가장 마지막으로 질문을 받았던 젊은 선비도 공손히 허리를 굽혀 인사를 한 뒤 총총히 그 자리를 벗어났다.

"나리."

입술을 굳게 다물고 느린 걸음으로 길을 걷는 그의 귀에 낯익은 목소리가 들려왔다. 고개를 돌려 그 모습을 확인했다. 정중하게 예를 갖추는 선비의 모습을 물끄러미 바라보다 도로 가던 길로 표표히 걸음을 디뎠다. 선비가 보폭을 넓혀 그를 따라잡더니 앞을 가로막았다.

"무례하군."

"대군 나리가 아니라 여의라는 이름을 지닌 벗과 이야기를 나누고자 할 뿐입니다."

"알면서도 용케 그 자리에 발을 들여놓도록 하였군."

그의 얼굴에 다시 조소가 어렸다. 주변을 가볍게 둘러보아 지나는 이가 없는 것을 확인하고는 표정에 꼭 어울리는 빈정거리는 목소리를 냈다.

"내가 그 이야기들을 어찌할까 궁금하여 쫓아왔는가."

"아주 아니라고는 말씀드릴 수 없겠습니다."

"능상(凌上)하는 작자들이 있다 고하면 목숨을 부지하기 어

103

렵겠지. 그러나 염려 말게. 뒤에선들 무슨 이야기를 못 할 것이며, 나도 피 칠갑 따위는 보고 싶지 아니하네."

역이 몸을 빙그르르 돌렸다. 그리 긴치 아니한 용무로 종친 하나를 만나고 돌아가는 길, 우연히 정암을 만났다. 좌담을 나누러 가는 길이라는 말에 동행해도 괜찮겠는가 물었다. 상대의 얼굴에서 미묘하게 망설이는 기색을 읽어 냈다. 평소 같으면 그냥 돌아섰을 것이나 지난 만남에서의 엷은 호감을 핑계로 충동적인 언행을 실천에 옮겼다. 명확한 거절의 답이 돌아오지도 않았다고 자신의 행동을 합리화했다.

그렇게 동석하게 된 자리에서 만난 이들은 모두 초면이었다. 그러나 평소처럼 진성이라는 군호를 말하는 대신 여인의 것처럼 들릴 리 없는 부인의 이름을 댔다. 아마 그때부터 뭔가 낌새를 눈치챈 것이리라. 느낌이 개운치 아니하였던 그 순간 바로 발길을 돌려 나왔으면 좋았을 것이다. 그렇다면 그 자리에서 오간 이야기를 듣지 아니하여도 되었을 것이니.

그러나 정암은 그 대답으로 만족하지 못한 모양이었다. 뒤를 바짝 쫓는 기척이 멀어지지 않음을 느끼고는 역이 걸음을 멈추고 휙 돌아섰다.

"다만 그뿐이십니까."

"뜻을 품은 이들이 그토록 많으니, 조선의 미래가 밝지 아니한가."

역의 목소리에서 비꼬는 기운이 명백하게 느껴졌다. 뒤에서만 떠들 뿐 나서지 못하는 자들의 이야기는 탁상공론에 지나지 아니한다는 뜻인 것 같기도 했다. 정암의 표정이 살짝 굳어졌다. 그 말에 대답하려 막 입을 열던 차에, 저만치에서 다가오는 그림자를 보고는 도로 입을 다물고 그 자리에 섰다.

"여러모로 오늘은 날이 아닌가 하옵니다. 살펴 가옵소서."

난데없는 인사에 역이 발을 멈추고 정암을 돌아보았다. 이미 몸을 돌려 호젓하게 멀어져 가는 뒷모습을 바라보다 다시 앞을 보았다. 공복을 갖춘 무관이 그를 향해 다가오고 있었다. 얼굴에 몹시 반가운 표정이 떠올라 있는 것이, 이 만남이 의도든 우연이든 그를 놓아줄 생각이 없는 것처럼 보였다. 역이 짧은 한숨을 쉬며 피곤한 표정을 감추었다.

＊　　　＊　　　＊

雨順風調
時和歲豊
비가 순조롭고 바람이 고르며,
시절이 화평하고 풍년이 들지어다.

사랑과 안채 사이, 좀처럼 닫히는 법이 없는 문이 굳게 닫혀 있었다. 사랑 쪽에서 바라보는 그 앞에 선 여의가 여덟 팔자로 붙은 글자를 보며 미소 지었다. 안채로 통하는 문에 붙기에는 퍽 거창한 것이었으나 이미 역이 고명한 문인에게 부탁하여 글자를 얻어 온 것을 뻔히 알면서 대문에 붙이겠다고 우길 수는 없는 노릇이었다.

"부부인이 되어 이 정도는 되는 글귀는 붙여야지, 어찌 한 몸의 평안만을 바랄까."

여의는 호기롭게 중얼거렸다. 입춘대길(立春大吉)에 건양다경(建陽多慶)이라, 봄이 시작되니 크게 길하고 경사스러운 일이 많이 생기기를 기원한다는 평이한 문구를 붙이지 않은 사실을 변명하는 듯 들렸다.

문을 원래대로 활짝 열어젖혀 놓고는 가벼운 걸음걸이로 방 안으로 들어갔다. 방구석에 대충 널브러지듯 쌓인 종잇장 옆에 앉아 한 장씩 들어 올려 글귀를 확인하고는 옆으로 옮겨 차곡차곡 쌓았다. 책력에 있는 입춘시는 진작 지났다. 어지간한 곳에는 글귀가 붙어 있어 쓸모가 없기도 했다. 올해 쓴 것을 내년까지 놓아둘 리 없으니 불쏘시개로나 쓰일 터였다.

그렇게 방 안에 어지럽게 흩어진 글귀를 모으니 먹물 냄새가 진하게 밴 종이가 한 치가량 쌓였다. 여의의 손에는 두 장의 종이가 들려 있어 한 손에 한 장씩, 두 장을 길게 쥐고는 제가 쓴 글자를 훑어보았다.

鳳鳴南山月
麟遊北岳風
봉황은 남산의 달 아래서 울고,
기린은 북악의 바람에 노닌다.

봉황과 기린, 하나같이 상서로운 동물이었다. 그런 동물을 만나는 것만큼 좋은 일이 어디 있을까. 하지만 역의 위치에서는 티끌만큼이라도 욕심 따위를 품었다가는 역모죄를 덮어쓰고 형장의 이슬로 사라지거나 유배를 갔다가 사약을 받아 들기 십상이었다. 그러니 봉황이나 기린 따위를 만나는 상서로움을 원할 리도 없었다. 여의가 쓸모없는 글귀를 쌓아 둔 종이 뭉치 위에 대충 던져 놓았다.

뒷면에 잔뜩 풀을 바른 종이를 들고 자박자박 안마당을 가로질렀다. 대청마루 앞 섬돌에 신을 벗어 놓고 마루 위로 올라갔다. 입춘첩(立春帖)을 붙이는 시간은 이미 지났지만 지극한 마음을 담은 기원이 설마 재액을 불러오기야 할까 생각하며 들고 온 두 장 중 하나를 바닥에 내려놓고 오른쪽 기둥 옆에 가 섰다. 살짝 까치발을 들고 양손으로 종이 끄트머리를 잡아 높이를 맞추어 살짝 누른 뒤, 손바닥으로 쓸어 기둥 위에 단단히 고정시켰다.

바닥에 내려 둔 종이도 왼쪽 기둥에 마저 붙이고 나서 조심조심 좁은 마루에서 내려왔다. 신을 발에 꿰고 뒷걸음질로 몇 발짝 물러나며 손바닥을 두어 번 가볍게 맞부딪쳤다. 새로 바른 하얀 종이 위의 까만 글씨가 눈에 들어왔다.

和氣自生君子宅
春光先到吉人家
온화한 기운이 스스로 생기니 군자의 집이요,
봄빛이 먼저 이르니 길인의 집이로다.

방에서 볼 적에도 제법 만족스러웠으나 햇살에 반짝이는 먹물 자국을 보니 훨씬 더 만족스러웠다. 여기서 기다리다 역이 귀가하면 아무 일도 없었던 척 얼른 사랑에 들어갈 생각이었다. 과연 그녀가 글귀를 붙여 놓은 것을 언제 알아보나 시험도 해 볼 겸.

대문간에 약간의 소란스러움이 일었다.

반가운 표정으로 몇 발짝 발걸음을 떼던 여의가 낯선 기척을 느끼고 주춤했다. 혼자가 아니라 동행이 있는 모양이었다. 외부인의 눈에 띄고 싶지 않아 걸음의 방향을 안채 쪽으로 돌려 총총히 사라졌다.

조금 전까지 그의 부인이 서 있던 자리에 역이 나타났다. 갓을 쓰고 포를 두른 모양은 해사한 젊은 선비였으나 딱딱하게 굳은 자세로 소매를 떨치고 걷는 모습은 화가 난 듯도 보였다. 얼굴에 떠오른 표정은 몹시 피곤하고 귀찮다는 감정을 여실히 드러내고 있었다. 그 어느 쪽도 평소의 역에게서는 볼 수 없는 것이었다.

그 뒤를 따르는 이는 무관의 복장을 하고 있었다. 퇴궐하는 길에 우연히 만난 대군 나리의 뒤를 좇아 여기에까지 이른 참이었다. 그를 썩 반기지 아니한다는 사실은 알고도 남았으나 약간의 굴욕감을 감수하고서라도 가까워질 필요가 있었다.

"들어오시게."

역이 섬돌 위에 신을 벗고 오르며 짧게 한마디 내뱉고는 방으로 들어갔다. 무관이 섬돌 몇 발짝 앞에서 발을 멈추었다. 붙인 지 얼마 되지 아니한 듯 보이는 새로 바른 종이가 그의 눈에 들어왔다. 대문간에 붙어 있던 것과는 다른 필체의 입춘첩이었다.

찬찬히 그 필체를 살피던 무관은 어이없다는 듯 실소했다. 그는 시구로 뜻을 펼쳐 내고 글로써 마음을 전하는 것을 같잖게 생각했으나 문관들과 어울리다 보면 어쩔 수 없이 맞닥뜨리게 되는 수고였다. 하여 스스로 글을 쓰는 것은 잘하지 못하되 다른 사람의 글을 볼 기회는 많아 지금도 무심코 필체를 감정하듯 들여다보고 있었다.

중간 이상은 갈 법한 단려한 필체였다. 다만 평소에 보는 것에 비해 낭창거리는 느낌이 드는 것이, 조정에 출사한 이가 아니라 이제 지학(志學)을 지났을까 싶은 소년의 것이라 짐작되었다. 대군 나리에게 사적으로 교류하는 젊은 선비가 있었던가. 그가 고개를 꼬고 있노라니 사랑에 들어갔던 역이 다시 나타났다.

"어찌 들어오지 않으시오? 혹, 마음이 바뀌시었소?"

"아니옵니다. 기둥에 붙은 문구를 보느라 잠시 걸음을 잊었사옵니다."

무관의 말에 역의 시선이 기둥으로 이동했다. 힐끔 보는 것만으로도 부인의 서체임을 알아내는 것은 어렵지 않았다. 제법 높은 위치의 글귀를 보며 그것을 붙이느라 혼자 끙끙댔을 여의의 모습을 눈앞에 그려 냈다. 봄빛이 먼저 이르는 길인의 집이라. 그 다정한 기원을 확인한 역의 입가에 미소가 번졌다.

그러나 그는 얼른 입가의 미소를 지운 뒤 돌아섰다. 어서 들어오지 않으면 더는 이야기하지 않겠다는 뜻이 담긴 확고한 동작에 무관이 얼른 신을 벗으며 마루 위로 올라섰다.

다시 한 번 고개를 돌려 글귀를 바라보던 사내의 눈이 종이 귀퉁이에 고정되었다. 세필로 쓰인 아주 작은 글씨가 보였다.

內眷

그러나 그 글자에 신경 쓰느라 머뭇거리면 대군이 준엄한 얼굴로 그를 내칠지도 모를 일이었다. 서둘러 방으로 들어가면서도 미처 흩어 내지 못한 의문 한 줄기가 무관의 머릿속을 떠돌았다.

'글을 써서 붙이는 여인이라.'

그가 아는 여인 중 그 누구도 이런 일을 하지 않았다. 진서도 쓸 줄 아는지 잘 모르지만 설령 안다 하더라도 계집 따위가 쓴 글귀가 이렇게 남들 눈 닿는 곳에 붙을 일도 없었다.

그에게 계집의 필요성은 딱 두 가지였다. 조신하게 내조하며 아들을 낳아야 하는 부인과 그의 마음을 즐겁게 하는 애첩과 기녀.

요사이 한 부류가 더 덧붙었는데 왕을 가까이에서 모시는 홍청이었다. 그가 뒤를 보아 주는 계집이 왕의 눈에 들기라도 하면 그다음부터는 앞날이 탄탄대로처럼 순탄할 터였다.

다만 그중 가장 미색이 고와서 공을 들이는 홍청이 딴생각을 하는 게 골치 아팠다. 수양딸로 삼아 애지중지하는 아이는 왕이 아니라 대군에게 정신이 팔려 있었다. 그 사실이 못마땅하여 잔소리를 몇 번 하자 눈동자에 눈물을 가득 담고는 대들 듯 소리쳤다.

"저 혼자 마음으로 사모하는 게 대체 무슨 잘못이란 말입니까. 숙용이 버티고 있는 한은 저 같은 일개 홍청 따위, 꺾여 보았자 곧장 내팽개쳐질 신세에 불과하지 않습니까!"

그때는 치켜 올라가는 손을 간신히 붙잡았다. 믿고 있는 것은 저 얼굴 하나인데 자국을 남길 수는 없는 노릇이라고 애써 분노를 삭였다.

그러나 날이 지나면서 조금씩 생각이 바뀌었다. 왕의 폭정에 숨을 죽이고 있는 아래로 불만이 들끓고 있어 작은 불씨라도 옮겨 붙으면 그대로 맹렬하게 타오를 기세였다. 그렇게 되면 보위에 오를 가장 유력한 인물이 바로 대군이었다. 끊어 버려도 무방할 만큼 가느다란 줄을 만들어 놓으면 그날이 왔을 때 그를 무시할 수는 없으리라.

필요하다면 대군에게 정신이 팔린 계집아이도 이용할 셈이었다. 여태 고운 계집을 마다하는 사내는 본 적이 없었다. 내당의 부인을 과히 아껴 첩실도 들이지 아니한다는 대군이지만, 부인이 중전의 조카인 탓에 섣불리 행동하지 못하고 있는 것에 불과하리라.

그러나 격식을 갖춘 첫 대면에 그 속내를 모조리 드러낼 수는 없었다. 상석에 앉아 시큰둥한 얼굴로 그를 바라보며 먼저 말도 붙이지 아니하는 대군에게 공손하게 머리를 조아려 보였다.

✻   ✻   ✻

하마비(下馬碑) 앞에서 가마가 얌전히 멈춰 섰다. 흔들거리며 내려앉은 우아한 가마의 앞문이 들어 올려지며 여인이 가마에서 내렸다.

풍성한 붉은 치맛단에 장식된 금박 위로 봄 햇살이 반짝이고 밝은 초록빛의 당의 앞자락 안으로 소맷부리가 숨어들었다. 곧게 서 있는 우아한 자태며 제법 높이 올린 고상한 머리 모양까지 모두 다 고관대작의 부인으로 손색이 없었으나 몹시 젊었다.

입궐을 위해 한껏 단장한 여의였다.

공손히 그녀를 맞이하며 앞서가는 상궁의 뒷모습을 바라며 걷는 여의의 걸음은 그리 가볍지 않았다. 이 차림으로 방을 나서는 순간부터 밀려든 피로감이 전신을 휘감고 있었다. 겹겹이 두른 옷은 거추장스럽고 남의 머리칼까지 빌려 높게 올린 머리는 돌덩이를 얹은 것처럼 무거웠다. 그렇게 한참을 걸은 뒤에야 굳게 닫힌 문 앞에 설 수 있었다.

"부부인 마님 납시었습니다."

그녀의 방문을 고하는 목소리와 함께 문이 활짝 열렸다. 여의가 단정히 앉아 고개를 조아렸다.

"그적보다 더 못한 것 같구나. 아직도 다 낫지 아니한 것이냐."

"송구하옵니다."

벌써 시일이 꽤 지났는데도 문안을 드릴 때마다 여의가 앓았던 것이 엊그제 일인 양 말의 서두에 왔다. 아마 그 이후로 얼굴이 더 갸름해지고 몸이 가늘어진 탓이리라.

여의는 유모가 그러하였다면 투덜거렸을 발언을 지적하는 대신 얌전히 고개를 조아렸다. 집에서 새는 바가지는 들에서도 샌다지만 그 정도 상황 파악도 못 할 만큼 아둔하지는 않았다.

대비가 단정히 앉은 여의의 모습을 유심히 바라보았다. 아직도 용모가 준수한 우상 대감의 딸답게 고운 미색을 자랑했다. 중전과 퍽 닮았으면서도 훨씬 선이 가늘어 지켜 주고픈 마음이 절로 일게 하는 연약한 느낌을 지니고 있었다. 조심스럽게 내리떴어도 눈동자에 깃든 반짝이는 재기를 숨기지는 못했다. 아마도 제법 시일이 흐르도록 제 아들은 저 여인에게서 눈을 떼지 못할 듯싶었다.

"혼례를 치른 지 꼬박 여섯 해가 지났구나. 어린아이 둘이 맞절하던 모습이 눈에 선한데."

대비가 그날의 정경을 떠올렸다. 소녀의 모습을 확인한 순간부터 눈에 띄게 밝은 표정을 하던 아들이었지만 장성하면 자연히 제 부인에게서 멀어지겠거니 생각했다.

그녀의 지아비인 왕은 손가락으로 일일이 헤아리기도 버거울 만큼 여럿의 후궁을 두고 있었으며, 그들과의 사이에서 난 왕자군만 해도 이미 열 손가락을 훨씬 넘어섰다. 사내란

으레 그런 것이거니 했다.

그럼에도 세상사 간혹 예외가 있는 법인데, 그 예외가 그녀의 아들인 모양이었다.

"언제쯤 손주를 무릎에 앉혀 볼 수 있을까."

혼잣말처럼 흘러나온 목소리는 온화하였으나 여의의 마음에는 덜컥 두려움이 밀려왔다. 여태 아이가 들어서지 아니한 것은 네 탓이라 말하지는 않을까. 유모에게 하듯 '인력으로 되는 일이 아니라'고 말할 수는 없어 고개만 떨구었다.

대비가 팔을 뻗어 여의의 손을 쥐었다.

"인력으로 되는 일이 아니니 조급해하지 말거라."

자신이 차마 꺼내지 못한 말을 대신하는 대비의 목소리에 여의가 조심스럽게 고개를 들었다. 그녀가 지금 들은 말을 그대로 받아들여도 좋을지 고민했다.

대비는 여의의 손등을 다정하게 쓰다듬었다. 혼인한 지는 제법 되었으나 아직 후사가 없음을 염려하기는 일렀다. 자신만 해도 혼인하고도 십일 년이나 지나서야 아들을 낳았다.

열일곱의 나이에 얻은 큰딸을 잃었던 그해에 낳은 아들이 역이었다. 아들을 얻은 기쁨만큼이나 딸을 잃은 슬픔이 마음에 진하게 남았다.

국모의 자리에 오르고도 오래도록 대군을 낳지 못한 허물 탓에 딸을 귀애하지 못한 것이 한이 되었다. 어렵게 얻은 아들을 과히 아끼면 한창 예민할 시기의 세자가 마음을 다칠까

두려워 제 아들을 마음껏 사랑하지도 못했다. 결국, 두 아이
모두에게 같은 실수를 반복한 셈이었다.

아들에게 온전한 사랑을 전하지 못한 것이 늘 마음에 걸
렸다. 그러나 지금은 그 곁에 사랑스러운 소녀가 있어 그녀
가 품었던 이상의 다정함을 주고받고 있었다. 보위에 오르지
도 아니할 대군의 후사는 급할 것도 없었다. 그저 지금처럼
그리 정다우라, 소박한 마음을 담아 며느리의 손을 다정하게
어루만졌다.

다시, 궐의 건물 사이에서 걸음을 딛고 있었다. 공기는 아
직 싸늘했으나 청명한 햇살이 전한 온기를 품고 있었다. 꽃
을 시샘하는 추위가 한풀 꺾이고 나면 완연한 봄이 올 터였
다.

썰렁한 바람을 맞으며 상궁의 뒤만 따라 걷노라니 어딘가
모르게 쓸쓸했다. 대개 그녀가 입궐할 때는 역이 동행했으나
오늘은 그가 군호조차 기억할 수 없는 종친 중 한 명을 만나
러 간 터라 지금은 혼자였다.

바쁘게 걸음을 옮기던 상궁이 돌연 제자리에 멈추더니 허
리를 굽혔다. 아무 생각 없이 뒤를 밟아 가던 여의가 상궁에
게 부딪치지 않고 겨우 발을 멈추었다.

나인과 상궁을 이끌고 일산을 받쳐 만든 그늘 아래에서 유
유히 걸어오고 있는 이는 틀림없이 화살을 날렸던 그 남자,

왕이었다.

여의가 공손히 허리를 굽혔다. 고개가 숙여지는 순간 머리 위에 얹힌 다리의 무게가 대번에 목에 전해졌다. 서둘러 양 옆의 수식(首飾)을 잡아 매무새를 정돈하는 여의의 모습을 본 왕이 느긋하게 그녀의 앞으로 다가왔다.

"아우의 꽃을 예서 보는군. 아니, 꽃보다 더 귀하다 하였 던가."

"그간 강녕하셨사옵니까."

"이렇게 고운 여인을 소년의 복색으로 숨겨 놓다니 아우 의 취향은 알다가도 모를 일이지."

제법 날이 지난 어느 때의 만남을 상기시키는 발언이었다. 여의가 엷은 미소와 함께 가볍게 고개를 조아렸다. 호쾌한 웃음소리와 다정한 목소리에도 마음 구석이 서늘해지는 것 을 애써 모르는 척했다.

왕의 옆에 서 있던 여인은 과한 반가움의 표현이 못마땅한 듯 샐쭉하게 여의를 흘겨보다 왕의 팔 위에 손을 얹었다. 가 느다란 줄기에 매달린 화려한 꽃송이처럼 몹시 아름답고 가 녀린 여인이 입을 열자 곱고 낭랑한 목소리가 울렸다. 다만 한마디뿐이었으나 그 안에 담긴 복잡 미묘한 뜻은 충분히 전 달되고도 남았다.

"전하."

"숙용은 만난 적이 없었던가? 지난 초겨울, 천참(泉站)에서 사냥할 적에 함께하였는데."

"그적에는 신첩이 먼 길 떠나시는 전하의 걸음을 따를 수
없었사옵니다."

숙용이 더욱 화사한 미소를 지으며 왕에게 바싹 다가들었
다. 왕에게는 더없이 사근사근한 목소리로 대답하였으나, 이
내 제법 사나운 눈초리로 그의 관심을 받는 여인을 훑어보았
다. 여의가 그 눈길을 똑바로 받아쳤다.

오밀조밀한 이목구비가 퍽 예쁜 미인이었다. 언뜻 보아서
는 동안이었으나 엷은 주름이 눈에 띄는 것이 보기보다 나이
가 조금 있을 듯했다.

"하나뿐인 아우의 하나뿐인 부인이니라. 소생도 없으니 측
실을 두어도 무방할 것이건만 아우가 아끼는 마음이 아직도
변치 아니하였으니 여인이라면 누구나 부러워하지 않겠는
가."

쓸데없이 긴 소개에는 여의의 마음을 흔들어 보려는 심산
도 포함되어 있는 것 같았다. 소생이며 측실 따위의 말이 들
려올 때 마음이 쿡 찔리는 느낌이었으나 표정만큼은 평온하
게 유지할 수 있었다. 이미 유모를 통해 한 번 단련된 덕이었
다.

아우의 부인이라는 말에 숙용의 찡그린 얼굴이 조금 펴지
기는 하였으나 경계심이 깃든 눈빛은 여전했다. 귀치도 않은
절개를 지키기 위해 목숨도 버린다는 양반 여인네들 중 하나

인 데다 왕이 몹시 아끼는 대군의 부인이라면 관심을 빼앗길까 두려워할 필요가 없었다. 그러나 지나치게 친밀한 태도가 마음에 걸렸다.

숙용은 꽤 오랫동안 왕의 마음을 사로잡고 있었다. 그녀 이상으로 왕의 비위를 맞출 수 있는 여인은 아마 존재치 아니할 것이었다. 그러나 고귀한 사내의 총애는 언제 꺼질지 알 수 없는 바람 앞의 등불과도 같은 것이었다. 그녀에게 폭 빠진 것 같으면서도 현숙한 왕비의 침소에 드물지 않게 들며, 목소리가 곱고 악기를 잘 다루는 기녀를 하루 종일 곁에 두었다가 밤에 은밀히 침소로 들였다. 고운 여인이라면 처녀 아이든 머리를 틀어 올린 부인이든, 반가 여인이든 누군가의 천한 비첩이든 가리지 아니하는 성향 역시도 잘 알고 있었다.

연적이 될지도 모를 여인. 상대에 대한 판단을 빠르게 끝낸 숙용은 여전히 왕에게 몸을 기댄 채 턱짓하듯 고개만 까딱해 보였다.

여의가 무감한 눈으로 바라보다 가볍게 고개를 숙여 답례했다. 단둘이었다면 숙용의 무례한 행동에 대해 준엄한 말을 남겨 줄 수 있었을 것이나 왕의 앞이었다. 그녀의 경솔한 행동이 자칫 역에게 불똥을 튀게 할 수도 있었다.

여의의 정중한 태도와 우아한 미소를 본 숙용의 심기가 뒤틀렸다. 귀한 집안의 여식으로 나고 자란 여인이 왕의 총애

에만 기대고 있는 천출인 그녀에게 비웃음을 보내는 것 같았
다. 그러나 그 감정을 표출할 수는 없었다. 왕이 여의와 대화
를 이은 탓이었다.

"과인이 한가하면 아우를 아끼는 마음으로 청할 것이나
그러지 못하오."

"어찌 그 귀한 시간을 바라겠사옵니까."

여의의 공손한 대답에 왕이 묘한 미소를 머금었다. 숙용
을 옆에 낀 그가 정무를 보러 가는 것이 아님은 눈치챘을 것
이다. 귀한 시간을 바랄 수 없다는 말의 이면에 어떤 뜻을 품
고 있는지 묻고, 극히 일부라도 실천에 옮기고픈 충동이 일
었다.

그러나 그의 옆에는 시기심이 깃든 눈빛을 한 숙용이 있었
고 상대는 아우의 여인이었다. 순식간에 밀려들었다 빠져나
간 욕구를 감추며 담담하게 물었다.

"중전을 찾아온 길이오?"

"그러하옵니다."

"기왕 걸음 한 것이니 모쪼록 즐거우셨으면 좋겠소이다.
중전과 함께하는 시간이 얼마나 즐거울 수 있을지 과인으로
서는 잘 알 수 없지만 말이오."

유쾌한 웃음과 함께 멀어져 가는 모습을 여의가 말없이 배
웅했다. 상궁이 멍하니 서 있는 여의를 채근했다. 티가 나지
않게 짧은 한숨을 내쉬고는 다시 발길을 재촉했다. 그렇게

도착한 전각에서는 조금 전과 크게 다르지 않은 상황이 반복되었다.

"문안 인사 올리옵나이다."

"선머슴 같던 아이를 자태 고운 여인으로 성장케 하니 세월이란 참으로 대단한 것 아니냐."

중전은 평소와 다름없는 격의 없는 말투로 말을 건넸다. 방 한구석을 지키고 있던 상궁이 예의 바르지만 딱딱한 목소리를 냈다.

"중전마마."

"지금 만나고 있는 이는 친정 조카이니라. 혈육의 정을 느끼고자 하는데 무엇이 문제인가?"

냉엄한 목소리에 상궁이 입을 다물었다. 중전은 조금 전의 찬바람 쌩쌩 이는 목소리는 온데간데없이 상냥하게 말을 이었다.

"오라버니를 뵌 지도 너를 본 것만큼 오래전이구나. 오라버니께서는 강녕하신가?"

"딸은 출가외인이라 하시어 일 년에 몇 번 뵙기도 어렵사옵니다."

"내 오라버니의 성정을 알면서 괜한 질문을 했구나."

여의의 말을 들은 중전의 말끝에 가벼운 웃음이 섞였다. 타고난 우아함이 깃든 미소는 여의가 지니지 못한 것이었다. 어쩌면 그 탓에 지척에 살고 있는 부모와 그리 친밀하게 지내지 못하는 것 같기도 했다.

여인다운 몸가짐을 아무리 가르쳐도 진척이 보이기는커녕 몸 가볍게 달아나 버리는 딸과 조신하고 고운 누이를 비교하면 한숨과 주름만 늘었을 것이니.

"내가 어찌 보자 하였는지 궁금하지는 않으냐?"

"짧은 소견으로 어찌 그 뜻을 헤아리겠사옵니까."

공손한 대답을 들으며 중전이 다시 웃었다.

후원에서 나비를 잡겠다며 치맛자락을 잡고 뛰다가 돌부리에 걸려 넘어졌을 때 왕이 일으켜 주었던 것을 알고 있을까. 가을이 다가와 나타난 붉은 빛깔 잠자리가 꽃대 위에 앉은 것을 날개를 붙잡아 들고는 까칠한 다리가 파고드는 것에 질겁하는 대군의 뒤를 쫓아다녔던 것은 과연 기억이나 할까.

벌써 오래전의 일이었다. 그 어린아이의 모습을 떠올릴 수도 없을 만큼 의젓한 숙녀가 되어 있었다. 기억 속에서 끄집어낸 몇 조각의 추억을 다시 소중하게 가슴에 품었다.

중전이 몸을 일으켰다. 이미 그 상황에 대비가 되어 있던 것인지, 상궁이 곧바로 일어나 문을 열었다. 여의만이 어리둥절하여 물음을 던졌다.

"어디에 가시려 하옵니까?"

"오라비가 그리워도 만날 수 없는 나나, 아비의 모습을 보려 해도 볼 수 없는 너나 마찬가지 아니더냐. 남들이라면 활개를 치고 드나들 것이건만 무엇을 저어하는지 가끔은 알 수가 없다. 매정한 피붙이를 둔 탓이겠지."

행선지를 묻는 여의의 질문에 중전이 엉뚱하게만 들리는 대답을 늘어놓으며 발을 옮겼다. 건물을 나서서도 한참이나 걸어가던 왕비가 멈춰 서 그녀를 곁으로 부르더니 작은 목소리로 속삭였다.

"친정이 그리울 적이면 가끔 찾는 곳이 있다. 혹여 전하께서 계신다면 가지 못할 수도 있으니 큰 기대는 하지 말거라."

한참이나 늦은 대답이었다. 여의는 궐 어디에서 사가의 흔적을 찾을 수 있어 친정이 그리울 적이면 찾는다 하시는지 의아하게 생각하며 조심스럽게 행선지를 예상해 보았다. 왕이 있으면 가지 못할 수도 있으리라 했다. 숙용을 대동한 왕이 대전으로 향하였을 리 없으니 후원이나 누각으로 향하였을 것이다. 정말로 왕을 방해하고 싶지 않은 것인지 아니면 목도하게 될지 모를 장면을 피하고 싶은 것인지. 그 마음을 짐작하기 어려웠다.

"오는 길에 전하를 뵈었느냐."

"예."

"그러하면 장(張) 숙용도 보았겠구나. 참 고운 여인이 아니더냐."

왕의 곁에 바짝 붙어 있던 여인의 성이 장씨인 모양이었다. 여색을 탐하는 왕이 아니더라도 뭇 남성을 홀리기에 부족함이 없었으나 그에 대한 찬탄이 중전의 입에서 나오는 것은 다소 의외였다.

질투심 따위가 비집고 들어가지 않은 순수한 경탄은, 있지도 않은 첩을 들일지도 모른다는 사실에 가슴 아파하던 여의와는 딴판이었다. 중전의 자리에 올라 있으면 성인(聖人)과도 같은 마음을 지니게 되는 모양이었다.

여의는 지난 중양절, 누각에 둘러쳐진 장막 안에서 열린 잔치에 백 명의 기녀를 불렀다던 역의 목소리를 떠올렸다. 이해가 아니라 체념한 것인지도 모른다. 국모의 자리에 어울리는 품격을 갖추려면 온 마음이 새카맣게 타들어 가고 썩어 들어가도 겉으로는 태연함을 가장할 수 있어야 했다. 그녀에게는 불가능한 일이었다.

여의가 아무런 대답도 하지 않는 것을, 정비인 자신을 앞에 두고 후궁의 아름다움을 논하는 것이 무례라고 생각한 탓이라 짐작한 중전이 빙그레 웃었다.

"반가에서 자란 여인의 앎이란 현모양처가 되는 것이 전부, 그러나 그것으로는 어릴 적부터 다정에 목마른 전하의 마음을 채워 드릴 수 없더구나. 일전에 숙용이 거문고를 타며 노래하는 모습과 음악에 맞추어 춤추는 것을 본 적이 있다. 하늘에서 내려온 선녀가 그리 고울까 싶을 정도였지. 어떤 사내가 그러한 여인을 놓치려 하겠느냐."

여의는 중전의 목소리에서 애정을 읽어 냈다. 마음을 표현하는 법은 사람마다 각기 달랐다. 지극히 사랑하는 연인과의 관계에 그 누구도 끼어들게 할 수 없는 여의와, 자신이 충족시킬 수 없는 부분을 채워 줄 숙용의 존재를 인정하는 중전 중 누가 옳은지는 알 수 없었다. 그러나 단 하나 분명한 것은, 여의는 지금까지는 물론이고 앞으로도 그러한 마음을 가지지 못하리라는 점이었다.

중전이 발걸음을 멈추었다. 봄빛을 가득 머금고 있는 커다란 정원 같은 곳에 이르렀다. 용 모양의 배가 떠 있는 연못의 정중앙에 산호로 만든 나무 모양의 장식이 햇살을 받아 반짝였다. 고운 빛깔의 비단 연꽃이 떠다니는 연못 너머 호화로운 장막을 두른 웅장한 누각이 보였다.

지존이 머무르는 궐이기에 인정되는 호사는 일국의 군왕이 기거하는 궐에 어울리지 않는 이질적인 것이기도 했다. 눈에 보이는 그 무엇이든 지나치게 화려하여 오히려 천박함을 자아냈다.

바람에 한들거리는 장막 너머로 형형색색의 고운 치맛자락이 분주하게 나풀거렸다. 교태 섞인 아양과 호탕한 웃음소리가 흘러나왔다.

중전이 여의의 팔을 가볍게 두드려 주의를 환기시킨 뒤 저편 어딘가를 손가락으로 가리켰다.

"네게 보여 주고자 한 것은 연못도 누각도 아니니라. 저기가 어디인 줄 아느냐?"

군데군데 드러난 바위마저도 위풍당당한 산의 모양을 바

125

라본 여의가 고개를 가로저었다. 그럴 줄 알았다는 듯 중전이 상냥하게 웃었다. 두어 달 전에 알게 된 사실을 마치 오래전부터 알고 있었던 것처럼 천연스레 말했다.

"저 산 아래에 오라버니 댁이 있단다."

그녀에게 그 사실을 알려 준 것은 왕이었다. 남들의 눈이 닿지 아니하는 밤에 그녀의 손을 잡아끌었다. 바로 이 길을 거닐며 남장을 하고 있던 조카아이에 대한 이야기를 전하면서 유쾌하게 웃었다. 그 아이를 만나니 그녀가 생각나더라고 했다. 성실하지 못한 남편인 자신을 자책하며 애달픈 표정을 했다.

중전의 마음에 다시 돌아올 수 없는 어린 시절에 대한 그리움과 정에 굶주린 사내에 대한 안타까움이 뒤섞였다. 한때는 다정하였으나 마음이 떠나 버린 연인, 이따금 그녀를 찾는 것은 그저 중전의 체면을 세워 주기 위한 것에 지나지 않으리라 여겼다.

그러나 왕이 그 사실을 알려 주었던 날, 비로소 확신할 수 있게 되었다. 겨우내 얼었던 땅이 따스한 햇살에 녹아내릴 적에 나른하게 피어오르는 아지랑이처럼, 기약할 수 없는 어느 훗날에 그가 다시 돌아오리라.

확신은커녕 짐작도 할 수 없었던 이야기를 가슴에 품을 수 있게 되었다. 그에 대한 감사의 마음을 표하고 싶었으나 정작 그 대상을 눈앞에 두자 난감함이 몰려왔다. 표현할 수 없는 감사를 마음에 간직하고 수많은 이야기를 묻어 둔 채 여의를 향해 미소를 지어 보였다. 까닭을 알지 못하는 여의는 그저 조심스레 고개를 조아렸다.

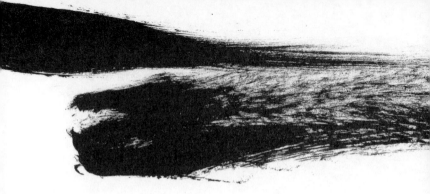

다섯
담장 아래 숨어든 봄빛 바람(願)

발소리를 죽여 안마당을 빠르게 가로지르는 모습은 양상
군자(梁上君子)라는 말과 딱 어울렸다. 역이 신을 벗어 놓고
마루에 발을 올리자 살짝 삐걱대는 소리가 울렸다.

몹시 작은 그 소리는 주변의 작은 소음과 뒤섞여 버렸지
만, 그럼에도 들킬 것을 염려하는 듯 문 안쪽의 반응에 귀를
기울였다.

아무 기척이 없는 것을 확인한 뒤 다시 조심스레 다가가
문을 살그머니 밀었다.

몹시 열없는 표정으로 앉은 여의 앞에 작은 무더기가 있었
다. 일 년에 두어 번 정도, 어디에 나왔는지도 알 수 없을 잡
동사니들을 잔뜩 늘어놓고는 필요한 것과 그렇지 않은 것들

을 신중하게 가려내는 날이 있었다. 대개는 다시 벽장이나 궤 안으로 숨어들어 버려 아무런 소득도 없는 것이 문제였지만.

"무얼 하오, 부인?"

여의가 화들짝 놀라 앞에 늘어선 것들을 대충 팔로 거둬들이며 텅 빈 궤 안으로 허둥지둥 쓸어 담았다.

역이 그 앞에 가 앉았다. 자질구레한 물건들을 담는 것을 건성으로 바라보고는 옆에 쌓여 있는 종이 뭉치로 시선을 돌렸다.

때 지난 입춘첩처럼 보이는 글귀를 한 장씩 들어 살펴보다 빙긋 웃더니 한 쌍을 곱게 접어 품 안에 감추었다.

아래쪽에는 글씨 연습을 하던 것인지 여기저기에서 갖다 쓴 글귀들이 놓여 있었다.

다시 그것을 몇 장 팔랑거리고 넘겼을 때, 역이 그녀의 글귀들을 보고 있음을 발견한 여의가 얼른 종잇장을 움켜쥐었다.

나와 있는 것들은 거의 다 그녀의 손에 들어왔으나, 그 손길을 피한 한 장이 역의 손에 들려 있었다. 여의가 팔을 뻗었지만 역이 위로 들어 올리며 종이를 팔랑거렸다. 고운 글자가 함께 나부꼈다.

士爲知己者死

女爲悅己者容

선비는 자기를 알아주는 사람을 위하여 목숨을 아끼지 않고

여인은 자기를 사랑해 주는 사람을 위해서 몸을 치장한다*.

"그대는 선비요, 여인이요?"

"나리 같은 낭군을 모시고 있사오니 여인임도 나쁘지 않습니다."

"나쁘지 아니하다?"

여의의 대답에 역의 눈썹이 꿈틀거렸다. 선비가 아님이 한스럽다는 대답보다 훨씬 나았지만 애초에 그가 기대한 대답과는 거리가 멀었다. 입바른 소리를 해도 웃어넘기고 남복을 하는 것도 눈감아 준 데다 다만 그대뿐이니 첩실도 들이지 아니할 것이라 약조하였다. 그럼에도 고작 나쁘지 아니하다니, 이해할 수 없었다. 조선 팔도 어디에도 이런 사내는 없을 것인데.

못마땅한 기색이 역력한 역의 표정을 보며 여의가 부드럽게 웃었다. 그 웃음이 더욱 마음에 들지 아니하는 것인지, 역이 서안 위에 종이를 홱 내려놓았다. 쥐고 흔드는 탓에 생긴 주름을 손날로 쓱쓱 펼치는 손놀림이 퍽 신경질적이었다.

---

*사마천(司馬遷)의 '사기(史記) 자객열전(刺客列傳) 예양편(豫讓)'.

여의가 역의 소맷자락을 잡아당겨 그의 시선을 그녀에게 로 돌렸다. 토라진 아이처럼 불만스러운 표정이 오히려 사랑 스러워 눈이 맞닿는 순간 그에게로 가까이 다가들었다.

"농을 시작하신 것은 대군 나리이옵니다."

하늘거리는 꽃잎처럼 사뿐히 내려앉은 입술은 미처 피하 지도 못한 채 사로잡혔다. 수줍어 달아나던 혀끝은 가볍게 다문 입술 사이로 스며들어 온 움직임에 얽혀 들었다.

갓 피어난 꽃에 내려앉는 나비의 마음일까. 처음으로 나비 를 맞이하는 수줍은 꽃의 설렘일까. 매일같이 일어나는 일이 었으나, 다정한 입맞춤은 언제나 처음과 같은 두근거림을 동 반했다.

여의가 입안에서 맴도는 짧은 성음 이상의 소리를 낼 자유 를 얻는 데는 적지 않은 시간이 필요하였으나 그마저도 역에 게 선수를 빼앗기고 말았다.

"이 문구를 쓰면서도 부인에게 문제가 있다는 생각은 하 지 못했소?"

가벼이 타박하는 역의 목소리에 여의가 제 옷차림을 내려 다보았다. 빛깔만큼은 봄의 정취에 어울리는 고운 풀꽃을 연 상케 하였으나 금박도 자수도 없는 치마와 저고리는 수수함 을 넘어 소박하게까지 보였다. 덧붙여 약간의 화장조차 하지 않은 맨 얼굴 그대로였다. 사랑받지 못하여 치장하지 않느냐 는 장난 같은 힐문조에 여의가 새침한 목소리로 대꾸했다.

"차림으로 여인의 자질을 논하고자 함은 경박한 일이옵니다."

"사서로 전하는 사가(史家)의 고견을 무시함은 옳지 않소, 부인."

말로는 지려 들지 않는 여의의 입술 위를 역의 입술이 가볍게 눌렀다. 극히 가벼운 입맞춤이었으나 조금 전의 느낌을 고스란히 되살린 탓에, 여의가 무심결에 역의 옷자락을 움켜쥐었다. 입술을 탐하는 것만이 고운 여인의 당돌한 언사를 막는 방법인가 생각하던 역이 입술을 떼어 냈다. 아직도 품은 이야기가 많아 반짝이는 눈동자를 들여다보며 불평을 토로했다.

"화려하고 풍염한 꽃잎을 지닌 모란을 화중왕이라 일컫지, 경박하다 하는 이는 없소."

"아무리 고와도 향기가 없는 꽃에는 나비도 날아들지 않는다 하였사옵니다. 꽃의 화사함이 꽃의 가치를 말해 주는 것은 아닐진대, 어찌 아름다움을 빈껍데기에서 찾으려 하시옵니까?"

"향기가 없는 꽃은 울안에 숨겨 두어 홀로 완상할 수 있을 것이나, 향기가 진하면 멀리서도 나비가 몰려들까 매양 근심해야 한다오."

"부질없는 염려이시옵니다."

"곁을 지키고 있을 때에도 부인을 향하는 눈빛이 유쾌하지 아니할 때가 있소. 하물며 남복을 하고 나설 때에도 한량이며 기생에 이르기까지, 그대에게 쏠리는 눈빛이 어느 정도인지 모르니 그리 가벼이 취급하는 게요."

"제가 나설 적에 늘 곁에 계셨던 것이옵니까?"

정말 근심스러운 듯한 역의 목소리가 끝나기도 전에 여의가 웃음을 터뜨렸다. 장난스러운 대꾸가 돌아오자 역이 낮은 한숨을 쉬며 입을 다물었다. 무심결에 흘러나온 말에 숨기고 싶었던 진심과 감추어 오던 비밀을 동시에 들키고 말았다. 그나마 여의가 뒷말에만 관심을 쏟느라 왕이 그녀를 향해 다가들던 그 순간을 떠올리지 않은 것 같아 다행이었다.

여의는 역이 그녀의 뒤를 미행하는 모습을 떠올리며 놀리듯 말을 건네었으나 얼굴이 곧 발갛게 달아올랐다. 아무것도 알지 못하고 그저 팔랑거리며 가볍게 집을 나서던 모습이 부끄러웠다. 그에게 손목을 잡혀 끌려가던 그날이 처음이자 마지막으로 비밀스러운 외출을 들킨 날이라 생각하였다. 그러나 그전부터 오늘까지 줄곧, 그녀의 뒤를 지켰다는 뜻이었다.

그러고 보니 그녀에게 다가들던 이들이 지척에 닿기 직전에 사라지던 것을 의아하게 여긴 적이 제법 많았다. 뭔가 바쁜 일이 있거나 사유가 있겠거니 무심코 넘겼던 자신의 어리숙함을 탓했다. 고개만 돌려보았어도 사랑하는 연인이 당황하는 모습을 볼 수 있었을 것인데.

여의는 밀려드는 쑥스러움을 감추고 태연한 척을 하며 조금 전의 화제를 이어 갔다.

"그러니 말이옵니다. 고운 여인이 아니라 수염이 자랄 선비라 생각하여도 눈을 떼지 못한다니, 그것이야말로 꽃의 생김보다 향기가 더 중요하다는 뜻 아니겠사옵니까?"

"당치 않소. 장성한 사내가 소년을 사랑한 이야기는 고례로부터 전하며, 그대에게는 남복이야말로 가장 화려한 꽃잎이란 말이오. 아름다운 꽃을 보면 눈에 담고 이내 꺾어 들고 싶은 것이 사내의 마음이니, 내 눈에 닿지 않는 곳에 함부로 드나들지 마시오."

역이 잘라 말했다. 대답 대신 돌아온 눈웃음이 몹시도 매혹적이었다. 그를 향한 까만 눈동자가 유혹하듯 반짝였다. 단정하게 앉은 이의 손을 끌어당겨 일으켜 세우며 가녀린 어깨를 끌어안았다. 품에 안기만 하면 수줍음에 고개를 파묻기 마련인 그 버릇이 나오기 전에 먼저 이마에 입술을 대고 지그시 눌렀다.

정해진 행선지만 없다면 해가 중천에 떠올라 있는 것 따위는 개의치 않고 품에 안아 버릴 것이건만. 아쉬움을 뒤로하고 입술을 떼었다.

그의 얼굴을 바라보던 여의가 문득 생각난, 한참이나 늦은 질문을 던졌다.

"한데 어인 일이시옵니까?"

"함께 갈 곳이 있소. 남복은 물론, 평복도 아니 되오."

"입궐해야 하는 것이옵니까?"

여의가 고개를 갸웃했다. 순간적으로 찌푸려 드는 얼굴을 어쩌지 못했다. 겹겹이 껴입는 옷과 무거운 가체를 얹는 것까지는 견뎌 낼 수 있었다. 입궐하면 그 무거운 머리를 조아린 채 있어야 하는 시간이 지나치게 길었다. 울상에 가깝게 흐려진 표정에 역이 미소했다.

"지금보다 조금 더 단장을 하라는 뜻이지 예복을 갖추라는 말은 아니라오. 입궐치도 아니할 것이니 염려하지 않아도 좋소."

"하면 어디로 가옵니까?"

"종숙을 찾아뵐 것이오. 유모에게 일러두었으니 곧 들어오겠지요."

역이 여의를 다시 한 번 가볍게 안아 준 뒤 몸을 돌렸다. 그가 나가는 것과 엇갈려 유모와 몸종이 들어왔다. 문밖에서 기다리기라도 한 것처럼 나타난 이들이 한 아름 안아 든 옷을 보자 한숨이 먼저 새어 나왔다.

"그래도 조금 간소하게는 아니 될까?"

"대군 나리의 엄명이옵니다. 이전에는 미처 알지 못하였으나. 지난번 입궐 때 치장한 모습을 보니 꽃으로 치면 화왕(花王)에 버금가는 자태이더라, 하니 오늘 그 모습을 다시 볼 수 있겠는가."

유모는 제법 그럴듯하게 역의 말투를 흉내 냈다. 여의가 어안이 벙벙한 표정을 지었다가 웃음인지 탄식인지 알 수 없는 소리를 냈다. 꽃잎이 어떻고 모란이 어쩌니 이야기하던 것은 결국 이 상황을 염두에 둔 것이었다.

여의가 얌전히 시키는 대로 몸을 움직였다. 당의만 걸치지 아니하였을 뿐, 고운 감으로 지어진 옷자락에 화려하게 수놓인 모양은 입궐할 때 못지않았다.

곱게 빗어 땋고 틀어 올린 머리는 뒤꽂이와 비녀로 화려하게 장식되었다. 마지막 단장을 위해 유모 앞에 단정히 앉은 여의의 모습을 어느샌가 소리 없이 나타난 역이 흥미롭게 바라보았다.

둥글고 깨끗한 이마는 굳이 잔머리를 뽑아낼 것도 없었다. 가볍게 분칠한 볼에는 엷게, 입술에는 조금 진하게 연지를 펴 바르는 것으로 단장이 끝났다.

만족스러운 표정의 유모가 방을 나서자 여의가 앉은 자세 그대로 역을 올려다보았다. 그의 눈동자에 담긴 사랑스러워하는 빛은 여느 때와 같았으나 어렴풋한 경탄의 빛이 뒤섞여 들어 있었다.

이런 눈빛을 받을 수 있다면, 약간의 수고로움쯤은 기꺼이 감수할 수 있었다. 연유를 알 수 없는 부끄러움이 배어든 목소리로 조심스레 물으며 자리에서 일어났다.

"마음에 드시옵니까?"

역의 손끝이 그녀의 입술 위를 스쳤다. 그의 손끝에 묻어 난 붉은 연지를 바라보다 얼른 몸을 돌렸다. 부끄럽다고 그의 가슴에 얼굴을 파묻을 수도 없고, 대담하게 그의 뺨 위로 입술을 누를 수도 없었다. 어느 쪽이든 애정 행각을 여실히 드러낼 것이 분명하였기에.

여의가 문을 열고 대청마루 끄트머리에 가 서자 역이 뒤에서 그녀의 어깨를 가볍게 감싸 안았다. 역을 재촉하는 여의의 목소리에 웃음이 섞였다.

"이만 나가 보아야 하지 않겠사옵니까?"

"나서자는 말이 차마 떨어지지 않소."

귓가에 숨결이 닿았다. 단정하게 여민 옷깃과 빗어 올린 머리칼 사이로 드러난 고운 목덜미 위로 깃털로 간질이는 듯 가볍고 부드러운 움직임이 전해 왔다. 그들의 모습을 눈 하나 깜박이지 않고 빤히 바라보는 햇살이 부끄러워 눈을 감았다. 감은 눈 위로도 눈부신 햇살이 느껴져, 몇 번이나 짧은 숨을 내뱉어 수줍음을 밀어내어도 자꾸만 얼굴이 달아올랐다.

흔들거리는 가마에 앉아 있노라면 가끔 멀미에 울렁이는 경우가 있었다. 여의가 닫힌 창을 열어 바깥을 내다보았다. 늘 보던 가마꾼과 길게 뻗은 평탄한 길로 미루어 그쪽의 문제는 아니었다. 그렇다면 남은 건 단 하나, 느닷없이 나타나 마음을 뒤흔든 역 때문에 머리가 어지럽기 때문일 터였다. 여의가 창을 닫고 자세를 고쳐 바르게 앉았다.

오래지 않아 가마가 바닥에 얌전히 내려앉았다. 좁은 공간에서 빠져나온 여의가 숨을 깊이 들이쉬며 말에서 내린 역의 뒤를 따랐다.

대문간에 당도하기도 전에 상황이 예사롭지 않음을 깨달았다. 행랑아범처럼 보이는 이는, 손님을 반갑게 맞이하는 대신 그들이 집 안에 발을 들이려는 것을 막으려는 듯 활짝 열린 대문 한가운데에 버티고 서 있었다.

"오셨사옵니까."

허리를 절반 이상 굽혀 인사하는 모양이 더욱 수상쩍었다. 종복 중에는 호가호위(狐假虎威)의 습성을 지닌 자들이 많았다. 종친의 하인쯤 되면 제가 종친이라도 되는 양 의기양양하고 뻣뻣하게 구는 경우가 많았다. 상대가 대군임을 감안하더라도, 비굴해 보일 정도로 굽실대는 모습과 미처 숨기지 못한 초조한 기색은 납득하기 어려웠다.

역이 마땅치 않은 표정으로 의례적인 인사를 꺼내었다.

"종숙께서는 강녕하신가."

"이를 말씀이겠사옵니까."

공손하게 대답하면서도 자리를 피하지는 않았다. 궁금해진 여의가 역의 뒤쪽에서 살짝 옆으로 나와 내다보았으나 대문간에서는 별다른 이상을 발견할 수 없었다. 그렇다면 일은 안쪽에서 벌어졌다는 것인데, 괴괴하다는 말이 어울릴 정도로 조용한 집 안에서 벌어질 만한 사건이 무엇이란 말인가.

역이 목소리를 높였다.

"금일 찾아뵙기로 약조가 되어 있네. 어찌 안으로 안내하지 않는가."

그는 숫제 입을 다물어 버렸다. 그저 숙인 허리를 더 굽히는 모습에서 약조는 알고 있으나 들여보낼 수는 없다는 뜻을 읽어 낼 수 있었다. 역의 뒤에 반쯤 숨듯 모습을 감추고 있던 여의가 발걸음을 내디뎠다.

"이미 약조가 되어 있는데도 기다리게 함은 예가 아니지요."

여의가 재치 있게 막아선 몸을 슬쩍 피하며 대문간에 발을 들였다. 남자는 크게 당황한 듯 보였으나 여인인 여의를 붙잡지는 못했다. 여의가 자박거리며 사랑채 쪽으로 발을 옮겼다. 불과 몇 보만에, 대문간의 사내가 머뭇거린 연유를 알 것 같은 장면을 맞닥뜨렸다.

그녀를 뒤따라온 역이 얼굴을 찌푸렸다. 눈앞에 펼쳐진 광경에 한숨을 내쉬다, 동행인의 존재를 깨닫고는 고개를 돌렸다. 눈을 동그랗게 뜬 여의는 상황 파악에 분주한 눈치였다.

꽃도 따르지 못할 만큼 화사한 옷에 감싸인 여인들이 삼삼오오 사랑 앞과 마당 구석에 흩어져 있었다. 거문고나 비파따위의 악기를 들거나 부채를 쥐고 날아갈 듯 사뿐한 걸음걸이로 서성이고 있는 이들은 하나같이 미색이 고왔다. 여의와 또래이거나 연하일 것처럼 어려 여인보다는 소녀라는 말이 어울릴 것처럼 보이기도 했다. 그러나 두려움을 품고 저들끼리 속삭이는 중에도 얼굴과 몸가짐에 배어든 교태는 숨기지 못하여 오랜 기간 숙련되었음을 짐작케 했다.

마당 한가운데는 그야말로 난장판이었다. 접시와 음식이 여기저기 흩어져 나뒹굴고 깨진 사기 조각도 심심치 않게 눈에 띄었다. 아무리 보아도 제법 그럴듯하게 차려진 주안상의 일부였을 것이 분명했다. 그 상차림이 벌여 있었을 사랑 대청을 올려다보았다. 텅 빈 상 뒤로 겁에 질린 듯 굳어진 잘생긴 중년 남자가 보였다.

여의가 역을 바라보았다. 그는 모르는 척 대문을 지키던 남자를 향해 준엄한 목소리를 냈다.

"빨리 사람을 불러 자리를 정돈하게."

"하오나……."

"언제까지 이대로 둘 셈인가?"

그는 무언가 말하고 싶은 눈치였으나 역의 준엄한 목소리에 기가 눌린 듯 조심조심 뒤로 물러나더니 그 자리를 쏜살같이 벗어났다. 이제 역의 시선은 여기저기 흩어져 그를 바라보는 여인들에게로 향했다. 그들의 정체를 짐작하는 것은 어렵지 않았다.

흥청(興淸), 운평(運平), 광희(廣熙). 궐에 머무르는 기녀들이었다. 음률에 조예가 깊은 종숙을 향한 왕의 배려라고 해야 할 것이다. 어쩌면 이들 중 특별히 뛰어난 이가 있어 그 능력을 시험케 하려고 하였을지도 모른다.

마당을 둘러보던 역의 시선이 한 여인의 앞에서 멈추었다. 낯이 익은 느낌이 드는 것이 궐에서 열렸던 어느 연회에선가 그의 곁에 있던 기녀인 모양이었다. 그녀를 손짓하여 곁으로 불러들였다.

"그대들은 누구인가?"

"궐에서 온 악기(樂妓)이옵니다."

"대군 나리께 음률을 들려 드리는 것이 임무일 터, 어찌 이 사달이 나도록 하였단 말인가?"

"그것이, 당도하자마자 당장 물러가라 하시어⋯⋯."

준엄하기는 하나 어딘가 안쓰럽게 여기는 것 같기도 한 말투에 기녀가 조심스럽게 대답하며 역의 눈치를 살폈다. 연회에서 시중을 들 때와 마찬가지로 엄격하게 굳어진 표정을 하고 있어 그녀가 다가들 조금의 틈도 주지 않았다.

"아우가 내실의 꽃을 귀히 여김은 잘 알고 있으나, 자칫 엄처시하(嚴妻侍下)에 있다는 오해를 피할 수 없겠네."

자못 유쾌하던 왕의 목소리를 기억해 낸 기녀는 조심스럽게 그와 함께 나타난 여인을 향해 시선을 돌렸다. 얼마나 고

141

운 이이기에 이리 잘난 사내가 그 치마폭에서 벗어나지 못하는가. 그러나 그 여인이 대청을 바라보고 선 탓에 몸을 반쯤 돌린 뒷모습만 볼 수 있었을 뿐이었다.

"그런데 어찌하여 지금까지 이곳에 있는가?"

"어명을 받들고 왔으니 함부로 나설 수가 없사옵니다."

역이 다시금 짧게 한숨을 내쉬었다. 눈으로 대략 어림해 보아도 열댓 명이 넘는 인원은, 여색을 즐기지 아니하는 종숙에게 두려움이 일 정도로 과한 숫자인 모양이었다. 역이 엄정한 목소리와 함께 기녀에게서 돌아섰다.

"대군 나리께오서 편찮으시어 어찌할 수 없었다 말씀드리면 전하께서도 노하시지는 않을 것이다."

누군가는 떨어지지 아니하는 발을 옮겨, 누군가는 드디어 이 상황에서 벗어난 것을 다행스럽게 여기며 자리를 떠났다. 여인들의 발걸음이 어지럽게 지나간 자리, 마당을 쓸고 상을 치우는 등 분주한 움직임이 일었다. 집 안이 본연의 모습을 되찾을 때까지 미동도 없이 앉아 있던 중년 남자가 입을 열었다.

"오랜만이구나, 낙천."

한결 여유로운 표정과 듣기 좋은 중저음의 목소리는 상 뒤에 앉아 잔뜩 경계하는 표정으로 앉아 있던 이와 확연히 달랐다. 여의가 의아한 표정으로 그 얼굴을 바라보았다. 무례하게 느껴질 법한 시선에도 개의치 않는 듯 남자가 태연하게

142

미소를 건넸다.

"인사 올립니다."

여의가 급히 허리를 굽혀 공손히 인사했다. 한바탕 요란한 바람이 몰아치고 난 뒤의 인사말로는 어울리지 않았으나 그 이상의 말을 생각해 낼 수 없었다. 남자가 여의를 바라보다 싱긋 웃었다. 자리에서 일어나 방으로 들어가며 웃음기 어린 목소리를 냈다.

"사내가 바깥출입을 하지 아니하는 데에는 이유가 있는 것이겠지."

집에서 멀지 않은 곳에 가마를 세워 가마꾼을 보내고 구종에게 말고삐도 쥐어서 먼저 보냈다. 햇살이 따사로운 봄날 오후에 한가로운 길을 걷는 것도 제법 운치 있었다. 선비인 양 차려입고 대로변을 활개 치고 돌아다니는 일은 많아도 치맛자락을 끌며 길을 걷는 일은 좀처럼 없는 탓에 그리 느껴지는지도 몰랐다. 치맛단에 흙먼지가 묻으면 안 될 것 같은 생각에 치맛자락을 모아 쥐자 자연히 보폭이 좁아져 종종걸음이 되어 버렸다.

"종숙께서 늘 그러신 것은 아니오."

역은 몹시 미안한 말투로 말을 건네다 이내 걸음을 늦추었다. 여의는 다소 여유를 찾아 숨을 고르다가 고개를 갸웃했다. 종숙이라는 이는 왕이 보낸 기녀를 이해할 수 없는 방법으로 퇴짜를 놓았다. 여인을 두려워하여 곁에 두지 않으려는 것인가 생각하였으나 여의에게 퍽 다정하게 말을 건넨 것은 물론, 안채에서 사랑으로 건너온 혈색이 창백한 여인을 보고서는 만면에 화색을 띠었다. 여인을 거리끼기 때문이라면 대상이 한 명이든 백 명이든 반가 여인이든 기녀이든 큰 차이가 없지 않을까.

"평소에는 다르시옵니까?"

"그러하기도, 그렇지 않기도 하오."

역이 내놓은 대답은 알쏭달쏭했다. 여의가 다시 생각에 잠겼다. 간소한 다과를 놓고 대화하던 중에 흥이 일었는지 벽에 길게 세워 둔 거문고를 안고 연주했다. 거문고의 음색과 연주에 맞추어 흥얼거리는 노랫소리는 청아하고 맑았다. 마루에 멍하게 앉아 있던 이와 동일 인물이라고는 생각할 수 없었다.

그러나 그에게서는 기묘한 거부 반응이 느껴졌다. 이야기를 나누다 뜻밖의 지점에서 의사소통을 방해하는 요소를 맞닥뜨린 게 여러 번이었는데, 자연스럽기보다는 마치 의도한 듯한 어눌함이었다.

"종숙께서는 어떤 분이시옵니까?"

"내가 묻고 싶소. 부인의 눈에 비친 종숙은 어떠하오?"

여의의 질문에 역이 질문을 되돌렸다. 대답을 얻고자 하였는데 오히려 답을 주어야 하는 상황에 대해 여의가 비쭉 아랫입술을 내밀며 혼자 작게 투덜거렸다. 역이 걸음을 멈추더니 여의의 입술 위에 손가락을 얹어 지그시 눌렀다. 지나치게 친밀한 접촉에 여의가 당황하여 물러났다. 지나는 이가 거의 없기는 하나 바깥이었다.

"내 눈에야 어찌하여도 고운 부인이지만 부부인의 품격에는 어울리지 않소."

"이목이 닿는 길에서 그리하심은 경솔한 행동이십니다."

"그대의 표정과 목소리가 품은 뜻이 서로 다르니, 언행불일치란 이러한 것을 이르는 것이지요."

여의가 종종걸음으로 내달리듯 걷기 시작했지만, 몇 발짝 떼지도 못하고 손목을 잡혀 버렸다. 걸음을 서둘러 그 손에서 벗어나려는 시도가 몇 차례 무산되고 난 뒤 여의가 걸음을 멈추었다. 손목이 자연스럽게 그의 손에서 빠져나왔다. 여의가 새초롬한 목소리를 냈다.

"완력으로 마음을 돌리려는 사내는 매력이 없습니다."

"제압당하지 않는 여인이기에 더욱더 귀히 여기는 것이라오."

다소 능글맞은 대답을 돌려받고도 아무런 대꾸도 없이 발걸음만 재촉하는 여의를 보고 역이 빙그레 웃었다. 부인이 토라진 모양이라 생각하고는 종숙의 처지와 관련된 왕실의 가계에 대한 이야기를 풀어놓았다. 짧지 아니한 이야기는 종숙이 왕권의 가장 가까운 곳에 있었으나 어좌에 오르지 못한 비운의 인물이며, 왕위에 대해 말하는 것이 의미 없을 정도로 어리석게 여겨지고 있다는 말로 요약되었다.

그러나 그 이야기는 여의의 귀에 잠시 머물렀다 이내 흩어졌을 뿐이었다. 오늘따라 의외의 상황에서 마음을 흔들어 대는 역의 언행에 들떠 있던 마음을 진정시키자 새로운 염려가 생겼다.

어명으로 온 이들을 역이 독단으로 돌려보냈다. 그 사실에 대해 왕이 진노하지는 않을까. 깊이도 뜻도 읽어 낼 수 없던 눈빛을 떠올리자 불안감이 더욱 부풀었다.

"궐에서 온 이들을 그냥 되돌려 보낸 것은 문제가 되지 않겠사옵니까?"

"종숙께서 여색을 피한다는 사실을 전하께서 아시니 큰 문제는 없을 거요. 지난번에도 비슷한 일이 있었다오. 그때는 아예 자리를 박차고 나가시는 바람에 찾아다 모시는 데 반나절은 족히 걸렸다 했소. 전하께서 종숙을 친밀하게 여기시어 무척 관대하시기도 하고."

"하오나 본디 옥좌를 물려받았을 분이라 하셨잖습니까."

"종숙은 보위를 탐내지도 않거니와, 설령 보위에 올라도 그 자리를 유지하기도 어려우리라는 것이 중론이오. 하여 그 누구도 종숙을 경계하지 않소."

여의가 고개를 흔들었다. 아무리 들어도 권력의 속성과 그것을 쥔 자들의 언행에 대해서는 이해하기 어려웠다. 권력

다툼 따위에는 관심도 없었다. 역이 늘 강조하듯 서로와 백년해로하는 다정한 연인이 곁에 있는 평화로운 하루하루 이상은 바라지 않았다.

문득 눈을 내리까니 담장 아래에는 올망졸망 모인 이파리들이 가느다란 꽃대를 한껏 뻗어 올려 부드럽게 휘어진 끄트머리에 매달린 고운 보랏빛의 제비꽃이 한 무더기 피어 있었다. 여의가 걸음을 멈추고 작은 꽃송이를 물끄러미 내려다보았다.

"후원에 가면 고운 꽃이 가득하오. 지천에 널린 들꽃이 무어 그리 신기하오?"

"봄 햇살은 들꽃과 화초를 차별하지 않습니다."

여의가 치맛자락을 잡아당겨 정리한 뒤 담장 앞에 쪼그리고 앉았다. 부부인의 체면 따위는 안중에도 없는 아이 같은 행동에 역이 미소했다.

그의 눈으로 보아도 진귀한 구경거리였다. 손가락으로 입술을 누르는 것은 경솔하다 말하고 길가에 주저앉는 것에 거리낌 없는 행동을 놀려 주고 싶었으나 잠시 고민하다 곧 자신도 옆에 털썩 주저앉아 버렸다.

"나리?"

"부창부수(夫唱婦隨)든 그 반대든 하나보단 둘이 낫지 않겠소?"

역은 무릎 위에 팔꿈치를 얹고 그 손바닥 위에 턱을 괸 채 여의를 보며 미소 지었다. 여의가 역에게서 눈을 돌려 다시 꽃송이를 들여다보았다.

손가락을 뻗어 조심스레 꽃잎 위를 톡톡 두드렸다. 화려한 모양이 아름다워 감히 왕으로 일컬어지는 모란에게도, 이처럼 길가에 한 무더기 피어 있어도 누구 하나 눈길을 주지 않는 들꽃에게도 햇살은 똑같이 따사로웠다. 향이 있는지 알 수 없는 들꽃에게도 나비와 벌이 날아들 것이다.

"치장한 부인은 모란같이 고운데 어찌 그 모습을 자주 보여 주지 아니할까."

"타고난 모양새가 화려한 모란에 반해, 소첩이 본디 지닌 성정은 질박함을 어찌하오리까."

"남복을 하면 마치 난초처럼 청초하니 차라리 남복을 하라 이를까."

"조강지처는 소박을 놓고 남색을 즐겨한다는 염문의 주인공이 되고자 하신다면 그 뜻을 거스르지 않겠사옵니다."

새침하게 대답하는 여의는 꽃송이와 꽃대를 다정하게 어루만질 뿐 역에게는 눈길조차 주지 않았다. 십 년도 훌쩍 지난 그 언젠가의 봄, 이렇게 담장 앞에 앉아 꽃을 바라보는 누군가를 만난 적이 있었다. 그녀의 생각을 짐작하고 있는 역이 빙긋 웃었으나 곧 표정을 바꾸었다.

"나도 들꽃은 싫어하지 아니하오. 오히려 오랑캐꽃은 모란보다도 마음에 든다 할까."

쪼그리고 앉은 이후 처음으로 여의의 시선이 역의 얼굴에 닿았다. 그가 천연덕스러운 표정으로 말을 이었다.

"첫정이라오. 어느 봄날 처음으로 계집아이에게 건네어 본 것이 오랑캐꽃이었지."

처음 듣는 이야기였다. 여의의 표정이 새초롬해졌다.

그녀가 어릴 적, 중전이 된 고모님의 부름으로 몇 번 입궐한 적 있었다. 제 기억은 거의 흩어지고 남아 있지 않았으나 기억력이 좋은 유모가 놀리듯 하는 이야기가 몇 가지 있었다.

후원을 팔랑거리며 뛰어다니다 철퍼덕 엎어져서 치마폭에 구멍을 내고 돌아왔다거나, 발을 헛디뎌 연못에 반쯤 빠지는 바람에 몸에 맞지도 않는 나인의 옷을 도포 자루처럼 뒤집어쓰고 왔다거나. 심지어 어느 가을날에는 잠자리 한 마리를 잡아 날개를 모아들고 다니다가 잠자리 다리로 어린 대군의 손등 위를 붙잡게 해서 대군이 기겁하고 도망가게 만들었더라나.

빈약한 기억을 탈탈 털어 보아도 그에게 꽃송이를 건네받은 기억 따윈 없어 여의가 입술을 앙다물었다. 분명 어느 조그만 궁인 아이에 대한 마음을 이야기하고 있는 것이리라. 어린 시절의 풋정에 불과하다 하여도 다정한 낭군이 다른 여인을 입에 올리는 것은 싫었다.

"한데 부인, 그저 들풀에 불과한 꽃을 어찌 그리 애틋하게 바라보시오?"

"식견이 아직 좁으십니다. 제비꽃이……."

그대에게만 첫정이 있는가, 하는 표정으로 턱을 살짝 치켜
올렸던 여의는 자신의 눈앞에 다가든 손바닥 위에 곱게 누운
꽃줄기를 바라보며 말을 멈추었다. 치맛자락을 펄럭이며 자
리에서 일어났다. 당황스러움이 가득 배어든 얼굴로 여전히
자리에 앉아 있는 역을 내려다보았다.

한 손으로는 턱을 괴고 손가락을 살짝 구부린 반대편 손바
닥 안에는 꽃송이를 얹어 놓은 역이 그녀의 얼굴을 올려다보
았다. 싱그러운 눈웃음과 함께, 은근한 목소리가 그녀를 향
했다.

"내 뜻을 네게 주는 것이야."

"나리이셨습니까?"

"같은 날의 기억이라면 분명 조금 더 자란 이가 선명하게
기억해야 옳소. 기억력이 벌써 이리 흐려서야 장차 어찌하려
하오?"

"소첩이 연로하여 그러하옵니다."

여의가 샐쭉한 목소리로 대꾸하였으나 역의 손바닥에 놓
인 꽃송이에 머무르는 눈길은 몹시 다정했다. 어렴풋한 기억
의 한 조각이 서서히 눈앞에 펼쳐졌다.

❋　　　　❋　　　　❋

귀한 손님이 오신다며 집 안이 분주했다. 엄격한 어머니는 사랑에 기웃거릴 생각은 꿈에도 하지 말라고 엄포를 놓았다. 방문 앞 좁은 마루에 앉아 다리를 흔들거리던 여의가 자리에서 벌떡 일어났다.

"집 안이 아니 되면, 집 밖으로 나서면 그만이지."

집안사람들의 이목은 온통 사랑에 쏠려 있었다. 이미 사랑에 당도한 손님을 접대하느라 대문간도 한산했다. 여의는 또랑또랑한 눈망울로 주변을 살피다 후다닥 뛰어 대문을 벗어났다.

그녀를 뒤쫓는 이가 없는 것으로 보아 탈출은 성공적인 모양이었다. 그래도 일말의 불안감은 있어 집 근처를 벗어나지 않기로 했다.

"뭘 할까."

혼자서 할 수 있는 일은 별로 없었다. 방 안에 틀어박혀 있는 게 지루해서 나왔지만 심심한 건 마찬가지였다. 여의가 발에 걸리는 작은 돌멩이를 걷어찼다. 살짝 튀어 오르다 돌돌 굴러간 돌멩이는 담장 옆에 놓인 작고 우아한 신 옆에 멈추어 섰다.

담장 앞에 쪼그리고 앉아 있던 신의 주인이 얼굴을 돌렸다. 언뜻 보아도 퍽 귀한 집에서 자란 듯한 어린 도령이 그녀를 바라보고 있었다.

"주변도 살피지 아니하고 돌을……."
"거기서 뭘 하고 있어?"

사내아이의 항의는 여의의 목소리에 파묻혔다. 담 아래에 있을 법한 것은 미처 뽑아내지 못한 잡초나 부지런한 개미 떼, 비가 올 무렵 나타나 꿈틀대는 지렁이 정도가 전부였다. 귀한 도령은 징그러운 벌레도 신기하게 여기는가, 궁금해진 여의가 사내아이의 곁으로 다가갔다. 몇 송이 피어오른 소박한 꽃이 전부였다. 여의가 시들해진 표정으로 타박했다.

"귀한 댁 도련님이 지천에 널린 들꽃이 무어 그리 신기해서?"
"군왕의 은덕이 그러하듯 햇빛은 꽃을 차별하지 않는다."

잠시 망설이던 사내아이가 딱딱한 어조로 대꾸했다.
'어린아이가 어른처럼 구네.'
여의가 입술을 삐죽 내밀었다. 잰 체하는 어린아이와 어려운 이야기를 나누고 싶지 않아 화제를 돌렸다.

"여긴 우리 집인데, 어찌 여기에 앉아 있지?"

"형님을 따라왔는데 할 일이 없지 않겠느냐."

그녀의 집을 찾은 귀한 손님의 아우인 모양이었다. 지루하기 짝이 없을 어른들의 대화를 얌전하게 듣는 것이 어려워 저처럼 그 자리를 빠져나왔는가 보다 생각하니 조금 전보다 친근하게 여겨졌다. 그러나 아무리 살펴보아도 그녀보다 어릴 것 같은 아이가 아랫사람 대하듯 하대하는 게 마음에 들지 않았다.

"난 일곱 살인데 넌 몇 살이니?"

"네가 나보다 한 살 많구나."

"내 나이가 많으면 누님이라 불러야지."

"싫다."

"어째서?"

"나는 원래 그러한 사람이다."

'쳇, 그런 게 어디 있담.'

여의는 속으로 투덜거렸으나 사내아이의 단호한 말에 기세가 한풀 꺾였다. 그 기분을 들키지 않으려 짐짓 너그러운 척 입을 열었다.

"어린아이랑 싸워서 뭐해. 한 살 차이니까 내가 그냥 져 줄 게."

그때, 대문 쪽에서 몹시 익숙한 목소리가 들려왔다. 깜짝 놀란 여의는 어린 도령의 팔을 이끌고 담장 모퉁이를 돌아 그 뒤로 몸을 숨겼다. 사내아이가 눈을 동그랗게 뜨고 여의를 바라보았다.

여의는 입술 위에 손가락을 갖다 대며 쉿, 주의를 주었다. 그 행동을 똑같이 따라 한 아이가 빙긋 웃었다. 다시 들려오는 목소리에 두 아이가 귀를 기울였다. 낮은 목소리였지만 주변이 조용한 탓에 선명하게 잘 들렸다.

"여의는 여기에도 없느냐?"

"아무래도 안 계신 듯합니다."

"오늘 같은 날은 누구를 보내 찾게 할 수도 없는데 이리도 철이 없어서야."

"집 안을 한 번 더 살펴보겠습니다, 마님."

"지난번처럼 어느 구석에서 잠들었을지도 모르니 조용히 찾아보도록 하여라."

여의는 인기척이 사라진 뒤에야 크게 숨을 내쉬었다.

"여의가 네 이름이냐?"

"그럼 네 이름은?"

"내 이름은 아무나 함부로 부를 수 없다."

"반가 규수의 이름은 함부로 불러도 되는 줄 아나."

이미 소년의 하대에 익숙해진 여의가 투덜거렸다. 흙먼지가 일어도 이상하지 않은 바닥에 털썩 앉아 치맛자락을 무릎까지 걷어 올린 채로 다리를 쭉 뻗고 있는 모습이 이미 양반집 여식의 태도로는 보이지 않으리란 사실은 깨닫지 못한 모양이었다.

"한데 네 이름이 참…… 독특하구나."

잠시 망설이며 신중하게 말을 고른 것 같은 사내아이의 목소리에 여의가 얼굴을 잔뜩 찡그렸다. 그들이 앉아 있는 자리 옆에 소담하게 피어난 제비꽃 무더기를 손가락으로 툭툭 치며 퉁명스럽게 대꾸했다.

"이 꽃 이름이 뭔지 알아?"

사내아이가 대답 대신 고개를 갸웃했다. 여의는 보랏빛 꽃송이 위쪽에 놓은 손을 아무렇게나 흔들며 귀에 딱지가 앉게 들은 이야기를 떠올렸다. 한 씨가 그녀를 잉태하였을 적에, 꿈에 귀인처럼 보이는 이가 나타나 제비꽃을 한 무더기 안겨 주고 갔다나. 그 태몽 때문에 여의(如意)라는 이름을 얻게 되었으나 늘 불만이었다.

꽃잎이 화려한 모란이나 향기가 진한 국화, 자태가 청초한 난초도 아닌 제비꽃. 후원에서 귀히 가꾸는 것이 아니라 지천에 널려 있는 흔한 들꽃. 이름에 담긴 뜻이나 어감 따위는 차치하고, 제가 그 흔하디흔한 들풀에 비유되는 것 같아 속상했다.

"여의초(如意草)."

퉁명스럽게 말하며 손가락 끝으로 바닥에 대충 획을 그려 보였다. 그를 본 사내아이가 고개를 끄덕였다. 몹시 마땅찮은 얼굴로 꽃 무더기를 휘젓고 있는 여의의 손목을 잡더니, 제비꽃 한 줄기를 꺾어 그녀의 손바닥 위에 올려놓았다. 여의가 멀뚱한 얼굴로 손을 내려다보았다.

"이걸 왜?"
"받아라."
"그러니까, 이깟 흔한 들꽃 따위를 왜?"

사내아이가 살짝 미간을 좁혔다. 상대가 누군지도 모르고 거침없이 맞먹으려 드는 당돌한 여아는 단 한마디도 그냥 넘어가지를 않았다. 마음을 전하려 하는데도 구구절절 말을 늘어놓아야 한다니.

"뜻한 대로 이루시라는 의미를 지닌 꽃을 어찌 한갓 들풀이라 이를 수 있을까."

사내아이가 여전히 손바닥을 활짝 펼친 채로 꽃송이를 내려다보고 있는 여의의 손을 가볍게 쥐여 주었다. 꽃송이가 손안에 숨어들자 다정하게 덧붙였다.

"내 뜻을 네게 주는 것이야."

✳   ✳   ✳

"그러고 나서 궐에서 나리를 뵙게 된 것은 또 여러 해가 지난 다음 아니옵니까."
"나는 그대를 한눈에 알아보았는데, 서운하오."
"말씀하신 적도 없으시지 않사옵니까."
"당연히 기억하리라 생각했소. 모르면 또 모르는 대로 은

157

밀한 비밀 하나쯤 감추고 있는 것도 나쁘지 아니하지."

서 있는 여인과 앉아 있는 사내 사이에 가벼운 대화가 오고 간 뒤 잠시 말이 멈추었다.

오래전 그날, 여의의 집을 찾아온 이는 장인을 만나러 찾아온 세자와 그 아우였다. 격식을 갖춘 방문이 아니었기 때문인지 둘 다 평범한 양반 댁 자제처럼 차리고 왔다. 다시 만나게 되었을 때에는 시일이 제법 흐른 데다 확연히 다른 차림을 하고 있었으니 본디 눈썰미가 날카롭지 못한 여의가 구분하지 못하였다고 나무랄 수도 없었다.

역이 옷자락을 펄럭이며 일어나자 여의가 뒤쪽에 묻은 흙을 조심스레 털어 내며 물었다.

"지금에야 여쭙습니다."

"무엇이 궁금하오?"

"그때 제게 전해 주신 나리의 뜻은 무엇이었사옵니까?"

"아아."

역의 입가에 나른한 미소가 걸렸다. 여의의 마음이 그 미소에 걸려들었다. 그 입술에서 무슨 말이 흘러나올지는 이미 중요하지 않았다.

"눈앞의 여아를 장차 부인으로 맞게 해 달라 하였지요. 궐에서는 늘 귀한 대군 아기씨로 떠받들리기만 하였으니, 어린 마음에 퍽 신선하였던 모양이오."

여의가 무어라 말을 꺼내기 전에, 역이 얼른 여의의 손목을 쥐고 손바닥 위에 보랏빛 꽃송이를 올려놓았다.

"그리고 지금의 뜻도 언제나처럼 한결같소. 다만 그대와 백년해로하는 것뿐."

갑작스럽게 돌풍이 일어 흙먼지가 피어올랐다. 여의가 눈을 꼭 감았지만 바람은 금방 누그러졌다. 바람에 날아갈까 염려하듯 그녀의 어깨를 껴안았던 역도 곧 품에서 놓아주었다.

여의가 눈을 떴을 때 꽃송이는 이미 저만치에서 나뒹굴고 있었다. 그쪽으로 발걸음을 떼려 할 때, 역이 그녀의 손을 잡고 몸을 살짝 굽혀 눈을 맞추었다.

"부인에게 묻고 싶은 것이 있소."

그의 눈빛이 반짝였다.

"내 뜻은 늘 그대에게 전했으나 아직 그 답을 얻지 못했소. 그대의 뜻은 무엇이오?"

짓궂은 미소가 걸려 있음에도 가슴이 설레었다. 상사병도 이 정도면 중증이었다. 저만치 날아가 버린 꽃은 이미 잊어버린 채, 새 꽃줄기를 하나 꺾어 그의 손바닥 위에 올려놓았다.

'그대의 평안과 만수무강을 기원할 뿐입니다.'

그녀를 향하는 그의 마음은 의심하지 않으니 굳이 소원할 것도 없었다. 꽃줄기를 건네고 나니 마치 오래도록 마음에 품고 바라보기만 하던 이에게 연모의 정을 고백한 것 같아 돌연 부끄러워졌다. 얼른 몸을 돌려 멀지 않은 대문을 향해 종종걸음으로 달아나기 시작했다. 유쾌한 웃음소리의 울림이 바짝, 여의의 뒤를 쫓았다.

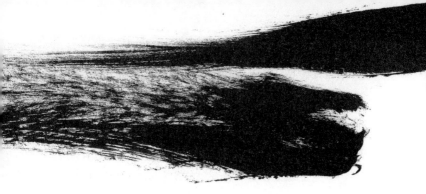

여섯
바람 일렁이면 그리움 밀려들지니

들어 올린 창으로 불어 든 바람에 서가 앞에 선 이의 귀밑
머리 몇 가닥이 흩날렸다. 주인이 없는 빈 사랑에 마치 주인
인 양 떡하니 들어서서 가득 꽂힌 책을 둘러보고 있는 것은
이 댁 안주인이었다.

책을 한 권 뽑아 스르륵 넘겨보았다가 도로 덮어서 꽂고,
다시 아무 데나 짚어서 손가락에 걸리는 책을 꺼내 들고는
같은 행동을 반복했다. 그저 시간을 죽이기 위한, 몹시 무의
미한 행동이었다.

뻐근해진 목을 돌리다가 맨 아랫줄에 눈이 갔다. 몸을 잔
뜩 굽히는 수고를 마다 않고 책 한 권을 꺼내어 건성으로 넘
겼다. 빠르게 넘어가는 책장 사이에서 종이 한 장이 툭 떨어

졌다. 여의가 몹시 귀찮은 얼굴로 다시 허리를 굽혔다.

손끝에 걸린 종이를 책장 사이에 끼우려다 제법 유려한 필체에 눈이 갔다. 역의 필체인 것은 분명하나 그녀의 기억과 조금 달랐다. 살짝 누르스름하게 빛바랜 종이로 미루어 아마서너 해 전에 적었던 글귀인 모양이었다. 슬그머니 솟아오르는 호기심에 도로 책에 끼우는 대신 종이 위를 달려가는 글자를 읽어 갔다.

白頭山石磨刀盡
豆滿江水飲馬無
男兒二十未平國
後世誰稱大丈夫
백두산의 돌은 칼을 갈아 다 없애고
두만강의 물은 말을 먹여 다 없애리.
남아 이십에 나라를 평안케 하지 못하면
후세에 그 누가 대장부라 부르리오*.

여의가 잠시 생각에 잠겼다. 누군가가 나라를 평안케 하는 대장부가 되어야 한다고 말하는 나이에 이르러 가고 있었다. 과연 그녀는 무엇을 이루어 놓았는가.

---

*남이(南怡)의 '북정가(北征歌)'.

여인의 꿈은 사내에게 의지할 수밖에 없었다. 어려서 따라야 하는 아버지는 시집을 오는 것과 동시에 남이 되고, 혼례를 올리고 따라야 하는 남편은 이미 그 능력과 한계가 정해져 있는 데다 몹시 권위적이었다. 남는 것은 늘그막을 의탁해야 할 아들뿐이어서 훌륭하게 성장하여 입신양명케 하는데 모든 노력을 기울이는 모양이었다.

그렇기에 더욱더 아들에 집착할 수밖에 없다. 그러나 그녀는 아들의 귀함을 논하기에 앞서 회임조차 하지 못한 몸이었다. 결국은 아무것도 이루어 놓은 것이 없는 처지에 불과했다. 깊은 한숨을 내쉬자 종이 끄트머리가 파르르 떨렸다.

"무엇이 또 부인의 마음을 어지럽게 하는 것이오."

방의 주인이 돌아왔다. 여의가 손에 들고 있던 것을 대충 서가 앞에 내려놓고 잰걸음으로 다가가 팔을 뻗어 그의 허리를 감았다. 오랫동안 어미를 기다린 어린 짐승이라도 되는 양 그의 품에 파고들어 화장기 없는 맨 얼굴을 문질렀다. 피부에 닿는 따스한 체온이, 제법 얇아진 옷자락 사이로 희미하게 느껴지는 울림이 좋았다.

"부인의 성정이 아직도 이리 어리니 아이가 없는 것도 당연하다 하겠소."

놀리는 듯 들려오는 말에 몸이 굳어졌다. 여름으로 줄달음쳐 가는 봄의 끝자락에도 한기가 온몸으로 밀려왔다.

대비와 중전 모두 그녀가 아직 어리며 인력으로 되는 일이 아니니 염려하지 말라 하였다. 역도 조급해하는 기색을 드러내지는 않았다. 대군의 아들로 태어나면 자신처럼 한량이나 될 것이니 차라리 딸이 낫다 말한 적도 있었다.

그러나 이따금씩 지금처럼 다정한 목소리로 말하면 마음이 덜컥 내려앉았다. 처음에는 웃어넘기던 말이 날이 가고 해가 갈수록 진심으로 고민되기 시작했다. 그의 애정은 의심하지 않으나 그를 둘러싼 환경은 믿을 수 없었다. 조선은 온전히 사내를 위해 존재하는 나라였고, 역은 그 나라의 대군이었다. 중전의 가까운 친척이니 소박을 맞을 염려는 덜하겠지만 유모 말마따나 '첩을 들인다 하여도 이상할 것 없는' 상황이었다.

평소라면 품에서 빠져나가 새초롬하니 돌아서서 몇 마디를 받아쳐야 할 부인이 여전히 고개를 파묻고 있는 모습에 역이 당황했다. 어릴 때보다도 더 사랑스러운 것 같은 여인을 놀리기 위한 가벼운 농담이었을 뿐이었다.

아이가 없다, 첩을 얻는다, 사랑이 식는다.

여의의 마음을 어지럽혔을 생각을 짐작하고 가벼운 한숨을 쉬며 그녀를 품에서 떼어 냈다.

"여인의 마음 하나 안심시키지 못하는 사내라니."

자책하는 목소리에 여의가 얼굴을 파묻은 채로 고개를 저었다. 역이 그녀의 곱게 빗어 넘긴 머리를 가볍게 쓰다듬었다. 손끝에 걸리는 비녀 따위는 뽑아 버리고 손가락 사이로 머리칼이 부드럽게 흘러내리는 느낌을 즐기고 싶었으나 자제력 따위도 함께 빠져나갈 것이 분명했다. 충동을 곧장 행동으로 옮기기에는 시간이 너무 일렀다.

"나리의 마음을 의심하는 것이 아닙니다."

"그 증좌를 보여 주시오."

여의의 조그만 목소리에 역이 손끝으로 그녀의 얼굴을 받쳐 올렸다. 연모한다는 말로는 부족할 만큼 사랑하는 여인이었다. 아무 말 없이 그를 올려다보는 사랑스러운 눈빛에 고개를 숙였다.

제철이 오려면 아직 한참 남았는데도 벌써 한껏 무르익은 붉은 앵두 한 알이 그의 입술 안으로 숨어들었다. 혀끝에서 굴리는 것만으로는 욕심이 채워지지 않아 상처가 나지 않도록 조심하여 깨물었다. 형언할 수 없는 달콤함이 입안으로 가득 퍼져 나갔다.

연인을 안고 있는 팔에 조금씩 무게가 실려 오자 역이 아쉬운 마음으로 입술을 뗐다. 여인이 흐트러지면 사내의 자제력이란 믿을 만한 게 되지 못했다. 마음을 가라앉히려 시선을 내리깔자 유려하게 흘러가는 넉 줄의 시구가 눈에 띄었다.

'오늘은 또 무슨 내용일까.'

역이 기대감과는 사뭇 거리가 먼 감정을 품었다. 부인이 글을 쓰면 그 가녀린 모습에서는 도무지 연상할 수 없는 것들만 튀어나왔다. 사기나 논어의 구절을 옮겨 쓰고 있는 모습을 보노라면 입춘첩을 적는 것은 애교에 가까울 정도였다.

그러나 지금 그의 눈에 보이는 필체는 부인의 것이 아니었다. 역의 표정이 묘하게 일그러졌다. 그가 필요로 한 이상으로 마음이 가라앉았다. 지난번에는 광에 쌓여 있는 그 많은 책 중에서 언문이 적힌 책을 기가 막히게 찾아 쌓아 들고나오더니, 오늘의 시구는 한술 더 떴다. 대체 이건 어디서 어떻게 찾아냈을까. 치기 어린 시절에 적어 두었던 글줄은 남의 눈에 띄면 화근이 될 것이 분명했다.

"부인은 위험한 것을 찾아내어 가까이하는 재능이 있는 모양이오."

한숨짓는 역의 목소리에 여의가 그의 시선을 따라 살짝 고개를 내렸다. 조금 전 본 시구가 바닥에 뒹굴고 있었다. 원대한 꿈과 호방한 기개가 담긴 글의 어느 부분이 그리 위험한지 알 수 없었다. 그리 위험한 종잇장이라면 애초에 그런 곳에 숨겨 두어서는 아니 될 일 아닌가. 어찌하여 그녀만 탓하는가 불만스러워하면서도, 입맞춤의 설렘 따위는 단숨에 날아간 듯한 역의 굳어 버린 얼굴에 마음이 무거워졌다.

그저 집안일을 살피고 때로 다른 부인들을 찾아가 한담이나 나누는 여인인 편이 낫다 여길까. 그러나 그리되면 그녀 자신이 아닐 터다. 그녀의 품성을 탓하는 것이라면 아이가 없다 흠잡는 것보다 더 속이 상했다. 여의가 입매를 굳히고 몸을 살짝 틀었다.

역은 서운함이 깃든 여의의 마음을 다독이듯 그녀를 꼭 안았다가 팔을 풀었다. 마음에 들지 않는 종잇조각을 집어 들어 서안 위에 올려놓고는 때 이른 등잔불을 붙였다. 불빛이 일렁이는 그림자가 벽에 연하게 떠올랐다. 여의가 말없이 그 앞에 가 앉았다. 둘 사이에 놓인 종이 한 장이 침묵을 부추기고 있었다.

역이 글줄을 노려보다 벼루에 물방울을 떨어뜨리며 먹을 갈았다. 어느 부분부터 이야기를 시작하여야 그의 부인이 수긍하고 납득할 것인가 생각을 가다듬었다. 십여 년 전부터 알고 있는 사실이지만 여의는 자신이 이해하지 못한 사실에 대해서는 좀처럼 물러서는 법이 없었다. 글귀와 사실 관계를 곰곰이 짚어 보다 적당한 시점을 찾은 그는 천천히 입을 열었다.

"왕위 계승의 원칙은 장자 상속이지만 그것을 지키는 일은 몹시 어렵다오. 장자가 병약하거나, 나이가 어리거나, 요절하거나. 그적에도 그러하였지요."

역의 증조부는 왕위에 오른 뒤 장남인 그의 조부를 세자로 삼았다. 그러나 세자는 젊은 나이에 요절했다. 누군가의 저주를 받았기 때문이라는 말이 아직도 파다했다. 원칙대로라면 세자의 장남에게 왕위 계승권이 주어져야 했으나 지나치게 어렸다. 결국 왕위에 오른 것은 그의 숙조부(叔祖父)였다.

"호방한 무인의 기질을 지닌 증조부께서는 숙조부를 그다지 마음에 들어 하지 않으셨다 하오. 오히려 부마였던 의산군(宜山君)의 손자를 훨씬 총애하셨다지요."

한쪽으로만 일방적으로 쏠리는 어심(御心)을 시새우던 이도 그적에는 그 지극한 총애에 감히 어찌할 생각도 하지 못했다. 그러나 세월이 흐르자 사정이 바뀌었다. 아낌없는 지원을 보내던 이의 사망, 젊은 나이에서 오는 약간의 경솔함, 자신에 대한 자부심. 그것들이 한데 모여 그의 목을 졸랐다. 사랑받지 못한 아들이던 왕에게 있어, 그 자신보다 더 사랑받던 어린 종숙은 눈엣가시였다.

"글자를 이리 고쳐서 상감마마께 고한 자가 있었다오."

여의는 역이 고친 글귀를 눈으로 훑었다.

男兒二十未得國
남아 이십에 나라를 얻지 못하면.

명명백백한 역모의 증거였다.

"왕실의 혈통이 조금 닿아 있기는 하나 이성(異姓)에 불과한 자였소. 직접 왕위에 오르는 것을 종친이나 신료들이 좌시할 리 없으니 역모를 꾀하였다면 틀림없이 종친 중의 누군가가 연루되어야 하오. 하나 누구를 추대하려 했는지도 불분명하니 과연 역모이기는 한 걸까."

역은 종이를 길게 접어 한끝을 불꽃 위에 올렸다. 까맣게
타들어 가기 시작한 얇은 종이는 곧 형체도 없이 스러져 잿
빛 가루가 불규칙하게 서안 위에 흩어졌다. 여의가 눈을 내
리깔았다. 그녀는 알지도 못하였고 지금도 이해하기 어려운
과거의 이야기를 전하는 목소리가 몹시 낮았다. 아마 팔을
뻗어 저 가슴 위에 손을 대면 불규칙한 박동을 들을 수 있을
것이라, 다시금 마음이 무거워졌다.

"장성한 대군의 곁에는 간걸(奸桀)이 모여들기 쉬우니 전하
께서 나를 의심하기 시작하신다면 그냥 넘어가지 않으실 거
요. 부인의 언행과 글은 때로 지나치게 대담하여 내 마음을
불안케 하니, 글을 아는 것이 혹시라도 그대가 고초를 겪게
되는 단초가 되지 않을까 염려스럽소."

"신중하지 못한 여인이어 송구하옵니다."

무어라 더 변명할 수가 없었다. 애초에 관심을 갖지 아니
하였더라면 발견하였을 리 없을 글귀였다. 하여, 심려 가득
한 목소리를 들으며 할 수 있는 대답은 이것 하나뿐이었다.
그러나 이제는 무엇을 어찌해야 할지 도무지 알 수 없었다.
연인에게 사랑을 속삭일 적에는 떨리는 마음과 엷은 숨결,
가벼운 입맞춤이면 충분했다. 다른 무엇인가를 생각할 필요
도 없고 떠오르지도 않았다. 그러나 그가 없는 긴 시간, 그녀
가 할 수 있는 일은 많지 않았다.

고민하는 여의의 살짝 찌푸린 미간 위를 부드러운 입술이

눌렀다. 어느 틈에 다가왔는지 역이 그녀의 곁에 앉아 품으로 끌어당겼다. 그에게서 벗어날까 두려운 듯 안고 있는 팔에 조금 더 힘을 주었다.

✳   ✳   ✳

손이 분주한 유모가 곁눈질로 제 아씨를 바라보았다. 그리일찍 일어나지도 않았는데 쉴 새 없이 하품하느라 손이 얼굴에서 떠나갈 틈이 없었다. 졸음을 쫓으려는 듯 머리를 가볍게 흔드는 여의를 향해 유모가 핀잔했다.

"바깥에서도 그러시면 품성을 의심받습니다."

"설마 밖에서까지 그럴까."

'집에서 새는 바가지는 들에서도 샌다 했습니다.'

유모는 말대답을 꾹 참고 바삭하게 마른 수건으로 머리칼에 남은 물기를 털어 냈다. 여의가 팔을 쭉 뻗어 졸음을 몰아내려 애쓰는 동안, 아씨의 머리를 대충 모아 댕기로 가볍게 묶은 뒤 대야를 놓아 주었다.

찰랑이는 맑은 물에 손끝이 닿는 순간 오싹할 정도의 한기가 스며들었다. 손으로 떠낸 물이 얼굴에 닿자마자 졸음기가단번에 달아났다. 소세를 마치고 난 뒤, 앞에 다가든 희끄무레한 물이 담긴 접시를 보며 얼굴을 찡그렸다.

상추 이파리나 앵두 열매에 맺힌 이슬을 화장수로 쓰면 피부가 고와진다는 전혀 신빙성 없을 속설 때문에 아침에 이슬을 훑어 내는 수고를 한 가엾은 이는 누구일까 생각했다. 여의의 손가락이 접시 끄트머리를 밀어내는 것을 본 유모가 빠르게 말했다.

"단오이옵니다, 아씨."

여의가 손끝에 물을 묻혀 건성으로 얼굴을 두드렸다. 유모가 한숨지으며 부드러운 천에 물방울이 스며들게 한 뒤 꼼꼼하게 두드렸다.

"이거나 저거나 물인 건 똑같은데 번거롭게 왜 이러는가 모르겠네."

"여인이 나이 드는 건 한순간입니다. 언제까지고 피부가 이렇게 깨끗하리라 믿으시면 나중에 크게 후회하십니다."

단호한 목소리에 여의가 입을 꼭 다물었다. 문가에서 기다리던 몸종이 대충 묶어 놓은 여의의 머리를 풀고 옷시중을 들었다. 화사한 연둣빛 저고리와 다홍빛 치마는 아무런 무늬 없이 수수했다.

그사이 머리칼의 물기도 완전히 말랐다. 여의를 좌경 앞에 앉힌 유모가 정성껏 머리를 땋기 시작했다. 여의가 아주 어렸을 때부터 그 일을 해 온 유모는 아씨의 머리단장을 해야 비로소 하루가 시작된다는 느낌 때문에 지금도 손수 해 주고 있었다.

어릴 때에는 하루에도 몇 번이나 머리를 매만져 주어야 했다. 잠시도 가만히 있지 못하고 봄 나비처럼 분주하게 돌아다니는 어린 아가씨는 잠시만 한눈을 팔면 부스스해진 몰골로 나타났다. 지금은 단 한 번이면 되었으나, 그녀에게 온전히 의지하던 소녀가 다 자라 성숙한 여인이 되었다는 사실에 간혹 허전한 느낌이 밀려왔다.

틀어 올린 머리에 마지막으로 흰 비녀를 찔러 넣었다. 언뜻 보아서는 껍질을 벗겨 낸 덜 마른 나무처럼 보이는 비녀는 창포 뿌리를 깎아서 만든 것이었다. 수(壽) 자를 새겨 넣은 한쪽 끝이 연지의 빛깔로 붉게 물들어 있었다. 여의가 거울로 비녀의 모양을 확인하는 것을 본 유모가 상냥하게 덧붙였다.

"액운을 물리쳐서 머리가 아플 일이 없을 것이랍니다."

여의가 시큰둥하게 고개를 끄덕였다. 동지 팥죽이나 중양절의 수유부처럼, 철마다 벽사를 상징하는 행동이나 물건 따위는 수도 없이 많았다. 그게 다 효과가 있다면 세상에 죽음을 맞이하거나 슬픔을 겪는 사람은 단 하나도 없어야 할 터였다. 하여 여의는 그러한 일들이 효험이 있으리라 믿지는 않았으나 주변 사람이 하는 일을 굳이 제지하지는 않았다. 그것으로 일 년, 적어도 몇 달치의 근심을 덜어 낼 수 있다고 믿는다면 필요는 없어도 유해하지 아니한 행동에 나쁠 것은 없을 터였다.

여의의 단장을 끝마치고 일어나는 유모의 등 뒤에서 목소리가 들려왔다.

"오늘 아침에 너무 일찍 일어나서……."

"간단하게 상을 들이도록 이르지요."

여의가 말을 맺기도 전에 유모가 다 안다는 듯 대답했다. 본디 문안을 위해 입궐할 생각이었다. 이른 아침부터 채비를 시작하였으나 짙은 아침 안개는 해가 떠오르도록 걷히지 않았다. 길이 위험할 것 같다고 판단하여 집에 머무르기로 결정된 후에는 남은 단장이 몹시 느릿느릿 진행되었다.

평소에 비해 손이 많이 가는 치장이었으나 다 마치고 나니 아직도 늦지 않은 아침이었다. 여의가 내내 하품을 하고 있던 것도, 가벼운 허기를 느끼는 것도 그 때문이었다.

유모가 문을 여닫는 사이로 바깥 공기가 새어 들었다. 제법 진한 쑥 향이 방까지 밀려들어 오자 여의가 잔뜩 인상을 썼다. 지난 동지 무렵, 의녀가 처방하고 간 지독하게 쓴 탕약 이후로는 약초나 그 비슷한 것만 보아도 입안에 쓴 기운을 가득 머금는 것 같아 얼굴이 절로 일그러졌다. 이토록 진한 향을 맡고 있으면 온몸이 푹 탕약에 절여지는 듯해 몸서리가 났다.

"쑥이 그렇게 싫다 하는 걸 보니, 기실 그대가 액운을 불러오는 귀(鬼)인 건 아니오?"

그녀를 놀리는 낭군의 목소리가 들려오는 것 같아 눈을 감았다. 쑥 향이 몇 배는 더 진하게 코끝을 맴돌았다. 문을 열어도 닫아도, 오늘 하루만큼은 이 쑥 냄새를 벗어날 수 없을 것이다. 세상사 마음먹기에 달린 것이라는 말을 떠올리며 속으로 되뇌었다.

쑥 향이라 착각하는 것은 기실 꽃향기일 터다. 화려한 맵시를 자랑하는 농염한 장미, 소담한 꽃잎 사이로 그윽한 내음을 풍기는 모란, 청초한 모습에 비해 아찔하게 피어오르는 난향이며 코끝을 바짝 들이대어야 간신히 느껴지는 들꽃의 희미하고 달콤한 꽃 내음까지. 알고 있는 모든 꽃을 기억에서 이끌어 내어 쑥 향을 지우려 애썼다.

얼마쯤 시간이 흘렀는지도 알 수 없었다. 문이 여닫히고 달각거리며 소반을 내려놓는 소리가 들렸다. 유모 아니면 몸종이리라 생각하여 굳이 눈을 뜨지 않았다. 볼에 갑작스럽게 간지러운 숨결이 닿아 깜짝 놀라 눈을 떴다. 붉은 조복에 금량관을 단정히 차린 이가 빙긋 웃고 있었다.

"벌써 오시었습니까?"

"문안에 무어 그리 오랜 시간이 걸리겠소."

자리에 앉은 역이 팔을 뻗어 좌경을 끌어당기고는 여의를 향해 손짓했다. 여의가 앉은 자리에서 몸을 돌리며 역을 힐끔거렸다. 머리에 얹은 관의 무게는 사모보다도 무거울 테고, 곧고 넓은 소매는 거치적거릴 게 분명한데도 행동은 몹시 태연했다. 어릴 적부터 몸에 배게끔 단련된 것은 쉽사리 사라지지 않는 모양이었다. 여의도 엄격한 부모님을 만났으면 얌전한 여인으로 성장하였을까.

역이 여의의 앞에 좌경을 놓았다. 거울을 펼치고 서랍을 열어 빗을 꺼내는 품이 제법 익숙하여 웃음이 났다. 역이 가볍게 나무랐다.

"사내라면 상투를 틀고 동곳을 꽂는 것은 매일 반복되는 일과요. 대체 무엇이 그리 우스운 거요?"

"소첩은 아무 말씀도 아니 드렸사옵니다."

여의가 방그레 웃으며 시치미를 뗐다. 역이 손에 쥐고 있는 것을 슬그머니 바닥에 내려놓으면서 사랑스러운 미소를 띤 여인을 거울 너머로 바라보았다. 화사한 빛깔의 옷에 감싸인 고운 여인의 모습에 겹쳐지는 꽃은 언제나 짙은 보랏빛을 띤 소박한 제비꽃이었다. 언뜻 전혀 어울리지 않는 두 모습이 포개지는 것은 그 이름과 더없이 곱게 채색되어 기억되는 어린 시절의 일 때문이리라. 농담처럼 말을 건네었다.

"녹의홍상은 분명 싱그러운 풀빛에 고운 꽃의 빛깔을 담아 낸 것일 텐데 어찌 지금 부인의 모습에서 여의초가 떠오르는지?"

"소첩의 성정이 질박하여 그러하다고 말씀드리지 않았사옵니까."

샐쭉한 목소리에 역이 고개를 저었다.

"그렇지 아니하오."

"하면 연유가 무엇이옵니까?"

"그를 바라보며 뜻한 바가 이루어졌기 때문 아니겠소."

완곡한 고백에 가까운 말을 건넨 역이 창포비녀를 뽑아 머리를 풀어 내렸다. 단단하게 땋은 머리칼을 다시 조금 전처럼 틀어 올려 한데 모인 머리카락 틈으로 비녀를 찔러 넣었다. 얼굴을 붉히고 눈을 내리깔았던 여의는 불필요한 행동의 의도를 알 수 없어 궁금한 마음으로 눈을 들었다. 머리 뒤쪽에 새로 자리한 비녀의 모양새가 눈에 들어왔다. 비단을 입힌 비녀 머리 위에 꽂힌 창포 잎과 붉은 모시로 만든 꽃, 곱게 매인 색실이 퍽 단정했다.

"애화(艾花)라 하오. 여인이 머리에 이면 재액을 막아 준다 하더이다."

"쑥의 이름을 빌렸는데 어찌 그 모습은 볼 수 없을까요?"

"쑥에 벽사의 의미가 있기 때문이겠지요. 어마마마께서 내리신 것을 전할 따름이지, 여인의 장신구는 잘 알지 못하오."

여의가 새로 치장을 마치고 난 뒤, 그녀가 눈을 감고 있을 적에 들어온 상 앞에 마주 앉았다. 접시에는 수리취떡과 빛깔 고운 앵두편이, 각자의 앞에 놓인 백자 그릇에는 붉은빛이 선명한 앵두화채가 담겨 있었다. 이리 좋은 것을 두고 어찌 쑥 태우는 냄새를 온 집 안에 진동시킬까, 여전히 불만스러운 여의를 바라보는 역의 눈빛에 그윽함이 실렸다.

"앵순(櫻脣)이라더니, 화채의 빛깔과 다르지 아니하오."

대상이 없는 말이지만 눈치채지 못할 리 없었다. 여의가 눈을 내리깔았다. 그녀를 향한 상냥한 눈웃음에 가슴이 설레었다.

얼마나 시간이 흐르면 이 마음이 무뎌질까.

과연 그러한 날이 오기는 할까.

여의가 그들 사이에 놓인 상을 밀어내고는 역을 향해 몸을 기울였다. 역은 팔랑이는 나비처럼 품 안에 들어오는 여인을 향해 곤란한 표정을 짓더니 못 이기는 척 팔을 벌려 껴안았다. 귓가에 대고 다정하게 속삭였다.

"지금 이 행동을 나를 유혹하는 것으로 보아도 좋을까."

은근한 목소리에 깃든 뜻을 눈치채자 얼굴이 붉게 달아올랐다. 아직 그의 품에 안기기에는 이른 시간이었다. 반가의 규수로 곱게 자라난 여인이 어찌 이리 환한 때에, 그것도 바깥에서 이리저리 움직이는 이들의 소리가 고스란히 들려오는데 되도 않는 요구에 응할 것인가.

몸을 비틀어 품에서 빠져나온 뒤 새초롬하게 자리에 앉았다. 살짝 흘겨볼 생각으로 눈을 돌렸으나, 실수였다. 아무리 굳게 다짐을 해도 그 눈에 간절함을 담으면 당해 낼 수 없었다. 숨도 제대로 쉬지 못하고 그 눈동자를, 나른한 미소를 머금은 입술을 빤히 바라보았다.

"그때가 오기만을 기다리고 있는데."

고운 소녀를 마음에 담은 것은 십 년도 훨씬 전의 일이었고 같은 담 안에서 지낸 시간이 벌써 일곱 해였다. 어린아이가 사내가 되어 여인을 품은 것은 벌써 네 해도 훌쩍 지난 그 어느 날부터였다. 그럼에도 연인에 대한 그의 마음은 전보다 더하면 더하였지 좀처럼 줄어들지 않았다. 늘 부끄러운 듯 얼굴을 묻고 품에 파고드는 것이 그녀의 마음을 가장 여실하게 드러내어 주고 있음은 그도 잘 알고 있었다. 그럼에도 가끔은 사소한 욕심을 부려 보고픈 날이 있었다.

"부인."

역이 대답을 재촉하듯 여의를 불렀다. 여의는 고개를 돌리거나 눈을 내리깔지도 못하고 그저 위험하게 반짝이는 그 눈빛만을 뚫어지게 바라보았다. 떨어지지 않는 입을 열어 간신히 몇 마디 흘려 냈다.

"지금은 날이 너무 밝습니다."

"하면 날이 저물기를 기다리면 되는 것이오?"

여의의 얼굴이 다시금 달아올랐다. 온몸의 열기가 온통 얼굴에 쏠리는 것 같아 입술만 자분거렸다. 어찌할 줄 모르는 그 표정조차 사랑스러웠다. 조금 전보다 붉어져 윤기가 흐르는 입술만 눈에 들어왔다. 역이 눈빛으로 대답을 재촉했다.

"소첩이 아둔하여 어찌하여야 나리께서 마음에 든다 하실지 알지 못하옵니다."

"지금 일러 주는 것을 잊지 마오. 어둠이 깔리면 틀림없이 확인할 것이니."

아무 망설임 없이 부드러운 입술이 다가왔다. 손끝이 얇은 옷에 가린 피부 위를 스치다 조심스레 옷자락 틈으로 파고들었다.

여의는 그지없이 다정한 연인의 손길에 자꾸만 마음이 흩어져 열기 어린 숨을 가쁘게 뱉어 내는 지금을 두려워해야 하는 것인지, 아니면 그가 일러 준 바를 확인하겠다던 밤이 다가올 것을 두려워해야 할지도 알 수 없이 구름을 밟고 선양 아득한 느낌에 빠져들었다.

※   ※   ※

좀처럼 사람이 잠드는 일 없는 사랑의 와방에도 매일 금침이 깔렸다. 조금의 구김도 없는 이부자리를 펼쳤다 개키는 일이 반복되었으나 오늘만큼은 그 금침 안에 사람이 누워 있었다.

역이 먼지를 잔뜩 뒤집어쓴 몸을 씻기 전, 그러니까 물속에 몸을 담그기 전까지만 해도 물 밖을 나서면 가벼운 발걸음으로 부인에게 가리라 다짐했다. 그러나 온기가 온몸을 감싸는 순간부터 피로감이 밀려왔다. 손끝 하나 까딱하기도 귀찮을 정도의 노곤함이 전신을 휘감았다.

최근 선비 행세를 하는 부인과 함께하는 가벼운 나들이의 빈도가 늘었다. 오늘의 외출은 공적인 것이었으나 딱히 더 힘이 들지는 않았다. 그럼에도 이렇게 고단한 것은 온 신경을 곤두세우고 있는 동안에는 몰랐던 정신적 피로감이 몰려들었기 때문이었다.

"혼자 어딜 다녀오지는 않았겠지."

무슨 말을 하는지도 잘 깨닫지 못하면서 중얼거렸다.

자신이 평범한 사내로 보일 것이라 철석같이 믿는 여의의 뒤를 따른 것이 꽤 여러 해, 엉겁결에 그 사실을 고백하고서는 대놓고 동행한 게 또 몇 달이었다.

어깨를 나란히 하고 걷는 일이 늘어나니 예전에는 알지 못했던 사실을 알게 되었다. 그를 올려다보려 살짝 치켜뜨는 눈망울과 앙증맞게 움직이는 입술이 사랑스러웠다. 그의 보폭에 맞추기 위해 잰걸음으로 걷는 모습과 이리저리 눈을 굴려 거리를 살펴보는 모양새가 귀여웠다.

간혹 여의가 피로감을 호소하거나 그에게 변덕이 일면 뒷골목의 투박한 평상 위에서 상을 사이에 두고 마주 앉았다. 몇 푼만 내면 나오는 간소한 식사와 탁주는 집의 것과 비교할 수 없었으나 눈앞의 상대를 바라보면 맛 따위는 아무래도 좋았다.

치맛자락에 감싸여 있을 적에는 단아한 자세를 취하는 여의가 근처에 앉은 이들의 모습을 살펴보다 건들거리듯 앉을 때가 있었다. 왈패가 될 작정이냐 핀잔을 주면 아예 손을 뒤로 짚고 앉아 웃음을 터뜨렸다. 뜨거운 국밥을 한술 가득 떠서 후후 불다 먹는가 하면 역이 장난삼아 권한 탁주를 쭉 들이켜고는 얼굴을 잔뜩 찡그리기도 했다. 유모나 한 씨가 안다면 기함할 것이 분명한 모습이었다.

그러나 그 어떤 행동을 해도 그저 사랑스럽기만 했다. 어쩌면 둔갑한 구미호에게 홀려 정신 차리지 못하는 게 아닌가 싶기도 했다.

그를 기다리고 있을 여의를 생각하며 이불을 잡아당겼다. 그를 하루 종일 기다렸을 게 분명한 그녀에게 미안하기는 했으나 몸을 일으킬 수가 없었다. 한여름에도 밀려드는 서늘함은 곁에 사랑하는 여인이 없기 때문인가 생각하며 몽롱하게 속삭였다.

"가끔 하루쯤은 이렇게 서로를 그리워함도 나쁘지 않을 게요."

낮게 한숨을 쉬었다. 깜박이기 시작한 정신으로 다시 혼잣말했다.

"사후 따위에 불려 가는 일이 없으면 좋겠구나."

활쏘기에는 재능도 흥미도 없으니 너무 뛰어난 자질로 왕의 심기를 거스를 걱정은 하지 않아도 좋았다. 그러나 그와는 또 다른 쪽으로 날카롭게 신경을 곤두세운 탓에 전혀 엉뚱한 데로 날아가 버리는 화살을 보며 멋쩍은 웃음을 지어야 했다. 평소에 비해 더욱 형편없는 아우의 솜씨를 본 왕이 놀려 댔다.

"아우도 꽃을 보면 마음이 흐트러지는가?"

역은 대답 없이 허리만 깊이 숙여 보였다. 전국 각지에서
모여든 기녀는 호화로운 비단과 진귀한 보석으로 치장하고
있었다. 외모가 곱고 음률에 뛰어나 꽃보다 아름답다는 말이
절로 나올 정도였다.

자연 사내들의 시선이 쏠려, 여느 때에 비해 다들 좋지 않
은 결과를 보이는 것은 사실이었다. 그러나 역은 그들에게
관심이 없었다. 세상 어느 여인도 그의 부인을 따를 수는 없
었다.

허리를 펴며 슬쩍 왕의 얼굴을 엿보았다. 표정과 눈빛에서
생각을 읽어 낼 수 없게 된 것은 오래된 일이었다. 그러나 더
고집스러워진 얼굴과 혼란스러운 빛이 끼어든 눈동자가 염
려스러웠다.

왕은 뜻에 반하거나 심기를 거스르는 이들에게는 가차 없
이 굴어도 총애하는 이에게는 더없이 지극했다.

사뭇 온후한 어조에 실려 올려 퍼졌으나 담은 내용은 그리
다정하지 않은, 아직도 그의 뇌리를 떠나지 않는 어제시(御製
詩)를 떠올렸다.

시원한 때 위 바람에 이슬비 절로 걷히고
새 연꽃 향기 짙고 맑은 물결 곱게 이네.
은혜 입어 활 쏘는 것을 높은 곳에서 하니
입 다물고 기이한 일 누설치 말라.*

마지막 구절은 경고처럼 들렸다. 무엇을 보고 들었든 눈
감고 귀를 막고 입을 닫아 아무것도 모르는 것처럼 지낼 것.
그것이 충심에서 나오는 것이든 간심(奸心)에서 나오는 것이
든.

무엇을 보았든 기억하고 있을 여력도 없었다. 무거운 눈꺼
풀이 완전히 내리덮였다.

역이 잠에 빠져들고도 제법 긴 시간이 흐른 뒤, 사랑 앞마
당에 사람 그림자가 나타났다. 흐릿한 달빛에 의지하여 발걸
음을 옮기는 여의였다.

"하루 종일 기다렸는데, 얼굴을 비추시면 큰일이라도 나
나."

속삭임과 다르지 않을 정도의 조그만 목소리로 투덜거렸
다. 늘 그녀의 곁에서 잠드는 낭군이니 고작 하루 없는 것을
두고 불평할 처지가 아님은 알고 있었다.

그러나 그녀 나름으로도 이유가 있었다. 그가 여의에 대한

*연산군일기 58권, 연산 11년 6월 5일 무오 여섯 번째 기사.

염려를 표한 이후로 제 딴에는 행동을 몹시 조심하고 있었
다.

그가 없을 적에 남복을 하고 외출을 하려는 시도는 그만둔
지 오래되었다. 글줄 아는 부인을 염려하는 마음을 이해하기
에 이제야 관심이 가기 시작한 온갖 책들 대신 내훈(內訓)이
나 열녀전(烈女傳)을 펼쳐 들었다.

그러나 그것들은 반발심만 끓어오르게 할 뿐 뜻을 받들어
현숙한 여인이 되고자 하는 마음을 불러일으키지 못했다. 결
국, 도로 덮어 두었다.

가뜩이나 무료하던 시간은 더욱더 지루한 것이 되어 버렸
다. 오로지 그를 위하여 참고 견디는데 그가 발길조차 하지
않으니 기운이 빠졌다. 대체 무엇을 위해 그 따분한 시간을
참고 견뎠단 말인가.

섬돌에 신을 벗어 놓고 마루 위를 올랐다. 발을 내디딜 때
마다 마루가 삐걱대는 소리와 문을 열 때 난 달가닥거리는
소리가 유난히 크게 들렸다.

숨을 멈추고 가만히 서 있었으나 어떤 반응도 돌아오지 않
아 용기백배하여 방 안에 발을 들였다. 갑작스레 덮인 것 같
은 어둠에 가만히 서서 눈이 익숙해지기를 기다렸다. 흐릿한
시야에 의지하여 고른 숨소리를 내는 연인의 곁에 가 앉았
다.

눈을 감아 제법 선명하게 보이기 시작한 시야를 도로 차단

하고는 손끝을 미끄러뜨렸다. 손가락과 손등, 옷자락에 감싸인 팔과 어깨를 지나 목에 닿았다. 다소 불안정한 맥박이 손가락 아래서 팔딱였다. 턱을 지나 입술 위와 코끝을 타고 올라가 살짝 좁아든 미간 위에 얹혔다. 부드럽게 문질러 약한 주름을 없애려 노력했다. 미약한 웅얼거림에 귀를 기울였으나 알아들을 수 없었다.

조심조심 손을 떼고는 눈을 떠서 그 얼굴을 물끄러미 바라보았다. 깊이 잠들어 있으니 이대로 방을 나서는 쪽이 낫겠다고 생각했다.

그러나 앉아 있는 몸은 천근만근 무거워, 홀로 돌아가려는 생각을 실천할 의지가 전혀 없는 것 같았다.

"조금만 머물렀다 사람들이 깨기 전에만 가면 그만이지."

여의가 앉은 채로 뒤로 살짝 물러났다. 이불 끝을 들어 올리고 그 안으로 파고들어 연인의 곁에 바짝 붙었다. 품에 얼굴을 파묻자마자 밤 깊도록 찾아오지 않던 잠기운이 순식간에 여의의 몸을 덮쳤다.

곧, 두 사람의 평온한 숨소리가 들리기 시작했다.

동편이 희끄무레하게 밝아 오던 이른 새벽에 사랑의 문이 열렸다. 손 대신 발로 문을 밀고, 등 돌린 채 문을 나선 이의 팔에는 사랑스러운 여인이 잠들어 있었다. 섬돌 위로 내려서는 발은 여인의 잠을 깨울 것을 염려하듯 조심스러웠다. 마당을 가로지르는 걸음걸이에 맞추어, 치맛자락 아래로 살짝 드러난 발가락 끝이 가볍게 흔들렸다.

다정한 연인이 사라진 자리, 섬돌 위에 남은 고운 신에 맺힌 이슬이 갓 떠오르는 햇살을 받아 반짝였다.

일곱
정암(靜菴)

　지나는 사람이 몹시 많은 번화한 거리에서도 한눈에 발견
할 수 있을 정도로 호화롭게 차려입은 선비 하나가 느긋하게
걸음을 옮기고 있었다.

　어깨를 스치는 사람 따위는 별것 아니라는 듯 태평하게 걷
는 그의 뒤를 체구가 작아 소년에 가까워 보이는 선비가 부
지런히 따르고 있었다.

　사람들의 물결에 휩쓸려 떠내려가지 않는 것이 다행스러
울 정도로 이리저리 치이던 소년 같은 선비는 겨우겨우 사람
들의 틈바구니를 빠져나왔다. 여전히 느긋하게 걸어가고 있
는 선비의 뒷모습을 흘겨보다 보폭을 크게 하여 단숨에 따라
잡은 뒤 소맷자락을 휘어잡았다.

187

"낙천!"

"여기엔 어쩐 일이오, 여의?"

진심으로 놀랐다는 듯 천연스런 응대에 여의가 입꼬리를 내렸다. 저런 말투와 표정으로 속내를 감추어 사람들 앞에 나설 낭군의 표리부동을 속으로만 꼬집었다.

"혼자 유유히 가심이 그리 즐거우십니까."

"내 이끌어 주려 하였으나, 보는 눈을 저어한 것은 그대 아니오."

"손을 잡지 아니하겠다는 것이 버리고 가란 말은 아니잖 사옵니까."

"버리고 가다니, 누가 들으면 진실인 줄 알겠소."

역이 정색하며 대답한 뒤 여의의 손을 덥석 잡았다. 손을 빼려 꼬무락거릴수록 더욱 굳게 쥐어 오는 악력에 여의가 한숨을 쉬었다.

"사내지간이란 말이옵니다."

"부부지간에도 이러고 다닐 수 없음은 마찬가지요."

"대군 나리의 용모를 알아보는 이들이 많지 않겠습니까."

"당연하지. 이 얼굴을 잊는다는 것은 불가하오."

잠시 침묵이 흘렀다. 여의는 그를 알아보는 자들은 필시 남색을 의심할 것이라는 이야기를 꺼내어 놓으려던 것도 잊은 채, 몹시 자신만만한 표정을 짓고 있는 사내를 어이없이 바라보았다. 그가 다정하게 덧붙였다.

"그리고 그대 또한 한 번 보면 잊을 수 없소."

여의가 무뚝뚝한 눈길로 그를 흘겨본 뒤 앞질러 갔다. 꽤 부지런한 걸음이었지만 따라잡기 어려울 정도는 아니었다. 역은 느긋하게 그 뒤를 따랐다.

번화가를 벗어난 한산한 거리는 지금껏 느끼지 못했던 가을빛으로 청량하게 물들어 있었다. 길옆으로 눈길을 줄 가치도 없을 만큼 못생긴 제철 과일과 조악한 장신구들이 늘어져 있었다. 그러나 그중에서도 역의 눈길을 잡아끄는 것이 있었다. 그가 여의를 힐끗 본 뒤 걸음을 멈추었다.

씩씩거리던 여의가 문득 걸음을 멈추고 뒤를 돌아보았다. 허름한 좌판 앞에 선 역이 주인 아낙과 몇 마디 나누더니 무언가를 집어 들었다. 잠깐 고개를 돌렸다 여의와 눈이 마주치고 난 뒤에는 그 정체를 들킬까 염려스러운 듯 빠르게 소매 안으로 숨겼다. 생각보다 거리가 멀어 무엇을 파는 데서 어떤 것을 샀는지는 알 수 없었다. 그가 가까이 오기를 기다려 새초롬한 목소리로 물었다.

"무엇이옵니까."

"소소한 유희라오."

역이 빈 손바닥을 펼쳐 그녀의 앞에 내놓았다. 손을 잡으면 알려 주겠다는 모종의 거래 제안이었다. 여의가 새침하게 등을 돌렸다.

별것 아닌 궁금증을 해소하려 손을 내어 줄 생각은 없었다. 역이 아무렇지 않게 손을 거두어들이고는 여의의 옆에 나란히 섰다. 서로 보폭을 맞추어 천천히 걷는 이들은 말이 없었다. 여의가 그 침묵을 깨뜨렸다.

"국모의 자리는 아무나 앉을 수 있는 게 아닌 모양이옵니다."

밑도 끝도 없는 말에 역의 미간이 좁아 들었다.

몇 년을 두고 지켜본바, 그의 부인은 글줄을 읽은 사람치고는 세상사에 큰 관심이 없었다. 가끔 책을 읽고 나서 호기롭게 말하는 것으로 미루어 짐작할 때 사내였더라면 지금처럼 이러하지는 않으리라 생각했다. 마치 처음부터 날아오를 수 없다 알고 있던 탓에 날개를 쓰는 법을 알지 못하는 새와 같다고 할까.

바깥세상은 어지러웠지만 문 안은 지극히 고요했다. 여의는 잠깐의 나들이에서 사람 사는 곳의 활기를 느낄 뿐, 뒷골목이나 빈민가의 모습은 알지 못했다. 아는 것이 의미 없다 눈 감고 지나는지도 알 수 없었다. 몸을 사리고 조용히 칩거하려는 대군의 부인이 그녀였으니.

그렇지 아니하리라. 여의는 세상사에는 관심이 없으나 알게 된 사실을 납득할 수 없다면 의문이 가실 때까지 고민을 거듭했다.

빈곤한 자들이 어찌 그리 곤궁한 삶을 살게 된 것일지 캐묻고, 평지풍파를 가라앉히려면 지금처럼 이리하여서는 아니 되리라는 질타를 내놓을 것이었다.

역은 여의가 그 말을 꺼낸 의도를 고민했다. 연인의 마음에 탐욕이 깃들었을지도 모른다는, 반갑지 않은 가정 하나가 그의 머리에 떠올랐다. 역의 고민을 알 길 없는 여의가 예사롭게 말을 이었다.

"얼마 전 입궐하여 옥책(玉冊)을 내리는 자리에서 입시(入侍)하였음을 알고 계실 것이옵니다."

"전하께서 친히 옥책을 내리셨으니, 전례에 비추어 없던 일이었지요."

중전의 어짊을 귀히 여겨 그 덕을 칭송하는 글을 짓고 존호를 올리게 하자는 논의는 한 달도 전부터 있어 왔다. 세자 시절에는 극진히 아끼던 빈궁이었다.

보위에 오르고 몇 년, 왕의 실행(失行)을 고지식하게 간언하는 태도에 다소 소원해진 면은 있다 하나 여전히 가장 고귀한 여인이었다. 그러니 존호에 대한 논의는 새삼 놀라울 것도 없었으나 신하들이 아닌 왕이 먼저 이야기를 꺼낸 것이 의외로 받아들여졌다.

규례에 의한다면 사자(使者)가 받든 옥책을 중궁전의 나인이 전해 받아 읽어 주고, 사배(四拜)를 올려 받는 것이 예였다. 그런데 왕이 그 자리에 직접 나섰다. 법도를 고칠 정도로 지극한 총애를 품고 있음을 공표하는 것과 다름없었다.

"전하께서 친히 옥책을 내리시어도 교명문을 읽은 것은

홍청이었사옵니다."

"중요한 건 전하께서 그 자리에 계셨다는 것이오. 그만큼 지극한 마음을 표현하신 것이거늘."

"자연스럽게 추파를 던지는 것이 보통의 여인이 아니었단 말이옵니다. 지극한 덕을 칭송하는 목소리가 지아비의 정을 나누어야 하는 다른 여인의 것이라면, 소첩은 차라리 받지 아니하겠사옵니다."

역이 빙그레 웃었다. 그의 마음에 피어오른 불안이 자연스럽게 해소되었다. 그의 사랑을 알기에 자신의 마음을 스스럼없이 드러내는, 마음에 품은 단 하나뿐인 여인이 내비치는 질투심이 귀여워 마음이 즐거웠다.

"법도대로라면 아마도 상궁 중 하나가 그 일을 대신하였겠지요. 상궁과 홍청 사이에는 무슨 차이가 있소?"

여의가 대답을 하지 못했다. 그 말도 옳았다. 궐 안의 여인은 모두 임금의 여인이었다. 중전과 함께 입궐하는 본방나인도 왕의 눈에 들면 애정을 나누어야 하는 경쟁자가 되는 것은 마찬가지였다. 그녀는 정말 홍청이 읽는 것을 꺼림칙하게 여겼을까.

그날, 이른 시간에 입궐하여 문안을 드리던 중 중궁전에서 더운 차를 대접받았다. 평소와 다름없던 소소하고 다정한 대화의 끝에 입궐한 목적을 기억해 낸 여의가 축하를 건네자 중전의 표정이 전에 없이 흐려졌다. 여의는 그 애잔한 표정을 마음이 떠난 이가 겉치레로 주는 존호를 부담스러워하는 것으로 여겼다.

그 자리에 전좌하여 있던 왕은 따스한 애정을 담은 얼굴을 하고 있었다. 중전과 보내는 시간이 얼마만큼 즐거울지 모르겠다 말하던 이라는 생각이 들지 않을 정도였다. 오히려 그 앞에 단정하게 앉은 중전의 표정에서 아무것도 읽을 수 없어 당황스러웠다.

경회루 옆에서 손을 뻗어 바위산을 가리킬 적에 흘러나오는 웃음소리를 듣고도 아련한 눈길로 부드러운 미소를 지어 보이던 그때의 모습이 아니었다.

사내의 마음이 돌아서기를 기다리다 지쳐 마음이 식어 버린 탓일까.

세상에 둘도 없이 귀한 것이라도 마음이 담겨 있지 아니하면 의미가 없었다. 다정한 눈짓, 따스한 숨결, 가벼운 입맞춤. 지극히 사소한 것이나 여의에게는 무의미한 돌조각이나 종잇장에 비해서 훨씬 소중했다.

여의가 불만 섞인 목소리로 투덜거렸다.

"정인의 다정함에 비하면 먼지만도 못한 것이옵니다. 설마 미안한 마음이라도 담긴 것일까요."

"그대는 남녀 간의 연정이 가장 중요하다 믿는 모양이나, 눈에 담고 마음에 품은 이와 혼례까지 올리는 일은 드물다 오."

여의가 그 말에 침묵으로 동의했다. 제비꽃을 건넨 조그만 사내아이가 낭군이 되었음은 최근에야 알았다. 오래도록 그 사실을 기억하여 여의와 혼인하였으니 원하는 바를 이루었다 말하는 역에게는 미안한 말이었지만, 아주 가끔 입궐할 때나 볼 수 있을까 말까 한 대군에게 관심을 가진 적은 별로 없었다.

"혼례 당일에야 처음 보는 여인에게 연심을 품기란 쉽지 않소. 하물며 단 하나뿐인 귀한 분의 눈길을 끌기 위해 여인들이 다투는 궐에서야 더 말할 것 있을까. 현숙한 왕비가 낳은 총명한 세자는 왕실을 안정시킬 것이고, 그 처가는 세도를 얻을 것이니 결국은 이해타산에 의한 결합이 되기 쉽소. 아, 중전마마가 그러하다는 뜻은 아니오."

역은 중전과 여의의 친척 관계를 뒤늦게 깨달은 듯 덧붙였다. 그러나 여의는 이미 그 화제에 관심을 잃고 골똘히 생각에 잠겨 있었다.

'언제부터 이이가 마음에 들어온 걸까.'

이성에 대해 진지하게 생각하기에는 너무 어린 나이에 혼인했다. 어느 날 갑자기 대부분의 시간을 함께하게 된 어린 부부는 한 쌍의 종달새마냥 다정했지만 사이좋은 오누이의 소꿉질 같은 느낌에 불과했다. 다정한 낭군에게 가슴이 설렌 것은 혼인하고 나서도 시간이 좀 흐른 뒤였다.

어느 순간 새벽안개에 젖어 드는 옷자락처럼 마음이 스며

들었다. 제법 예쁜 궁인 아이가 지나가도 무심한 이가 그녀에게만큼은 다정하게 구는 것이 좋았다.

와락 끌어안고 목덜미에 코를 파묻으면 고소한 냄새가 나던 어린 소년이었다. 더는 어린아이가 아니게 되어 서늘한 향기가 배어 나오게 된 이후로는 그렇게 끌어안는 것도 조심스러워졌다. 역의 상냥한 눈웃음에 가슴이 두근거려 단정한 여인이 되고자 애썼지만 그 어떤 모습도 사랑스럽게 보아 주는 미소에 마음이 녹아내렸다. 그가 그녀의 마음에 자리한 사실을 깨달았을 때에는 이미 헤어 나올 수 없을 만큼 그에게 깊이 잠겨 든 뒤였다.

"그대에게 전해야 할 뜻이 있다면 반드시 내 목소리로 하겠소."

"아직도 전할 뜻이 남아 있사옵니까."

"그대의 판단일진대 어찌 내게 물으시오?"

역이 자못 유쾌하게 웃으며 여의의 등을 두드렸다. 아플 정도는 아니었으나 제법 힘이 실려 있어 작은 체구가 앞뒤로 흔들렸다.

"나리!"

"친밀한 사내 간에 이 정도는 별것 아니라오."

그가 태연하게 말하며 열린 대문 안으로 먼저 들어섰다. 샐쭉한 표정으로 뒷모습을 바라보던 여의는 그가 몇 발짝 떼지도 못한 채 머뭇거리자 이상하게 생각하며 발을 옮겼다.

그 의문은 쉽게 해결되었다. 역이 기거하는 사랑 앞에서 젊은 남자가 예를 갖추어 인사를 올리고 있었다. 선비가 허리를 굽힌 사이, 역이 잠깐 뒤돌아 여의를 바라보았다.

'곤란하게 되었군.'

역은 미간을 좁히며 다시 돌아섰다. 객과 선약이 있었음이 이제야 떠올랐다. 그간 몇 번이나 만났으나 그때마다 변변한 이야기도 나누지 못하고 헤어졌다. 이러다가는 딱히 가깝지 아니한 이들과 건성으로 나누는 약조처럼 될까 시일과 장소를 통보한 것이 자신이었다. 잠시 고민하다 곧 결정을 내렸다.

"들어가세."

허리를 굽히고 있던 남자는 그 말이 자신을 향한 것이 아님을 알아차렸다. 대군 나리가 자신의 앞을 지나간 뒤에야 허리를 폈다. 체격이 작고 호리호리한 소년 하나가 망설임이 잔뜩 묻어나는 표정을 하고 대군 나리가 사라진 사랑 쪽과 자신을 번갈아 보고 있었다.

잠시 후, 소년이 마음을 정한 듯 허리를 굽혀 보였다. 남자가 성큼성큼 발을 옮겨 다가갔다.

"소인은 이만 가 보겠습니다."

"예까지 오셨는데 어찌 그냥 가십니까."

"함부로 끼어들 수 있는 자리가 아닐 듯합니다."

몸을 돌리던 여의는 미처 피할 새도 없이 손목을 낚아채였다. 뒷걸음질로 움직이며 손목을 잡아 빼려 힘을 주면 줄수록 더욱 세게 조여 오는 손아귀 힘을 이겨 낼 수 없었다. 당황한 여의를 향해 남자가 빙긋 웃음을 지어 보였다.

"대군 나리께서 청하지 않으셨습니까."

"하오나 초면인 이가 감히……."

"가벼운 한담에 불과하니 염려하실 필요 없습니다. 말씀도 없이 그리 사라지시면 그 뒷감당은 누구의 몫이 되겠습니까."

할 말을 끝낸 남자가 손목을 쥔 그대로 사랑으로 잡아끌었다. 질질 끌려가듯 어정쩡한 걸음걸이로 대청 섬돌 앞까지 오게 된 여의가 한숨을 몰아쉬었다. 당혹감 짙은 그녀의 눈길을 무시하며 남자가 친근하게 말을 걸어왔다.

"대군 나리의 안목이 남다르시니 분명 붕우로 손색없는 분일 터, 이참에 통성명이라도 함이 어떠합니까. 사람들은 나를 정암이라 부릅니다."

"저……."

"어찌 주인을 기다리게 하오?"

기다림에 지쳐 사랑에서 되돌아 나오던 역은 그들이 아직 신도 벗지 않은 채 선 모습을 내려다보았다. 부인의 손목이 객의 손안에 붙잡혀 있었다.

이따금씩 그녀에게 꽂히는 역의 눈길이 몹시 부담스러웠

다. 여의가 눈을 슬쩍 내리깔았다. 그러나 그러한 태도가 정암이라는 생면부지의 남자에게 의심을 불러일으킬 것 같아 다시 눈을 들어 역을 똑바로 쳐다보았다. 헛기침을 하며 눈을 돌린 그는 태연하게 대화를 이어 갔다.

여의가 자연스럽게 시선을 돌려 정암을 향해 눈웃음을 지어 보였다. 끼어들지는 않아도 열심히 경청하고 있음을 드러내기 위한 방법이었다. 역의 시선이 따갑게 꽂히는 것이 느껴졌다. 어떤 표정을 짓고 있는지도 직접 보는 듯 선명하게 그려 낼 수 있었다.

지금 사랑에 들어와 있는 것은 그녀의 의지가 아니었다. 정암이 사랑으로 들어가고 나면 살그머니 안채로 발길을 돌릴 생각이었다. 그가 자신에게서 눈길을 떼지 않아 부득이 돌아가겠다는 이야기를 입에 담았고, 사내의 악력을 감당하지 못해 끌려온 것뿐이었다.

그러니 그녀가 여기에 있게 된 책임을 묻고자 한다면 선약을 잊은 머리 나쁜 사내가 가장 우선이고, 손목을 쥐어 끌고 온 남자가 그다음이었다. 그런데 역은 지금 상황이 그녀의 탓인 것처럼 책망하는 눈초리로 바라보았다. 억울한 마음이 들었다. 대체 그녀가 뭘 어쨌다고.

여의가 의도적으로 허리를 더욱 곧게 펴고 땀이 살짝 배어나는 손을 무릎 위에 올렸다. 익숙하지 않은 자세에 온몸이 뻣뻣해지는 것 같았으나 그리하여야 날카로운 눈매를 지닌

자에게 여인임을 들키지 아니할 수 있을 것 같았다.

가만히 그들의 대화에 귀를 기울였다. 그녀는 알지 못하는 이들의 이름과 그들의 품성, 자질을 논하는 이야기가 오갔다. 아마 권력의 실세에 대한 이야기인 모양이었다. 정암은 날카로우면서도 단정적인 어조로 비판하였으나 역은 신중하게 판단을 유보했다. 차라리 경전이나 시문에 대한 내용이라면 오래도록 귀 기울일 수 있을 것이었으나 여의는 알지도 못하고 알 필요도 없는 이야기들이었다. 이내 흥미를 잃고 고개를 떨어뜨렸다.

바깥에서 비쳐 드는 햇빛이 기다랗게 문살 그림자를 방바닥에 그려 내고 있었다. 빛이 비쳐 드는 칸 수를 헤아리다 무심코 문살 그림자를 따라 눈을 움직였다. 양편으로 커다란 건물이 늘어선 쭉 뻗은 대로의 모양이 되었다. 말을 타거나 소매를 떨치며 걸어가는 관리들을 심심치 않게 볼 수 있는 길이었다. 혼자 나갈 때에는 역을 만날까 봐, 함께 나가게 된 뒤에는 그의 곁에 있는 모습을 혹여 수근에게 들킬까 봐 나서지 못한 지 오래였다.

천천히 움직이던 눈길이 문살이 촘촘하게 교차된 지점에 닿았다. 구불구불한 좁다란 골목이 교차하는 소로가 되었다. 분주하게 오가는 이들을 스쳐 지나고, 그다지 귀하지 않은 물건을 팔기 위해 목청을 높이는 사람들을 보았다.

소박한 노리개와 댕기를 앞에 두고는 누이에게 줄 것이라고 너스레를 떨며 여의를 이끄는 해맑은 미소가 있었다. 골목 끄트머리의 '酒' 깃발이 걸린 곳에 마주 앉아 주변에서 들려오는 왁자한 목소리에 귀를 기울이며 표정을 바꾸곤 했다. 규방에 앉아 있을 적에는 알 수 없는 역의 모습을 볼 수 있는 곳도 그 좁다란 골목 어딘가였다.

"······그대는 어찌 생각하시오?"

귓가에 울려오는 목소리에 눈앞을 채우고 있던 풍경이 흩어졌다. 여의가 고개를 들었다. 지금껏 말없이 앉아 있던 여의에게 대화를 청하는 정암을 바라보다 난처한 미소를 지었다. 꼭 대답을 듣겠다는 의지가 담긴 눈빛에 마지못해 낮은 목소리로 대꾸했다.

"아직 백면서생도 채 되지 못하여 식견이 얕습니다."

"알고 있어도 대답할 수 없을 것이오. 오히려 그대의 이야기가 그들의 귀에 들어갈 것을 염려함이 옳소."

"그러하옵니까?"

"그러면 대군인 내가 어떤 이들과 가까이 지낼 것이라 생각한 것이오?"

여의의 목소리 뒤에 날카롭게 따라붙은 역의 목소리는 시비조에 가까웠다. 여의가 숨을 들이마셨다. 아무리 보아도 그녀가 여기 있음이, 정암이 그녀에게 관심을 갖는 것이 못마땅함을 표출하고 있었다.

"나리, 궐에서 사자가 왔사옵니다."

바깥에서 아뢰는 소리가 들려왔다. 역이 고개를 외로 꼬는 모습을 보며 여의가 그녀 뒤편의 긴 창을 열었다. 열린 창 너머로 역의 목소리가 또렷하게 흘러 나갔다.

"무슨 일이라 하던가?"

"그것은 잘 모르겠사오나, 나리를 뵙기를 청하옵니다."

"지금 나가겠네."

역이 객의 자리에 앉은 두 사람을 흘긋 보고는 자리에서 일어났다. 금방 돌아올 것을 염두에 둔 것처럼 활짝 열어 둔 문 안에는 둘만 남았다. 여의는 입술을 꼭 다문 채였고, 정암은 흥미로운 눈빛으로 상대를 관찰하고 있었다. 소년과 통성명하려는 시도는 역에 의해 가로막혔다. 말을 붙이려 하였더니 발언을 주의하라는 경고도 들었다. 대가 댁 어린 자제가 흔히 갖는 거만한 기색도 없는 소년 같은 선비의 정체가 궁금했다.

작은 체구에 어려 보이는 용모를 하고 있었다. 조금 전 손목을 잡았을 때 뿌리치던 모습이나 낭랑한 목소리는 여인이라 해도 믿을 만했다. 아마도 호사가들 사이에서 비밀스레 오간다는 염문의 주인공인지도 모르겠다는 생각이 들었다.

"대군 나리와 퍽 막역한 사이인 모양이오."

여의가 입가에 비집고 올라오려는 실소를 애써 억눌렀다. 단순히 막역하다는 말로 표현하기에는 부족함이 많은 사이였다. 대답이 없는 여의를 향해 정암이 다시 말을 건넸다.

"혹 그대의 이름을 알려 하여도 실례가 아닐지?"

"여의라고 합니다."

여의가 툭 던지듯 제 이름을 말했다. 불러 주는 이는 단하나뿐인데 그조차도 몹시 가끔이라 딱히 쓰일 데가 없었다. 계집의 이름처럼 들리지도 아니하니 별로 문제가 될 것 같지도 않았다.

정암의 눈이 순간적으로 빛났으나, 이내 그 빛을 숨기고 신중한 어조로 다른 말을 꺼내었다.

"대군 나리께서는 사람을 함부로 가까이하는 분이 아니시오. 아마도 그대가 나이에 비해 한학에 조예가 깊지 아니할까 짐작하니, 오늘이 오도록 뜻을 짐작치 못하는 시구가 있어 묻고자 하오. 청컨대 답해 줄 수 있을는지요."

정암의 눈빛은 거절의 말을 입에 담기 어려울 정도로 준엄했다. 여의가 가만히 고개를 끄덕였다.

역은 그다지 중요하지 않은 기별을 전해 들으며 얼굴을 잔뜩 찌푸렸다. 굳이 그의 얼굴을 보려 할 것이 아니라 일하는 사람을 통해 전해도 될 만큼 사소한 내용이었다.

그가 자리를 비운 방에는 사랑스러운 아내와 점잖은 선비가 함께 앉아 있었다. 그 둘의 품성은 의심하지 아니하였다. 혹 모를 상황을 대비해 문까지 열어젖혀 두었으니 그 안에서 무슨 일이 벌어질 수 없음은 알고 있었으나 상황이 몹시 마음에 들지 않았다.

　사랑 앞에서 정암을 맞닥뜨린 순간, 그의 부인이 안채로 들어가는 것은 불가능해졌다. 그렇다고 그들 중 누구를 내쫓을 수도 없었다. 반쯤은 어쩔 수 없이, 또 그 나머지 절반쯤은 여의의 반응이 궁금하여 사랑으로 불러들였다. 지금에 와서 돌이켜 보니 한참이나 잘못된 선택이었다.

　역은 사자를 돌려보내고 사랑으로 걸음을 돌렸다. 사내의 낮은 목소리에 이어 그 뜻을 되뇌듯 풀이하는 여의의 목소리가 들려왔다.

　"천지도 장구한들 한이 어찌 다하리.

　넋은 지금도 표탕하도다.

　내 마음이 금석을 꿰뚫음이여!

　왕이 문득 꿈속에 임하였네*."

　역의 얼굴이 하얗게 질렸다. 아무렇게나 벗어 던진 신이 한 짝은 섬돌 위에 드러눕고 한 짝은 댓돌보다 더 아래로 굴러떨어졌다. 마루를 울린 급한 발걸음이 방에 들어서기도 전에 분노에 찬 목소리가 먼저 들이닥쳤다.

　"대체 무슨 생각이오, 정암!"

---

*김종직(金宗直)의 '조의제문(弔義帝文)'.

방 안에 있던 두 사람이 목소리의 근원지를 향해 고개를 돌렸다. 여의가 눈을 동그랗게 뜨고 역을 바라보았다. 그 표정을 본 역이 표정을 살짝 누그러뜨렸으나, 아무 일 없었다는 듯 태연한 정암을 마주하자 분노가 다시 슬금슬금 고개를 치켜들었다. 정암을 향해 재차 분노한 목소리를 냈다.

"대체 무슨 생각이오?"

"무슨 말씀이시옵니까?"

정암이 천연덕스러운 얼굴로 되물었다. 그 표정을 어이없이 바라본 역이 여의를 곁눈질했다. 아무것도 모르는 얼굴로 그를 올려다보고 있었다. 마음 같아서는 정암을 당장 축객한 뒤 여의를 안채에 가두어 다시는 바깥 걸음 따위 할 수 없게 하고 싶었다.

그러나 정암은 학식이 깊은 학자로 함부로 대할 수 없는 이였고, 내실에 갇힌 그의 부인은 시든 꽃처럼 생기를 잃어 갈 것이 분명했다. 숨을 깊이 들이쉬어 마음을 가라앉히려 애썼다.

"해명을 들어야겠소."

여의가 역의 얼굴을 물끄러미 바라보았다. 혹 자신이 실수라도 하였는가 생각해 보았지만 결국 이유를 찾지 못해 그가 화를 내는 까닭을 알 수 없었다.

정암이 읊은 시구는 그저 꿈에서 있었던 일을 늘어놓은 것에 지나지 않았다. 남녀유별을 무릅쓰고 한방에 있었던 것을 탓하고 싶은 것이라면, 그것이야말로 억울한 일이었다. 애초에 그녀를 사랑으로 들인 것은 역이었고 방에 남아 있던 둘은 사람이 셋은 끼어 앉고도 자리가 남을 만큼 멀찌감치 떨어져 있었다.

"대군 나리 댁에 드나드는 이 중에서 이 정도로 문장을 이해하는 이가 있으리라 짐작치 못했사옵니다."

"순진한 어린 소년에게 위험한 글을 가르치고자 하였으니 어찌 선비라 이를까. 말만 앞서는 소인배나 다름없는 그대를 고변할 수도 있소."

"국문이라도 받으면 몸이 괴로워 약해진 마음에 대군 나리 말씀을 하지 아니하겠사옵니까? 소생이 나리께 어떤 말씀을 올렸는지, 그때 무엇이라 답하셨는지 모두 말이옵니다."

"가는 길에 변을 당하더라도 그대의 가벼운 혀를 원망할 것이지 나를 원망치 마시오."

서로를 을러대는 협박과 조소 같은 말이 여의의 면전에서 오갔다.

협박에 가까운 역의 목소리에도 정암은 태연자약했으나 여의는 어찌할 바를 모르고 그들을 바라보았다.

"소생의 배움이 깊지 못한 탓인가 하옵니다."

팽팽한 대치 상황을 보다 못한 여의가 조심스레 입을 떼었다. 역은 대답 대신 깊은 한숨을 내쉬었고, 정암은 그녀를 향해 뜻 모를 미소를 지어 보였다.

"명문은 후대에나 알아주는 법입니다. 아직은 시기상조였으니 실례가 많았습니다."

여의가 아무렇게나 벗어 던진 옷이 방 안에 흩어졌다. 유모가 재빠른 손길로 여의의 몸에 옷을 걸쳐 주었다. 혹시라도 정암이 가는 길 동행하자고 말할까 봐 예의 따위는 무시한 채 먼저 나와서 부지런히 안채로 돌아온 직후였다.

"아씨, 손님도 와 계신 대군 나리의 사랑에는 어찌 걸음하셨사옵니까?"

"내 뜻이 아니었는걸."

"아씨께서 여인이라는 자각이 조금만 있으셔도 그리하셔서는 안 되었사옵니다."

"그럼 이 차림을 하고 안채로라도 들어오란 말인가?"

"차라리 부부인 마님의 가까운 친척이라 하시면 되셨을 것 아닙니까?"

"나를 찾아올 가까운 친척? 나도 모르는 이 노릇을 하라고?"

여의는 폭풍우 몰아치듯 거센 유모의 잔소리를 대수롭지 않게 받아치며 귓등으로 흘렸다. 결단코 오늘 일에 있어 그녀가 비난을 받아야 할 이유는 없었다. 유모는 잔소리를 늘어놓는 와중에도 몹시 익숙하게 손을 움직였다. 정수리에 튼 상투가 뒤통수에 붙은 쪽머리로 바뀌는 속도가 눈부셨다. 그 모습을 거울로 들여다보는 여의가 감탄과 원망을 동시에 토로했다.

"이렇게 할 수 있으면서 매일 아침마다 한 식경도 넘게 머리를 만지고 있었단 말이지?"

"지금은 어쩔 수 없지 않사옵니까."

유모가 투덜대며 자리에서 일어났다. 여의는 거울을 통해 이마에 선명하게 남은 망건 자국을 발견했다. 고운 부인의 차림에는 전혀 어울리지 않았다. 이전까지는 선비 차림을 한 한량처럼 나돌아 다녔으나 오늘은 진짜 선비라도 된 양 어려운 이야기가 오가는 자리에 점잖게 앉아 있어야 했다. 선비의 차림을 하고 있는 것이 이토록 힘들고 불편한 적도 없었다.

"이만큼 나이를 먹었으니 이제는 규방에 조신하게 앉아 부인의 미덕을 갖추어야 할까."

진심으로 진지하게 혼잣말하는 여의의 귀에 문소리가 들렸다. 서늘한 바람이 익숙한 향기를 싣고 불어 들었다.

여의가 자리에서 일어나기도 전에 역이 그녀의 옆에 털썩 주저앉았다. 아무런 망설임도 없이 갓을 풀어 옆으로 치우고 치마폭 아래 가려진 여의의 무릎을 베고 누웠다. 여의가 손을 뻗어 손가락 끝으로 그의 머리칼을 조심스레 매만졌다. 역은 자신의 머리 위쪽을 맴도는 여의의 손목을 잡아 제 가슴 위에 올려놓았다. 심장이 쿵쿵 울려 대는 소리가 고스란히 여의의 손끝에 닿았다.

"부인 때문에 명줄 절반은 줄어든 것 같소."

"소첩이야말로 나리의 진노하는 모습 때문에 숨쉬기도 어
려웠사옵니다."

"어릴 적에는 그대의 그 활달함이 지극히 사랑스러웠습니
다. 출합(出閤)을 서두른 것도 궐에서는 그대의 그 활달함을
볼 수 없었기 때문이었소. 하나 성장하고 나니 이토록 불안
한 것이 또 없으니 어찌해야 좋을까요."

궐에서는 행동의 제약이 많아, 어린 나이에 혼인한 어린
부부는 소꿉질하듯 귀엽게 보여도 지켜야 할 법도와 예의가
엄격했다. 얌전해진 소녀의 모습은 햇살이 부족해 창백해진
꽃송이처럼 낯설고 안쓰러웠다. 작황이 좋지 않다는 이야기
를 살짝 전하는 내관의 말에도 귀를 닫고 굳이 일찍 나가겠
노라 우겼던 것은 오로지 예전의 활달함을 찾아 주고 싶었기
때문이었다.

"하면 그 뜻을 거두어들이겠다는 말씀이시옵니까?"

새초롬하게 묻는 여의의 눈을 역이 지그시 바라보았다. 그
이상의 대답은 필요하지 않았다. 여의는 왠지 부끄러워져 말
을 돌렸다.

"객은 잘 돌아갔사옵니까?"

"아까처럼 다정하게 호(號)를 부르지 그러시오? 아무런 위
험 없이 지금쯤 잘 돌아갔을 것이니 염려치 않아도 좋소."

"나리."

금방 안색이 바뀌어 빈정거리듯 대꾸하는 역의 목소리에 여의가 얼굴을 찡그렸다. 역이 한숨을 쉬며 가느다란 손목을 꼭 쥐었다. 사내의 차림을 한 이를 남의 눈에 띄는 곳에 내놓은 것은 자신이었다. 다른 누구를 탓할 수도 없었다. 그리하면 안 된다는 사실은 일찍이 그의 형님이 친히 일러 준 바 있었으니.

"선비의 복색을 하여 글줄에 관심이 많은 것 같으니 어디서 무관의 옷이라도 짓게 해야 하겠소. 차라리 검이나 창을 휘두르면 이렇게 마음이 애타지는 않을 것 같으니 말입니다."

"부엌에서 쓰는 칼도 다루지 못하는데 장검이라도 쥐여 주었다 무슨 사달이 날까 두렵지는 않으시옵니까?"

"마음이 그렇다는 거요. 어찌 되었건 부인은 당할 수가 없소. 처음 보는 이라면 조금쯤은 경계를 하는 것이 옳지 않습니까."

"대체 그것이 무슨 문장이기에 그렇게 싫어하시는지 알 수 없사옵니다. 처음부터 끝까지 들었어도 역도로 오해받을 만한 이상한 내용은 없던 것을요."

여의가 손목을 살짝 잡아 빼며 투덜거렸다. 손목에 불그스름한 손가락 자국이 선명하게 남아 있었다. 정인이 외간 사내에게 손목을 잡히는 게 유쾌한 남자가 어디 있으랴. 그러나 몇 번이나 생각을 거듭해도 그 일이 벌어진 데에 자기 탓은 크지 않았다.

역은 여의의 반응에 한숨지었다. 적나라하게 마음을 드러내는 것보다는 온갖 은유를 동원하여 고상하게 표현한 글을 더 높이 쳤다. 그런 글은 글자만 읽어서는 제대로 알 수 없었다. 여의가 아무리 총명하여도 스승을 두고 공부한 것은 아니어서 고전과 고사에 대한 식견이 좁으니 지금과 같은 반응을 보이는 것은 당연했다.

여의가 총명한 것은 함께 글을 읽고 시문을 외기 시작한 지 오래지 않아 알게 되었다. 어릴 때에는 그도 잘 알지 못하여, 어느 정도 식견이 쌓이고 나서는 그 총명함이 염려스러워 책에 적힌 글자 이상의 내용은 말하지 않았다. 그저 연정을 호소하는 것 같은 시구 아래에 시국에 대한 염려와 주군에 대한 충심이 깃들었음을 알면, 사랑스러운 여인 역시 비분강개한 마음을 품을 것을 염려했다.

실제로 여의가 역에게 그러한 질문을 던진 적도 있었다.

"나리, 이 시문은 분명 오래전부터 전해 오는 것이라 하시었습니다."

"그러하오."

"정말 연시에 불과하옵니까."

대답을 하지 못하고 그 눈을 들여다보았다.

"시선(詩仙)에 시성(詩聖)이라는 이들이 어찌 연심만 깃든 시를 짓고, 선비라는 자들이 그 시를 아끼어 오래도록 전하겠사옵니까. 필경 그 안에 품은 다른 뜻이 있을 터, 나리께서 숨기시는 것은 아니옵니까."

시성도 시선도 사내라, 어찌 마음에 춘심이 일지 아니하였을 것인가. 얼버무려 대답하느라 진땀을 뺐다. 그저 외로움이나 줄어들게 하고 이야기나 나눌 생각으로 시작한 독서가 여의의 앎을 넓고 깊게 했다.

역은 그러한 점을 부덕이라 여기지는 않았으나 남의 귀에 들어가면 그냥 넘어가지 않을 것이 분명한 이야기들을 서슴지 않고 꺼내는 점은 항상 염려스러웠다.

그의 부인인 채로 안채나 궁궐에서 사람을 만날 적에는 좀처럼 말을 하지 않아 한 폭의 그림을 옮겨 놓은 듯 단정한 미인이라 일컬어졌지만, 잠깐의 방심으로 누군가에게 틈을 보이는 일이 벌어질까 불안했다.

오늘 일로 보아, 그의 여인이 입이 가벼워 사달이 날 것을 염려할 필요는 없을 듯했다. 그러나 총명함과 호기심을 따르지 못하는 식견이 염려스러웠다. 정암이 읊은 시구는 그자가 스승으로 모시던 이의 것이었으며, 그는 지금의 권세가들과

211

사고의 궤를 달리하고 있었기에 염려하지 않아도 좋았다. 그러나 만약 다른 이였다면 보기 좋게 이용당하는 신세가 되었으리라.

어쨌거나 상대는 호기심을 충족하여야 온순해지는 여인이었다. 역은 누운 채로 입을 열었다.

"지금 이후로는 이 이야기를 꺼내도 안 되고, 듣고 나서 기억을 하고 있어도 아니 되오."

자못 비장하기까지 한 역의 말투에 여의가 순순히 고개를 끄덕였다. 듣는 사람이라고는 여의뿐이었으나 역의 목소리는 한껏 낮아졌다.

"오늘 정암이 들려준 글에 담긴 속뜻을 부인은 알지 못하겠지요."

여의가 고개를 갸웃했다. 시문에 속뜻 따위는 없다고 시큰둥하게 이야기하던 역의 평소 어조와는 사뭇 달랐다.

"그 시 때문에 몇 년 전에 피바람이 불었다오. 초의 회왕이 항우에게 살해되어 빈강에 잠겼다고 이야기했다는 내용은 부인도 들었을 거요."

역이 잠시 말을 멈추었다. 의문을 가득 품은 여의의 얼굴을 보며 다시 말을 이었다.

"증조부는 조카였던 노산군(魯山君)에게서 왕위를 이어받았소. 노산군은 스스로 양위하고서도 그 일을 후회하여 복위를 꾀하다 유배된 뒤 자진(自盡)하였다 하오. 그러나 그 사실을 믿지 아니하는 자들이 많소. 언뜻 보기에는 그저 고사(古事)를 꿈꾼 것에 불과하나 기실 증조부께서 보위에 오르신 것이 어린 조카의 왕위를 찬탈한 것이고, 왕위를 유지하지 못할까 불안하여 죽음에 이르게 했다고 비난하는 내용이라오."

"꽃다운 나이에 피지도 못하고 죽음을 맞이한 이를 안타까이 여기는 이들이 있는 것은 당연하지 않겠사옵니까."

"부인의 말도 틀리지는 않소. 하지만 설령 증조부가 노산군을 몰아내고 보위에 오른 것이어도, 노산군의 죽음이 증조부의 결단으로 인한 것이라 하여도 그를 비난할 수는 없소. 그러한 선택을 아니하셨더라면 증조부께서 죽음을 당하게 되지 않았겠소. 그리되었다면 지금의 나도 없어 부인과 이리 함께 있을 수도 없겠지요."

"매번 심려만 끼쳐 드리게 되어 송구하옵니다."

여의가 한숨을 쉬며 역의 머리칼을 쓰다듬었다. 언젠가 똑같은 말을 한 기억이 있었다.

"연모의 정이 깊어 함께 오는 근심이니 피할 수 없소. 하지만."

그의 목소리에 애정이 담뿍 담기는가 싶더니 약간의 웃음기가 배어들었다. 그러나 표정만큼만은 더없이 진지했다.

"외간 남자에게 손을 맡기는 부인 때문에 근심하고 싶지는 않소."

그날 밤이었다. 다정한 부부가 주안상을 사이에 두고 마주 앉았다.

역은 앞에서 얌전히 잔을 채우는 부인에게 잔을 권했다. 여의가 난처한 얼굴로 도리질했다. 한 잔으로 끝날 게 분명한 저자에서의 탁주는 굳이 마다하지 않았다. 그러나 집 안에서는 사정이 달랐다.

술잔을 앞에 두면 자꾸만 예전 기억이 떠올랐다. 국화주석 잔을 이기지 못해 그의 어깨에 기대인 것까지는 좋았다. 어깨를 빌려 준 그에게 팔을 감고 매달린 것까지도 그러려니 이해할 수 있었다. 하지만 제가 먼저 유혹하듯 입술을 갖다 댄 생각만 하면 얼굴이 확 붉어졌다. 낭군이 그녀를 어찌 가볍다 생각지 않을 것인가. 여의가 다시 한 번 세게 도리질해 보였다.

"부인."

역은 날짝지근하게까지 느껴지는 목소리로 여의를 불렀다. 여의는 그가 술잔을 입술에 갖다 대는 모습을 놀란 토끼마냥 동그랗게 눈을 뜨고 바라보았다. 역이 한 모금 머금으며 입술 위에 의미심장한 미소를 그렸다. 그대가 직접 마시려 들지 않아도 내게는 다 방법이 있노라는 뜻을 전하는 눈웃음에 여의의 얼굴이 달아올랐다.

여의가 얕은 한숨을 쉬며 잔을 들어 올렸다. 절대 한 잔 이상은 마시지 않겠다고 다짐하며 홀짝였다. 역은 잔이 비워질 때까지는 한 모금도 넘기지 않겠다는 표정으로 그녀를 응시하고 있었다. 어쩔 수 없이 손가락 끝을 더 들어 올려 잔을 기울였다.

일단 잔에 입술을 갖다 대고 나면 한 잔이 두 잔으로, 다시 석 잔이 되는 것은 전혀 어렵지 않은 일이었다. 얼마나 마셨는지도 헤아리지 못한 채 여의가 잔을 옆으로 밀어냈다. 상 위에 팔꿈치를 얹고 손으로 턱을 괸 채 맞은편에 앉은 역을 물끄러미 바라보았다.

그려 놓은 듯 수려한 눈썹이며 항상 웃음이 가시지 않는 눈매에 쭉 뻗어 있는 콧날, 붉은 입술까지 모두 마음을 설레게 하였다.

"대군 나리께서는 바깥에서도 여인에게 이리 잔을 권하시옵니까."

살짝 잠겨 들어 녹녹해진 목소리가 무척 사랑스러웠다. 그의 부인 외에는 어느 누구에게도 눈길을 주지 않음을 천지신명을 두고서라도 맹세할 수 있었다.

그러나 평소에 비해 묘하게 느슨해져 있는 부인을 놀려 보고 싶은 생각이 고개를 들었다. 짐짓 엄숙함을 가장하여 위엄 있게 말했다.

"사내의 바깥일을 아녀자가 알려고 들 필요는 없소."

"남의 사내라면 신경 쓰지 아니할 것이나 제 낭군이니 궁금한 것을 어찌하옵니까?"

"설령 안다 하여도 규방에 있는 부인이 무엇을 어찌할 수 있단 말이오?"

여의가 살짝 눈을 치떠 역의 얼굴을 올려다보았다. 토라진 기색이 역력한 눈망울과 비쭉 튀어나온 입매까지도 사랑스러워 미소가 저절로 떠올랐다. 여의가 으름장을 놓듯 투덜댔다.

"규방에 있지 아니하면 되지 않겠습니까."

"어찌할 생각이오?"

"분을 곱게 바르고 화사하게 치장하여 뭇 사내의 눈을 홀리는 기녀라도 될까 하옵니다."

"그대의 나이를 알고 있소? 동기부터 시작하기에는 이미 늦었소. 게다가 그대가 기녀를 제대로 본 적 없는 모양인데, 곱기는 꽃과 같고 목소리는 꾀꼬리 같으며 움직임은 나비보다도 가볍지. 어떤 사내가 나이 들고 서툰 기생에게 눈길을 준단 말이오?"

역이 장난스럽게 대꾸하며 고개를 저었다. 여의는 이미 진심과 농을 구분할 수 없는 상태에 있었다. 무척 고민스러운 듯 아미를 찌푸리더니 한참 만에야 대꾸했다.

"하면 늘 하던 대로 사내의 복색으로 나리를 좇아야 하겠습니다."

"사내의 복색을 하여도, 여인이 내게 눈길을 주는 것은 어찌할 수 없을 것인데?"

여의가 짓궂게 놀려 대는 역의 얼굴을 밉지 않게 흘겨보았다.

"나리께서 여인에게 눈길을 주려는 순간에 나리의 품에 파고들어 입이라도 맞출까 하옵니다. 남색을 즐기는 사내에게 어떤 여인이 눈을 준단 말이옵니까?"

"그럼 이참에 여인답지 못한 부부인은 소박을 놓고, 마음에 드는 소년을 사랑으로 청하는 것은 어떠하겠소?"

"뜻대로 하옵소서."

역의 은근한 눈빛을 피하며 여의가 중얼거렸다. 그녀의 자세가 기우뚱해지는 것을 보며 역이 일어났다. 그녀의 옆에 서서 손을 내밀었다. 손을 잡고도 일어나기 어려운 듯 새실거리는 모습을 보며 몸을 숙여 일으켜 세웠다. 여의가 그의 품에 쓰러지듯 기대어 겨우 몸을 지탱했다. 옷자락을 사이에 두고 맞닿은 몸으로 전하는 따스한 체온이 마냥 즐거워 가느다란 웃음소리를 흘렸다.

낭군이 가벼운 여인이라 탓하여도 어찌할 수 없었다. 그녀에게 잔을 권한 것은 그녀의 낭군이었다. 역의 입술이 팔랑이는 나비처럼 사뿐하게 여의의 이마에 닿았다. 꽃에서 꿀을 취한 나비는 날아가기 마련이었다. 소중한 정인이 그처럼 날아가 버릴까 조금 겁이 났다. 여의는 그를 안은 팔에 조금 더 힘을 주었다.

역은 떨어지지 않으려 온갖 말로 칭얼대며 꼭 안겨 오는 여의를 애써 자리에 눕히고 가볍게 토닥였다. 깊이 잠든 걸 확인한 후에 일어나려는 찰나, 소맷자락에서 무엇인가가 툭 떨어졌다. 손님이 들이닥치는 바람에 부인에게 미처 건네지 못한 까맣게 잊고 있던 소박한 노리개였다.

쑥색의 실 가닥은 그리 상급의 것이 아니고, 진한 보랏빛 돌은 제법 매끈하게 다듬어져 있었지만 무척 흔해 노리개의 곁다리 장식으로나 쓰이는 자수정이었다. 칙칙한 느낌이 들 정도로 어두운 빛깔의 조합이었으나 그 두 빛깔을 나란히 놓으니 봄날의 제비꽃이 떠올랐다. 생김에 비해 조금 비싼 노리개의 값을 두말 않고 지불한 까닭이었다.

사내의 복색을 한 여인에게는 건넬 수 없었고, 집에 돌아와서는 불청객을 맞이하는 통에 정신이 하나도 없었다. 지금이라도 건네면 어떨까 생각하였으나 이미 깊이 잠들어 있었다. 손에 쥐어 주면 다음 날 아침에 발견하고는 고운 미소를 지어 보일 것이지만 직접 그 눈을 바라보며 건네는 것에는 미치지 못할 터였다.

지극히 수수한 것이었으나 부인의 성정도 화려한 것을 즐기지는 않으니 싫어하지 않으리라 생각했다. 아직 소녀다운 감성이 남아 있어 어릴 적 그러하였듯 내 마음을 전하는 것이라 말하면 세상 그 어떤 귀물보다도 더 반가이 받아 주리라는 확신이 있었다. 그 소박한 꽃송이는 그들의 정표 아니던가.

어쨌거나 오늘은 날이 아닌 모양이었다. 다음을 기약하는 역의 소맷부리 안으로 자줏빛 반짝이는 돌과 기다란 술이 숨 어들었다.

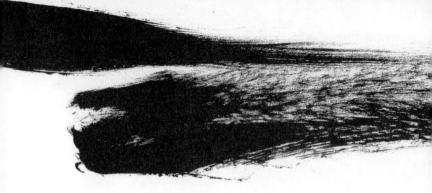

여덟
고운 밤, 근심도 잠재우라

끄덕. 끄덕.

툭.

깜짝 놀란 표정으로 고개를 들어 올린 얼굴에 부끄러움이 가득 번졌다. 곁눈질로 조심스레 살핀 여의는 역의 눈길이 저에게 닿아 있지 않은 것을 확인하고는 태연을 가장했다. 마치 여태 이리 단정하게 앉아 있었노라, 주장하는 듯 곧은 자세였다.

그러나 오래가지는 못했다. 또랑또랑해 보이던 눈동자에서 힘이 풀리더니 눈꺼풀이 살짝 내려앉았다. 거의 감긴 것이나 다름없는 눈으로 다시 한 번 방 안에 함께 있는 이를 살피는 중 고개가 살짝 수그러들었다.

숙인 고개는 좀처럼 다시 올라올 기미가 없었다. 그 사실을 모르는 척 책장 위의 글자를 바라보고 있던 역이 얼굴을 들고 빙그레 웃었다. 졸음에 겨워 어쩔 줄 모르는 모습이 사랑스러웠다. 곁에 다가앉아 어깨라도 빌려 줄까 생각하며 책이 얹힌 서안을 밀어냈다. 더없이 다정한 목소리로 여의의 귓가에 속삭였다.

"부인."

여의가 움찔하며 눈을 떴다. 얼굴 가득 미소를 띤 역이 그녀를 빤히 바라보고 있었다. 졸음을 참지 못해 꾸벅꾸벅 조는 모습을 보였다 생각하니 부끄러움에 얼굴이 달아올랐다.

"곱지도 아니한 모습을 그리 바라보시는 것은 좋지 않사옵니다."

"차라리 그냥 자는 게 어떠하오?"

여의가 고개를 저었다. 한 번 잠이 달아나자 머리가 제법 맑아진 모양인지 오늘만큼은 절대 잠들지 않겠다는 결연한 의지가 눈에 담겨 있었다. 그 표정에 역이 다시 미소 지었다.

섣달그믐의 거리는 번잡했다. 사람에 이리저리 치이며 겨울치고는 몹시 활기찬 풍경 속에 섞여 들었다. 추위에 잔뜩 웅크려 종종거리면서도 외출 시간은 평소에 비해 길었다. 늦은 시간에 피곤이 몰려오는 것은 당연한 일이었다. 그럼에도 어린아이처럼 미신에 가까운 풍속을 지키겠다며 눈을 부릅뜨고 있는 모습이 귀엽기까지 했다.

여의가 문을 열자 몹시 시린 바람이 불어 들었다. 한밤중인데도 곳곳에 등잔이 밝혀져 있어 온 집 안이 환했다. 잠들지 않아야 한다고 다짐하고 있는 사람이 철없는 아씨 하나만은 아닌 모양이었다.

"잘못한 일이 그리 많소?"

문 옆에서 찬바람을 맞으며 잠을 쫓고 있는 여의의 곁에 다가온 역이 다정하게 물었다.

사람의 몸에는 세 악귀가 살고 있는데, 머리에 있는 것을 상시(上尸), 배 속에 있는 것을 중시(中尸), 발에 사는 것을 하시(下尸)라 하며 이들을 합쳐 삼시(三尸)라 일렀다.

삼시는 일 년 내내 그가 버티고 살고 있는 사람의 일거수일투족을 세세히 적어 두었다가 섣달그믐 날 밤에 상제에게 보고하고, 상제는 그 보고를 바탕으로 길흉화복을 정해 준다던가.

삼시는 사람이 잠들어야만 사람의 몸 밖으로 빠져나갈 수 있다 하니 섣달그믐에 잠들지 않으면 삼시가 상제에게 가는 것을 막을 수 있었다.

그러니 잠들지 않으려 노력하는 것은 아무리 잘못한 것이 많아도 상제의 귀에 들어가지 않으면 벌을 받지 아니하겠지, 하고 믿는 얕은 수작인 셈이었다.

"조심하여 나쁠 것 없지 않사옵니까."

"우리 고운 부인이 두려워하는 것은 무엇일까."

역이 여의의 손을 잡아당기며 문을 닫았다. 오래도록 찬바람을 맞다가 혹시 병이라도 날까 염려스러웠다.

역은 앉아 있던 수석(繡席) 위에 여의를 앉히고 그 맞은편에 앉았다. 저만치 밀어 두었던 서안을 그 사이에 끌어다 놓았다.

서안 위에 팔을 올리고 턱을 괸 채, 그저 사랑스럽기만 한 여인을 그윽한 눈빛으로 바라보았다. 여의가 눈을 내리깔았다.

"무엇이 두려워 잠들지 않으려 하는지 하늘 같은 낭군께 고해 보시오."

능청스러운 목소리에 여의가 반짝 고개를 들었다. 장난스러운 목소리에 비해 진지한 표정을 보며 한참을 고민하더니 한 손을 쭉 펴고 다른 손으로 하나씩 손가락을 접어 나가기 시작했다.

"있지도 아니한 측실을 시샘하고."

조금 전 역이 그러한 것처럼 퍽 진지한 표정에 어울리지 않게 장난기가 잔뜩 어린 목소리였다. 그는 저절로 입가에 떠오르는 미소를 억누르며 진중한 목소리로 장단을 맞추었다.

"투기는 칠거지악의 하나이니 상제의 귀에 들어가면 아니 되는 것이 당연하오."

"아직 나리께 후사를 안겨 드리지 못하였고."

장난스럽던 목소리가 살짝 흐려졌다. 두어 해 전부터 아이가 생기지 않는 것에 대해 초조한 마음이 들기 시작했다. 여의가 정말 그에게 소실이라도 들이라고 먼저 권하는 것은 아닌가, 역이 의심할 정도였다. 역이 조용히 한숨을 내쉬며 접어 내린 손가락을 도로 펼쳤다.

그녀의 눈망울을 닮은 총명한 아들, 혹은 그 부드러운 미소를 쏙 빼닮은 어여쁜 딸을 얻는다면 얼마나 사랑스러울 것인가. 눈에 넣어도 아프지 않을 귀여운 아이들을 무릎에 앉히는 상상을 하지 않았다면 거짓말이었다. 하지만 그는 부인과 백년해로하기를 바라는 것이지 자손만대 번창하기를 원하는 것은 아니었다.

"왕실의 법도에 따라 이르게 혼인하였으니 아직 그리 급하지 아니하오."

그의 부인이 사내였다면 훨씬 대담하고 단호한 성품을 지녔으리라 짐작했다. 그녀를 닮은 아이라면 분명히 그 성품을 타고날 것이다.

학문을 많이 아는 것은 보통의 양반에게는 자랑할 만한 것이었으나 권력을 바라면 안 되는 종친에게는 불필요했다. 종친이란 왕에게 가장 든든한 협조자가 될 수 있는 동시에 언제 그의 자리를 탐할지 알 수 없는 경계 대상이기도 했다. 종친의 학식이 깊거나 덕망이 높아 칭송이 자자해지면 반드시 화를 입었다.

"무엇보다도 내가 아직 아비 될 준비가 되지 아니하였는
걸."

역은 이런저런 생각을 숨기며 모든 탓을 자신에게로 돌렸
다. 그래도 부인의 흐려진 표정이 좀처럼 돌아올 기미가 보
이지 않자 여의의 손가락을 눌러 다시 접어 내렸다.

"낭군의 말을 믿지 못하는 것이야말로 가장 큰 부덕이오."

여의가 입술을 삐죽거리자 역이 서안을 짚고 몸을 앞으로
구부려 살짝 내민 그녀의 아랫입술을 가볍게 깨물었다. 연인
에게 다가가는 데 방해되기만 하는 책상 따위는 옆으로 밀어
버렸다.

한 손으로는 여전히 두 개의 손가락을 접은 채 망설이는
가느다란 손목을 쥐고, 다른 한 손으로는 벽을 짚으며 조금
더 몸을 기울였다. 벽을 짚은 손끝이 조금씩 아래로 흘러내
렸다. 입술과 손목을 온전히 그에게 맡긴 채, 벽에 기댄 여인
이 서서히 미끄러져 내려갔다.

여의는 이미 반쯤 잠에 취해 거의 감긴 눈꺼풀을 밀어 올
리며 눈웃음쳤다. 역이 똑같이 따스한 웃음을 돌려준 뒤 뒷
머리를 지그시 눌러 그의 품 안으로 더욱 가까이 끌어당겼
다. 오래지 않아 새근거리는 고른 숨소리가 들려왔다. 고개
를 숙여 더없이 평온한 얼굴로 잠든 여의의 얼굴을 확인했
다. 잠을 깨우고 싶지는 않았으나 금침에 비해 좁고 딱딱한

보료에서 잠들면 다음 날 아침 온몸이 욱신거릴 게 분명했다.

역이 조심스럽게 여의의 등 뒤로 팔을 돌려 안았다. 잠에 빠져들어 살짝 벌린 입술 위에 그의 입술을 포개었다. 익숙하지만 아직도 설레는 그 감촉에 여의가 눈을 떴다. 한 치도 되지 않는 거리에 있는 연인의 눈을 바라보며 나른한 눈웃음을 흘려보냈다. 그녀의 입술로 전해지는, 그의 입가에 피어오르는 미소를 느끼며 다시 눈을 감았다. 잠결에도 역의 목을 끌어안고 한껏 까치발을 든 채 질질 끌듯 뒷걸음질을 쳤다. 그 모습을 보는 역의 얼굴에 다시 미소가 떠올랐다.

"그대의 잘못을 전하러 가는 악귀 따위는 내가 막아 드리리다."

역이 여의의 귓가에 낮은 목소리로 속삭였다. 이미 잠에 취해 삼시 따위는 까맣게 잊은 그녀를 안고 조심스레 자리에 누웠다. 팔베개를 한 채로 조금 흐트러진 머리칼을 매만지고 이불을 끌어당겨 덮어 주었다.

먼 데서 닭이 우는 소리가 희미하게 들려왔다. 잠이 들어도 좋다는 신호였다. 역도 눈을 감고, 잠든 지 오래인 그의 여인을 꼭 끌어안았다.

새해가 밝아 오고 있었다.

✻   ✻   ✻

썩 이르지 아니한 오후였다. 정암이 대문 앞에 선 채 잠시 망설였다. 처음 이 댁에 발걸음을 한 이후로 두어 번 이곳을 찾았지만 다시 이 대문 안으로 발을 들이는 일은 없었다. 주인이 부재중이거나 축객당하기 때문이 아니라 그가 찾아왔다는 소식을 들으면 이 댁 나리가 의관을 갖추고 나오는 탓이었다. 풍광 좋은 곳에서 주변의 경치를 감상하기도 하고 이전에 그러하였듯 동행의 정체를 모르는 이들의 모임에서 오가는 이야기를 경청하는 일도 있었다.

그러나 그 뒤로, 대군 나리의 사랑에서 만났던 체구가 작은 소년은 볼 수 없었다.

'보기로는 퍽 아끼는 것 같았는데.'

그러나 잠깐 떠오르는 의심은 그리 오래가는 법이 없었다. 대군 나리와 이야기를 나누다 보면, 그 외의 것은 떠올리기 어려울 정도로 깊은 내용으로 흘러가는 경우가 많은 탓이었다.

그저 유유자적하게 노니는 것 같은 대군은 의외로 날카로운 데가 있었다. 총신일수록 내쳐질 것을 두려워하여 딴마음을 품을 수 있음을 지적했다. 총명했던 왕의 눈이 흐려지는 것을 간신의 탓이라 한다면, 그 간신이 득세하도록 지켜보고 있던 자들이 과연 충신인가 의심을 품었다. 그러나 그런 것은 어디까지나 정암이 은근슬쩍 그 마음을 자극하였을 때 잠시 드러낼 뿐, 평소에는 저 깊은 곳에 감추어져 본인조차도 그 존재를 알지 못했다.

망설임을 지우고 인기척을 냈다. 약간 열린 문틈으로 얼굴을 비죽 내민 사람이 그의 얼굴을 확인하고는 잠시 기다리라는 듯한 몸짓을 했다. 오래지 않아 대문이 활짝 열렸다.

마당에는 때늦은 눈이 엷게 깔려 있었다. 굳이 쓸어 내지 아니하여도 좋을 그 눈을 쓸어 내는 비질이 퍽 분주했다. 여의는 행랑아범이 그 곁을 지나쳐 종종걸음으로 대문간으로 가는 모양을 무심하게 보고는 사랑으로 향했다.

무얼 하는지 알 수 없어도 매일같이 외출을 해 온 역이지만, 요즘은 매일 쌀가루 같은 눈이 흩날릴 정도로 추위가 매서운 탓에 두문불출하고 있었다. 모처럼 만에 그 곁에서 책장이라도 넘겨 볼까 싶은 마음이 들었다. 함께 있을 때라면, 위험스러운 글줄을 발견하는 능력이 있다는 타박은 듣지 아니하여도 될 터였다.

사랑 앞에 서서 대청 양옆의 기둥을 올려다보았다. 일 년 전, 그녀가 적어 놓은 두 장의 글귀가 나란히 붙어 있었다. 그적에는 제법 자랑스러웠던 글자가 지금 보니 몹시 부끄러웠다.

신도 벗지 않은 채 마루 끄트머리를 밟고 서서 한껏 까치발을 들고 종이 한 장을 떼어 냈다. 막 옆의 기둥으로 몸을 움직이려는 찰나, 대문 쪽에서 기척이 들렸다. 깜짝 놀란 여의가 서둘러 마루에서 내려오며 방금 떼어 낸 종잇장을 대충 구겨 쥐었다.

저편에서 사람의 형체가 모습을 드러냈다. 안채로 돌아가려면 어쩔 수 없이 객과 잠시 눈인사라도 나누어야 할 모양이었다.

태연을 가장하고 의젓하게 발을 옮겨 풍채가 좋은 남자 앞에서 잠시 멈추었다. 그녀를 향해 먼저 예를 갖추는 남자를 향해 가볍게 몸을 굽혀 인사했다.

"본의 아니게 실례를 범하게 된 것 같습니다."

"아닙니……."

무심코 대답하던 여의가 당혹스런 표정이 되어 입을 다물었다. 살짝 고개를 들어 상대의 얼굴을 살폈다. 사람을 알아보는 눈썰미는 썩 좋지 못했지만, 제법 긴 시간 동석하여 있던 사람인 탓에 얼굴도 목소리도 분명하게 기억하고 있었다. 그녀의 손목을 쥐고 사랑까지 끌고 갔던 남자, 정암이었다.

'설마 날 알아보는 건 아니겠지.'

여의가 불안하게 날뛰는 마음을 추슬렀다. 그때 그녀를 사내인 줄 알았으니 여인이라고는 추호도 의심하지 아니하였을 것이다.

닮았다고 생각하더라도 기껏 친척 간이어서 닮았는가 보다 생각할 것이지 동일 인물이라고는 짐작도 못 하리라. 부

부인 마님이나 되어 남장을 하는 취향이 있으리라고 그 누가
생각할 것인가.

"말씀 나누고 가옵소서."

평소보다 약간 높은 목소리로 사근사근하게 말을 건네고
그의 곁을 지나치는 여의의 이마에 가벼운 식은땀이 맺혔다.
그녀를 내려다보는 남자의 눈빛이 퍽 예리하여, 꼭 그녀의
정체를 꿰뚫어 보는 것 같은 느낌이 들었다. 등 뒤에서 무어
라 낮게 중얼거리는 소리를 들은 것도 같았지만 되물을 생각
도 하지 못하고 부지런히 발을 옮겼다.

정암이 빠르게 멀어져 가는 단정한 부인의 뒷모습을 보다
고개를 살짝 기울였다. 종친도 세도가도 아닌 그가 따로 부
부인을 만날 일은 전혀 없음에도 이전에 한 번쯤 본 것 같은
느낌이 들었다. 어렴풋한 의문을 품은 채 대청 앞에 섰다. 본
디 새하얗던 종이가 누르스름한 빛을 띠고 기둥에 붙어 있었
다.

春光先到吉人家
봄빛이 먼저 이르니 길인의 집이로다.

눈이 자연스레 반대편 기둥을 향했으나 종이가 붙어 있었
던 흔적만 남았을 뿐 텅 비어 있었다. 조금 전 그에게 인사를
건네었던 부부인이 손에 뭔가 쥐고 있었던 것을 떠올렸다.

섬돌 위로 올라서며 다시 한 번 글귀를 살폈다.

종이 끄트머리에 손톱만 하게 박힌 두 글자를 발견했다. 남편의 거처에 입춘첩을 적어 붙이는 여인, 의문이 하나 더 덧붙었다.

행랑아범이 열어 주는 문 사이로 발을 들이자 의젓하게 앉은 방의 주인이 보였다.

"그간 강녕하셨사옵니까."

공손한 인사에 역이 고개를 끄덕였다. 반가움과 시큰둥함이 묘하게 뒤섞인 표정에 정암이 설핏 웃음을 흘렸으나 곧 표정을 정돈하고 단정하게 앉았다. 그때였다. 같은 말을 하던 사뭇 다른 두 얼굴이 떠올랐다.

"여의라고 합니다."

하나는 눈앞의 대군의 것이었고, 다른 하나는 이 댁 대문간에서 본 적 있는 어린 선비의 것이었다. 퍽 친밀해 보이던 두 사람이 같은 이름을 입에 담는 것은 그리 예사로운 일이 아니었다.

조금 전 앞에서 만난 부부인의 얼굴에 이어 한 장만 남아 있던 햇볕에 빛바래고 빗물이 스며 든 입춘첩을 떠올렸다. 그가 조심스러운 확신을 굳혀 갈 무렵, 역이 썩 반갑지 아니한 듯한 목소리를 냈다.

"어찌 오셨는가."

"당분간 뵈올 수 없을 것 같아 인사를 올리러 왔사옵니다."

몹시 정중한 언사에 역이 의아한 표정을 지었다. 아마도 본디 고향이 한양이 아니거나, 학문에 매진하겠다는 생각에 지방으로 내려가야겠다고 결정을 내린 모양이었다. 만나지 못함이 다소 아쉬울 수는 있겠으나 그러한 소식을 부러 전해야 할 만큼 가까운 사이는 아니었다.

정암이 그들 사이의 친밀함을 과신하였는가 잠깐 의심하였지만 그러기에는 그가 평소 역에게 취한 태도가 몹시도 담백했다.

"장차 청운의 꿈을 펼칠 날을 위하여 낙향하는가."

"지금도 제 앎이 부족하다고는 여기지 않습니다."

듣기에 따라서는 오만하게까지 느껴질 발언이었다. 역의 표정이 굳어졌다. 그 말이 다만 자신의 능력을 높이 치는 자신감에서만 비롯하는 것이 아니라는 생각이 든 탓이었다. 제법 긴 침묵이 이어졌다. 먼저 말을 꺼낸 이는 방의 주인이었다.

"충신은 불사이군이라, 그 말을 어찌 생각하는가."

"재야에 있으니, 아직 충정을 바칠 임금을 만나지 아니하였지요."

"모든 선비는 임금의 신하라, 그대의 그 말은 역신에게 동조하는 것으로 들리는데."

"적어도 대군 나리 앞에서는 그리 위험한 발언이 아닐 것
이라 사료되옵니다."

정암에게 빈정거리듯 말하던 역이 한숨을 내쉬었다. 그는
도당이 있다면 가장 먼저 접근할 대군이었다. 지금껏 그에
게 그런 의사를 표한 이가 없는 것이 무척 다행이었으나, 설
령 있다 하여도 그가 단칼에 거절하고 말 일이지 왕에게 아
뢸 수는 없었다. 자칫 평온한 수면에 돌을 던진 것 같은 파문
을 일으키는 행동이 될 수도 있었다.

"그대도 반정(反正) 따위를 바라는가."

"글쎄요."

직설적인 질문에 정암이 모호한 미소를 머금었다. 오히려
질문을 건넨 쪽이 경솔한 말을 입에 올린 것이 아닌가 후회
될 정도로 뜻을 짐작할 수 없는 표정이었다. 정암이 역의 얼
굴에 스치는 변화를 바라보다 호젓하게 웃었다.

"세자 저하께서 영민하신 이상으로 상감마마께서도 건재
하시지요. 쥐도 급하면 고양이를 문다 하였으니 조만간 맞바
람이 불지도 모를 일입니다. 반정이니 하는 것은 세력이 지
닌 자들이나 꾀할 수 있는 것, 초야에 파묻힌 일개 서생 따위
가 감히 입에 담을 것이 못 되옵니다. 새 주군께서 공신들의
말에만 의지한다면 어차피 제 뜻을 펼치는 날이 요원한 것은
마찬가지 아니겠습니까."

"어찌 되어도 쓰일 수 없을 것을 염려하는군."

역의 냉소에 정암이 쓴웃음을 머금으며 가슴 위에 손을 올렸다.

"이 안에 뜻을 품은 사내가 되어 뜻을 펼쳐 보지 못한다면 어찌 의미 있는 생이라 하겠습니까. 충정을 바칠 주군을 만나기만 한다면 분골쇄신도 기꺼이 감당할 수 있습니다. 과한 것을 걷어 내고 부족한 것을 채우며 잘못된 것을 바로잡아 새로운 조선을 펼쳐 나가야지요."

"품은 뜻이 과하게 원대하면 경계 대상이 되기 쉽지. 그대의 결벽과 조급증이 어울리면 이용당하기 딱 좋을 것인데."

"기껏 토끼몰이를 하고 솥에 들어가면 그야말로 개죽음이 겠으나, 맹수를 잡고 난 연후라면 그 또한 만족할 만한 것일 터입니다. 충견은 주인을 무는 법 없음을 알아주지 아니한 것이 아쉬움으로 남겠습니다마는."

역이 입을 다물었다. 아무래도 그들이 나누기에 썩 적합한 대화는 아니었다. 마치, 장차 임금이 될 자가 신하가 될 이를 떠보는 것 같은 분위기가 된 것 같아 마음에 들지 않았다. 그가 어설프게 숨긴 흔적을 찾아내는 여의를 위험스럽다 타박하고서는, 정작 그 자신은 위험의 깊이를 가늠하기도 어려울 정도의 대화를 나누고 있었다.

"지나치게 깊이 생각하실 필요는 없습니다. 초야의 유생이 제 분수도 모르고 지껄이는 푸념과 같은 말일 터이니까요.

다만, 오히려 나리가 더 염려스러운가 하옵니다."

"무슨 말인가."

"때로 운명은 전혀 준비되지 아니한 이에게 닥쳐드는 법 아니겠습니까."

"역도들이나 입에 담을 법한 말이로군."

역이 내뱉듯 중얼거렸다. 이딴 소리를 늘어놓는 자들을 피하기 위해 신분을 감추어 유생들 틈에 끼이거나, 야심과 불만을 품은 신료들을 만나는 것을 회피하고 있었다.

그러나 학식이 깊다는 이자도 남들과 다르지 아니하여, 그의 진심을 떠보려 들고 있었다. 그에 대해 잘 알지 못한다면 미리 연줄이라도 만들어 두려는 것이 아닐까 의심하였을 것이다.

정암이 역의 표정을 바라보다 충동적으로 떠오른 질문을 입에 올렸다.

"원치 아니하는 것을 쥐여 준 운명이 나리께 가장 소중한 것을 요한다면 어찌하시겠습니까."

"오지 아니할 날에 대해 염려하는 것만큼 어리석은 일도 없네."

역의 날 선 시선이 정암에게 꽂혔다. 그가 담담하게 그 시선을 되받았다. 애초에 대답이 돌아오리라 생각하지 않은 질문이었다. 평소의 그라면 떠올릴 리도 없는 생각이고, 떠올리더라도 입 밖에 꺼낼 리 없는 말이기도 했다.

당분간, 어쩌면 다시는 만날 리 없으리라는 생각과 조금 전 본 이에 대한 궁금증이 뒤얽힌 탓이었다. 남복을 하여도 묵인하고 오히려 곁에 둘 정도로 사랑스러운 여인이 가장 거치적거리는 존재로 바뀌게 된다면, 그래도 그 마음이 변치 아니할까.

그가 다시 입을 열었을 때에는, 조금 전 그들 사이에 오간 이야기가 없었던 것처럼 말끔한 목소리가 흘러나왔다.

"다음에 다시 뵈옵게 될 때까지, 강녕하옵소서."

공손히 예를 취한 정암이 방을 나설 때까지 인사에 대한 대답은 들려오지 않았다.

객을 완전히 떠나보낸 역이 지친 표정으로 서안 위에 엎드려 고개를 파묻었다. 지금껏 한사코 피해 왔던 화제와 정면으로 맞부닥뜨렸다.

그는 적자(嫡子)였으나 이미 세자가 있는 상황에서 태어났으며, 지금의 왕에게는 나이가 썩 어리지 아니한 아들도 있었다. 결코 그의 것이 될 수 있을 리 없는 그 자리에는 욕심도 관심도 없었다.

그러나 만약 그의 마음과 아무 관계없이 그 자리에 오르는 날이 오게 된다면. 역이 고개를 저었다. 결코 다가올 리 없는 날을 부러 염려할 필요는 없었다. 마음 구석을 비집고 스멀거리며 올라오는 불길한 생각을 떨쳐 내려 애썼다. 번뇌와 함께 저녁 어스름이 젖어 들었다.

"나리, 들어가도 되겠습니까."

문종이를 뚫고 다정한 목소리가 그의 귀에 울려왔다. 역이 자세를 바로 했다. 그것으로도 모자라 자리에서 벌떡 일어났다.

문이 제대로 열리기도 전에 먼저 그 앞으로 다가가 활짝 열어젖혔다. 놀람 가득한 눈동자를 모르는 척 품에 당겨 안았다. 이토록 고운 여인을 품에서 떼어 놓는 날은 결코 오지 아니하리라.

여의가 갑작스러운 포옹에 얼떨떨해하며 가만히 역의 눈치를 살폈다. 조금 전 다녀간 객이 그의 심기를 거스른 것일까. 혹시, 그녀의 정체를 눈치채고 말이라도 흘리고 갔나. 계집이 되어 사내의 차림을 하도록 놓아두는 것에 대해 힐난이라도 했다면 역의 기분이 불쾌할 것도 당연지사였다.

"나리, 무슨 일이라도……."

"내가 바라는 것은 다만 그대와……."

뜨거운 숨결과 함께 벌써 몇 번이나 들었는지 헤아릴 수도 없는 이야기가 여의의 귓가에 흩어졌다. 고개를 돌리는 그녀의 뺨에 그의 얼굴이 맞닿아 쓸렸다. 아직도 보송보송한 느낌이 남은 피부 위에 입술을 올리고 천천히 미끄러뜨렸다. 그녀에게 그 이상의 존재 따위는 없음을 알려 주는 데 이보다 더 나은 방법은 없을 터였다.

아직 그의 연인이 방에 들어서지 못했음을 깨달은 역이 그녀의 허리를 안아 들었다. 발끝이 스치듯 문턱을 넘어 안으로 숨어들자마자 문이 닫혔다. 뒤늦게 도착한 찬바람이 대청을 어지럽게 휘돌다 물러났다.

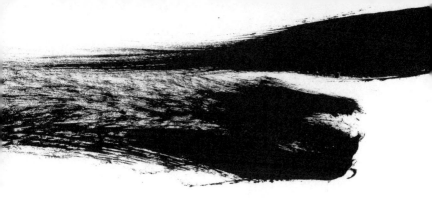

아홉
내 마음 그대에게 깃들어

지척에서 넘실대는 여름을 알리듯 한낮의 공기는 제법 진한 열기를 품고 있었으나 가벼운 부채질과 세족 따위로 몰아낼 수 있을 정도에 지나지 않았다.

원을 가득 채운 기화요초와 담에 기댄 키 작은 나무, 담장 너머 멀리 보이는 산도 온통 푸르렀다. 일 년을 놓고 보자면 싱그러움의 극치와도 같은 시기였다.

다만 짙게 물든 신록에도 예외가 있었다. 바로 대나무였다. 추운 겨울에 하얗게 쌓인 눈 사이에서도 새파란 잎사귀를 자랑하는 대나무는 겨울의 상징인 동시에 곧은 절개의 표상이었다.

그러나 이렇게 여름이 성큼 다가와 초목이 죄다 녹음을 자랑할 즈음이면 한겨울에도 푸르던 이파리가 누렇게 말라 가고 비틀어져 떨어졌다.

남들은 욕심껏 자라나는 여름이지만 대나무에게는 낙엽 뒹구는 가을이나 마찬가지였다. 이즈음을 죽추(竹秋)라 이르는 까닭이었다.

정자 위에 선 여의는 후원 한쪽을 차지하고 빽빽하게 선 대나무들의 초라한 모양새를 보다 한숨지었다. 가을날 마당을 쓸어 내는 행랑아범의 비질에 이리저리 쓸려 나가는 가랑잎을 보면서 안쓰러워한 적은 거의 없었다.

가을이 깊어 겨울이 다가오면 큰키나무도 떨기나무도 시든 잎을 떨어뜨려 헐벗는 것은 매한가지였고, 고운 화초도 이름 모를 잡풀도 바짝 마르고 서리에 녹아내리는 것은 똑같았다. 그저 자연의 섭리에 지나지 않는다 생각하며 심상히 지나쳤다.

그러나 남들이 다 한껏 물오른 계절에 홀로 시들어 가는 대나무를 보니 애달픈 느낌이 밀려드는 것이었다. 추운 겨울도 굳건하게 이겨 내고서는 더위 축에 끼지 못하는 이 햇살도 견뎌 내지 못하는가.

여의는 선비들이 대나무를 사랑하게 된 것은 추운 겨울에 꼿꼿하다는 하나만 알고, 여름에 이토록 초라하게 시드는 둘은 모르는 어리석은 소견을 지닌 누군가에게 속아 넘어간 탓일 것이라고 생각했다.

하지만 그 초라함이야말로 충신의 본질과 같은 것일지도 알 수 없었다. 암군(暗君)과 난세를 만나 고군분투하던 충신은 정작 성군의 태평성대가 오면 제 뜻을 펼치지도 못하고 기력을 잃는 경우가 허다하였으니.

여의가 천천히 정자 계단을 밟고 내려왔다. 한껏 감상적으로 물든 마음을 안고 후원 초입에 이르는 순간 코끝을 자극하는 익숙한 향기에 얼굴을 잔뜩 찌푸렸다. 도로 발길을 돌리고 싶은 마음이 굴뚝같았으나 온종일 후원에만 머물러 있을 수는 없는 노릇이었다.

어쩔 수 없이 발길을 뗀 여의는 후원에서 나서는 그 순간부터 숨을 참고 걸음을 빨리했다. 긴 치맛자락을 밟지 않으려 살짝 걷어쥐고 안방에 서둘러 닿기 위해 종종걸음을 쳤다.

부부인 마님의 체면에는 전혀 어울리지 않는 경박함이 섞여 있었으나 그녀가 스쳐 가는 그 누구도 그것에 대해 관심을 기울이지 않았다. 오래도록 일해 온 이들에게는 의젓한 선비인 양 의관을 정제하고 휘적대는 안방마님을 보는 것이 예사로운 일인 탓이었다.

여의는 안방에 들어서서야 겨우 참았던 숨을 터뜨렸다. 그러다 코로 스며드는 냄새는 집 안 다른 곳과 크게 다르지 않아 다시금 미간을 잔뜩 좁혔다. 작년 단오에 있었던 일을 세세히 기억할 수 있을 것 같을 정도인데 벌써 단오가 가까웠다. 집 안에 쑥 향이 감돌기 시작한 지 시일이 좀 흐른 것 같은데 아직도 단오가 지나지 않았다. 두 생각이 모순된다는 것도 깨닫지 못한 채 속으로 남은 날짜를 헤아려 보며 자리에 앉았다.

"단오가 빨리 지나가 버리면 좋겠어."

"집 안에 쑥 들이는 것을 금하시는 건 어떨까요?"

주인도 없는 방을 정리하느라 분주하던 유모가 고개를 들고 제법 상냥한 듯 말을 건넸다. 여의가 가볍게 고개를 젓다 멈추었다. 친절한 목소리 아래 깃든 빈정거림을 눈치챘다.

그녀는 오래전부터 쑥의 효험을 믿지 않았다. 그러나 집 안사람들이 쑥을 뜯어다가 말려 걸어 놓고 음식에 넣는 것을 막지는 못했다. 쑥이 없어도 무탈할 것임을 증명해 보일 도리가 없기 때문이었다.

사실 굳이 막을 생각도 없었다. 신변에 닥쳐올 재난을 어떻게든 피하려는 것은 인간의 본성이었다. 아무 일 없이 지나가면 지나간 대로 쑥이 재액을 막아 주었다 여길 것이요, 일이 생기면 또 생기는 대로 쑥이라도 걸어 두었으니 이 정도에서 끝났다고 생각하며 위안할 터였다.

유모의 말대로 하면 그 소박한 기원을 훼방 놓았다가 원망을 옴팡지게 뒤집어쓰는 일을 피할 수 없을 터였다.

여의가 다소 심술궂은 표정을 지었다. 유모를 향해 조금 전 그녀에게 들려왔던 것과 비슷한 느낌의 나긋나긋한 목소리를 냈다.

"어머, 왜 그 생각을 못 했을까. 알려 줘서 고마워, 유모."

"진짜 그리하실 생각이십니까?"

"유모가 언제 허튼소리를 한 적 있었나. 유모가 그리해도 된다고 일렀다 하면 집안사람들도 아무 말 안 할 거야."

순진한 척 대답하는 여의를 보던 유모가 헛웃음을 지으며 고개를 절레절레 흔들었다. 여의가 앉은 옆으로 옮겨 와서는 반짇고리를 당겨 뚜껑을 열었다. 바느질 따위에는 재주도 없으면서 반짇고리는 왜 그리도 여닫아 대는지, 얌전히 들여다볼 것이지 또 그 안의 것들은 왜 만지작거리는 건지. 뚜껑을 열 때면 단 한 번도 가지런하게 정리되어 있는 적이 없어 한숨이 절로 나왔다.

유모의 손길이 다소 신경질적으로 달그락거렸지만 여의는 신경 쓰지 않은 채 안석에 비스듬히 몸을 기대었다. 어찌 되었건 쑥 향은 진저리 나도록 싫었다.

아마도 단옷날이 되면 절정에 치닫게 될 터인데 그때는 어찌 견뎌 낼까. 이이제이(以夷制夷)이고 이열치열(以熱治熱)이라는 옛말이 있었지만, 집 안 공기를 절여 놓은 것 같은 쑥 향을 이기는 향 따위는 존재하지 아니한다는 것은 작년의 경험으로 이미 알고 있었다.

아니, 단 하나 있었다. 여의가 가만히 눈을 감았다. 순식간에 떠올라 조금씩 다가오는 인영(人影)에다 윤곽선과 이목구

243

비를 선명하게 그려 넣고 화사하고 싱그럽게 채색했다.

세상에 둘도 없는, 더없이 사랑하는 낭군의 형상이 되어 갔다. 마음 가득하게 차오르는 그리움에 짧은 한숨을 내쉬었다.

'오늘은 일찍 오실까.'

역이 여의를 위해 내어 주는 시간은 여느 사내가 내당에 머무르는 시간에 비할 바 아니었다. 또한 집 안에서 그녀를 아껴 주는 만큼, 바깥에서도 다른 여인에게 한눈파는 법 없음을 믿어 의심치 않았다.

그럼에도 늘 아쉽고 서운했다. 혹자는 멀리 떨어져 있어야 애틋함이 생기고 상대방의 소중함을 깨닫게 된다 하지만, 당치 않은 말이었다.

잠깐 떠올리기만 해도 마음을 꽉 메우는 연정을 품고 어떻게 홀로 지낼 수 있단 말인가.

"부인."

그녀가 그려 낸 사내가 미소 띤 얼굴로 입을 벙긋거렸다. 소리가 들려오지 않아도 입 모양으로 무슨 말을 하는지 알아보는 것은 어렵지 않았다.

방긋 웃음을 되돌리자마자 그가 몸을 돌렸다. 여의가 얼른 손을 뻗어 보았으나 옷자락은 손끝을 스치기만 할 뿐 붙잡히지 않았다.

역이 표표히 걸음을 딛기 시작했다. 어느샌가 여의는 그 뒤를 따르고 있었다. 손을 뻗으면 닿을 것만 같은데 막상 잡으려 하면 잡히지 않는, 딱 그 정도의 거리를 두고 있었다. 빠르게 뒤쫓아도, 숨이 차올라 걸음이 느려져도 한결같았다.

"나리."

여의가 입술을 움직여 보았으나 목소리가 나오지 않았다. 대신 헐떡이는 숨소리가 그녀의 귓가에 닿았다. 아마도 그의 뒤를 따라서 부지런하게 발을 놀리느라 힘에 부친 탓일 게다.

여의가 납득한 뒤 조금 걸음을 늦추었다. 그는 손에 잡히지도 않지만 그 이상 멀어지지도 않았다. 이따금씩 돌아보며 상냥하게 웃어 보이기도 했다. 바깥이라 혹시 있을지 모를 남의 눈을 의식하는 것이지 그녀를 배려하는 태도는 평소와 다르지 않았다.

걸음을 늦추니 지금껏 보지 못한 풍경이 눈에 들어왔다. 왼편으로 그녀의 팔을 한껏 뻗어도 꼭대기에 닿지 않을 제법 높은 담이 끝도 없이 늘어서 있었다. 그 안쪽에서 뻗어 나온 가지 하나가 탐스럽게 달린 열매의 무게를 이기지 못한 듯 길게 늘어져 있었다.

손을 뻗으면 잡힐 듯 아슬아슬한 위치에 매달린 빛깔 좋은 사과를 바라보던 여의가 아쉽게 눈길을 돌렸다. 지나는 사람은 없어도 길 복판이었다. 나무도 열매도 그녀의 것이 아니었고, 폴짝거리고 뛰는 것은 체면에도 어울리지 않았다.

여의가 다시 걸음을 옮기자, 이번에는 크게 자라는 것을 본 적 없는 앵두나무의 가지가 조금 전 사과나무처럼 담 안에서 바깥쪽으로 뻗어 있었다. 건드리면 톡 터질 것 같은 그 모양을 물끄러미 본 여의의 머릿속에 조그만 의문이 떠올랐다.

그리고 그 의문을 현실로 만들 듯 이파리도 나지 않은 가지에 연분홍빛으로 물든 조그만 꽃송이가 머리 위에서 흔들거렸다.

그 위에 조그만 새 한 마리가 앉아 가볍게 지저귀고 있었다. 꼭 계절을 거꾸로 밟아 오고 있는 느낌이었다.

여의가 고개를 갸웃했다. 그러나 뒤를 돌아보는 대신, 까치발을 들고 손을 뻗었다. 꽃 몇 송이가 달린 가지 끄트머리를 살짝 꺾는 정도는 용인될 수 있을 것 같았다. 작은 새가 그녀의 손길을 피하듯 포롱거리고 날아갔다.

여의의 손에 막 가지 끝이 닿았을 때였다. 갑자기 거센 바람이 불어왔다. 훈풍이 아니라 영등바람처럼 시리고 메마른 바람이었다.

여의가 눈을 감으며 얼굴을 가렸다. 잠시 후, 바람은 잦아

들었으나 바람이 몰고 온 추위는 여전히 그녀를 감싸고 있었다.

여의가 조심스럽게 얼굴에서 손을 떼었다. 꽃송이가 흐드러지게 매달려 있던 가지는 겨울을 견디는 것처럼 앙상하기만 했다. 바삭할 정도로 마른 꽃잎이 잘게 소용돌이치며 바닥을 굴러다니고 있었다.

여의가 눈을 들었다. 줄곧 등을 돌리고 멀어지기만 하던 역이 그녀를 바라고 서 있었다. 그녀가 다가오기를 기다리는 것처럼 보였다.

몇 걸음 다가가자, 조금 전 나뭇가지에서 날아간 새가 그의 손바닥 위에 앉아 있는 모습을 볼 수 있었다. 이제 겨우 날갯짓을 배웠을 것 같은 조그만 새였다. 여의가 조심스럽게 두 손을 펼쳐 보았으나 새는 그녀의 손이 다가가기도 전에 그의 뒤쪽으로 날아갔다.

아니, 날아가려 했다. 그러나 갑작스럽게 추워진 날씨를 견디지 못한 모양이었다. 그대로 바닥으로 떨어졌다. 여의가 고개를 살짝 돌렸다. 조그만 새가 날갯죽지를 바닥에 대고 나동그라진 채 허공에 뜬 발을 바르르 떨던 모습을 본 것 같았다.

눈을 질끈 감았다. 어깨에 강한 힘이 느껴져 감았던 눈을 도로 떴다. 그녀의 어깨를 잡고 있는 역이 준엄한 눈길로 내려다보고 있었다.

저 조그만 새가 저리된 것이 네 탓이라 말하는 것 같은 눈빛이었다. 고개를 저었다. 그러려던 것이 아니었다. 그녀의 뜻이 아니었다.

어깨가 세차게 흔들렸다. 지금껏 아무 소리도 들리지 않던 풍경에 소음이 섞여 들기 시작했다. 소음으로 느껴지던 소리의 뜻을 알아듣는 데는 그리 오랜 시간이 걸리지 않았다.

여의가 눈을 떴다. 몹시 걱정스러운 눈빛을 한 유모와 눈이 마주쳤다.

"아씨, 괜찮으십니까?"

"으응……?"

여의가 대답을 흐리며 눈을 깜박거렸다. 다시 돌아보고 싶지도 않은 그 상황은 고약한 악몽, 백일몽에 지나지 않았다. 그나마 다행이었다.

여의가 꿈을 반추했다. 사랑하는 낭군의 뒤를 따라갔다. 시간의 흐름을 역행하여 거꾸로 흘러가는 계절 속을 걸었다. 소담한 열매는 바라보기만 했고, 고운 꽃은 바람에 흩날려 떨어져 버렸다. 그리고 조그만 새가…….

"아무래도 피로하신 모양입니다."

"어젯밤에 잠을 설쳐서 그럴 거야."

고약한 쑥 냄새 때문에 어디 잠을 잘 수 있어야지.

여의가 들릴락 말락 조그만 목소리로 덧붙인 말은 유모의 귀에 들어가지 않았다. 반짇고리를 정리하고 보니 아씨가 눈

을 감고 있었다. 잠깐 졸았다거나 가벼운 오침이라 보기에는
꽤 깊이 잠들었다.

자세가 불편해 보여 차라리 제대로 자리를 펴고 자는 쪽을
권할까 고민하던 찰나에 악몽이라도 꾸는 듯 괴로운 얼굴을
했다. 피로가 겹쌓였거나 몸이 좋지 아니한 탓인 게 분명했
다. 어쩌면 누구나 은근히 기다리는 소식을 품고 있을 수도
있고.

"아씨, 혹시……."

"아냐, 그럴 리 없어. 그건 유모도 알잖아."

여의가 유모의 말을 단칼에 잘랐다. 세상 물정 모르는 아
이 취급을 받고 있어도, 손가락을 꼽아 날짜를 헤아릴 줄은
알았다.

회임의 낌새가 나타나기에 보름은 지나치게 짧은 기간이
었다. 그녀의 일거수일투족을 속속들이 꿰고 있는 유모가 그
사실을 모를 리도 없었다.

유모가 고개를 끄덕였으나, 실망감이 밀려드는 것 또한 사
실이었다. 아직까지 아기가 없는 것은 논외로 하더라도 평소
의 언행이며 이렇듯 남겨 놓는 흔적조차 다 자란 성인이라고
보기에는 부족한 아씨를 향해 잔소리를 늘어놓기 시작했다.

유모도 나이가 있으니 언제까지고 여의의 곁을 지킬 수는
없다. 그런데도 어찌 아직도 어릴 적의 성벽을 버리지 못하
고 있는 것인가.

주변 정리 정도도 할 줄 모르는 건 늘 여의를 끼고 돌던 자신의 탓이 분명하니 이제는 아씨 방이 돼지우리처럼 되더라도 신경 쓰지 아니하겠다, 마음속으로 굳게 다짐하며 손을 움직였다.

여의는 늘 듣는 잔소리를 귓등으로 흘리며 마지못해 경대를 잡아당겼다. 언제 열었는지 기억조차 가물가물한 서랍을 잡아당겨 그 안을 들여다보았다.

가지런히 줄지어 서고 단정하게 정리된 비녀와 노리개 따위를 바라보던 여의가 우쭐한 얼굴로 유모를 바라보았다. 유모가 어이없는 얼굴로 웃었다. 바느질은 안 해도 반짇고리는 뒤적거리는 여의였으나 경대의 서랍을 제 손으로 여는 경우는 그야말로 전무했다. 정돈이 잘 되어 있는 건 당연한 일이었다.

유모에게 득의양양한 표정을 지어 보인 여의가 눈을 내리깔았다. 구석에 나란히 놓인 두 개의 바싹 마른 창백한 나뭇가지 같은 모양을 발견하고는 손끝으로 어루만졌다. 도톰한 머리 쪽에 불그스름한 자국이 남은 창포 뿌리 비녀와 고운 빛깔의 비단 조각을 매단 애화 모두 일 년 전 단옷날 그녀의 머리 위에 올라앉았던 것이었다. 유모는 해마다 그러했듯 올해도 창포 뿌리 비녀를 찔러 주며 성실하게 그 의미를 설명해 줄 것이다. 올해는 그녀가 직접 입궐하여 곱게 장식된 비녀를 직접 하사받게 될까.

눈을 들자 거울에 비친 그녀의 모습이 들어왔다. 하루하루 흘러가는 시간이 쌓여 한 달이 지나고 일 년이 되었다.

그녀 스스로는 잘 깨닫지 못하고 있지만 분명 그만큼 나이를 먹은 흔적이 얼굴에, 또 몸과 마음에 아로새겨지고 있을 테다. 유모가 언제까지고 그녀의 곁을 지키며 치다꺼리를 할 수 없듯, 그녀 또한 어찌하여도 여인임을 숨길 수 없는 때가 오게 되리라.

여의가 고개를 들었다. 제법 오래전부터 품고 있던 생각을 간직한 채 다정하게 유모를 불렀다.

"유모, 부탁이 있어."

유모의 얼굴에 경계의 빛이 서렸다. 평소에 비해 곱절도 넘게 다정스러운 말투는 아씨가 쉽지 않은 것을 요구할 것임을 나타내는 전조였다. 끔벅거리는 눈을 긍정의 뜻으로 해석한 여의가 입을 열었다.

"내 옷을 한 벌 더 지을 수 있을까?"

여의가 고갯짓으로 장을 가리켰다. 그 서랍에 숨겨 둔 의복이 무엇인지 아는 유모가 얼굴을 찌푸렸다. 예전에는 남들의 눈에 띌까 조심하던 아씨가 언제부턴가 몹시 태연자약하고 당당하게 사내 흉내를 내는 일이 많아졌다. 행동거지도 단정한 선비가 아니라 거들거리는 한량처럼 보일 때가 많아, 어디서 무얼 배우는지를 의심했다.

"싫습니다. 지금 저 안의 것도 새로 맞추어 온 지 얼마 되지 아니한 것 아니옵니까."

유모가 단호하게 대답했다.

"다른 옷이 필요하단 말이네."

여의가 곤란한 표정을 짓더니 조그만 목소리로 속삭였다. 유모의 얼굴이 더욱 굳어졌다.

"벼슬아치를 사칭하는 것은 치도곤을 맞아도 모자랄 중죄이옵니다."

"내가 언제 관료인 척하겠다 하였는가?"

"제아무리 말단이라 하여도 나라의 녹을 먹는 자들의 의복 아닙니까."

"내가 그 의복을 이용하여 무엇을 하려는 게 아닌데도."

"아씨야 높으신 분이니 아무렇지 아니하겠지만 일개 백성이야 그 복색만 보고도 주눅이 들 것을요."

"그럼 입고 나서지는 아니할 테니, 제발…… 아니 되겠는가?"

"나서지 않을 옷을 대체 왜 필요로 하십니까."

유모가 툴툴거렸지만, 이미 아씨의 '제발'이라는 말에 마음이 약해졌다. 이건 다 대군 나리 때문이었다. 아무리 부인이 사랑스럽다 하여도 남복을 하고 외출하는 것을 말리지는 못할망정 그 장단에 맞춰 함께 다녀서야 아씨가 평생 가도 의젓한 부부인 마님이 되기는 영 글러 먹은 게 아니겠는가.

기실은 유모 자신의 업보나 다름없는 것이라고, 본가에서

252

부터 당치 않은 부탁에도 고개를 끄덕이며 안방마님의 눈을 피해 다 들어주던 것이 오늘에 이른 것 아니겠느냐 되묻는 마음의 소리에는 귀를 닫았다.

때마침, 그 '대군 나리'가 문을 밀고 등장했다. 유모는 땅이 꺼져라 한숨을 내쉬며 정리해 놓은 것들을 안아 들었다. 무례인 걸 알면서도 원망의 눈길을 쏘아 주고는 빠르게 자리를 비웠다. 역이 얼떨떨한 표정으로 여의를 향해 물었다.

"유모와 무슨 일이 있었소?"

여의가 대답 대신 환하게 웃어 보였다. 그러나 아무리 고운 낭군이 몰고 온 쑥 향이라도 몸서리나는 것은 변치 않았다.

여의가 가볍고 짧은 한숨을 내쉬자 그 마음을 짐작한 역이 빙그레 웃었다. 여의의 손목을 잡아당겨 손등 위를 다정하게 다독였다.

"며칠만 견디면 될 거요."

부드럽고 가냘픈 손을 바라보던 역의 눈길이 자연스럽게 경대 아래쪽의 열린 서랍으로 향했다.

온갖 귀물로 가득 채워진 패물함을 지니고 있어도 이상하지 아니할 부인의 서랍은 소박하기만 했다. 여태 전하지 못한 그 질박한 노리개가 전혀 어색하지 않게 어우러질 것 같은 느낌을 어찌 해석해야 할지 알 수 없어 오묘한 표정을 지었다.

"나리."

"뭔가 필요하거나, 갖고 싶은 것은 없소?"

여의가 조심스럽게 부르는 목소리에 역이 얼른 표정을 정돈하며 아무렇게나 질문을 던졌다. 전혀 쓸모없는 조금 전의 고민을 여의가 눈치채게끔 할 생각은 조금도 없었다. 여의는 그가 보는 모습 그대로일 뿐, 그 이상을 짐작하고 멋대로 해석하여 마음을 복잡하게 할 필요가 없었다. 남과 비교하여 가치를 평가하려는 것도 무의미한 행동이었다.

역의 눈길이 서랍에 꽂혀 있는 것을 본 여의가 함께 그 안을 들여다보며 잠깐 생각하는 듯하더니 고개를 저었다. 여기에 든 것조차 제대로 사용한 적이 없을 정도로 장신구에 대해서는 둔감한 편이었다. 입궐이나 격식을 차린 만남에 필요한 것들은 유모가 따로 챙겨 두어 신경 쓸 필요가 없었다.

그 반응이 마땅치 않은 듯 역이 가볍게 혀를 차자 여의가 머쓱한 듯 배시시 웃었다.

역이 여의의 손등을 가볍게 어루만지던 손에 힘을 주어 가까이 당겼다. 그들 사이의 거리가 조금 전보다 더 가까워졌다. 역이 속삭임에 가까운 낮은 목소리를 냈다. 따스한 숨결이 여의의 귓가를 간지럽혔다.

"원하는 것이 어찌 없을 수 있소?"

"나리께서 함께 계신데 이 이상 무엇을 더 원하겠사옵니까."

"고작 바라보는 것만으로 족하단 말이오?"

"무슨……."

앉은걸음으로 뒤로 물러난 여의가 벽에 등을 기대었다. 얼굴에 열이 올랐다. 은근한 눈빛으로 그녀를 바라보다 놀려대고, 또 그러다가도 금방 더할 나위 없이 다정한 연인이 되는 그의 모습은 익숙한 것이었다. 그러나 날이 갈수록 대담해지는 표현에는 어찌 대응해야 할지 잘 알 수 없었다. 손가락 끝으로 바닥을 짚어 살짝 몸을 옆으로 빼며 수줍게 중얼거렸다.

"아직 시간이 이른 것을요."

"주인 나리가 아씨의 규방에 들 적에는 누구나 같은 생각을 한다오. 시간이 무슨 관계일까."

거절도 허락도 아닌 애매한 표현에 역의 눈빛이 더욱 깊어졌다. 금방이라도 그녀를 안고 쓰러질 듯한 태세인 역을 피해 여의가 빠르게 몸을 일으켰다. 갑작스러운 어지럼증이 밀려와 방 안이 빙글거리며 도는 것 같았다. 순간적으로 몸이 크게 휘청거렸다. 역이 몹시 당황한 표정으로 그녀의 몸을 받쳐 안았다.

"부인."

"괜찮사옵니다."

달싹이는 입술이 하얗게 질려 있었다. 역이 문 쪽에 대고 크게 소리쳤다. 여의의 유모가 황급하게 방 안으로 들어섰다. 여의가 눈을 감은 채 그의 팔에 몸을 기대었다.

눈을 감아도 어지러운 느낌이 없어지는 건 아니었지만, 천장이 빙빙 도는 것을 눈으로 확인하고 있는 것보다는 나았다. 그렇게 눈을 감고 있다가 까무룩 잠에 빠져들었던 모양이었다.

뜻을 알 수 없는 수런거리는 소리가 들려와 눈을 뜬 여의는 낯선 노인의 모습에 몸을 움찔했다.

그녀의 손목 위를 가볍게 누르는 힘을 느끼고는 고개를 돌렸다. 손목 위에는 희고 부드러운 천이 덮여 있어, 주름진 손이 그녀의 피부에 직접 닿는 것을 막고 있었다.

"사실인가."

"틀림없사옵니다."

어딘지 들뜬 듯 들리는 역의 목소리에 공손하게 대답한 노인이 신중한 표정으로 다시 여의의 손목을 눌러 보고는 재차 고개를 끄덕였다.

일단 틀림없기는 했다. 다만 아주 선명하게 느껴지는 것은 아니어서, 조금 미진한 느낌이 마음에 남았다. 그러나 기뻐하는 얼굴을 보면서 이러니저러니 부정적인 느낌의 말을 덧붙이기는 어려웠다. 귀한 댁이니 어련히 알아서 잘 보살필까. 굳이 일어나지도 아니한 일을 입에 담았다가 자칫 액을 불러올까 두려워 입을 다물었다.

여의가 눈을 돌렸다. 그 옆에 앉은 유모가 손가락을 꼽아

가며 무언가 헤아리는 모습을 보고는 다시 눈을 감았다. 무슨 일이 벌어지는지 궁금할 여력도 없었다.

그녀가 믿고 의지할 수 있는 이들이 곁에 있다는 사실에 만족하기로 했다.

"······다만, 쉬이 피로하시기 쉬우니 조심하셔야겠습니다."

"어찌 모르셨을까요."

"그리 오래지는 않은 듯하옵니다."

"하지만 보름 전쯤 월사(月事)가······."

"간혹 그러한 것인 줄 착각을 하는 경우가 있습지요."

몹시 낮은 목소리로 토막토막 들려오는 내용을 듣던 여의가 눈썹을 살짝 찡그렸다.

아무리 의원의 앞이라 하여도 그런 비밀스러운 이야기를 꺼내는 유모가 못마땅했다. 그러나 잔소리를 늘어놓을 새가 없었다. 깍지를 껴 오는 익숙한 손의 촉감이 마음을 누그러뜨리고, 다정한 목소리가 그녀의 귓가에 흘러들어 온 까닭이었다.

"부인."

여의가 힘겹게 눈을 떴다. 노인과 유모가 자리를 뜨는 모습을 바라보다 그녀를 부른 역에게로 시선을 옮겼다.

"이런 모습 보여 드리게 되어 송구하옵니다."

활달하게 돌아다니는 것을 좋아하는 만큼 건강에는 자신

이 있었다. 그러나 그 생각을 수정할 필요가 있는 모양이었다.

지난겨울은 앓지 않고 무사히 넘겼으나, 따지고 보면 그전 겨울에 호되게 앓았던 기억 때문에 바깥출입을 삼가고 조신하게 들어앉아 있던 덕분이었다.

그나마 집이었으니 다행이지, 바깥에서 이러고 쓰러졌다면 어찌 되었을지. 생각만 해도 정신이 아뜩해지는 느낌이었다.

여의의 대답을 들은 역이 눈을 크게 떴다. 의원과 대화할 적에 눈을 깜박거리기에 그 내용을 들은 줄 알았더니 아무것도 모르는 모양이었다.

여느 여인이라면 의심을 품었음직도 한 상황이라 하였다. 모시는 아씨 귀한 줄만 알아 소녀인 채로 놓아둔 유모를 나무랄까 잠시 고민했지만 생각을 곧장 지워 버렸다. 그 사유를 짚어 올라가다 보면, 아씨의 기행을 놓아두는 주인 나리에 대한 원망을 맞닥뜨리게 될 터이니.

"나를 놀라게 한 잘못은 가볍지 아니하나."

역이 여의가 덮은 이불 위에 가볍게 손을 올려 살살 쓰다듬었다. 여의가 누운 채로 고개를 숙여 역의 손을 의아하게 바라보았다.

"세상 분간도 할 줄 모르는 어린것을 나무랄 수는 없지 않겠소."

역의 말을 곰곰이 되짚어 보던 여의의 표정이 기묘해졌다. 답을 구하는 눈빛을 바라보던 역이 고개를 끄덕였다. 여의의 눈가에 눈물이 차올랐다. 역이 몸을 굽혔다. 기어이 굴러떨어지는 물방울이 그의 입술을 적시고 그 사이로 스며들어 왔다.

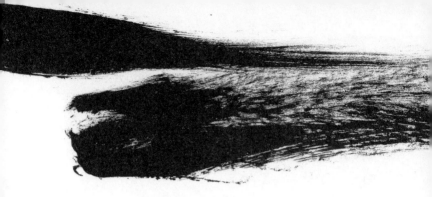

열
고이 품은 꿈이 흩어지다

"유모, 이번만. 응?"

"글쎄, 안 된다고 말씀드리지 않습니까."

"부탁이야. 내가 언제 이렇게 간곡하게 부탁한 적 있었던가."

"항상 제 말 따위는 귓등으로 흘리시니 부탁할 필요도 없었지요."

여의가 숨을 크게 들이쉬었다. 그 얼굴에 떠오르는 고집스러운 기색을 눈치챈 유모가 얼른 자리에서 일어났지만 발을 뗄 수는 없었다. 아직도 아이 같기만 한 아씨가 그녀의 치맛자락을 쥐고 매달리다시피 한 탓이었다.

"안 됩니다, 아씨."

"정말 오랜만인걸. 나리께서 동행하자 말씀하시는 경우도 흔치 않아."

"그러니까 나리께서는 왜."

유모가 말을 하다 말고 한숨을 쉬었다. 아씨가 도무지 의젓한 안방마님이 될 낌새가 안 보이는 건 다 대군 나리 때문이었다. 몸 가벼운 부인을 준엄하게 나무라도 모자랄 형편에 어깨를 나란히 하고 저자를 배회하더니, 이제는 홑몸도 아닌 부인에게 같이 나가자며 바람을 불어넣는 철없는 언사시라니.

"의원이 조심하라 일렀습니다. 중요한 시기란 말입니다, 아씨."

"조심해서 다녀올게. 가마도 준비되어 있다고 했어. 기껏 준비한 걸 그냥 돌려보낼 순 없잖아."

"사람 실어서 무거운 가마보다는 빈 가마로 돌아가는 게 그 사람들도 더 편할 겁니다."

"유모!"

여의의 목소리에 원망이 실렸다. 입술은 꼭 다물고 눈망울이 그렁그렁해졌다. 벌써 저렇게 기분이 변덕스러울 때가 되었나, 가만히 생각해 보았지만 그녀도 출산 경험이 한 번뿐인 데다 벌써 십여 년이 훌쩍 지난 터라 잘 기억나지 않았다.

아씨의 성정에 비추어 답답증을 느낄 때가 한참 지난 것은 사실이었다. 오래도록 기다려 온 일이 이루어진 것에 대한 기쁨도 잠시, 이것저것 하지 말라는 일이 늘어나니 갑갑하고 짜증이 날 만했다.

남들에게 드러내지 않았다 뿐이지 아씨의 회임을 가장 기뻐하고 있을 이는 대군 나리일 테니 무리한 일정이라면 애초에 권하지 아니하였을 것이다. 부루퉁한 얼굴로 하루 종일 방 안에서 서성거리는 것보다는 바람이라도 쐬고 오는 것이 나으리라.

유모는 여의의 동그란 눈망울에 넘어가 놓고 그 사실을 부정하려는 듯 갖가지 이유를 들어 스스로를 납득시켰다.

"전 모릅니다. 아씨께서 알아서 하세요."

"정말 조심해서 다녀올게. 걱정하지 마."

여의가 유모의 치맛자락을 놓으며 생긋 웃었다. 너울 하나를 손에 쥐고 이미 방을 나설 준비를 마치고 있던 그녀를 앞질러 총총히 사라지는 모습을 보며 유모가 다시금 한숨을 내쉬었다.

봄철의 나비나 가을날의 잠자리보다 가벼운 발걸음이 사랑스러운 만큼 염려도 깊었다. 회임한 사실을 알게 되었던 날, 문밖에서 의원이 몇 번이나 신신당부하며 아씨를 잘 보살펴 드리라 한 것이 자꾸만 뇌리에 맴돌았다. 귀한 댁 아씨니 의례적으로 건넨 인사말일 것이라 생각하면서도 마음이 무거웠다.

햇볕이 따갑게 내리쬐고 있었다. 달구어진 땅바닥에서 일어나는 더운 기운이 치맛자락 안까지 파고들었다. 여의가 대문간에서 기다리고 있는 가마 안에 몸을 들였다. 조그만 창을 열어 후텁지근한 공기를 바깥의 신선한 공기와 맞바꾸었다. 썩 시원하지는 않아도 햇살이 바로 비쳐 들지 않는 것만으로도 한결 나았다. 말발굽 소리에 가마꾼의 발소리가 장단을 맞추고, 지나가는 이들의 목소리며 분주한 걸음이 섞여 들었다.

여의가 단정하게 앉은 채 눈을 감았다. 잊고 있던 피로가 밀려드는 느낌이었다. 요즘 들어 밤에 잠을 설칠 때가 많아, 낮에 꾸벅꾸벅 졸다 화들짝 놀라 깬 적도 여러 번이었다. 더위가 밤에도 수그러들지 않는 탓일 수도 있고, 그녀의 몸이 전과 같지 아니한 탓일 수도 있었다.

'과연 회임하긴 했을까.'

여의가 미미한 의심을 품었다. 나이 지긋한 의원이 그리 말하였다니 틀림없는 사실일 것이나, 정작 그녀 자신은 아무것도 느낄 수 없었다. 입덧도 없었고 식성이 변하지도 않았다. 다소 피곤하다는 느낌은 받았지만 여름에는 누구든 기운이 처지기 마련이었다. 가만히 배 위에 손을 얹어 보고, 손목 위에 손가락을 얹어 규칙적으로 손끝을 울리는 맥박을 헤아려 보기도 했다. 어느 날엔가 방에서 그러고 있는 여의를 본 유모가 웃으며 놀리듯 말했다. 태맥은 의원이나 알 수 있는 것이고, 태동을 느끼려면 아직도 한참은 멀었다고.

저도 모르는 새에 살짝 선잠에 빠져들었던 모양이었다. 가마가 바닥에 닿는 느낌에 눈을 떠 역의 손을 잡고 가마 밖으로 빠져나왔다. 무릎 위에 얹어 두었던 너울을 쓰며 주변을 둘러보았다. 민가에서 멀리 떨어지지는 않았으나 인적이 드문 쓸쓸한 곳이었다. 그사이, 역이 가마꾼과 구종에게 푼돈을 쥐여 주었다. 허리를 굽혀 인사한 이들이 금세 멀어져 갔다.

역이 발길을 돌렸다. 썩 높지 않은 산자락으로 접어드는 좁다란 오솔길에 이르자 역이 한 발쯤 뒤에서 따르는 여의를 향해 손을 내밀었다. 여의가 한 손으로 조심스레 치마를 모아 쥐고 다른 손으로 역이 내민 손을 잡았다. 흙먼지가 이는 좁다란 산길에서는 조금만 딴생각을 해도 발이 미끄러지거나 돌부리나 나무 등걸에 발이 걸렸다. 여의가 맞잡은 손에 조금 더 힘을 주자 역이 안쓰러운 눈길로 바라보며 변명하듯 말을 건네었다.

"지름길이라 하여 이리로 온 것인데 이럴 줄 알았으면 다른 길로 갈 것을 그랬소."

"은인(隱人)을 찾아가시는 모양이옵니다."

여의가 가벼운 웃음과 함께 대꾸했다. 산짐승을 수족처럼 부리는 산신령, 도를 닦는 노승, 난세를 피하여 숨어든 현자, 뜻을 품은 젊은 유생. 이 산길 끝에서 만날 수 있는 이들은 그 외에는 없을 것 같았다. 역이 굳이 그런 이들을 찾아갈 필요가 있을까. 문득, 한 사람의 모습이 뇌리를 스쳐 갔다. 그녀가 떠올린 그 모든 인물의 특성을 한 몸에 지니고 있는 것 같은 이가 있었다.

"정암은 어찌 지내고 있사옵니까."

"정암?"

고개를 돌려 여의를 바라보는 역의 눈썹이 가볍게 꿈틀거렸다. 자신이 아닌 다른 사내의 이름이 연인의 입에 오른 것에 대한 본능적인 경계였다. 외모든 재력이든, 하다못해 그간 살아온 정에 기대어도 자신이 부족할 것은 없었다. 게다가 그들이 대면한 건 고작 한 번뿐이고 여의는 홀몸도 아니었다. 괜한 걱정이라는 사실을 깨닫고 난 연후에도 마음이 썩 좋지 않았다. 자연 말도 상냥하게 나가지 않았다.

"그자에 대해서는 어찌 묻소?"

"나리께서 친히 청할 정도라면 분명 범상치 아니한 분일 터인데 그 후로 한 번도 다시 찾아온 적 없지 않사옵니까."

"혹시 내가 없을 때 후일을 기약하기라도 한 거요?"

"나리."

여의가 반은 어이없고, 나머지 반은 원망이 섞인 목소리를 냈다. 역이 여의의 손을 잡아당기며 본 질문에 대한 답을 천천히 흘려 냈다.

"낙향한다 하였소."

"어찌 그런 결정을 하였을까요."

"아직은 쓰일 수 있는 인물이 아니라오."

역이 아무렇지도 않은 듯 태연한 목소리로 대답했다. 정암이라는 이름을 듣는 순간 선명하게 떠오른 마지막 문답을 머릿속에서 지워 내려 애써야 했다. 다행히도, 여의는 그쯤에서 정암에 대한 궁금증이 가신 모양이었다.

사실 여의는 그에 대해 더 묻고 싶은 눈치였지만 길이 조금 전보다 더 가팔라진 탓에 온 신경을 발끝에 쏟느라 금세 잊은 듯 보였다.

오래지 않아 길이 평탄해졌다. 오솔길인 것은 마찬가지였으나 사람이 다닌 흔적이 더 짙게 남아 있는 만큼 걸어가는 것도 한결 수월해졌다. 여의는 땀이 배어들도록 꼭 쥐고 있던 손을 놓고 이마에 맺힌 땀방울을 소맷부리로 살짝 닦아 냈다. 수풀에서 뿜어내는 공기는 날씨에 비해 서늘하여 집에서 더위와 씨름하는 것보다 훨씬 나았다. 상쾌한 공기를 들이쉬는 여의의 귓가에 역의 목소리가 닿았다.

"어디에, 누구를 만나러 가는지 묻지 않소?"

"알아야 할 일이면 나리께서 말씀해 주실 것이옵니다."

"꺾어 둔 꽃을 숨겨 놓았다 보여 주는 것일 수도 있을 터인데?"

"사내가 하는 일을 아녀자가 어찌 당하겠사옵니까."

여의가 앵돌아진 목소리로 대답했다. 궁금증을 참고 기다렸더니 기껏 하는 소리가 저런 것이었다. 그것도 회임한 부인에게. 역이 웃으며 여의의 손을 다정하게 잡았다.

"한때 나를 아들처럼 귀애하던 이를 찾아가는 길이라오."

"어떤 분이기에 이리 궁벽한 곳에 머무르십니까."

"아바마마의 후궁이었는데, 아들은 이름도 지어 주기 전에 일찍 죽고 슬하에 옹주 하나뿐이라오. 몸을 의탁할 아들은 물론이고 돌아갈 친정도 없으니 퍽 곤란하였던 모양이오. 이쪽에 기거한다는 사실도 극히 최근에야 알게 되었지요."

"그러하옵니까."

제 아이를 잃은 후궁이 왕비가 낳은 대군에게 아들의 모습을 겹쳐 보았을까. 제대로 사랑받지 못하는 아이를 애틋한 마음으로 다정하게 바라보았을까. 여의가 문득 배를 쓸어 보았다. 존재를 느끼지도 못하는 아이인데, 잃는다는 생각만으로도 가슴이 욱신거렸다.

다정하게 손을 맞잡은 한 쌍의 연인이 말없이 걸었다. 인적이 전혀 느껴지지 않는 길 옆, 바윗돌 틈새로 고여 든 조그만 샘을 지나치자 높지 않은 담장 안에 갇힌 작은 건물이 모습을 드러냈다.

그들은 크지 않은 문 앞에 멈추어 섰다. 여의가 역에게 잡힌 손을 살짝 빼어 가지런히 모아 쥐었다. 인기척을 느꼈는지 소박한 옷을 입은 여인이 나타나 의아한 얼굴로 그들을 바라보았다. 역이 정중하게 합장하며 말을 건넸다.

"선왕을 모시던 권 숙용이 이곳에 머무르고 있다 들었습니다."

"누구십니까?"

"자제라 해 두겠습니다. 보면 아실 것입니다."

역의 말에 여인이 고개를 갸웃하더니 신을 끌며 문 안으로 들어섰다. 기다림의 시간은 그리 길지 않아, 중년을 넘어선 여인이 걸어 나왔다. 역의 얼굴을 확인하고는 밝아진 얼굴로 덥석 두 손을 잡으며 다정한 목소리를 냈다.

"대군 아기씨."

어릴 때의 분위기를 그대로 간직하고 있어 곧 알아볼 수 있었지만, 이제는 어린아이가 아닌 훌쩍 자란 청년이었다. 아기씨라고 부른 것이 스스러운 듯 중년 여인이 다시 미소했다.

"어찌 알고 오셨습니까."

"어머니 계신 곳을 어찌 자식 된 이가 모르리까."

여인의 눈가가 붉어졌다. 가슴에만 묻어 둔 아이가 마음에 사무치는 날이면 외로운 소년을 바라보았다. 자신의 아이가 살았다면 저리 자랐을까, 남몰래 생각하며 마음을 쏟았다. 선왕께서 승하하신 후 출궁을 준비하면서 오래도록 묻어 두었던 그 마음을 살짝 내보였다. 그때 대군이 천진한 얼굴로 어마마마라 불러 주었다. 감히 기대할 수도 없었던 그 말에 뒤돌아서며 눈물을 쏟았더랬다. 그 아이가 장성한 청년이 되어 그녀를 찾아왔다.

"이리 서 있을 것이 아니라, 잠시 들어오시겠습니까."

여인의 권유에 역이 고개를 끄덕였다. 매미조차도 숨을 죽이고 작게 우는 것 같은 고적한 마당을 가로지르던 여인이 문득 고개를 돌려 여의를 바라보고 미소 지었다.

"고운 부인을 얻으셨군요."

"그 이상이랍니다, 어머니."

역이 웃으며 목소리를 낮추자 여의가 얼굴을 붉혔다. 작고 소박한 방문 앞에 다다라서는 수줍게 미소 지으며 말없이 고개를 숙여 보였다. 그녀가 끼어들어 있는 것보다는 그들만의 시간을 나누도록 해 주는 것이 좋을 성싶었다. 둘 중 누군가가 붙잡기 전에 얼른 뒤돌아 걸음을 옮겼다.

돌아서는 시야에 늘어진 나뭇가지 사이로 누각이 보였다. 바람결에 나뭇잎들이 나부끼는 소리가 들려오고 무성한 나뭇잎 틈새로 쏟아지는 햇살이 누각으로 새어 들어갔다. 꽃잎이 날려 흩어지는 모습이 눈앞에 어리는 것 같아 몇 번 눈을 깜박였다. 꽃잎은 간데없이 진초록의 잎새만이 눈이 시리도록 빛났다.

여의가 누각 아래에 섰다. 조금 전 꽃잎이 어룽거리는 것 같은 느낌을 받았던 것은 아마도 우화루(雨花樓)라는 저 이름 탓인 듯싶었다. 잠깐 올라보는 것 정도는 실례가 되지 아니하리라 생각하며 조심스럽게 발을 올렸다. 담을 넘어 조금 전 그들이 걸어온 그 길까지 훤히 내려다보이는 그 위에서 천천히 시선을 돌렸다. 울창한 나무에 가려진 저 끝은 낭떠러지인 듯 먼 산과 파랗게 빛나는 하늘이 보였다.

나뭇잎 사이로 희끗희끗한 형체가 움직여 다가왔다. 여의의 시선이 무심코 그 모습을 따라 옮아갔다. 아무런 물도 들이지 아니한 수수한 옷을 입은 나이 든 여인이 그녀를 올려다보았다. 세월이 진하게 배어든 얼굴에는 숙명처럼 짙어진 서글픔을 강인한 의지로 이겨 낸 흔적이 아로새겨져 있었다.

무감한 눈빛으로 바라보는 그 얼굴에 왠지 마음이 시렸다. 그녀가 있는 이곳이 불사(佛寺)의 일부임을 깨닫고는 급히 합장하여 인사한 뒤 몇 발짝 뒤로 주춤거리며 물러났다. 한참 동안을 그렇게 서 있었다.

"부인, 말도 없이 여기에 있으면 어찌하오?"

부드러운 목소리가 그녀의 뒤에서 들려왔다. 대답을 들을 생각도 하지 않고 팔을 벌려 그녀를 껴안았다. 몇 발짝 걷지 아니하여도 되리라 생각하였던 길이 예상처럼 평탄치 아니하여 마음이 쓰였다. 함께 방에 앉아 있어도 고단하지 아니할까 염려스러울 부인이 멀어져 가는 모습이 어찌나 마음 쓰이던지.

혹여 무슨 일이라도 있었다면, 이 더위에 아씨를 데리고 나가는 것을 마뜩잖게 여기던 유모에게 크게 한 소리를 들었으리라. 기실 잔소리 정도로 끝나는 것이 가장 다행스러울 정도로.

여의가 말없이 그에게 몸을 기대었다. 조금 전, 그녀를 올려다보던 나이 든 여인의 얼굴이 좀처럼 지워지지 않았다.

천장을 바라보고 멍하니 누운 여의를 보며 역이 얼굴을 찡그렸다. 여의의 이마 위에 손을 얹어 보았으나 열이 있는 것 같지는 않았다. 역의 손길이 닿은 뒤에야 그를 바라본 여의가 의아한 얼굴을 했다.

"무슨 일이 있으시옵니까, 나리?"

"부인이 음서(飲暑)*한 건 아닌지 생각하고 있소."

"그렇지 않사옵니다. 아마도 오랜만의 외출에 고단하여 조금 힘이 든 것뿐이옵니다."

여의는 생긋 웃었으나 어딘가 맥이 빠진 것처럼 보였다. 역이 더욱 걱정스러운 얼굴로 그녀의 곁에 바짝 다가들었다. 여의가 고개를 살짝 저으며 몸을 뒤로 뺐다. 역은 좀처럼 보인 적 없는 미약한 거절의 몸짓을 알아차리지 못하고 팔을 뻗어 품에 안았다. 알아챘어도 으레 그러려니 생각했을 것이다. 아이를 품고 난 뒤 여의는 사심 없는 그의 손길에도 몹시 조심스러워했으니까.

"저, 나리."

---

*음서:더위 먹음.

한참 만에야 들려온 목소리는 그 뒤로 한동안 이어지지 않았다. 끈기 있게 기다리던 역은 결국 참지 못하고 자세를 바꾸어 여의의 얼굴을 들여다보았다. 동그란 눈망울이 그를 바라보고 있었다.

"하고픈 말이라도 있소?"

"아까 그 산사에는 어떤 분들이 머무시옵니까."

"대부분 아까 찾아뵈었던 그분처럼 한때 왕실과 연이 닿아 있던 이들이지요. 오래전의 일이지만 망국(亡國)의 왕비도, 태조대왕의 따님도, 어린 폐주의 비도 머물렀다 하오."

아들이 없는 후궁, 망국의 왕비, 왕의 딸, 폐위된 왕의 비. 세상으로부터 보호받을 수 없는, 완전하게 버림받고 고립된 이들이었다. 그 누구든 서럽기로는 뒤처지지 아니할 이들인 탓일까, 돌연 한기가 밀려오는 것 같아 몸을 떨며 그에게로 파고들었다. 꼭 붙어 있으면 땀방울이 맺힐 듯 더운 날씨인데도 몸이 오싹하게 떨려 왔다. 아랫배가 기묘하게 조여들었다.

역이 그에게 안겨 드는 여의를 꼭 끌어안았다. 같은 여인이 되어 그들의 처지를 동정하고 있는가 보다 생각하며 마음을 다독이듯 다정하게 등을 두드렸다.

편히 잠들라는 듯 가볍게 토닥이던 손길이 잦아들었다. 고른 숨소리를 내며 먼저 잠든 쪽은 역이었다. 그 후로도 한참 동안이나 눈을 뜨고 있던 여의는 달이 완전히 기울고 난 뒤에야 어렵게 눈을 붙였다. 그때까지도 한기가 가시지 않아 몸을 한껏 웅크린 채였다.

＊　　　＊　　　＊

날이 저물어도 매미 소리가 요란하게 울렸다. 시끄럽게 우는 매미를 대청 기둥에서 쫓아내며 들어온 유모의 팔에는 소쿠리가 안겨 있었다. 여의가 고개를 들어 그 안을 넘겨다보았다. 붉은 꽃잎이 한가득, 초록빛 잎사귀와 함께 담겨 있었다. 두꺼운 무명실 타래와 손가락 길이만큼 되는 헝겊 조각도 그 틈에 끼어 있었다.

"그러고 보니, 벌써 봉선화가 피었구나."

여의가 혼잣말했다. 유모가 빙그레 웃으며 소복한 꽃잎 아래쪽에서 작은 절구를 찾아 꺼냈다. 속이 비치는 하얀 가루와 함께 짓찧어진 꽃잎이 더욱 붉게 바뀌는 것을 여의가 물끄러미 바라보았다.

봉선화를 심으면 뱀이 싫어하여 드나들지 않는 까닭에 봉선화를 금사화(禁蛇花)라고도 불렀다. 담장 아래나 장독 근처에서 해마다 봉선화가 붉게 피었다 스러지는 까닭이었다.

꽃이 진 자리에 매달리는 털투성이의 조그만 주머니는 그 안에 감추고 있던 조그만 씨앗들이 완전히 여물어 까맣게 될 때까지 뾰족하니 앙다문 입을 절대로 열지 않았다. 때에 이르면 살짝 건드리기만 해도 마치 '내 마음을 의심하느냐'고 화내는 듯 완전히 뒤집혀 안을 내보였고 그 서슬에 까만 씨앗들이 이리저리 굴러갔다.

힘껏 퉁겨 내어도 날아가는 거리가 고작 한두 자 이상을 넘지 않으니 구태여 심고 가꾸지 않아도 다음 해 봄이 되면 그 주변에 새싹이 돋아나고 여름이 깊어 가면 다시 붉은 꽃을 피워 냈다.

본디의 형체를 잃은 꽃잎 뭉치가 여의의 손톱 위에 가지런하게 놓였다. 긴 밤 동안 움직이지 않도록 헝겊 조각으로 덮어 단단하게 동여매었다. 마지막 손가락까지 감싸고 난 다음에 유모가 바닥에 펼쳐 놓은 것들을 모아 정리했다. 바깥에서 낯익은 기척이 들려왔다. 유모가 소쿠리를 안고 빠르게 문을 열었다. 더욱더 다정해진 주인 나리의 뒤에서 문이 닫혔다.

여의가 활짝 웃으며 역을 향해 손을 펼쳐 보였다. 거친 천에 감싸여 실로 꼭 묶어 낸 투박해진 손가락이 역의 눈앞에 나타났다. 그가 몹시 못마땅한 어조로 말을 던졌다.

"이게 다 무엇이오?"

"정녕 모르시어 하문하시옵니까?"

"나는 그대가 손끝을 물들이는 게 싫소. 지난해에도 틀림없이 이야기한 것으로 기억하오."

"어릴 적부터 해 오던 일이옵니다. 무엇이 나쁘단 말이옵니까."

　부인의 목소리가 한층 더 고집스러워지는 것을 느끼며 역이 입을 다물었다. 조금만 일찍 들어왔으면 막을 수 있었을 텐데. 이미 일은 벌어졌으니 후회해도 소용이 없었다.

　작은 키에 깨끗한 피부를 지니고 있어 남복을 하면 소년처럼 보이기에 손끝이 붉게 물들어 있는 것을 그리 이상하게 여기지도 않았다. 아직도 부모의 귀애를 받는 섬약한 소년에 지나지 아니하여 벽사(辟邪)를 의미하는 붉은빛 물을 들이는가 보다 여상히 넘어가기 마련이었다.

　가슴에 천을 힘껏 동여매도 한여름의 얇은 옷차림으로 바깥에 나가는 것은 거리껴지는 면이 있었다. 굳이 절기를 탓하지 아니하여도, 홑몸이 아닌 그의 부인이 행동을 퍽 조심하고 있다는 사실은 그도 잘 알고 있었다. 그 답답함을 견뎌내려면 무엇이라도 기분 전환이 될 것이 있어야 했을 터였다.

　그러니 회임 전이든 후든 여의가 손톱을 물들이는 것은 여름 한철, 규방에 머무르고 있을 때의 소소한 유희에 지나지 않았다. 하지만 여의는 이제 어린아이도 아니고 치장할 것이 없는 가난한 서민 아낙은 더더욱 아니었다. 그가 싫다는데도 굳이 손끝을 물들이는 이유를 알 수가 없었다.

　"내가 연상의 부인과 함께 사는 것인지, 키가 이만큼 자라기를 기다려야 하는 조그만 아이를 부인으로 맞이하겠다고 키우는 것인지 잘 모르겠소."

"자랄 만큼 자라 더 자랄 것이 없는 것 같으니 평생 어린
아이를 곁에 두셔야 할지도 모르겠사옵니다."

"그게 지금의 부인에게 어울리는 말이라 생각하오? 성정
이 그리 아이 같아서야 어찌 어미가 될 수 있을까."

"어찌 그리 싫어하십니까?"

투덜거리는 역을 향해 여의가 물었지만 그는 입을 열지 않
았다. 천을 바로 풀어냈을 때의 진한 붉은 빛깔은 핏빛을 떠
올리게 했다. 어여쁜 여인으로 둔갑하여 사내를 유혹하고,
잠든 사내의 몸을 갈라 간을 빼어 간다는 구미호가 손끝을
그렇게 물들였을 것만 같았다.

고운 부인을 두고 그런 생각을 한다는 자체가 꺼림칙했다.
다음 해에는 틀림없이 유모에게도 이르고 부인에게도 신신
당부하기로 마음먹었으나, 지금까지의 일로 미루어 그의 말
이 효과가 있을 것 같지는 않았다. 사실 그의 부인이 사특한
요괴여서 간도 쓸개도 다 내놓으라 하면 기꺼이 내어 줄 수
있을 듯 사랑스러웠다. 그러니 더욱 위험한 것인가.

"내가 묻고 싶소. 부인은 왜 그리 손끝을 물들이는 데 집
착하는 거요?"

"초설이 내릴 적까지 이 빛깔이 남아 있으면 첫정이 이루
어진다 하더이다."

그러나 여의의 손톱은 첫눈은커녕 여름의 더운 기운이 가

시기만 하면 이미 본연의 색으로 되돌아왔다. 그 사실은 역도 여의도 잘 알고 있었다. 그녀의 목소리에 엷은 웃음기가 배어 있는데도, 마치 애잔한 무엇인가를 떠올리는 것 같은 느낌이 들어 역의 눈썹이 꿈틀댔다.

"숨겨 놓은 정인이 있소?"

"있다 말씀드리면 어찌하시겠사옵니까?"

"그렇다 하여도 내가 그대를 놓아주지 않을 것이니 관계치 않소."

과하게 활달하다는 평을 받았어도 결국은 고관대작의 귀한 따님이었다. 얼마나 멀리 나서서 누구를 만날 수 있었을 것인가. 철들기도 전에 혼례를 올렸으니 그전까지 그녀의 주변에 있는 남자는 조부와 부친, 그들의 벗인 나이 든 신료들, 집에서 일하는 이들이 전부였을 터다. 혼인한 후에는 오로지 그만 바라보는 여인이 정인 따위를 숨겨 놓았을 리 없음을 알고 있었다. 몸 안에 작은 생명을 귀하게 품고 있는 지금은 더욱이나.

그래도 그를 놀리는 듯한 어조가 마음에 들지 않았다. 거친 천 조각을 두른 손을 당겨 여의를 품에 안고 꽃잎보다 훨씬 고운 빛깔로 물든 입술에 조급하게 다가갔다. 딴마음을 품을 겨를 따위를 줄 생각은 전혀 없었다.

"나리."

역이 입술을 떼자 여의가 수줍게 웅얼거렸다. 입 맞추기 전보다 더 선명한 붉은 빛깔로 물든 입술을 바라보며 역이 품에 안고 싶은 마음을 애써 고개를 저어 흩어 냈다. 아직은 조심할 필요가 있다 했다. 충동을 억누르며 아직 아무런 변화가 없는 여의의 배 위에 가볍게 손을 얹었다.

"어떤 아이일까."

그를 닮은 아이를 품에 안게 되면 가슴이 벅차오를 것 같았다. 그녀를 닮아 있다면 지극히 사랑스러우리라. 아직도 한참이나 남은 겨울의 어느 날, 다정한 한 쌍의 연인이 정답고 단란한 세 식구가 되어 있는 순간을 조심스레 그려 보았다. 여의가 부끄러운 듯 눈을 돌렸다.

"장차 아명을 어찌할지 생각해 보았소?"

"서두르지 않을 것이옵니다."

"그러다 철없는 아이가 저에게 관심이 없는가 보다 오해라도 하면 어쩌려오?"

"아낌이 과하면 귀신의 시샘을 받는다 하였사옵니다."

여의가 새초롬하게 대꾸했다. 그녀가 계집아이에게는 전혀 어울리지 아니하는 이름자를 얻게 된 연유는 그녀의 부모가 지나치게 서둘렀기 때문이었다. 그녀의 부모는 드러내 놓고 아들이기를 바랐노라고 이야기한 적은 없지만, 태몽을 이야기할 적에 함께 떠오르는 진한 아쉬움의 빛을 모르지 않았다.

오래도록 기다려 왔지만 경솔해 보이고 싶지 않았다. 기쁨을 과히 표현하는 것도 쑥스러웠다. 적당한 때가 오기를 기다리느라 아직 그 반가운 소식을 아는 이는 역을 제외하면 유모와 몸종 정도가 고작이었다.

역이 빙그레 웃었다. 고개를 끄덕여 주고는 도무지 마음에 들지 아니하는 손을 잡아 다정하게 쓰다듬었다. 고작 그 동작으로 마음이 달래질 리 없지만, 지금은 이보다 더 정다운 접촉은 없었다.

✳   ✳   ✳

여의의 곁을 지키고 앉은 유모가 눈을 비비적거렸다. 여의가 반짇고리를 옆에 놓고 잘라 낸 천 두어 장을 잇대는 바느질을 하고 있었다. 보고도 믿을 수 없는 장면이었다. 혹시 피로가 과하여 헛것이 보이는가, 다시 한 번 눈을 힘껏 문질렀다.

눈에 보이는 풍경은 조금 전과 꼭 같아, 여의가 사뭇 비장해 보이는 표정으로 바늘을 쥐고 있었다. 하얀 실을 매단 바늘이 새하얀 천을 드나들었다. 결국 궁금증을 참지 못하고 엉덩이를 슬쩍 떼며 말을 건넸다.

"아씨, 무슨 바람이시옵니까."

여의의 손에 들린 것을 본 유모가 가볍게 웃음을 터뜨렸다. 마치 서툰 바느질을 비웃는 것처럼 느껴져, 여의가 인상을 쓰고 유모를 흘겨보았다. 유모가 손바닥보다 조금 큰 것 같은 조그만 배냇저고리를 보며 웃음기가 가시지 않은 목소리로 물었다.

"너무 이르지 않습니까."

"전혀."

여의가 시큰둥하게 대꾸했다. 처음은 특별한 법이지만, 흰 실을 썼어도 비뚤거리는 바늘땀이 고스란히 드러나는 이 옷을 입힐 엄두는 나지 않았다. 몇 번의 시행착오를 거쳐 그럴듯한 것을 만들 수 있을 즈음이 되면, 아마 손가락으로 날을 꼽을 수 있을 정도가 되리라.

잠깐 숨을 돌리려 바느질감을 내려놓고 팔을 뻗던 여의가 몸을 웅크렸다. 이내 허리를 폈지만 미간에 얕은 주름이 새겨졌다. 조심스럽게 배를 살짝 눌렀다. 지난 외출 이후, 수시로 기분 나쁜 통증이 찾아들었다. 오래가지 않고 사그라지기는 하였으나 배 속을 휘젓는 것 같은 느낌은 한동안 남아서 마음을 심란하게 했다.

"아씨."

"응?"

여의가 아무 일도 없었던 것처럼 태연하게 대답했다. 배가 조여드는 듯한 느낌이 드는 것 외에는 별다른 이상 징후가 없었다. 굳이 걱정을 보태어 주고 싶지 않았다.

유모가 잠깐 의심스러운 듯 바라보았다. 여의의 얼굴을 잠깐 스쳐 갔던 표정이 염려스러웠지만, 가볍게 지나가는 통증 정도는 있을 수 있는 일이었다. 아마도 손에 익지 않은 바늘을 오래 붙잡고 있어 그런가 보다, 심상하게 여기면서도 놀리듯 걱정하는 말을 덧붙였다.

"좀 쉬세요, 아씨. 종일 누워 계셔도 게으르다 흉보지 않을 테니까요."

"그러고 싶은 생각도 없어."

"오죽하시겠습니까. 여하간, 너무 오래 앉아 계시면 해롭습니다."

"그러면, 잠깐 바람이라도 쐴까."

여의가 천천히 몸을 일켰다. 앉아 있지 말라 하였더니 일어나는 여의를 유모가 어안이 벙벙한 얼굴로 바라보았으나 붙잡지는 않았다. 바람을 쐬는 것도 나쁘지 않을 터였다.

여의는 배를 감싼 손을 풀지 않은 채 느릿하게 발을 옮겨 후원으로 향했다. 따가운 햇볕 아래, 지표 근처의 공기가 일렁였다. 현기증이 이는 것 같은 착각에 잠깐 멈춰 섰다가 천천히 누각 위에 올라섰다. 볕에 달구어진 공기는 더워도 지붕을 이어 햇볕을 막고 사면에 뚫려 바람이 통하는 정자는 생각보다 선선했다.

먼 산부터 가까운 정원에 이르기까지 온통 짙푸른 신록이 넘실대고 있었다. 구름 한 점 없이 파랗게 빛나는 하늘까지 더해지자 청록의 향연에 눈이 어지러울 정도였다. 그러나 절대로 기세가 꺾일 리 없어 보이는 이 푸르름도 시간의 힘을 이기지 못하고 얼룩덜룩 물들었다가 쓸쓸하게 나뒹굴게 될 터였다. 그녀가 품은 씨앗이 새싹으로 움터 나는 것은 찬바람 몰아치는 황량한 겨울이 되리라.

부질없는 상념에 잠겨 있는 사이, 문득 이상한 느낌이 엄습했다. 조심스럽게 발을 디디니 뒷덜미가 오싹해지는 기분이 들었다. 기분 나쁜 예감이 온몸을 관통했다. 여의가 조심스럽게 치맛자락을 걷어 올렸다. 버선코에서 발목을 지나 무릎께가 드러나도록 올린 치맛자락 안쪽, 붉은 기가 스며 올라오는 하얀 천을 보는 순간 정신이 아뜩해졌다. 다리가 후들거리고 배가 꾹 조이듯 아파 왔다. 머리까지 핑 돌아 더 견디지 못하고 쓰러지다시피 꿇어앉았다. 허리가 꺾어지듯 몸을 구부렸다. 다른 사람의 귀에 닿을지 어떨지도 알 수 없는 목소리를 억지로 쥐어짰다.

"유모, 유모."

✳   ✳   ✳

"아씨."

문을 열고 들어온 유모의 팔에는 커다란 보퉁이가 안겨 있었다. 어울리지 않게 수선을 떨 듯 과장된 동작으로 보의 매듭을 끌러 내는 유모의 손길을 여의가 무심하게 바라보았다.

화려한 보 안쪽에서 가장 먼저 모습을 드러낸 것은 모자집이 둥그스름한 전립이었다. 은빛 증자에 보랏빛의 긴 꼬리깃, 불그스름한 밀화(蜜花)로 장식된 갓끈은 여의가 머리에 얹고 다니던 갓보다도 더 호사스러웠다. 이어서 모습을 드러내는 목이 긴 목화와 그 아래에 차곡차곡 쌓여 있다 하나씩 펼쳐지는 옷가지에도 여의는 별 반응을 보이지 않았다.

"고맙네."

"몸에 맞는지 확인하시겠습니까."

"나중에 하지."

느지막이 나직한 목소리로 인사를 건넨 여의가 피로한 듯 벽에 기대어 눈을 감았다. 이 복색을 부탁했을 적만 해도 지극히 명랑하던 아씨는 마치 딴사람이 된 것 같았다. 예전 같으면 이걸 보는 순간 하나씩 몸에 대어 보고 걸쳐 보느라 분주했을 것이다. 대체 언제쯤 조신한 아씨가 될 것이냐 타박하는 것에도 개의치 않고 자태를 자랑하듯 몸을 빙그르르 돌려 옷자락을 펄럭였으리라.

유모가 바닥에 흩어진 옷가지를 모아 차곡차곡 쌓았다. 본디대로 보에 감싸 단단히 매듭지은 뒤, 여의가 비밀스러운 외출을 준비할 적이면 늘 열어 보던 장 안에 깊숙하게 넣었다. 예전 같지 아니한 아씨가 안쓰러웠지만 어떤 말도 입에 올릴 수 없었다. 섣부른 위로가 도리어 커다란 상처를 입힐 수도 있음을 아는 까닭이었다.

앉은 자세로 가벼운 잠에 빠진 듯 미동도 없는 여의를 놓아둔 채 유모가 소리를 죽여 방을 나갔다. 여의의 눈꺼풀이 미미하게 흔들렸다. 그녀의 손이 천천히 움직여 배 위에 닿았다. 양손을 깍지 끼어 맞잡고 가볍게 눌러 보았다. 예전에도, 그적에도, 지금도 손으로 느껴지는 것에는 아무런 변화가 없었다. 의원의 말에 비로소 그 존재를 알았을 뿐, 단 한 번도 직접 느껴 본 없으니 당연한 일인지도 몰랐다.

후원에서 쓰러진 뒤로 달포 가까운 날이 지났다. 그 시간을 어떻게 지나 보냈는지 알 수 없었다. 그녀에게 무슨 일이 있었는지도 알 수 없는 것은 마찬가지였다. 자리에 가만히 누워 낮인지 밤인지도 모른 채 시간을 흘려보냈다.

의원이 부지런히 드나들던 때도 있었고, 유모가 걱정스러운 얼굴로 곁을 지키고 있을 때도 많았다. 역이 몹시 걱정스러운 얼굴을 하고 그녀의 곁을 맴도는 것을 알면서도 고개를 돌려 외면했다. 그때마다 새로 차오르는 눈물은, 혼자 있는 시간이 되면 걷잡을 수 없는 흐느낌과 함께 베갯잇으로 굴러 떨어졌다.

"그저 건너뛰었던 월사가 다시 시작된 것이라 생각하십시오."
"곧 다시 건강한 아기씨가 찾아오실 것입니다."

태맥이 잡혔던 것은 사실이나 아주 초반이라 무척 희미하

284

였으니 알지 못하였다면 그저 월사가 늦어진 것으로 여기고 말았을 일이라 하였다. 그러나 그 말은 아무런 위안이 되지 않았다. 처음부터 알지 못하였다면 모를까, 이미 알게 된 것을 모르는 일로 할 수는 없었다. 갖지 못한 것에 대한 부러움은 다른 데 관심을 기울여 잊을 수 있었으나, 품에 들어왔던 것을 빼앗기고 나니 그 상실감을 견뎌 낼 수가 없었다.

그녀에게 찾아든 기쁨은 한 달을 넘기지 못했다. 그러나 그로 인한 흉통(胸痛)은 한 달이 넘도록 나아질 기미가 보이지 않았다. 짧은 기간이나마 행복을 느꼈던 것에 감사해야 할까. 그러다 숨이 조이고 가슴이 막혀 오는 느낌은 도무지 감당할 수 없었다. 차라리 모르는 편이 백배 나았을 감정이었다.

"부인."

귓가에 속삭이는 목소리에 눈을 떴다. 알지 못하는 사이에 그녀의 앞에 자리한 이의 얼굴을 보자 눈가가 아려 왔다. 그녀의 손을 정답게 잡는 손길에 몸이 움찔했다. 손을 빼내고 몸을 피하고 싶은 마음을 애써 억눌렀다. 소중한 생명을 지켜 내지 못한 죄책감이 마음을 내리눌렀으나 그녀가 피하는 것이 그에게 더 큰 상처가 되리라는 것을 알고 있었다.

"부인의 잘못이 아니오."

그의 눈길을 피해서, 혹은 그가 뒤따르기를 기대하듯 가벼운 발걸음으로 대문을 나서던 여인이 안채조차 벗어나는 법이 없었다. 집 안을 분주히 돌아다니거나 그가 위험스럽다 여기는 시문에 눈독을 들이는 일 없이 방에 앉아 태중훈문(胎中訓文) 따위를 읽거나 바늘을 쥐고 있었다. 여의가 타고난 성품을 억누르고 조신한 여인처럼 굴게 하는 것은 십여 년이 넘는 세월 동안 그 누구도 성공하지 못한 일이었다. 그것을 감내하는 마음을 모르지 않았다.

어쩌면 그의 탓일지도 모른다. 따분한 시간을 달래 주려 계획했던 가벼운 외출이 생각보다 힘들었던 까닭일까. 사랑하는 여인의 몸에 작은 생명이 깃든 것을 알고 있음에도 자꾸만 그 몸을 안고 싶어지는 마음을 표출한 탓은 아닐까. 손목을 다정하게 잡아 어루만지는 것으로 만족하지 못하여 입술을 맞대고 손끝이 피부를 더듬어 가는 것을, 환영하는 마음이 부족하다 여겼나.

"소첩과 연이 닿지 아니하였을 뿐이옵니다."

여의가 풀기 없이 웃었다. 그의 눈에 넘실대는 불안한 파랑을 보는 것이 가슴 아파 아무렇지 않은 척하려 애쓰며 눈길을 떨어뜨렸다. 그러나 그에게 꼭 잡힌 손을 보는 순간, 오래지 않은 여름날의 대화가 아련하게 떠올랐다.

"장차 아명을 어찌할지 생각해 보았소?"

"서두르지 않을 것이옵니다."

"그러다 철없는 아이가 저에게 관심이 없는가 보다 오해라도 하면 어쩌려오?"

"아낌이 과하면 귀신의 시샘을 받는다 하였사옵니다."

경박하게 보일 것이 두려워 그 누구에게도 알리지 아니하
였다. 지극한 기원이 엇나가기만 하는 것 같은 제 처지를 생
각하며 여유를 갖고자 하였다.

그러나 그녀의 생각이 마음에 들지 아니하였던 모양이었
다. 그 누구에게도 제 존재를 알리지 아니하니 환영받지 못
한다 착각하였나. 이름자도 얻지 못한 신세를 처량하게 느꼈
을 법도 했다. 가벼운 애칭이라도 지어 주고 남들에게 자랑
스럽게 알렸더라면 달라졌을까.

아마도 그러하였으리라.

역의 손등 위에 온기를 품은 물방울 하나가 떨어졌다. 역
이 여의의 어깨를 감싸며 그의 품으로 끌어당겼다. 들썩이는
등을 토닥이다 어깨를 자꾸만 젖어 들게 하는 얼굴을 들어
올렸다. 물기가 가득 밴 처연한 눈망울을 한 여인을 바라보
다 조심스레 얼굴을 가까이했다. 제대로 감지도, 뜨지도 못
한 눈꺼풀 위에 입술을 올렸다.

이마에 닿는 그의 숨결은 언제나처럼 따스했다. 망설임이
가득 담겨 떨림까지 전해질 정도로 살짝 닿은 입술의 느낌이
몹시도 달콤했다. 그 감정 탓에 다시금 죄책감이 몰려들었
다.

너를 그리 보내고도 이런 감정을 품는 내게는, 어미 될 자격이 없었던 모양이구나. 이름조차 지니지 못하여 부를 수도 없는 아가야. 얼굴조차 보지 못하여 알아볼 수도 없을 내 아가야.

열하나
시리게 불어 드는 소슬바람

아홉 겹 담으로 둘러싸인 궐에도 어김없이 새 계절이 찾아
왔다. 더운 여름의 끝자락을 살며시 들춰 내고 가을이 모습
을 드러냈다.

새파란 하늘을 배경으로 붉은 빛깔의 잠자리가 어지러이
날아다니는 모습은 그 전령과도 같았다. 조만간 까칠하게 피
부를 훑고 지나는 서늘한 바람이 불어오게 되면 초록의 잎사
귀들도 노랗거나 붉은 빛깔로 물들어 완연한 가을을 알릴 터
였다.

모처럼 만의 한가로운 오후, 중전은 한 치의 흐트러짐도
없는 차림과 걸음걸이로 홀로 후원을 거닐고 있었다. 서늘해
진 바람이 그녀의 주변을 맴도는 것을 느끼고는 걸음을 멈추

고 눈을 감았다. 내리비치는 햇살과 뺨을 스치는 바람의 조
화가 마음에 들었다. 감은 눈앞에 그림자가 드리워졌다. 중
전이 서서히 눈을 떴다.

"늘 바쁘신 중전마마께서 예 계신 걸 보니 오늘은 한가하
신 모양이옵니다."

"전하."

"고작 이 정도 장난에 화를 낼 것이 무엇이오."

공손히 손을 모아 허리를 살짝 숙이고 빙글거리던 왕은 중
전의 눈매가 엄격해지자 손사래를 쳤다. 중전이 다시 입을
열 기회를 주지 않고 얼른 손목을 잡아끌었다. 굳이 듣지 아
니하여도, 무어라 말할지 생생하게 떠올릴 수 있었다.

"가벼이 희롱하기를 즐기시면 어찌 백성의 어버이라 하실 수
있겠사옵니까."

중전이 잡힌 손목을 빼내려 애썼지만, 몸을 단련해 본 적
도 없는 여인이 사내의 힘을 당할 수 있을 리 없었다. 손목을
잡힌 채 종종걸음으로 걷는 모양이 되어 낮게 한숨을 쉬었지
만 그 이상 불만을 표하지 않고 묵묵히 뒤를 따랐다. 그 언젠
가 꼭 이렇게 손목을 쥔 채로 성큼성큼 걸음을 옮기는 그의
뒤를 따른 적이 있었다. 그때처럼 금일 그가 그녀를 찾은 것
에도 무언가 뜻이 있을 것 같았다.

순식간에 후원을 지나 건물들 사이에 들어섰다. 늘 다니던 길과는 방향도 건물의 좌향도 다른 데다 넓은 보폭으로 걷는 이를 따르기 위해 땅에 끌리는 치맛자락을 걷어쥐었더니 온 신경이 그리로 쏠렸다.

그 와중에도 내관이나 나인은 하나도 마주치지 않았다. 평소에 기행을 일삼는다던 왕이 그들의 눈을 피하는 방법도 아는 모양인가 보다 생각했다.

궐내 이런 곳이 있었나 싶을 정도로 고적한 건물에 닿았다. 뒷문으로 몰래 숨어들고 그 문을 닫았다. 저 높이 있는 창을 열자 햇살이 쏟아져 들어왔다. 중전의 머리 위에 얹힌 장신구가 눈부시게 반짝였다.

왕이 그 앞에 앉아 벽에 몸을 기대었다. 그린 듯 우아한 자태로 앉은 중전의 모습을 눈에 새길 듯 지그시 바라보았다.

또렷한 눈망울이 그의 얼굴에 닿았다. 어찌 그녀를 찾았는지, 이곳에 들어온 이유는 무엇인지 눈으로 묻고 있었다. 왕이 빙긋 웃었다.

"남들의 이목이 닿는 곳에서는 틀에 박힌 안부 인사 외에는 듣지 못할 것이 아니겠소."

왕이 그녀의 고지식함을 나무라는 일은 자주 있어 무심하게 흘려보냈으나 타인의 시선을 꺼리는 느낌이 남아 있는 발언에 가벼운 긴장감이 일어났다. 다른 이의 눈과 귀를 피하여 전하고 싶을 정도로 중요한 일이 있는 것일까. 아무 말 없이 자신을 올려다보는 중전을 향해 왕이 다시 한 번 웃음을 보냈다.

"그대의 질녀는 잘 지내고 있다 하더이까?"

"그 아이의 안부는 어찌 물으십니까."

옅은 한숨을 내쉬며 몸을 들썩이던 중전이 그대로 굳어진 채 경계심을 표했다. 느닷없는 물음에 무심코 아랫사람을 일컫듯 말한 자신의 실수를 눈치챘으나 그보다는 눈앞의 왕이 조카의 안부를 묻는 까닭이 더 궁금했다. 마음에 드는 여인이라면 그 어느 것도 거리끼지 않는다는 향기롭지 못한 이야기들이 머릿속을 한가득 어지럽혔다.

"아우에 대해 이야기하려는 이들이 있어 머리가 복잡하던 차요. 혹 중전은 아는 것이 없는지 묻고 싶었을 뿐 다른 의도는 없소. 낭군을 어찌 보는 거요?"

"전하께서는 어찌 생각하시옵니까."

생각을 읽힌 것 같은 민망함에 얼굴을 붉힌 것도 잠시, 새로운 걱정이 중전의 가슴에 자리 잡았다. 불안스러운 눈빛을 보내자 그가 얼굴을 잔뜩 찌푸렸다. 왕위에 올라 지금이 오기까지 아무런 일이 일어나지 아니하였다. 역은 어릴 적부터 그를 잘 따르던 아우였고 지금도 유유자적하게 삶을 즐기고 있었다.

"콩을 삶는데 콩깍지로 불을 때니 콩이 솥 안에서 우는구나.

본래 같은 뿌리에서 나왔거늘 어찌 이리도 급히 삶아 대는가*."

그는 중전의 조심스러운 질문에 잘 알려진 시 한 수로 마음을 대변했다. 제 보위가 위험할 것을 염려하여 아우를 죽이려던 자도 뜻을 돌리게 했다는 그 시구를 통해, 아우를 해하지 아니할 것이니 그대의 조카 또한 무사하리라는 의사를 전했다. 조금 전보다 신중한 목소리로 말을 이어 갔다.

"하지만 내 뜻이 어떠하든, 또한 그의 뜻이 어떠하든 시류에 휩쓸리는 것은 어찌할 수 없을 거요. 중전, 괜찮겠소?"

"한 나라의 임금을 지아비로 섬기며 어찌 안온한 삶을 꿈꾸었겠습니까. 전하의 뜻을 받들어 어심(御心)을 편케 하여야 할 책무를 다하지 못한 신첩의 부덕의 소치일 뿐, 전하의 탓이 아니옵니다."

서로를 향해 오간 짧은 몇 마디 말에는 수많은 의미가 내포되어 있었다. 누구에게도 보인 적 없는 진지한 눈빛으로 중전을 바라보던 왕이 그녀를 품에 안았다.

간언하는 말에 귀를 기울이지 아니한 탓에 이 현숙한 여인이 고난을 받게 될지 모른다는 생각을 하자 마음이 무거웠다. 전하고 싶은 수많은 이야기를 가슴에 묻은 채 그의 품 안

---

*조식(曹植)의 '칠보시(七步詩)'.

에 얌전히 안겨 있는 여인을 더욱 세게 끌어안았다.

햇살을 길게 뻗어 내던 태양이 지나가는 구름 뒤에 잠시 숨어들었다.

＊　　　＊　　　＊

"오랜만에 우상 대감을 찾아뵐까 하오."

역이 말을 돌리지 않고 곧장 본론을 꺼내는 일은 흔치 않았다. 여의가 눈을 들어 그의 얼굴을 바라보았다. 동행을 청하는 것이 분명한 표정을 보고 어렵사리 말문을 열었다.

"다녀오십시오."

"부인과 함께 가자고 청하는 중이오."

말을 알아듣지 못하는 부족한 이해력을 탓하는 대신 다정하게 말하며 손을 내미는 역의 얼굴에 여의가 내키지 않는 표정을 했다.

"딸은 출가외인(出嫁外人)이라 반겨 주시는 적이 극히 드무옵니다. 나리께서 홀로 가심을 더 반기실 것 같으니 외람되오나 소첩은 이대로 머무를까 하옵니다."

"으레 사내아이를 대동하고 다닌 탓에 홀로 나가면 그에 대한 질문이 쏟아질까 두렵소. 하지만 그 누구도 부인 앞에서 내게 남색을 즐기느냐 묻지는 않을 것 아니오?"

역이 장난스럽게 대꾸하였으나 여의의 표정에 흔들림이

294

없는 것을 보고는 보다 설득력 있는 이유를 들었다.

"요 근래의 날씨가 무척 변덕스럽잖소. 이른 아침에는 쌀쌀하나 낮에는 덥고, 햇볕이 쨍쨍한가 싶다가도 비가 내리고. 몸이 상하기 쉬운 때이니 자식 된 도리로 한 번쯤은 찾아뵙는 게 옳소. 우상 대감이나 정경부인이 부인에게 다정하지 않은 것이 본심이 아님은 그대가 더 잘 알 거요. 설령 본심이라 하더라도 부모에게 지켜야 할 예가 있다오."

여의가 한숨을 삼켰다. 수근에게는 드나들 적에 공손히 머리를 조아려 인사하는 것이 전부, 한 씨의 앞에 앉아도 일각이 지나기 전에 어색한 침묵이 찾아들었다. 냉대에 가까운 그 반응이 왕실의 가장 가까운 인척이라는 사실 때문에 구설에 오를까 염려하는 조심스러운 마음을 모르지 않았다. 하여 여의의 부모가 그녀를 따로 찾지 아니하듯, 그녀 역시도 특별한 사유가 없으면 굳이 찾아가지 않았다.

그러나 역이 거듭 청하는데도 가고 싶은 마음이 들지 않는 것은 수근과 한 씨가 그녀를 반기지 아니하기 때문이 아니었다.

여의가 일순간이나마 회임한 적 있다는 사실은 이 집 밖의 그 누구도 모르는 일이었다. 살갑게 대하지는 않아도 눈썰미가 퍽 날카로운 이들이 혹시 그녀의 안에 깃든 슬픔을 눈치챌까 두려웠다.

품에 안지도 못한 자식을 잃은 딸을 가엾이 여기는 마음을 드러내어도, 귀한 생명을 제대로 품지도 못하고 흘려보낸 딸을 질책하여도. 그 어떤 반응이든 마주할 생각을 하면 겁이 났다. 덧나는지 아무는지도 알 수 없는 상처가 다시 터지는 것은 물론 나약하게 눈물방울 흘리는 모습을 들키는 것도 두려웠다.

여의가 다시 역의 표정을 살폈다. 방에만 머무르는 그녀가 염려스러워 피를 나눈 가족이라도 만나면 마음이 달래지지 않을까 기대하는 모양이었다. 그 누구를 만나는 것도 원치 않으니 그저 홀로 감정을 삭일 시간을 달라는 이야기를 차마 꺼낼 수 없었다. 몹시 내키지 않는 대답을 아주 천천히 꺼내었다.

"준비하겠습니다. 잠시만 시간을 주십시오."

"마님께서는 출타 중이시옵니다."

여의는 안잠자기의 목소리를 듣고 발길을 돌렸다. 겨우 마음을 다잡고 왔는데 한 씨가 자리에 없었다. 날을 잘못 고른 것인지 차라리 다행인지도 알 수 없었다. 수근과 역이 대화를 나누고 있을 사랑으로 향하는 발걸음이 몹시 무거웠다.

사랑은 사람이 머무르지 않는 것처럼 조용했다. 사랑 앞 섬돌에는 한 켤레의 신만 단정하게 놓여 있었다. 처마 그늘에서 수근이 홀로 대청에 서 있는 모습을 발견한 여의가 고개를 기울였다. 그녀에게 눈짓하고 몸을 돌려 방으로 들어가는 뒷모습을 바라보다 그 뒤를 따랐다. 계속 방에 있었던 것처럼 단정하게 정좌한 수근의 앞에 사뿐하게 앉아 고개를 숙였다.

"마침 잘 왔구나. 그렇잖아도 너를 불러야 할지 고민이었다."

몹시 엄숙한 어조로 흘러나오는 목소리는 말의 내용에 썩 신빙성을 불어넣지 못했다. 다만 여의가 역과 혼인하여 부부인 마님이 된 이후로는 절대로 하대한 적 없던 수근의 말투가 달라진 것은 다소 의아했다. 대답할 말을 찾지 못하고 머뭇거리는 여의의 귀에 다시 수근의 목소리가 들려왔다.

"대군 나리께서는 너를 찾으러 가셨으니 조금 시간이 걸리실 것이다."

한 씨의 외출도, 이 자리에 역이 없는 것도 다 그의 의도한 바라는 듯 들리는 언사였다. 여의가 곰곰이 생각을 되짚었다.

그녀에게는 끌려 나온 갑작스러운 외출이었으나 역은 미리 계획해 둔 방문이었을 것이니 미리 전갈을 넣었을 것이다. 한 씨가 자리를 비워 그녀가 아비의 앞에 앉게 된 것은 수근의 계획에 의한 것이라서 뭔가 전할 말이 있는 모양이라 생각했다.

여의가 눈을 들어 수근의 얼굴을 바라보았다. 엄격한 표정으로 감정을 감추었으나 눈동자에 떠오르는 복잡 미묘한 고민의 빛은 숨기지 못했다. 생각하는 바를 숨기는 법 없이 직설적으로 표현하는 그녀의 아비를 망설이게 하는 일은 무엇일까. 그리 좋지 않은 예감에 여의가 눈을 내리깔아 시선을 바닥에 고정했다.

침묵의 시간은 그리 길지 않았다.

"중전의 자리를 마음에 둔 적 있느냐."

"천부당만부당한 말씀이시옵니다."

"앞으로도 그러할 것이라 확언할 수 있느냐."

전혀 고민할 필요가 없는 질문을 던지는 것이 의아하여, 고개를 들고 수근의 얼굴을 바라보았다. 왕은 아직 젊고 건강하여 갑자기 승하할 일을 염려할 필요는 없었다. 세자가 조금 어리긴 했지만 왕대비나 대비가 수렴청정하여 돕는다면 정사를 처리하는 데 무리가 없는 나이였다. 게다가 그는 중전인 누이, 부부인인 딸을 두고 있었다. 그 처지에 전혀 어울리지 않는 질문이었다.

수근이 잠시 머뭇거리는 듯싶더니 여전히 엄격한 목소리로 다음 질문을 입에 올렸다.

"네게 이 아비와, 너의 지아비 중 선택해야 할 순간이 온다면 어찌하겠느냐?"

여의가 눈을 크게 떴다. 그녀를 떠보는 것 같던 앞선 질문의 의도를 비로소 깨달았다. 그저 지금처럼 사랑하는 연인의 곁에서 사랑받으며 지내고 싶다. 세상 물정에 대해 그 이상

깊이 알고 싶은 마음은 없었다.

그러나 그녀에게 다가드는 세상은 몹시도 냉랭했다. 아비와 낭군 중 하나를 택하라니. 혈연은 끊을 수 없지만 그녀는 여인이었다. 혼인 전까지 뜻을 따라야 하는 아비와 혼인 이후 마음으로 받들어야 하는 지아비 중 그 누구를 택할 수 있단 말인가. 아비를 등지고 사는 마음이 과연 평온할까. 그러나 역이 없는 삶이 의미 있을 리도 없었다.

떠오르는 생각을 부정하듯 고개를 저었다. 수근이 계속해서 말을 이었다.

"내게도 같은 질문을 해 오는 이가 있겠지. 누이를 택할 것인가, 아니면 딸을 택할 것인가."

"그런 무도한 질문을 해 오는 이라면 그 뜻을 의심하여야 마땅하옵니다."

"심증으로만 일을 벌일 수는 없다. 만약 역도가 있다면 분명 네 지아비를 추대하지 않겠느냐. 그 이야기가 전하의 귀에 들어간다면 어찌 될까."

여의의 얼굴이 순식간에 창백해졌다. 그의 아비는 제 지아비가 역모(逆謀)에 얽혀 들리라 말하고 있었다.

수근은 그 지위가 우상에 이르렀다. 권력의 정점에 가까운 이였으니 마음만 먹으면 일이 벌어지기 전에 막아 낼 수 있으리라 생각했다.

그러나 역도는 평범한 정사를 처리하듯 스리슬쩍 넘어갈

수 있는 일이 아니었다. 역이 아무런 반심(叛心)을 품지 아니하였어도 반군의 수괴(首魁)가 되는 것은 면할 수 없으리라. 여의가 몸서리를 쳤다.

"전하를 둘러싼 환경이 불우하였을 뿐이다. 나는 세자 저하의 영민함을 믿고 있으며 중전마마의 교육으로 올곧게 성장하고 계심도 확신하고 있다. 틀림없이 성군이 되실 것이야."

여의가 그 말에 숨은 뜻을 읽어 냈다. 충(忠). 수양산에서 고사리를 캐어 먹다 굶어 죽은 백이숙제처럼, 어떤 상황이 닥치더라도 왕과 세자의 편에 서겠다는 굳은 의지를 표했다. 그러나 증좌가 없어 일을 벌일 수 없다는 말은 딸의 안위를 염려하는 나약한 아비의 마음을 드러내고 있었다.

여의가 간절한 얼굴로 조심스럽게 입을 열었다. 딸의 안위를 염려하는 그 마음에 온 기대를 걸어 보았다. 그녀가 지금껏 누려 온 따스한 나날들을 떠올렸다. 앞으로의 행복이 누군가의 불행을 딛고 세워지는 욕심 가득하고 볼썽사나운 것이라 하더라도 놓치고 싶지 않았다.

"아버님께서 염려하시는 상황이 도래하게 된다면……."

그는 반정이 성공하면 폐주의 처남이 되고 역모가 실패한다면 반역자의 장인이 되는 셈이었다. 이기는 쪽에 명을 건다면 공신이 되겠지만 방향을 잘못 잡거나 그 어느 쪽의 손도 들어 주지 않을 경우에는 목숨을 부지하기 어려웠다. 딸은 출가외인이라 일컫는데도 그녀의 앞날은 친정아비인 수근의 처신에 달려 있었다.

'아버님께서 낳아 주신 목숨 아니옵니까. 어찌 제 편을 들어 주시겠다 말씀하지 않으시옵니까.'

마음으로는 더없이 간절하게 빌었다. 원망의 마음을 실어 방 안 가득히 목소리가 울리도록 소리치고 싶었다. 그러나 그 생각이 목소리가 되어 나오지는 않았다.

"순리를 따르고자 한다. 선비 된 자로 후환이 두려워 뜻을 굽혀서야 되겠느냐."

수근이 단호하게 말했다. 마치 그녀의 마음을 꿰뚫어 본 것 같은 말에 여의가 그대로 다시 눈을 떨어뜨렸다. 조금 전에 비해 너그러워진 어조로 말을 잇는 수근의 목소리가 먼 데서 울리는 소리처럼 어렴풋하게 들려왔다.

"네가 대군 나리의 짝으로 간택된 것은, 내가 우려하는 그 상황이 올까 저어하신 탓이 아닌가 싶기도 하다. 지금에 오니 불필요한 의심을 살까 두려워 너를 멀리한 것이 후회스럽구나. 나는 네게 참 못나고 모진 아비였느니라."

바깥에서 인기척이 들려오더니 제법 크게 부르는 목소리가 방 안까지 흘러 들어왔다.

"부부인 마님께서는 안채에 계시지 아니하옵니다."

"여기로 오셨구나. 대군 나리도 이리로 모시어라."

수근이 자리에서 일어나며 여의를 내려다보았다. 손을 들어 가슴을 꼭 누르고 있는 것이 마음의 충격이 큰 모양이었다. 아마도 자리에서 일어날 염도 하지 못하고 있는 것이리라. 이 결정에 이르기까지 그의 마음을 가장 괴롭혔던 것은 사랑스러운 딸이었다. 혼인을 하고 성년이 지났어도 어린아이처럼 순진하고 쾌활하던 딸아이가 겪게 될 고난이 안쓰러워 애잔한 눈길로 바라보았다.

"나리께서도, 그리고 너도 믿는 바를 행하면 그만이다. 나 또한 그러할 것이니라."

마지막 말을 덧붙이고는 역을 맞이하기 위해 문 쪽으로 걸음을 옮겼다. 여의가 그 뒷모습을 올려다보았다. 수근의 모습이 전에 없이 크고 당당해 보였다.

"대감과 무슨 말씀을 나누시었소?"

"의미 없는 한담이었사옵니다."

역은 돌아오는 내내 궁금하였던 내용을 결국 참지 못하고 물었으나 여의는 그 질문을 가볍게 흘려 냈다. 역이 여의의 얼굴을 쳐다보았지만 무슨 생각을 하고 있는지 좀처럼 알 수 없었다.

사위라 하여도 사내에게 안채 구석구석을 보여 주는 법은 없다. 그러나 오늘 행랑아범은 부러 그러는 듯 안채 방방이 기웃거리고 그것으로도 모자라 뒤뜰에다 부엌 같은 곳까지 샅샅이 훑고 다녔다. 아마도 수근이 여의에게 전하고자 하는 말이 있어 시간을 끌었는가 보다 짐작했다. 그러나 그의 부인은 어부지리에 등장하는 조개마냥 입을 꼭 다문 채 대꾸하지 않았다.

"부인이 내게 비밀을 갖는 건 싫소."

"어찌 아셨는지 몸은 괜찮은가 물으셨사옵니다."

여의의 대답에 이번에는 역이 입을 다물었다. 차마 입에 올리고 싶지 않았을 이야기를 꺼내도록 독촉한 셈이 되어 몹시 미안했다. 한참이 지나고 나서야 비로소 입을 열 수 있었다.

"미안하오."

역의 사과에 여의가 고개를 저었다. 거짓을 말하고 있는 이는 그녀였다. 제 상처를 스스로 헤집어 가면서까지 그가 더 이상 질문할 수 없도록 거짓말로 입을 막았으나 마음은 조금도 편치 않았다. 그러나 수근과의 대화를 옮길 엄두가 나지 않았다.

아직까지는 형체도 불분명한 고민에 지나지 않았다. 허나 조만간 선택의 순간이 오리라. 아니, 선택조차 할 수 없는 단 하나의 해답을 손에 쥐게 될 것이다. 알아도 몰라도 피할 수 없는 일이라면 조금이라도 늦게 아는 쪽이 고뇌의 시간을 줄이게 되리라는 결론을 내렸다.

"함께 들어가시겠사옵니까."

여의가 조심스럽게 역을 향해 손을 내밀었다. 역이 그 손을 맞잡은 뒤, 그날 이후로 종잇장처럼 가벼워진 것 같은 여인을 쉽게 안아 들었다. 여의가 그의 품에 얼굴을 파묻었다. 죄책감이 돌덩이처럼 얹혀 지금껏 다가서지 못한 것이 후회스러웠다.

안방 문이 가볍게 달칵였다.

그의 품 안에서 숨을 죽이고 있던 여의가 조심스럽게 몸을 꼼지락거렸다. 숨결이 닿을 듯 지척에서 곤히 잠든 모습을 보는 것이 무척 오랜만인 듯 여겨졌다. 그저 따스하게 안아 주는 것만도 마음이 아파 와서 자꾸만 몸을 피하던 날들이 제법 오래 지속된 탓이었다.

"나리. 정말 그런 일이 일어날까요."

여의의 작은 목소리는 깊이 잠든 이에게 전해지지 않았다. 고른 숨을 내쉬는 평화로운 얼굴을 바라보노라니 가슴이 미어지는 것 같았다.

아니라면 좋겠다. 수근이 높은 자리에 오래도록 올라 있다 보니 쓸데없는 걱정이 늘어난 것이리라. 어쩌면 누이가 중전의 자리에 올라 있는 것보다는 딸이 중전인 편이 좋지 않을까, 하는 욕심이 깃들기 시작한 마음을 잠재우려 부러 딸에게 으름장을 놓듯 말한 것은 아닐까.

집에 들어 앉아 있어서는 알 수 없는 일이었다. 한숨짓는 여의의 눈길이 방구석에 자리한 장으로 향했다.

　　　　✳　　　　　✳　　　　　✳

　인기척이 들려오지 않는 후원에 발을 들인 역은 연못가에 웅크리고 앉은 인영을 향해 다가갔다. 고요를 뚫고 울리는 발소리는 그의 귀에 몹시 선명하였으나 앉은 이에게는 들리지 아니하는 모양이었다. 역이 그 곁에 가 설 때까지 그 자세 그대로 머물렀다.

　옷이 가리키는 직급에 비해 다소 화려한 감이 있는 전모를 쓴 이는 물그림자를 보고서야 그의 존재를 눈치챈 모양이었다. 서서히 눈을 들어 올리는 얼굴은 그가 사랑해 마지않는 여인의 것이었다. 말간 얼굴에 그의 그림자가 드리워 햇살을 막아 주니 눈을 찌푸리지는 않았으나 표정은 그리 밝지 않았다.

　역이 허리를 살짝 구부려 손을 내밀었다. 여의가 잠시 망설이다가 그 손을 잡고 일어났다. 그를 따라 텅 비어 있는 정자로 향했다. 가운데에서 약간 벗어난 곳에 단정히 앉았다.

　역이 그 앞에 등을 돌린 채 앉더니 바로 몸을 뒤로 기울였다. 여의의 무릎 위에 머리를 올리고 큰 대자로 길게 누웠다. 그를 내려다보는 사랑스러운 얼굴을 향해 다정한 미소를 보냈다. 귀찮은 방문자도, 딱히 할 일도 없는 한가로운 오후였다.

"대군 나리께서 남색을 즐기신다는 소문의 확증이 될 듯하옵니다."

표정이나 말투와 어울리지 않는 농담조의 말에 역이 짐짓 유쾌한 듯 웃었다. 부인의 마음에 자리 잡은 그림자는 계절이 지나도록 쉬이 걷히지 않았다. 그저 곁을 지켜 주는 것 외에는 아무것도 해 줄 수 있는 일이 없었으나 가끔은 그의 존재조차 그녀에게 방해가 되는 것 같아 망설여질 때가 있었다. 그럴수록 더욱 그 가까이에 머무르려 노력했다.

줄곧 파리한 얼굴로 방에만 틀어박혀 있던 여의가 이 차림으로 후원에 있는 것은 그 마음에 대한 응답인 것 같았다. 저 얼굴에서 그늘을 거두어들이고 싶다. 하늘이 내려 주지 아니한다면 굳이 아이 따위에 연연하고 싶지도 않다. 그가 바라는 것도 필요한 것도 다만 한 가지였다.

"아무도 없는 후원인데 무엇을 꺼려하오?"

"이 집에 일하는 사람이 적지 아니하니, 언제 그들의 눈에 띌지 알 수 없사옵니다."

"궐이라면 모를까, 그 누가 우리의 일거수일투족을 관찰하겠소. 괜한 걱정이오."

"그러나 이 장면만큼은 그대로 넘기기 어렵지 않겠습니까."

"아씨 마님이 남복을 하는 기벽을 지닌 건 누구나 알지. 그러나 워낙 얼토당토않아 아무도 믿지 아니할 것이니 오히려 이야기할 수조차 없을 거요."

햇살조차 부끄러워할 것 같은 눈부신 미소가 역의 입가에 걸렸다. 그의 눈에 가득 들어찬 여인은 화사한 선비의 옷을 입고 있을 적에도 난초처럼 청아해 보였다. 그러나 까맣고 수수한 옷차림이 흰 얼굴을 돋보이게 하고 또렷한 눈매와 단호한 입술 선을 두드러지게 했다. 오로지 그의 눈에만 담아야 할 모습이라 생각하며 질문을 던졌다.

"부인은 궐에서 지내던 시간이 기억나오?"

"어린 시절의 한때인 탓인지 떠오르는 것이 별로 없습니다."

예상한 대답이라는 듯 역이 고개를 끄덕였다. 태어나면서부터 궐의 공기를 호흡했던 그와 달리, 혼인으로 갑작스럽게 궐에 머무르게 된 여의는 그 생활을 몹시 버거워했다. 온종일 사람이 따라붙는 것도, 가장 편안하게 머물러야 할 방에서 줄곧 자세를 단정히 갖추고 있어야 하는 것도, 손이나 붙잡고 자는 어린 부부의 곁을 그림자처럼 지키는 이들이 있는 것도.

하루 종일 입을 꼭 다물고 방 안에 있는 모습을 보면 햇빛을 받지 못하고 물도 머금지 못해 시드는 꽃송이가 떠오를 정도였다.

"기억하지 못하여도 상관없소. 부인과 이러고 있어도 법도를 논할 이 없고, 사소한 말마다에 일일이 의미를 부여하며 촉각을 곤두세우는 이 또한 없기 때문이오. 내가 왕이 아니라 대군임이 어찌나 다행스러운지 모른다오. 기왕이면 평범한 선비인 편이 더 좋겠지만, 그러하였다면 부인을 만나지 못하였겠지."

"전하께서는 옥체 강녕하시옵니까?"

궐의 이야기를 듣다 뻗어 나간 생각의 가지 속에서 역이 문안을 올리고 오는 길임을 떠올린 여의가 조심스레 질문했다. 역이 눈썹을 찌푸렸다. 그녀의 질문이 마음에 들지 않음을 고스란히 드러냈으나 대답을 회피하지는 않았다.

"여전히 내게는 다정한 형님이시오. 중전마마께는 자상한 낭군일 것이고, 세자 저하께도 퍽 너그러운 부친이시라오."

그러나 역이 말한 따스함은 가까운 가족에게만 국한된 것이었다. 왕의 심기를 거스르면 목숨을 부지하기 어려울 것 같은 분위기가 팽배하여 간관조차 입을 열지 못할 정도였다.

차라리 세자가 보위에 오르는 것이 나으리라고 수군대는 목소리도 있었다. 왕과 세자는 저물어 가는 태양과 떠오르는 태양의 관계와도 같아, 세자가 장성할수록 그 곁으로 모여드는 이들이 생기게 되어 있었다. 그러한 모습을 경계한 왕도 없지 아니하였으나, 적어도 지금의 왕에게는 그러한 생각은 없는 듯했다.

차라리 경계를 한다면 세월이 흘러 보위에 오를 세자가 아니라 어미가 다른 아우인 역을 의심하는 편이 더 자연스러웠다. 선왕의 정비가 낳은 적자인 대군은 친모가 폐위된 포악하고 외로운 왕보다 세력을 모으기가 더 쉬웠다. 그러나 왕은 역에게 큰 관심을 두지 않았다. 오히려 예전과 다름없는, 오히려 그전보다 더 각별한 우애를 드러내고 있었다.

"그러한 점이 궁금하여 드린 말씀이 아니옵니다."

여의의 목소리에 역의 표정이 굳어졌다. 그가 눈 감고 귀 막아 모르는 척하고 있는 일들을 어찌 숨기어 들려주지 않는 가를 탓하고 있었다. 누웠던 몸을 일으켜 자세를 바로 하고는 여의의 모습을 뚫어져라 바라보았다.

여의의 복장은 처음 보는 것이었으나 오늘이 첫 착장인 것 같지는 않았다. 유모의 성격상 풀을 먹여 반듯하게 다렸을 옷의 풀기가 죽어 있고 희끄무레한 얼룩도 남아 있었다. 여기에 들어오기 직전, 어쩌면 그전에도 홀로 바깥에 다녀왔을지 알 수 없었다.

그때 무슨 이야기를 들었는가. 어리숙해 보여도, 나라의 녹을 먹는 무관을 곁에 두고도 함부로 입방아를 찧어 댈 만큼 세상이 어수선해졌는가.

"풍문에 휘둘리면 곤란하오."

"민심은 천심이라 하였사옵니다. 분명 나리께도 말씀을 전하고자 하는 이가……."

"직접 들은 바는 아무것도 없소. 정결하지 못한 이야기는 듣지 않는 게 낫기에 외출도 자제하고 있소. 만에 하나, 전하의 귀에 부인의 말과 비슷한 이야기가 들어가면 어찌 될까요. 나는 죽게 될 것이고 부인은 관비가 되겠지요. 그러한 일이 실제로 벌어지는 것도 달갑지 않소. 내게 정무는 고단함 이상의 의미는 없을 테고, 부인은 도로 그 숨 막히는 궐에 끌려 들어가는 것이 그리 내키는 일이 아닐 거요. 그 어느 쪽이든 부인과 백년해로하는 데에는 하등 도움이 되지 않소."

역이 단호하게 여의의 말을 부정했다. 그러나 여의도 순순히 물러나지 않을 기세였다.

"자질을 갖추지 못한 자가……"

"부인."

역이 몹시 준엄한 표정이 되어 여의의 얼굴을 바라보았다. 화제에 대한 불편함, 위험스런 말을 내뱉는 부인에 대한 질책과 염려가 뒤섞인 표정이 되어 말을 이었다.

"어느 왕도 독단적으로 나라를 다스리지는 못하오. 충심으로 보필하는 신료를 거느린 왕이 성군으로 후대에 이름을 남길 수 있는 거요. 무릇 신하라면 제가 모시는 임금이 성군이 될 수 있도록 보필하는 데 온 마음을 쏟아야 하오. 간신배가 나타나 왕의 눈을 미혹하고 있다면 그 역시 신하의 책임이오. 성군의 자질을 갖추고 있다고 칭송받던 왕이오. 그 눈이 흐려지도록 소위 충신이라는 작자들이 어찌 그런 이를 알아보지 못할 수 있단 말이오? 그런 자를 천거하여 벼슬자리에 앉게 하고, 임금의 곁을 차지하기까지 알아채지 못한 무능한 스스로를 벌하려는 마음가짐이 이치에 합당하오. 그런데 신하 된 자들이 감히 왕을 바꾸려 한다니, 그것이 과연 가당키나 한 소리요?"

여의가 입을 다물었다. 예상하고 있던 대답이었다. 그럼에도 좌절감 비슷한 감정이 온몸에 퍼져 나가는 것은 막을 수 없었다. 차라리 그의 마음에 야망이 깃들어 있다면 여지가 있을 것 같았다. 그러나 제 뜻과 무관하게 시류에 휩쓸리게 될 이가 과연 무엇을 할 수 있을까. 아니, 그 가정은 애초에 틀렸다. 그가 큰 그림을 그리는 사내라면 장차 걸림돌이 될 수밖에 없을 여의에게는 애정 따위 주지 아니하였을 것이다.

역은 여의가 침묵을 지키는 것을 그의 말에 대한 동의로 해석했다. 여의의 손을 잡아 다정하게 어루만지다가 그에게로 가까이 잡아당겼다. 그가 쓰다듬던 손끝이 그의 입술 안쪽으로 스며들었다.

더위가 채 가시기도 전에 붉은 물이 흔적도 없이 지워진 손톱 끝을 가볍게 깨물다 녹진하게 휘감았다. 여의가 나지막한 한숨을 내쉬었다.

"마음을 어지럽히는 이야기는 이쯤에서 그만둡시다."

손끝을 놓아준 그의 입술이 손가락을 지나 손등 위에 머물렀다. 입술을 떼지 않은 채 눈만 들어 여의를 바라보는 눈빛이 몹시 고혹적이었다.

여의가 손을 수줍게 잡아 빼는가 싶더니 그의 목에 팔을 둘렀다. 목덜미에 얼굴을 파묻고 그 향기를 머금으려는 듯 입술을 올렸다.

그녀가 먼저 몸을 맞대어 오는 것은 무척 오랜만의 일이었다. 역이 여의의 허리를 감싸 안았다. 불어오던 바람마저 숨죽이고 그 광경을 지켜보았다.

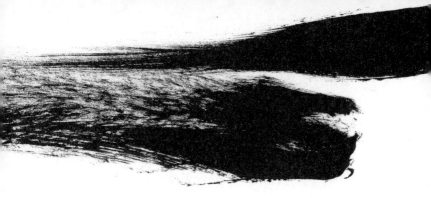

하늘의 뜻이런가, 심약한 자의 오판인가

하루하루 조금씩 몸을 줄여 가던 달은 그믐이 되자 깊은 어둠 속으로 완전히 숨어들었다가 초하루가 되자마자 바로 눈썹 같은 모양으로 휘어져 살포시 미소를 보냈다. 조금씩 빈 곳을 채워 반달이 되었다가 또 조금씩 배를 불리며 보름으로 다가가게 되리라. 여의는 달이 차고 기우는 그날들을 마치 귀한 구슬을 실에 꿰어 내는 것 같은 기분으로 소중히 대했다.

며칠에 한 번씩은 어둠을 꼭 닮은 빛깔의 옷을 입고 저녁놀에 물들어 집을 나서고, 짙은 어둠에 잠긴 때 집으로 돌아왔다. 인적이 드문 조용한 길은 말을 내달리기에 적당했고 남복에 어울리지 않게 높은 목소리를 낼까 조심하지 않아도 되었다. 관료를 사칭한다는 의심을 받을까 조심스러운 무관의 의복도 어둠 속에서는 몸을 숨기기에 적당한 것이 될 뿐이었다.

역은 그 차림의 여의와 동행할 적에는 의관을 정제하여 자신의 신분을 드러냈다. 대군이 대동한 이름도 얼굴도 모를 말단 관원에게 잠깐의 시선 이상으로 관심을 두는 이는 없었다.

무관의 의복은 이전의 여의가 걸치고 다니던 화사한 선비의 옷에 비해서는 몹시 수수했다. 그러나 날렵하게 떨어지는 선은 단조로운 검은 빛깔과도, 여의의 깨끗한 피부와도 퍽 잘 어울렸다.

여의가 다룰 줄도 모르는 검을 양손으로 잡고 아무렇게나 이리저리 휘둘렀다. 실수로 구경하는 이를 상하게 할까 칼집째 검을 세워 든 모습을 보던 역이 미소했다.

"그렇게 형편없어서야 금방 정체가 탄로 나겠소."

"다른 이들 앞에 나설 일도 없을 것이옵니다."

여의는 온통 빈틈투성이인 동작을 멈추고 미소를 되돌렸다.

기다란 칼을 도로 엉성하게 허리춤에 매달고 저만치에 얌전하게 서서 주인을 기다리며 풀을 뜯는 진회색 말에게로 다가갔다.

역이 그녀를 말 잔등에 올려 주러 다가갈 필요도 없었다.

날렵하게 말 위에 뛰어올라 허리를 곧게 편 모습은 진짜 군관이라도 되는 듯 여유로웠다. 가르쳐 줄 이도 없고 배울 생각도 없는 검술은 요만큼도 늘지 않았으나 말에 자주 오르내리다 보니 승마는 퍽 익숙해진 모양이었다.

여의가 탄 말이 타박타박 걸음을 딛기 시작하는 모습을 보며 역도 말 위에 올랐다. 곧, 두 필의 말이 보조를 맞추어 앞서거니 뒤서거니 하며 나란히 달리기 시작했다.

밤 외출을 마친 이들은 그 차림 그대로 사랑의 대청에 나란히 앉았다. 교교한 달빛 아래 풀벌레가 이따금 울어 대는 쌀쌀한 가을밤이었다. 적어도 그 순간까지는 그러했다. 역이 갑자기 여의의 손을 세게 잡았다.

"무슨 소리가 들리는 것 같지 않소?"

역의 목소리가 희미하게 떨렸다. 여의가 가만히 귀를 기울였다. 귀뚜라미조차 울지 않는 정적이 그들을 감싸고 있었다.

여의가 고개를 저으려는 찰나, 낯선 소리가 그녀의 귀에도 점차 선명하게 들려오기 시작했다. 제법 많은 사람의 발걸음, 땅을 울리는 말발굽, 쇠붙이가 부딪치는 기분 나쁜 소리까지. 역이 자리에서 벌떡 일어나 뒤도 돌아보지 않고 방으로 향했다.

"나리."

여의가 그의 뒤를 따랐다. 몹시 불안하게 방 안을 서성이는 그의 소매를 잡고 얼굴을 지그시 올려다보았다. 불안감을 가득 품은 눈동자가 위태롭게 출렁이고 있었다.

"무엇이 두려우십니까?"

"전하의 오해가 깊어 나를 처단하기로 결심하신 게 분명하오."

"죽음이 두려우십니까."

여의가 정인의 눈동자 안에 담긴 자신의 모습을 응시했다. 연모의 정을 가득 품은 여인은 어디에도 없었다. 총기 넘치는 눈빛과 자신만만한 표정을 한 어린 선비도 아니었다. 갖추고 있는 복장에 딱 어울리게, 비장함마저 감도는 결연한 표정을 짓고 있는 이가 그녀를 바라보고 있었다. 역이 고개를 끄덕이다 가로저었다.

"죽음이 두렵지 않은 자는 없을 거요. 그러나 무엇보다 부인이 고난을 겪게 될 것이 염려스럽소."

진정 역모를 꾀하였다면 이미 모든 각오가 끝났을 것이다. 그러나 아무 생각도 없이 노닐다가 억울한 상황에 맞닥뜨리게 되었다.

제 여인조차 지키지 못하고서 어찌 사내라 말할 수 있을까.

담장 밖이 소란스러웠다. 말굽 소리와 발소리가 어지럽게 얽혔다. 일렁이는 횃불이 다가온 탓인지 방 안까지도 더 밝아진 것 같았다. 성미 급하게 대문을 두드리는 소리와 쩌렁쩌렁한 목소리가 문틈으로 새어 들었다.

"대군마마를 뵈러 왔소. 문을 열어 주시오."

집 안에 술렁임이 번졌다. 작게 속삭이던 목소리가 점차 커져 가고 어찌할 바를 모르는 이들의 불안한 걸음걸이가 갈 곳을 모르고 종종거렸다. 대군 나리가 무어라 말을 꺼내기 전까지는 아마 계속 저러고 서성일 것이었다. 여의가 역의 소맷부리를 놓았다.

"국문을 받는 것도, 효수되는 것도, 유배형을 받아 사약을 받을 날을 기다리는 것도 싫소. 차라리 자결함이 어떠할까?"

여의의 눈앞에 날이 파랗게 선 비수가 섬뜩하게 빛나는 모습이 떠올랐다. 한날한시에 죽으면 그리움에 사무칠 염려 따위는 하지 않아도 좋으리라.

그러나 섣부른 선택을 하게 할 수는 없었다. 역이 염려하는 상황이어도 아우를 사랑하는 마음이 지극한 왕이니 너그럽게 넘어가 줄지도 모른다. 반대의 상황이라면 고민할 것도 없었다. 가장 귀한 자리에 오르게 되는 낭군이 숨줄을 끊도록 내버려 두는 것은 당치도 않았다. 비록 그녀의 운명은 장담할 수 없으나.

"나리. 속단하지 마옵소서."

"하면 저자들이 나를 옹립하려 들 것이란 말이오? 그런 자들이 오기를 원하지도 않으나 믿을 수도 없소."

여의가 몸을 돌려 앞마당 쪽으로 난 긴 창을 열었다. 서성거리고 있는 행랑아범을 손짓하여 가까이로 불렀다. 안방마님의 빈번한 사랑 출입과 남장에는 이미 이골이 날 정도로 익숙한 터라, 대군 나리를 찾아온 객을 대하듯 공손하게 인사하고는 명이 들려오기를 기다렸다.

"문틈으로 말 머리의 방향을 살펴보고 오게."

여의의 목소리에 행랑아범이 종종걸음으로 멀어져 갔다. 말 머리가 대문을 향하고 있다면 역을 해하러 온 자들이 맞으리라. 문이 열리면 그 기세로 밀고 들어오거나, 역이 대문을 나서는 순간 둘러싸고 위해를 가하려 들 것이다.

그러나 말 머리가 바깥을 향하고 있다면 그를 모셔 가기 위해 채비를 차린 것이지 공격하려는 것이 아니리라. 이미 상황 판단을 마친 여의였지만 마음이 몹시 무거웠다. 과연 그는 어찌 될까. 그녀는 어떻게 해야 할까.

"말 궁둥이밖에 보이지 않사옵니다."

행랑아범이 다가와 아뢰는 소리를 들은 여의가 창을 닫았다. 망설이지 않고 벽장문을 열었다. 역은 그조차도 알지 못하는 사이에 그 안에 조복 일습이 갈무리되어 있음을 보고는 눈을 크게 떴다.

수근과 이야기를 나눈 그날 이후로 여의는 몇 번이나 역이 알지 못하게 거리로 나섰다. 공기의 일렁임이 미묘하게 달라진 것은 알 수 있었으나 그것이 과연 아비의 걱정과 연관되는 것인지는 알지 못했다.

그럼에도 집을 나서는 발길을 멈추지 아니한 것은 분위기의 변화를 알기 위함보다는 제 마음을 추스르기 위한 목적이 더 컸다.

만약 그날이 다가온다면 어찌할 것인가. 오지 않기를 간절히 바라면서도 수도 없이 생각하며 준비했던 순간이 눈앞에 다가들었다.

대군인 것만 나타내면 그만이던 단출한 관복이 역의 몸에서 떨어져 나갔다. 구김 하나 없는 붉은 옷에 물소 뿔로 만든 서대, 상아홀과 패옥, 오량관까지 갖추고 나니 누가 보아도 위풍당당한 대신의 모습이었다. 여의가 뒤꿈치를 들고 파르르 떨리는 창백한 입술에 입 맞추었다. 숨을 크게 들이마시고 침착하게 입을 열었다.

"이미 벌어진 일, 거부하신다면 대비마마께도 누가 될 것이옵니다. 대세를 따르심이 옳사옵니다. 나리께서 꺼림칙하게 여기지만 않으신다면 감히 뒤따르고자 하옵니다."

역이 미미하게 고개를 끄덕였다. 여의는 역을 자리로 안내하고는 그녀 자신도 자리를 잡고 단정히 꿇어앉았다. 문 바깥까지 들리도록 커다란 목소리를 냈다.

"바깥에서 기다리시는 손님을 사랑으로 모시게. 대군 나리께서 기다리고 계시네."

"예, 나리."

잠시 멀어졌던 끄는 걸음은 뚜벅뚜벅 어지러이 딛는 여러 개의 발소리를 불러들였다. 사랑에 들어온 대신들은 역의 차림새를 보고 놀라고, 그의 앞에 단정히 앉은 젊은 무관을 보고 한 번 더 놀랐다.

아직 어린 티가 가시지 않은 체구가 작은 젊은 청년의 존재를 의아하게 여겼으나 부부인이라 생각한 이는 아무도 없었다.

여의는 여간해서는 외부인을 만나는 법이 없었고 애초에 내실에 있을 부인이 남장을 한 채 남편의 사랑에 있으리라는 생각을 떠올리는 것 자체가 불가능한 일이었다.

대신들의 비감한 표정을 본 역이 서안 위에 종이를 쌓아 놓고는 서랍에서 인장을 꺼냈다. 가장 먼저 찍은 수결을 여의에게 건넸다.

"그대들과 뜻을 함께할 자이니 의심하지 말라."

그들은 입을 굳게 다문 채로 눈빛을 교환했다. 신원을 알 수 없는 이를 앞에 두고 거사를 논하는 것은 몹시 껄끄러운 일이었으나 대군 나리의 태도가 강경했다.

이미 일은 벌어졌다. 여차하면 쥐도 새도 모르게 처리하면 그만이었다. 곧, 지금까지의 상황을 소상히 전하기 시작했다.

부덕한 왕은 이미 옥새를 넘기고 달아났으며 행방을 수소문하는 중이니 조만간 발견해 낼 것이고, 대비마마께서 윤허해 주시기만 하면 모든 것이 끝난다고 공손히 아뢰었다. 역은 어딘가 시큰둥한 표정으로 모든 이야기를 들은 뒤에 한마디 던졌다.

"그래, 이것을 반정이라 이를 텐가?"

"백성의 삶을 돌아보지 않는 왕은 일국의 군주로서의 자격이 없사옵니다."

"그 임금의 녹을 받아 온 그대들은 충심을 다해 모셔야 할 주군이 군주로서의 자격을 잃을 동안 무엇을 하였는가?"

"이미 황음무도한 이에게는 간언이 닿지 않사옵니다."

자못 비장하게 들리는 어조에 역의 입술 끄트머리가 비스듬하게 치켜 올라갔다. 역의 눈빛은 지금까지의 그 어느 순간보다도 날카로웠다. 그의 앞에 앉아 고개를 조아리고 엎딘 이들을 바라보았다.

진심으로 염려하는 자도 있으리라. 그러나 왕의 총애를 잃은 것을 억울해하는 자도 있었다. 단순히 개인적인 원한을 지닌 자도, 권력의 중심부에 들기를 원하는 자도 있을 터였다.

그러나 그 생각을 펼쳐 보일 수는 없었다. 그들이 역을 선택한 이상, 좋든 싫든 그들과 행동을 함께할 수밖에 없었다. 대신들도 마찬가지였다.

역이 내켜 하지 않아도 선왕의 적자는 역이 유일하였으니 다른 대안이 없었다. 서로 다른 생각을 품은 채 같은 결과를 향해 대문을 나서는 것이 그들이 할 수 있는 유일한 일이었다.

여의가 저만치 앞에 꼿꼿한 자세로 말 위에 올라 있는 역의 뒷모습을 바라보았다.

그녀는 눈에 띄지 않게 사람들 틈에 끼어 묵묵히 걷는 중이었다. 짧지 않은 외출 직후에 일이 벌어진 터라 걷는 것이 조금 힘에 부쳤다.

그러나 제 차림과 처한 상황에서는 그런 내색을 할 수 없어 꼿꼿하게 발을 디뎠다. 그래도 걷는 속도가 느려져 원래 섞여 있던 무리에서는 조금 뒤처지게 되었다.

여의의 귀에 수런거리는 소리가 들려왔다.

"부부인은 보았는가."

"안채에 머무르고 있었겠지."

"집 안이 그리 소란하였는데도 가만히 있었을까."

"아무리 호기심이 많아도 아녀자가 함부로 나설 수 없는 자리였네."

"말이 나왔으니, 어찌하여야 옳을까."

"무얼 고민하나. 뜻을 함께하지 아니한 그 아비를 이미 처단하지 않았나."

순간, 여의의 다리가 풀렸다. 걸음이 살짝 비틀거렸으나 얼른 정신을 차리고 발을 꾹꾹 내디뎠다. 뺨이 얼얼할 정도로 시린 밤바람도 그녀가 평정을 가장하는 데 도움을 주었다.

이야기를 나누던 이 중 하나가 옆을 내려다보았지만 밤길을 걷다 돌부리에 걸렸던 모양이라고 심상하게 생각하며 다시 대화를 재개했다.

"대군 나리께서 몹시 아끼신다고 들었네. 계집 하나 정도는 그냥 두어도 무방하지 않겠는가."

"그 마음을 믿고 교만하게 굴어 정사에 일일이 참견해 대면 녹수 따위 비교도 되지 않겠지."

"제 아비를 잃은 한을 품고 있다가 후일을 기약하려 들지도 모르네."

"그래 보았자 계집일세. 자색 고운 후궁들 틈바구니에서 총애를 잃지 않으려 애쓰느라 원한 따위는 잊어버릴 텐데 뭔 걱정인가. 애초에 딸은 출가외인 아닌가."

좀처럼 결론을 내지 못하는 그들의 대화에 걸걸한 목소리가 끼어들었다.

"부부인을 그냥 두어서는 아니 되네."

"어찌 그리 말씀하시오?"

여태 아무 말 없던 사내가 끼어든 것이 신기하여, 다들 말을 멈추고 그를 바라봤다.

"내 일전에 대군 나리의 뜻을 알고자 댁을 찾아뵌 적이 있네. 그때가 아마 입춘이었지. 새로 붙여 놓은 입춘첩이 제법

글씨가 단정하더란 말일세. 누구의 것인가 물어도 대군 나리
께선 모른다 함구하셨으나 종이 끄트머리에 제 정체를 작게
적어 놓았더군."

끼어든 사내가 숨을 고르듯 말을 멈추었다.

"내권(內眷)이라, 안사람이라는 뜻 아닌가. 부부인의 소행
이었던 게지."

"말이 되는 소리를 하시오."

처음 목소리 중의 하나가 너털웃음을 지었다. 대군 나리의
처소에 붙이는 입춘첩은 명필이 아니면 감히 내밀 요량도 할
수 없었다.

글을 아는 계집이야 있다 하더라도 글자를 써서 붙이려 들
리 없다. 게다가 글씨가 제법 단정하였다니 더더욱 믿을 수
없는 일이었다. 대군 나리가 남색 취향이 있다는 말도 있었
으니 아마도 그 대상인 젊은 선비가 농담조로 덧붙인 것에
불과할 터였다. 그러나 사내는 자신의 주장을 굽히지 않았
다.

"나중에 확인해 보게나. 내 말은 틀림없네. 글줄 안답시고
우쭐대는 자들은 실속이 없고 위험하지. 어디 여인이라고 다
르겠는가. 머릿속에 담아 둔 몇 글자를 갖고 대군 나리며 대
신들을 손바닥 위에 놓고 움직이려 들 걸세."

"그리 장황히 생각할 게 무엇이오. 부부인은 폐비의 가까
운 혈족이오. 그 아비가 우리와 뜻을 함께하지 않은 데서 이

미 역도의 딸이란 말이오. 게다가 대군 나리와의 사이에서 소생도 없으니 쫓아내는 것쯤은 아무것도 아니라오. 지금은 그런 사소한 일보다는 대비마마의 윤허를 얻고 폐주의 뒤를 쫓는 게 우선이오."

처음의 목소리가 사내의 목소리를 끊고 냉담하게 말했다. 여의가 무심코 손을 배 위에 얹었다. 아이를 낳지 못함은 칠거지악의 하나였다.

장차 왕이 될 이가 혼인하고 칠 년이 되도록 소생이 없는 여인을 거느리고 사는 것은 종묘사직의 보전에 도움이 되지 않았다.

정비가 적자를 생산하지 못하면 후계가 불안정해져 정국이 뒤숭숭해지기 마련이었다. 그녀를 내치기에 그보다 더 적합한 사유는 없었다.

궐문 가까이에 다가서자마자 역한 피비린내가 코를 찌르기 시작했다. 그 안으로 들어서 대전을 지날 때까지, 점점이 흩뿌려진 핏방울과 무거운 것이 질질 끌려간 듯한 자국이 눈에 들어오는 것을 피할 수 없었다. 대비전 앞까지 가서야 공기가 그나마 약간 맑아졌다. 누군가가 숨을 고르는 여의의 어깨를 툭툭 쳤다.

"대군 나리께서 찾으시오."

여의가 눈을 들었다. 역의 시선이 그녀에게 꽂힌 것을 보고는 그 앞으로 다가가 공손히 허리를 숙인 뒤 신하들의 뒤쪽에 말없이 가 섰다. 우르르 몰려가는 이들과 조금 떨어진 뒤쪽에서 무거운 발걸음을 옮겼다.

대비전 깊은 방 안에는 흐트러짐 없이 좌정한 대비가 앉아 있었다. 찾아온 이들을 서늘한 눈길로 훑어보던 대비의 눈이 구석에 잠시 머물렀다.

사내처럼 차리고 있어도 한눈에 알아볼 수 있는, 아들이 그토록 애지중지하는 며느리의 모습을 바라보았다.

여의가 고개를 숙이며 조금 더 움직여 그늘 안으로 몸을 숨겼다. 대비가 자신의 앞에 앉은 아들에게로 시선을 돌렸다.

"한밤중에 어인 일이십니까."

"이들이 소자를 추대하여 왕으로 삼고자 한다 하옵니다."

남의 일 말하듯 무심한 어투였다. 대비가 부복한 자들의 면면을 살펴보았다. 그 눈초리는 사랑에서 대신들의 얼굴을 바라보던 역의 눈빛과 무척 흡사했다.

"경들에게는 내가 아들을 보위에 올리고 싶어 안달이 난 것으로 보이시오?"

"대군 나리께서 일국의 군주에 어울리는 덕을 갖추고 계시어 모시고 온 것뿐이옵니다. 왕이 부덕하여 수많은 백성이 고초를 겪고 있음은 삼척동자라도 아는 사실이 아니옵니까."

"세자가 영민하여 정사를 이끌어 가기에 무리가 없소. 구

326

태여 대군을 그 자리에 올리려 할 필요가 무엇입니까."

"폐주의 어미도 심성이 곧지 못하여 선왕전하께 큰 심려를 끼쳤사옵니다. 세자가 아무리 영민하여도 폐주의 아들이니 언제 돌변할지 알 수 없는 노릇이옵니다. 윤허하여 주시옵소서."

"윤허하여 주시옵소서."

말이 끝나기가 무섭게 나머지 무리들이 복창했다. 대비가 낮게 한숨지었다. 역은 그녀가 열 달을 품어 낳았고 몇 해나 품 안에서 고이 기른 아들이었다. 성년이 지나고도 몇 해를 지켜보았지만 그에게서는 권력이나 왕위에 대한 야심 따위가 조금도 느껴지지 않았다. 오히려 성품이 굳세지 못하니 힘이 주어진들 제대로 쓸 수 있기나 할까 의심스러웠다.

대신들의 말은 번지르르하나 자신의 아들이 얻을 것은 허울뿐인 자리에 불과할 터였다. 그 자리에 아들을 밀어 넣는 것이 옳은지 확신이 서지 않았다. 다시 눈을 들어 며느리를 찾았다.

여의는 대비의 눈이 그녀를 향하자 살짝 고개를 숙여 보이는 것으로 인사를 대신했다.

기척을 죽이고 조금씩 걸음을 옮겨 사람들에게서 떨어졌다. 그 누구도 그녀에게 관심을 갖지 않음을 확인하고는 몸을 돌려 빠르게 건물을 나섰다.

왕은 옥새를 건네고 사라졌다고 했다. 궐을 물샐틈없이 감싸고 경계하는 것은 대비의 앞에 머리를 조아리고 그들의 뜻을 관철하고자 버티고 있는 자들의 군사였다. 그러니 결과는 이미 정해져 있었다. 대비와 역이 무슨 의견을 내놓든 아무 상관없었다.

여의가 그 자리에 머물 필요는 없었다. 이렇게 어수선한 상황일 때, 남들이 의심의 눈초리를 보내기 전에 가야 할 곳, 만나야 할 이들이 있었다. 길눈이 그리 좋은 편이 아니라 내심 걱정하였으나 목적한 곳은 의외로 쉽게 찾을 수 있었다.

어딘가 어설퍼 보여도 다른 곳에 비해 제법 삼엄하게 경계를 하고 있는 군사들의 모습을 보며 그 안에 누가 있을지 짐작하는 것은 어렵지 않았다. 여의가 가볍게 숨을 몰아쉬고는 짐짓 당당한 척 그 앞으로 걸어갔다.

"누구냐?"

험상궂은 목소리와 함께 무딘 창이 교차하여 여의의 앞을 가로막았다. 핏자국이 어린 듯 불그스름한 창끝을 물끄러미 바라보았다. 저 창에도 목숨을 잃은 이가 있었을까. 한 번에 숨을 앗기지 못하여 더욱 고통스러웠을까.

재차 을러대듯 묻는 말에 품 안에 감춰 들고 있던 수결이 찍힌 종이를 내밀었다.

"대군 나리의 분부를 받들고 왔소."

종이를 유심히 살펴보던 자가 제 상급자에게 내밀었다. 사랑을 나서기 전, 역이 건성으로 찍어 댄 수십 장의 수결 중

하나가 그자의 손에 들려 있는 모양이었다. 몹시 못마땅한 얼굴로 제가 가진 종이와 비교하던 자가 여의에게 다가왔다.

"어찌 오셨는지 사유를 알지 못하면 들여보내 줄 수 없소이다."

"그건 내가 당신에게 일일이 보고할 사항이 아니오."

여의가 배포 두둑한 척 대꾸하고는 그의 손에 들려 있는 수결을 낚아채었다.

옷으로 품계를 구분하는 능력 따위는 없었기에 그녀의 옷차림이 그보다 높은 사람처럼 보이기를 바랐다. 뭔가 비밀을 요하는 일을 맡고 있어 말하지 아니하는 것이라는 암시가 통하기를 바랐다.

"긴밀한 말씀을 받들고 여기 서 있는 거요. 의심스러우면 가서 확인해 보시오. 상황이 급박하니 말씀이나 제대로 들어주실 수 있으실지 모르겠지만."

역은 여의의 행선지를 알지 못했다. 그녀가 사라진 것을 알아채고 초조하게 주변을 둘러보고 있을 수도, 피로하여 집으로 돌아갔나 보다 짐작하고 있을 수도 있었다. 어쩌면 그녀에게 신경을 쓰지 못할 정도로 경황이 없을지도 모를 일이었다.

거사에 동원된 이들의 수는 상당했다. 서로가 무슨 일을 하고 있는지 제대로 알지 못할 것이니 다른 누군가에게 알린들 뾰족한 수가 나오지 않을 공산이 컸다. 게다가 그녀의 눈앞을 지키고 서 있는 자들은 문지기 신세에 지나지 않는 말단에 불과했다. 대군 나리께 말을 전하여 확인할 방도가 있을 리 만무했다.

수결을 비교하여 확인한 자는 여전히 의심이 잔뜩 서린 눈으로 여의를 위아래로 훑어보았다.

"괜한 짓을 했다가는 머리가 목에 붙어 있지 못할 거요."

"방비가 이토록 삼엄한데 무엇을 염려하오. 이 이상 지체하게 되면 경을 치게 되는 건 그쪽일 거요."

여의가 지키는 자들을 밀어내다시피 하고는 태연하게 문 안을 들어섰다.

그들의 시선에서 조금 자유로워졌다는 느낌이 들자마자 대번 다리가 후들거렸다. 담대한 척하였으나 마음에 두려움이 깃들지 아니하였다면 거짓이었다.

건물 안에 들어와 두리번거리며 찾고자 하는 이가 있을 만한 방을 살펴보던 그녀 앞으로 검은 물체가 나타났다. 어느 정도 걸음을 딛고서는 마음을 놓고 있었기에 갑작스러운 기척에 소스라치게 놀랐다. 몸으로라도 막아서겠다는 듯 결연한 의지가 느껴지는 표정을 지닌 여인의 얼굴을 살폈다. 문 안을 드리러 올 적마다 그녀를 쌀쌀하게 맞이하던 나이 든 상궁이었다.

"어찌 오셨습니까."

"중전마마를 뵙고자 하네."

여의가 목소리를 최대한 낮추고 전립을 살짝 들어 얼굴을 확인시켜 주었다. 주변이 소란스러워져 바깥에서 의심하는 일 없도록 손가락을 입술에 갖다 대어 조용히 하라는 뜻을 전하는 것도 잊지 않았다. 상궁은 잠깐 놀란 듯 주춤거렸으나 이내 평정을 되찾고는 돌아섰다. 여의가 보폭을 크게 하여 그 뒤를 따랐다.

"사내의 복장을 하고 전하를 뵈온 적 있다더니, 나 또한 그 모습을 볼 수 있게 되었구나."

보료 위에 기품 있게 앉은 중전이 여의를 반가운 얼굴로 맞이했다. 그 품 안에는 이제 고작 다섯 살 난 어린 대군이 아무것도 모른 채 곤히 잠들어 있었다. 보이지 아니하는 세자와 공주도 이 건물, 동궁전 안 어딘가에 머무르고 있을 것이다. 깊은 밤이니 잠에 취해 있을까, 불안한 앞날에 떨고 있을까.

여의는 중전의 웃음에 화답하지 못했다. 꼭 만나야 한다고 결심하고는 문 앞을 지키는 병사들까지 물리치고 왔으나 막상 얼굴을 보니 무슨 말을 하고 어떤 말을 듣고 싶어서 온 것인지 도무지 알 수가 없었다.

"내가 걱정되어서 온 게로구나. 염려하지 않아도 된다."

중전은 여의의 얼굴에 깃든 어두운 기색을 눈치채고는 명랑한 어조로 말했다.

"중전은 그저 부귀영화를 누리기만 하면 된다고 믿는 것은 어린아이의 좁은 소견에 불과하다. 내가 그런 어린아이일 리 없지 않으냐. 이미 각오는 다 되어 있느니라."

어제처럼 오늘도 심상한 하루였으며 내일도 모레도 별다른 일 없는 일상이 반복되리라고 믿는 것같이 평온한 얼굴이었다.

그러나 그 태연함 속에 감추어진 불안감을 온전히 지우지는 못했다. 중전의 얼굴이 살짝 흐려지더니 몹시 조심스럽게 물어왔다.

"오라버니 소식을 너도 알고 있느냐."

"오는 길에 들었사옵니다."

뜻을 같이하지 않아 처단했다. 단순한 말만큼이나 담긴 뜻도 명료했다.

대전 앞에 흩뿌려진 핏자국 중에는 수근의 것도 있었을까. 본가로 찾아가 쑥대밭을 만들었을까. 단정하고 심지 곧은 한 씨는 어찌 될까. 어미가 노비가 된다는 것은 상상조차 해 본 적 없었다.

생각하면 할수록 정신이 아득해졌다. 여의가 숨을 가볍게 몇 번 몰아쉬며 그 생각들을 몰아내었다. 애도는 어지러운 마음이 조금이라도 진정되면 진심을 담아 표하겠노라고 불효한 딸을 용서하지 마시라고 몇 번이나 되뇌었다. 중전이 몹시 미안한 얼굴로 여의에게 사과했다.

"내가 아니었더라면 오라버니께서 그리되시지 않으셨을 텐데."

"그렇지 않사옵니다."

수근이 말했다. 이 상황이 오지 않도록 하기 위해 그녀가 역의 아내로 선택된 것 같다고. 그러나 그 보람도 없이 일이 일어났다.

여의(如意).

그녀는 다시 한 번 제 이름에 담긴 뜻을 상기하고는 긴 한숨을 들이쉬었다. 무엇을 말하든 부질없었다. 여의는 중전의 말을 부정하기만 했을 뿐 다른 이야기는 하지 않았다.

그녀의 시선이 중전의 품에서 곤히 잠든 어린 대군에게로 옮아갔다. 중전의 눈길도 자연스레 어린 아들에게로 향했다.

"사람의 마음이란 간사하여, 오라버니가 얼마나 나를 아꼈는지를 알면서도 나는 지금 오라버니보다 이 아이가 더 눈에 밟히는구나. 이 아이가 겪어야 할 고초를 생각하면 가슴이 찢어질 것 같아. 나는 자식을 가슴에 묻는 어미가 되겠지. 내가 마음 아픈 것은 견뎌 낼 수 있지만 아무것도 모르는 아이는 대체 무슨 죄가 있단 말이냐."

평온하게 시작했던 말에 떨림이 섞여 들었다. 말을 맺을 즈음에는 눈물방울이 뚝뚝 떨어지기라도 할 듯 처연해졌다. 그러나 약간의 시간이 흐른 뒤 다시 입을 연 중전은 처음의 명랑함을 되찾았다.

"남은 시간이 얼마 되지 아니한다면 이 아이에게 가장 다정한 어미의 모습을 보여 줄 것이다. 그것이 내가 할 수 있는 유일한 일 아니겠느냐."

중전이 잠든 아이를 안아 들고 자리에서 일어났다. 절대 떼어 놓을 수 없다는 듯 품에 꼭 안고는 여의에게 부탁했다.

"나는 이곳에서 나설 수 없음을 너도 알겠지. 전하께서 평소 자주 찾으시던 민가를 알고 있다. 지금도 틀림없이 그곳에 계실 터이니 꼭 찾아뵈어 마지막으로 안부를 전하더라는 내 말을 전해다오."

중전에게 공손하게 인사를 올리고 난 뒤 동궁전을 나서는 여의를 상궁이 먼발치에서 바라보았다. 자칫 아는 시늉이라도 했다가 서로가 곤란한 지경에 처하게 될까 염려한 탓에 따로 배웅을 나가지는 않았다.

그러나 옷만 사내처럼 차렸을 뿐인 그녀가 과연 무사히 돌아갈 수 있을지가 걱정스러웠다. 그 마음을 알아챈 것처럼, 여의가 잠깐 뒤를 돌아보고 전립에 손을 대어 보이고는 성큼성큼 멀어져 갔다.

담장 옆을 지키는 자는 다시 나타난 여의를 여전히 마땅치 않은 눈길로 쳐다보았으나 그 이상의 반응을 보이지는 않았다.

시간을 오래 지체하지도 않았고 무언가 이상한 낌새가 느껴지지도 않아 서로 인사도 나누지 않은 채 표표히 멀어져 가는 그 모습을 시큰둥하게 흘겨보았다.

군관이 무엇인가를 깨달은 것은 여의가 빠른 걸음으로 사라진 뒤였다.

체격도 작고 그다지 유해해 보이는 인물은 아니었으나 사내였다. 진짜가 확실한 수결을 갖고 있어도 폐비가 머무는 동궁에 발을 들여야 할 용무를 지닌 사내가 있을 리 없었다. 폐주가 어디론가 종적을 감춘 혼란한 틈을 타서 그 얼굴이라도 보고자 한 무뢰한 같은 자인가, 혹은 폐주의 사주를 받은 자일까. 여하간 그저 범상하게 넘기기는 어려울 것 같아 자리에서 벌떡 일어났다.

"조금 전……."

그러나 다음 순간, 군관은 자신을 향해 의아한 시선을 보내는 부하들의 얼굴을 보고는 그대로 고개를 돌렸다. 동궁의 경계는 다른 곳에 비해 더 삼엄한 편이라 안에서 탈출을 시도할 수는 없었다.

무뢰한이었다면 안에서 뭔가 소요가 일어 전달되었을 것이다. 설령 폐비와 그 자식들이 죽어 나간다 치더라도 큰 상관은 없었다.

폐비가 옥새를 치마폭에 감추고 있으면 모를까. 그러나 옥새를 폐주에게 직접 넘겨받았다고 하였으니 그 또한 문제 될 것이 없었다. 수상쩍은 자라면 궐을 배회하거나 빠져나가다가 다른 이들에게 발각되리라.

속 편하게 결론을 내린 군관은 좀처럼 밝아 올 기미가 보이지 않는 동편 하늘을 힐끗 쳐다본 뒤 아무 긴장감 없이 자리에 주저앉았다.

그러나 사람의 생각은 다 거기에서 거기였다. 치밀하게 계획되지도 못한 채 얼떨결에 성공한 거사는 가담한 자들과 그 수하들의 마음을 느슨하게 했다.

무엇을 해야 할지 몰라 우왕좌왕하는 이들도 여럿이었고, 서로 누가 어떤 일을 하는지도 잘 알지 못했다. 위험한 자라면 다른 누군가가 알아채고 처리해 주리라는 안일한 마음을 가진 이들로 인해 여의는 그리 오랜 시간이 걸리지 않아 궐문을 나설 수 있었다.

여의가 숨을 들이쉬었다. 지금까지는 차라리 안전한 편이었다. 통행금지가 있는 밤 깊은 시간에 돌아다니는 것은 의심받기 쉬웠다.

사내가 아니니 제 신분을 증명할 호패도 없고, 완력으로 덤벼 오면 막아 낼 힘도 없었다. 발소리를 죽이고 빠르게 움직여 건물 그늘과 담 밑에 숨어들었다. 바람결에 낙엽이 바스락거리는 소리에도 발길을 멈추고 달빛이 환한 길을 가로지를 때면 고양이 그림자에도 재빠르게 길옆으로 몸을 붙였다.

평소라면 얼마 걸리지 아니하였을 길이지만 한참이나 걸려서야 목적한 곳에 다다랐다. 어둡고 인기척도 없는 민가

앞이었다.

단 한 번도 궐 밖 나들이를 한 적 없을 중전이 어찌 이토록 소상하게 왕의 행선지를 일러 줄 수 있었을까 생각했다. 그녀가 제대로 찾아왔다는 확신도 없었다.

사립문 앞에서 한참을 망설이다 낮은 목소리로 주인을 불렀다. 그러고도 제법 오랜 시간 기다린 끝에야 삐거덕거리는 소리와 함께 방문이 열렸다.

방 안에 앉은 채 바깥을 내다보고 있는 얼굴은 몹시 익숙한 이의 것이었다.

"아우의 꽃이로군. 들어오게."

퀴퀴한 냄새가 나는 초가의 방 안에서 단둘이 마주 앉았다. 달빛조차 흐릿한 밤이었다. 빛도 잘 들지 않아 두 사람은 좁은 방의 어둠 속에 파묻혀 있었다. 제대로 분간할 수 있는 것은 많지 않았으나 그리 멀지 않은 곳에 앉은 이의 표정은 제법 선명하게 보였다. 자만심 가득한 호기로움, 이유를 알 수 없던 두려움을 주는 눈빛 따위가 가신 자리에 미묘한 평온함이 깃든 얼굴이었다.

"중전이 알려 주던가."

여의가 고개를 끄덕이자 그도 따라서 고개를 주억거렸다. 다시 질문을 던졌다.

"아우는?"

"대비전에서 뵌 것이 마지막입니다. 지금쯤이면 대전에 드셨을지도 모릅니다."

여의는 중전에게 부탁받고 안부 인사를 전하러 왔다. 그러나 그녀는 그를 몰아내고 왕위를 차지하게 된 이의 아내였다. 그녀가 과연 탐탁한 방문객일 것인가. 그가, 그의 가족들이 겪게 될 고초를 생각하면 이토록 담담하게 그녀를 마주 대할 수는 없을 터였다. 여의가 무거워진 마음으로 낮게 물었다.

"원망하십니까."

조금이라도 목소리를 높이면 그 소리를 듣고 군사들이 들이닥칠 것 같았다. 떨리는 목소리를 들킬까 두렵기도 했다.

조금 전까지만 해도 왕이었던 이가 고개를 저었다. 그려 놓은 듯 어여쁜 여인을 끼고 유흥을 즐기며 그의 뜻에 반하는 자들을 죽음에 몰아넣은 사람이라고는 믿을 수 없을 만큼 잔잔한 얼굴을 하고 있었다. 그의 눈동자는 예전에 두려움을 느꼈던 연유를 기억해 낼 수 없을 정도로 그저 말갛기만 했다.

"대전에 들이닥친 자들이 옥새를 요구했을 때, 칼날이 목을 꿰뚫을 것이 두려워 순순히 내어 준 게 아닐세. 나로 인해 죽음을 맞이한 자가 몇인데 내가 죽음을 두려워하겠는가. 다만 누구에게 옥새를 넘길 것인가 분명히 들을 필요가 있었네. 아우에게 줄 것이라는 답을 얻는 순간, 망설일 필요가 없었네. 옥새를 넘길 때가 왔음을 깨달은 것일세. 하늘의 뜻을 알았다고 해야 할까."

여의가 그의 얼굴을 뚫어지게 바라보았다. 칼을 쥔 자가 대전까지 들이닥쳤다는 것은 이미 모두 끝났다는 뜻이었다. 옥새를 넘기지 않으면 그 자리에서 당장 목숨을 잃어도 이상할 것이 없었다.

그러나 옥새를 넘기는 것이 안전을 보장해 주지는 않았다. 반정군에 의해 쫓겨나는 폐주의 운명은 오늘 죽어도 내일 죽어도 이상할 것 없는 시한부 인생이었다. 차라리 변절한 신료들에게 일갈하는 편이 낫지 않았을까. 여의는 입을 열지 않았으나 왕의 눈은 그 생각을 꿰뚫어 보기라도 한 것처럼 날카로웠다.

그 눈빛을 구태여 피하려 들지 않았다. 그녀가 대화를 나누고 있는 사람은 지엄한 왕이나 퇴출된 폐주이기 이전에 한 사람이었다. 이런 날이 다가올 것을 예감하였다면 잘못된 행동을 고쳤어야 마땅했다. 마지막 순간에 자신을 따르는 이들이 죽음에 이르는 것을 보고도 홀로 몸을 피해 초라한 방에 몸을 숨기고 있는 이가 하늘의 뜻 운운하는 것은 우습지도 않았다.

"목숨을 부지하기 위해 내가 구차하게 굴었다고 여긴다면, 그 생각은 틀렸다. 내가 아우에게 직접 옥새를 넘기고 옥좌에 앉으라고 말할 수는 없다. 하지만 이렇게 함으로써 내 뜻을 그에게 전할 수 있게 되었지. 나는 왕위에 연연하고 있지 않으며 아우가 보위에 올라야 한다는 사실을 기꺼이 인정하여 양위하겠노라고. 피 흘려 움켜쥔 꺼림칙한 자리가 아니라 당연히 오를 보위였노라고. 아우가 유유자적하게 노니는 것이 좋다 말하여 경계하지 않았던 것도 사실이나, 그에게 뜻이 있었다 한들 내가 어찌하지는 못했을 걸세. 어쩌면 진작 왔어야 하는 날이 늦게 찾아온 것일지도 모르지."

준엄한 말투는 한때 왕이었던 자만이 낼 수 있는 것이었다. 아우의 부인이 아니라 그를 힐문하고 의심하는 한 선비를 앞에 둔 양 위엄 있게 그의 생각을 전했다. 지금 벌어지고 있는 일이 아니라 몹시 오래전에 일어난 일에 대한 소회를 풀어 놓듯 담담한 목소리에 여의의 마음이 울컥했다. 이미 대전 앞에는 선혈이 낭자했다. 역이 명한 바가 아니어도 피를 흘리지 않고 얻어 낸 자리는 아니었다.

폐주가 맞이할 죽음이야 자신의 행동이 그릇된 탓이라고 치면 억울할 것도 없었다. 마음을 홀려 낼 만큼 사랑스러운 눈웃음으로 그의 마음을 파고든 여인의 죽음도 그의 그릇된 행동을 부추긴 탓이라고 하면 변명의 여지가 없었다.

그러나 간언하기도 지쳐 그저 지아비의 마음이 돌아서기를 바라던 여인의 남은 삶은 어떻게 할 것인가. 황음무도한 아비를 두었다는 죄로 피어 보지도 못하고 새벽이슬처럼 사라질 어린아이들은 또 어찌 책임질 것인가.

그 모든 것을 외면한 채 진작 왔어야 하는 날이 늦게 온 것이라 말하다니. 무소불위의 권세에 취해 있었다 하여도 한때 왕이었던 자가 입에 담아서는 안 되는 말이었다.

여의의 사나운 눈길을 받아 내며 그가 침착하게 대꾸했다.

"나라고 후회를 하지 않은 것은 아니네. 내가 왜 이러고 있는 것인지 자문해 본 날은 물론, 그만두어야 한다고 생각한 날도 셀 수 없네. 그러나 한번 시작한 일을 멈추는 것이 쉽지 않았던 걸세. 평탄한 평지든 내리막길이든, 한번 구르기 시작한 바퀴는 힘을 주지 않아도 그대로 굴러가기 마련. 그 기세가 두려워 누구도 막을 엄두를 내지 못한 것이 문제라면 문제였을까."

그의 목소리에 쓸쓸함이 묻어났다. 후회하는 마음도 내비쳤다. 그러나 후회한다고 하여 이미 벌어진 일이 없던 것으로 되는 것은 아니었다. 한때의 감정에 휩쓸리고 그릇되게 판단하여 죽여 버린 사람은 아무리 후회하며 사과한들 살아 돌아올 수 없었다.

그러니 잘못한 일을 뉘우친다고 하여 반드시 용서받을 수 있는 것은 아니었다.

"지금이라도 멈출 수 있었음을 다행스럽게 생각하네. 다른 이가 아니라 아우에게 양위할 수 있는 것도 다행이고. 아우가 내 안위를 지킬 수 없다는 것도 알고 있으며 도성 안은 손바닥만 하니 숨어 있다 한들 금방 꼬리가 밟힐 것도 짐작하고 있네. 다만 그 사실을 정리할 수 있는 시간이 필요했을 뿐이네. 누구에게도 할 수 없을 이야기를 그대에게 할 수 있게 되어 홀가분하군."

그가 여의의 얼굴을 바라보며 한마디를 덧붙였다.

"아비를 잘못 만난 불쌍한 아이들에게는 남은 평생 동안, 그리고 저승에서 속죄하겠네. 우상 대감의 일은…… 유감이네."

애써 외면하고 있던 일이 수면에 떠올랐다. 마지막 대화를 떠올렸다. 만약 그때, 아비의 바짓가랑이를 붙잡고 간절하게 매달렸다면 수근은 뜻을 돌렸을까. 그녀가 이토록 불안한 마음으로 여기저기 동분서주하지 않아도 되었을까. 역에게 조복을 입힌 것처럼 그녀도 대례복을 걸치고 그의 옆자리가 당연한 듯 뒤따를 수 있었을까. 더욱 승승장구하게 될 그녀의 아비가 흐뭇하게 미소하였을까.

이미 일어난 일에 대해 '만약'을 논하는 것만큼 어리석은 일은 없었다. 수근은 그런 가정이 불필요할 정도로 분명한 사람이었다.

여의가 간신히 입을 열었을 때, 마치 눈물에 젖어 잠긴 듯 낯선 목소리가 울렸다.

"아버님의 신념이었습니다. 그 누구도 원망하고 탓할 수 없는 일입니다."

"그대는 훌륭한 왕비, 좋은 국모가 될 것이야."

마치 축복하는 듯 들리는 말에 여의가 턱을 살짝 내리고 그의 눈을 똑바로 바라보았다.

"아비는 폐주의 처남, 슬하에 아들은 고사하고 딸자식도 하나 없는 석녀(石女). 그들이 무엇이 아쉬워 저를 중궁전에 앉혀 두겠습니까."

"아우가 그대를 아끼고 있음은 그대도 나도 알고 있는 사실이 아니던가."

"나리께서는 그 자리를 원하신 적이 없습니다. 그리하여 오늘이 오기까지 아무런 행동도 하지 않으셨습니다. 스스로의 힘으로 얻지 못한 부귀영화에 대해서는 그 어떤 권리도 주장할 수 없는 법이며 남들의 힘으로 오르게 된 옥좌에서 스스로 결단하여 행할 수 있는 것은 아무것도 없습니다. 설령 있다 한들……."

여의가 잠시 숨을 고르며 말을 멈추었다.

"자식 된 도리로 아비를 밟고 일어설 수는 없으며 사람이 되어 혈육의 정을 무시할 수는 없습니다. 누이를 지키려던 아비의 피가 물들어 있고 아비의 혈족인 고모의 눈물이 배어든 자리입니다. 아비의 시신을 밟고 피 웅덩이에 눈물바다를 건너 닿아야 하는 곳이라면 처음부터 제 자리가 아닌 것을요."

"아우가 그대를 귀히 여긴 이유를 오늘에야 알겠네."

여의의 또렷한 눈에 담긴 굳건한 의지에 왕이 자신의 처지도 잊은 채 감탄의 눈길을 보냈다.

아비의 죽음, 고모의 폐출, 지아비의 즉위. 보통 사람이라면 감히 생각도 하지 못할 일들을 한순간에 겪어 낸 사람이라기에는 믿기 어려울 만큼 침착한 자세였다. 그러나 그의 말은 여의에게 아무런 위안이 되지 않았다. 그녀가 자리에서 일어났다.

"중전마마께서 마지막 안부 인사를 전하시었습니다. 부디 옥체 강녕하시옵소서."

여의는 마치 사내인 양 큰절을 올리고 방문을 나섰다. 목이 긴 신을 대충 꿰어 신고 비척비척 걸어가는 꼴이 우스우리라 짐작했다. 일을 마치고, 어쩌면 근무 중인 것도 잊고 술에 취해 비틀거리는 한심한 작자처럼 보일는지도 알 수 없었다.

한참을 걷는 사이에 동편에 희끄무레한 빛이 비쳐 들기 시작했다. 여의의 눈에 부지런히 걸음을 옮기며 여기저기를 들쑤시는 병사들이 보였다. 끝이 다가오고 있었다.

찬바람 속에서 얼마를 걸었을까. 익숙한 담과 높은 대문이 눈에 보였다. 그리운 마음마저도 일어나는 그 문 앞에서는 주인마님이 언제 돌아오실까 이제나저제나 기다리던 이들이 여의를 맞이하기 위해 조심스럽게 다가오고 있었다.

여의는 사내의 복장을 한 부부인 마님을 무어라 불러야 할지도 몰라 그저 고개만 조아리는 그들을 모르는 척, 걸음을 멈추고 대문을 등진 채 섰다.

소중히 품에 넣고 있던 수결을 꺼내어 펼쳤다. 거세게 불어오는 바람에 끄트머리를 쥐고 있던 손가락의 힘을 살짝 풀었다. 펄럭이던 종잇장이 끄트머리만을 조금 남긴 채 찢겨져 하늘 높이 날아갔다. 그 수결이 꼭 자신인 것만 같아, 여의는 움직이는 것도 잊은 채 한참을 수결이 사라진 하늘만 바라보았다.

어느덧 새벽이 밝아 오고 있었다. 여의는 물먹은 솜처럼 축 늘어진 몸을 눕히지도 못한 채 분주히 움직였다. 잘 갈무리하여 두었던 선비의 복장을 꺼내고, 조금 전까지 입고 있던 옷은 곱게 개어 가지런히 정리했다. 한 아름은 될 법한 두 개의 보따리를 줄곧 그녀의 앞을 지키는 유모에게로 밀어냈다.

"태우거나 묻어도 좋고, 누구에게 주어도 상관없어. 이제 필요하지 않으니."

"어디엘 다녀오셨습니까."

밤새 여의를 기다리느라 잠 한숨 이루지 못한 유모는, 자리에 누울 생각도 하지 않고 바쁘게 손을 놀리는 여의를 향해 걱정스레 물었다.

여의는 유모의 얼굴에 궁금증 이상의 어떤 기색이 떠오르지 않는 것에 내심 안도했다. 아마 아직 이 집안까지는 친정의 비보(悲報)가 전해지지 아니한 모양이었다. 만약 유모가 그 소식을 알고 있어 그녀를 붙잡고 눈시울이라도 붉혔다면 그 나름으로 곤란했을 것이다. 그녀는 다른 누구와 감정을 나누는 데 그리 익숙하지 않았다.

여의가 좌경 앞에 앉아 서랍을 열어 이것저것 쏟아 내다 엉뚱한 질문을 내어놓았다.

"유모의 남편은 어디서 무얼 하는가?"

"성문 밖에 살고 있사옵니다. 저는 평생 아씨를 모셔야 할 것 같으니 새장가를 들든 첩을 얻든 알아서 해라 일러도 혼자 아이를 키운다 고집부리더니, 그 녀석이 장가를 들어 벌써 아이가 둘이랍니다."

유모의 목소리가 퍽 따스했다. 여의가 잠시 생각에 잠겼다.

양반 댁 아기씨의 유모가 되기 위해 젖도 떼지 못한 어린 아이를 떼어 놓고 남편의 곁에서도 떠나왔다. 그 덕에 살림에는 여유가 생겼을 것이고 유모의 일신도 더 편안하였으리라.

끼니를 걱정하고 다음 날을 근심하며 모여 사는 것보다 나은 일일지도 모른다. 그러나 품어 낳은 자식의 어미이기를 포기한 채 보내 온 유모의, 어머니와 아내를 잃고 지내야 했던 어느 가족의 시간은 어떠하였을 것인가는 감히 짐작조차 할 수 없었다.

생각에 잠겨 있어도 손은 쉬지 않고 움직여 비녀며 가락지

따위가 주머니 하나 가득 담겼다. 여의가 그것을 유모에게
내밀었다.

"이걸 갖고 집으로 돌아가게."

"어찌 아씨의 곁을 떠나겠습니까."

"이제 나는 더 이상 유모가 필요한 어린아이가 아닐세. 궐
은 숨 막히는 곳이라는 건 유모도 잘 알 테지. 유모까지 입
궐하라 하고 싶지는 않아. 입궐하면 이런 금붙이는 귀하지도
않겠지."

입궐이라는 말에 유모가 순간 눈을 동그랗게 떴으나 곧 고
개를 끄덕거렸다. 점잖은 양반들이 잔뜩 몰려와서 주인 나리
를 모셔 가는 것을 보며 그리될 것을 예상치 못하는 것이 더
이상한 일이었다.

여의가 농담처럼 덧붙인 말에 웃으며 주머니를 받아 들었
다. 아마 그 목소리에서 이전의 철부지 아씨가 되돌아온 것
같은 느낌을 받은 것이리라.

여의가 희미하게 웃었다.

신변 정리는 다만 그녀의 주변에서 끝이 아니었다. 그 호
칭이 전혀 어울리지 않았어도 나름 안방마님이니 집 안에서
일하는 이들에 대해서 생각지 아니할 수가 없었다.

크게 고민할 필요는 없었다. 일하던 사람들은 이 집에 딸
린 사람들이었다. 새 주인을 만나게 되면 또 그 나름대로 적
응해 살아갈 수 있을 것이었다. 그러나 혼인할 때 그녀를 따

라온 교전비만큼은 그대로 곁에 두기로 했다. 본가가 쑥대밭이 되었으니 돌아갈 곳이 없는 신세인 건 그녀와 마찬가지였다.

간략하게나마 주변 정리를 마친 여의가 벽에 등을 기대었다. 시간이 흐를수록 정신은 맑아지기만 했지만 온밤을 지새운 몸은 비명을 지르고 있었다. 뻑뻑하게 따끔거리는 눈을 감았다.

감은 눈앞으로 익숙한 길이 펼쳐졌다. 반가 규수로 곱게 자라난 체면 따위는 알지 못하는 것처럼, 치맛자락을 아무렇게나 걷어들고 달리고 또 달렸다. 그 길의 끝에 어린 시절을 보낸 대문이 있었다.

활짝 열린 대문을 들어서자마자 피비린내가 훅 끼쳐 들었다. 피에 젖어 있는 아비의 시신은 눈도 감지 못한 채 싸늘하게 식어 마당 위에 나뒹굴고 있었다. 그 옆에서 멍한 얼굴로 서 있는 이는 그녀의 정인, 역이었다.

그녀가 목도한 풍경이 현실이 아님은 잘 알고 있었다. 그 순간이 오기까지 역과 여의는 줄곧 함께 있었다. 수근이 어디에서 죽음을 맞이하였는지는 알지도 못했다. 그저 귀로만 전해 들은 이야기에는 아무런 현실성이 없어 제대로 실감도 나지 않았다.

그러나 허상임을 알면서도 눈을 뜨지 못했다. 눈을 뜨고 맞닥뜨려야 할 현실이 눈을 감은 채 멍하니 쳐다보는 이 참상보다도 더 두려웠다.

"나는 네게 참 못나고 모진 아비였느니라."

"나리께서도, 그리고 너도 믿는 바를 행하면 그만이다. 나 또한 그러할 것이니라."

수근의 목소리가 귓가에 생생하게 되살아나자 눈물이 감은 눈꺼풀 사이로 흘러내렸다. 참고 있던 울음이 터져 나왔다.

그 모습, 서러운 흐느낌을 들키지 않으려 치맛자락 끄트머리를 뭉쳐 아무렇게나 입안에 쑤셔 넣고 허리를 꺾어 치마폭에 얼굴을 파묻었다.

날이 완전히 밝았을 때, 궐에서 보낸 이가 여의를 모시러 왔다. 궐 안에 발을 들인 여의는 중궁전으로 안내되었다.

그러나 그녀는 아무것도 하지 않았다. 내명부를 관리하는 것은 중전의 할 일이었으나 그에 조금의 관심도 기울이지 않았다.

사실은 할 수 없었다는 편이 더 적당할 것이다. 그녀의 앞에서 고개를 조아린 이들은 입을 굳게 다물고 있는데도 속삭이는 소리가 귓가에 웅웅대고 울리는 것 같았다.

폐비의 조카에다 역도의 딸인데 정말 중전마마가 될까.

그런 이를 어찌 감히 저 귀한 자리에 올릴 수 있겠어. 잠 간이겠지.

단 한 번도 원한 적 없는 자리였다. 이런 식으로는 더더욱 아니었다. 그 감정을 표출하는 대신 입을 굳게 다문 채 눈을 돌렸다. 파리한 얼굴에 무감한 눈동자는 빛을 잃어, 생기가 흐려진 그녀는 산 사람 같지 않았다.

아무것도 하지 않아도 최소한의 도리는 해야 했다. 아침마 다 문안 인사를 갔지만 역 앞에 가면 눈을 들지도 않고 입을 열지도 않은 채 고개만 조아렸다. 어떤 얼굴로 무슨 말을 해 야 할지 알 수 없었다. 그가 어떤 표정을 하고 있는지도 보고 싶지 않았다. 일가붙이는 고난에 떠밀어 놓은 채 그녀만이 그 귀하다는 자리에 앉아 있다는 사실이 섬뜩하리만치 싫었 다.

문안을 마치고 나면 없는 사람인 것처럼 고요하게 침실 안 에만 머무르다 날이 채 저물기도 전에 이불 속에 온몸을 파 묻었다.

낮에는 도무지 틈을 내지 못하여 이른 저녁에 그녀의 거처 를 찾은 역은 몇 번이나 불 꺼진 방의 문 앞을 서성이다 돌아 갔다. 여의는 그 모든 것을 누워서 듣고 있으면서도 정말 잠 이 든 것처럼 꼼짝달싹하지 않았다.

폐주는 강화도로 유배되고, 폐세자는 정선으로 떠났다.

어린 대군은 어미의 품에서 떨어져 수안으로 향했다.

싸늘한 가을바람이 낙엽을 이리저리 굴려 대듯 부질없는 이야기들이 여의의 귀에 닿았다가 흩어졌다.

아무 의미도 없이 텅 빈 나날을 무기력하게 흘려보낸 지 엿새째 되는 날이었다.

"말 좀 묻자꾸나."

문안을 마치고 돌아온 여의가 입궐한 이후 처음으로 목소리를 냈다. 친정에서 궁궐, 대군저를 거쳐 오늘에 이르기까지, 유모만큼 친밀하지는 아니하였어도 줄곧 곁을 지켜 온 교전비가 공손하게 고개를 조아렸다.

"네게도 이 궐의 소식이 흘러 들어오는 게 있다면, 들은 바 솔직하게 말해다오."

잠시 말을 멈추었던 여의가 천천히 입을 떼었다.

"장차 내 거취에 대해 어떤 이야기가 오가고 있다더냐."

교전비는 입을 꾹 다물었다. 그 처지가 안쓰러워서 그러는 것인지 조롱하고 비웃는 것인지 알 수 없는 목소리로 대전에서 오가는 설전에 대해 이야기를 흘리는 나인들이 있었다.

여의가 입궐하기 전부터 지금까지, 역신의 딸을 폐하라는 이들과 조강지처를 내칠 수 없다는 이의 고집스러운 힘겨루기가 계속되고 있었다.

그러나 일을 뜻대로 처리한 자들과 그 뜻에 휘둘려 허울뿐인 자리에 앉게 된 이 중 누가 주도권을 갖게 될지는 자명한 일이었다.

"되었다."

여의가 고개를 저으며 잠시 눈을 감았다. 허리를 꼿꼿하게 세우고 앉은 그녀의 눈앞에 오래전에 연습하느라 썼던 글귀가 명멸했다.

士爲知己者死
女爲悅己者容
선비는 자기를 알아주는 사람을 위하여 목숨을 아끼지 않고
여인은 자기를 사랑해 주는 사람을 위해서 몸을 치장한다.

수근은 선비였다. 그녀는…….

여의가 눈을 뜨고 자리에서 일어났다. 낮고 까끌한 목소리로 행선지를 댔다. 교전비가 그녀의 처소를 지키는 상궁에게 속삭이자, 곧 사람의 물결이 일렁였다. 철없던 어린 시절에는 도무지 견뎌 낼 수 없을 것 같았던 것들이 지금은 아무렇지도 않았다. 그녀의 것이 아니기에 의미가 없다 여겨서 그러한 모양이었다.

처음으로 처소를 나서는 발길이 비척댔다. 후원의 초입에서 가만히 고개를 저어 따르는 이를 모두 물리치고는 천천히 걸음을 옮겼다.

사람도 꽃도 없는 고적한 곳에 멈추어 섰다. 색이 바래 가는 풀과 시든 잎을 매단 나무만 몇 그루 있을 뿐인 황량한 풍

경이 그녀를 둘러쌌다. 가볍게 이는 바람에 명을 다한 잎새가 힘없이 나뒹굴었다. 바람결을 타고 흘러드는 희미한 향기에 여의가 몸을 돌렸다.

아무도 없었다. 인기척이 없는 빈 뜨락에서 새어 나올 수 없을 것 같은 향기의 근원을 찾으려 눈길이 어지러이 움직였다. 문득 내려다본 바닥에는 엄지와 집게손가락 끝을 맞대어 만든 둥근 고리만 한 크기의 나뭇잎이 파르르 떨리고 있었다.

"너였구나."

안도감과 쓸쓸함이 뒤섞인 목소리로 중얼거린 여의가 허리를 구부려 나뭇잎을 주워 들었다. 시든 계수나무 이파리를 쥔 채 가까운 나무에 다가가 기대었다.

나무줄기에 몸을 맡긴 채 천천히 숨을 들이마셨다. 둥근 낙엽이 풍기는 달콤한 향기가 숨결을 따라 몸 깊은 곳까지 스며들었다.

눈가가 뜨거워졌다. 시든 나뭇잎 한 장에서도 그를 떠올리게 되는 것을, 시간이 흐르면 해결되리라 믿으며 외면하기만 해서 될 일이 아니었다.

여의가 눈을 들어 아득히 먼 어딘가를 바라보았다. 앙상한 가지 사이로 비쳐 드는 따가운 가을 햇살이 시리도록 차가웠다.

그날 늦은 저녁, 여의는 나인들을 물리치고 문을 닫아걸었다. 그녀를 짓누르는 호화로운 의복을 하나씩 몸에서 떨어뜨리고 아무 장식도 없는 진홍빛 치마에 연둣빛 저고리로 갈아입었다. 큰머리를 풀어 다시 곱게 빗어 내리는 데 한참의 시간이 걸렸다. 머리를 땋아 내리고 뒷머리 위에 틀어 올려 가느다란 비녀로 고정하는 손길은 어딘가 어설펐다.

사내의 차림이 될 때를 제외하고는 머리를 직접 단장한 적이 없었기에 썩 매끄럽지 않은 모양이 되었지만 그대로 두었다. 누군가가 시중을 들어 단장해 주는 소박함이란 모순이지 않은가.

평소라면 불어 껐을 등잔을 그대로 밝혀 두었다. 일곱 밤 내내 그림자만 비쳐 들 뿐, 사람은 들어올 염도 내지 못하도록 굳게 닫아걸었던 문도 살짝 열어 놓았다. 단정하게 앉아 시간이 흐르기만을, 하릴없이 서성이기만 하던 이가 들어오기를 기다렸다.

역은 날이 완전히 어두워진 뒤에야 나타났다. 반듯하게 깔린 금침 한가운데에 고운 자태로 앉아 있는 여인의 모습이 그의 눈에 들어왔다. 선명한 붉은 빛깔에 화사한 연둣빛 저고리는 전과 같았으나, 예전 같으면 작은 인기척에도 미소를 보였을 여인은 고개를 들지 않았다.

"……부인."

매일 보았어도 말을 섞을 수가 없었다. 무엇부터 말해야 할지, 지금의 그 호칭은 적절하기나 한지조차 알 수 없어 역이 입을 다물었다. 그저 여의가 그를 바라보기를 기다렸다. 한참 만에야 여의가 고개를 들었다.

"어찌 앉지 아니하십니까."

잔잔한 목소리는 다정하고 상냥했다. 역이 그 목소리에 이끌리듯 그녀의 앞에 앉았다. 풀기 없이 창백한 여의가 부드럽게 미소 짓는 것을 보자 마음이 내려앉았다. 그녀에게 희미한 미소를 돌려주기도 어려울 만큼 그의 마음이 지쳐 있었다.

"고단하신 모양이옵니다. 낯빛이 많이 상하셨습니다."

여의가 손을 들어 그의 얼굴을 어루만졌다. 곧 떠나갈 궐의 법도 따위는 관심도 갖지 않았다. 손끝으로 전하는 느낌이 전과 달라, 마음에 굳게 숨겨 둔 그리움이 포개어지자 가슴이 저려 왔다. 얼른 손을 떼었다.

매일 아침, 얼굴조차 보지 않고 달아나듯 피했다. 저녁마다 그녀를 찾는 발길을 문을 닫아 거절했다. 눈으로 확인하지 못해 실감도 나지 아니하는 가족의 참상을 떠올리며 마음을 닫았다.

그렇게 외면하는 것으로 그리움을 차근차근 지워 가고 있다고 믿었다. 그를 볼 수 없게 되면, 추억 따위는 바람에 날려 보내고 하루하루 연명하다 생을 마칠 수 있으리라 생각했다.

완벽한 착각이었다.

"장인어른은……."

"전하의 탓이 아니오니다."

그 자신의 처지를 자각하지 못하는 것처럼 말을 꺼낸 역을 향해 여의가 고개를 저어 보였다.

문득 마음이 서러워졌다. 원치 아니하였어도 중전의 자리에 앉았다. 그러나 그 아비는 부원군으로 대우받는 것이 아니라 폐주의 편에 선 역도였다.

다시 침묵이 방 안을 휘감았다. 차마 손을 뻗지도, 더 다가오지도 못하는 역의 모습에 여의의 마음이 먼저 약해졌다. 이대로라면 날이 밝도록 이러고 마주 앉아 있어야 할 것이다.

"전해야 할 말이 있으면 내 목소리로 전하리라, 그리 말씀하시지 않으셨사옵니까."

"부인 없이 살아갈 자신이 없소."

역이 눈도 마주치지 못하고 낮게 중얼거렸다. 모든 정황을 생략한 그 말이 오히려 그녀가 처한 상황을 명료하게 했다. 이미 그녀를 내치는 것을 기정사실화한 발언이었다.

마음에 품고 있다는 사실조차 혐오스러운 그 생각이 말이 되어 나오는 순간, 결코 직시하고 싶지 않은 현실과 맞닥뜨리게 될 것을 두려워하고 있음이 분명했다. 그러나 닭의 목을 비틀어도 새벽은 왔다. 그가 입을 다물어도 조만간 다가

오게 될 일이었다.

여의가 웃었다. 그 소리에 역이 고개를 들었다. 덜덜 떨리는 입술을 열어 그의 다짐을, 결심을, 바람을 쏟아 냈다.

"부인을 정비로 책봉하겠다는 교서를 내리겠소. 아니면 지금이라도 함께 궐에서 멀리 도망가면 어떻겠소? 세자가 길을 떠난 지도 오래지 않았으니 다시 돌아오게 하면 어떠할까. 이 자리를 내어 준다면 기꺼이 달려올 군들도 한둘이 아닐 거요. 아니면……."

"전하."

여의가 부드럽게 역의 말을 막았다. 몹시 절박한 목소리에 담긴 더할 나위 없는 애정을 읽었다. 그 말이 품은 달콤한 뜻에 잠시나마 마음이 흔들렸다.

역신의 딸이라 하여도 왕의 총애가 지극하면 어찌할 수 없을 터였다. 여의는 친정이 몰락한 외로운 계집에 지나지 않았다. 그녀의 일거수일투족을 감시할 나인을 붙여 놓는 것으로 충분하다 여길 수도 있었다.

그가 왕위를 내놓고 평범한 사내가 되어 주는 쪽은 더 나을 터였다. 사랑한다 속삭이며 다정한 눈길을 주고받는 것만으로도 하루가 짧았다. 그 나날이 되돌아온다면 누구보다도 깊이, 더없이 열렬하게 사랑할 자신이 있었다.

농사짓는 남편에게 새참을 날라다 주고 겨울밤에는 함께 손끝이 거칠어지도록 짚신을 삼으며 반짝이는 눈망울이 그를 꼭 닮은 아이를 키우는 평범한 삶을 그려 보았다. 양반 댁 마님처럼 살 수는 없어 몸은 고달플지라도 마음만큼은 그 누구보다 행복하리라.

그러나 그 어느 것도 현실이 될 수 없었다. 아무런 준비도 없이 느닷없이 왕위에 오른 이는 텅 빈 손을 움켜쥐고 있었다. 자신의 공을 자랑하느라 목소리를 높이는 신하들의 틈바구니에서 연정에 이끌려 그녀를 곁에 두고자 한다면 텅 빈 손에 붙어 있는 먼지라도 털어서 그들에게 주어야 할 것이었다.

가뜩이나 고단한 이의 어깨에 무거운 짐이 얹히는 이상의 의미를 갖지 못했다. 사랑하는 마음이 깊다면 어찌 그러한 결단을 할 수 있을 것인가.

"신첩의 자리가 어디이든 무슨 상관이겠사옵니까. 그 마음, 가슴에 품고 가옵니다."

역의 눈망울이 젖어 드는 것을 보며 여의가 한숨을 내쉬었다. 그녀의 정인은 아직도 소년과 같은 마음을 지니고 있었다.

그러나 곧 감정을 숨긴 서늘한 눈빛을 태연자약하게 내보낼 수 있게 되리라. 마음은 돌처럼 굳히고서도 아무렇지 않은 척 커다란 웃음을 터뜨리며 냉소하는 날이 올 것이었다. 그때가 되면 그의 눈이 이렇게 젖어 드는 일은 없을 터였다.

하여 여의는 지금의 나약함을 탓하지 않았다. 눈물방울을 떨구는 것 외에는 아무것도 할 수 없는 그 마음이 얼마나 괴로울 것인가. 손을 뻗어 다정하게 그의 손을 어루만졌다.

"유약한 마음으로는 나라를 이끌어 가실 수 없습니다. 굳센 마음을 지닌 강한 분이 되십시오. 그 누구도 두려워하지 않으나 무시하지 않고, 간신의 말에 휘둘리지 아니하며 전하의 뜻을 바르게 펴실 수 있어야 할 것이옵니다. 신첩의 일은 그다음이옵니다."

여의의 결연한 목소리에 역이 입만 몇 번 벙긋거렸다. 숨이 막히는 듯 겨우 쥐어짜 낸 목소리를 애써 토해 냈다.

"가장 선명하게 떠오르는 오랜 기억은, 부인을 이 마음에 품은 것이오. 그러니 부인을 잃음은 내 모든 것을 잃는 것이나 다름없소."

"내 뜻을 네게 주는 것이야."

'그대의 평안과 만수무강을 기원할 뿐입니다.'

그가 건넨 기원이 바람에 날아가도 바라보기만 했다. 어린 소년이 그녀의 손 위에 꽃송이를 올려놓던 순간을 떠올리며 그의 손에 꽃줄기를 얹으며 소원을 빌었다. 오직 그녀만을 향하는 마음을 의심하지 않았기에 그의 곁에 오래도록 머물기를 기원할 필요는 없다 여겼다. 그것이 오만함으로 비쳐 이런 시련이 다가온 것일까. 하지만 다시 그 순간이 돌아온다 하더라도 그녀가 바라는 것은 다만 하나뿐, 결코 바뀔 수 없었다.

여의가 안개처럼 내려앉은 슬픔을 털어 내듯 어조를 바꾸었다.

"귀한 이를 배웅할 적에는 맑은 술이라도 한잔 권해 드려야 할 것이오나 풍류를 알지 못해 미처 준비하지 못했사옵니다."

명랑한 목소리가 역의 귓가에 울렸다. 더는 견딜 수 없었다. 의연함을 가장하고 있는 곱디고운 여인을 품으로 당겨 안았다. 마지막이 될 것이 분명한 밤, 몽롱한 정신으로 그의 삶에 단 하나뿐일 소중한 정인을 보낼 수는 없었다.

"이렇게 떠나보내면 다시는 찾지 아니할 것이오. 그래도 원망하지 아니하겠소?"

귓전에 들려오는 속삭임은 위협 같기도, 투정 같기도 했다. 그 말이 그저 원망이나 아쉬움에서 비롯한 것이 아님을 아는 여의가 숨결처럼 속삭였다.

"길지 아니할 것이옵니다."

역이 떨리는 손길로 비녀를 뽑아냈다. 서툰 손길에 머리꼬리 끝을 동여맨 댕기까지 한꺼번에 풀려, 머리칼이 어깨 아래로 물결치듯 떨어졌다. 여의가 숨을 쉬기 곤란할 정도로 꼭 끌어안은 팔에서는 여전히 떨림이 잦아들지 않았다.

"안아 주십시오."

귀를 기울이지 않으면 들리지도 않을 만큼 작은 목소리가
그의 귓가에 닿았다.

＊   ＊   ＊

역의 고른 숨소리를 들으며 여의는 생각에 잠겼다. 날이
밝을 이후 다가올 그녀의 운명에 대해 생각해 보았다.

그녀의 마음은 이미 정리를 끝냈지만 역은 종일 망설일 것
이었다. 어떻게든 그녀를 지킬 수 있으리라는 실낱같은 희망
을 쥐고 결정을 유보할 것이다. 어수선한 본가로는 돌아갈
수 없을 것이니 그녀의 거처를 정하는 데에도 시간이 제법
소요될 것이었다.

아마 저녁나절이나 되어 궐을 나설 적에는 왕비가 아니라
죄인의 딸로 희끄무레한 옷을 걸쳐야 할 터였다.

단 한 번도 생각해 본 적 없던 상황이 그저 낯설기만 했
다. 여의가 천천히 몸을 일으켰다. 곤히 잠든 듯 뒤척이지도
않는 역의 모습을 애틋하게 바라보다 이불을 고쳐 덮어 주었
다.

밤은 짧았다. 그 짧은 시간 동안 그는 처음 여인을 안는
소년처럼 수줍어하다가 세상에서 가장 다정한 연인이 되기
도 하고, 거세게 밀려오는 풍랑처럼 격정적인 모습을 보이기
도 했다. 그의 눈길이 머무른 자리에는 손끝이 지나고, 입술

이 스친 뒤에 부드러운 혀끝이 닿았다가 아릿한 통증으로 남았다. 머리끝부터 발끝까지, 그의 향기가 물들지 않은 곳이 없었다.

따스한 햇살이 내리쬐는 날이면 그의 눈빛이 기억나리라. 목덜미에 서늘한 바람이라도 스쳐 지나가면 그의 숨결이 기억나지 않겠는가.

치맛자락이며 옷깃의 매듭을 풀다 손끝이라도 스치면 그리움에 마음이 내려앉을 것이고 발을 씻으려 물속에 발목을 잠그기라도 하면 부드럽게 쓸어내리던 그의 손길이 떠오를 것이다.

여의가 조심스럽게 바닥에 떨어진 옷을 당겨 몸에 대충 휘감았다. 아직 고요가 내리 앉은 이른 새벽이었으나 그가 깨어나기 전에 매무새를 정돈하고 싶었다. 그가 처음으로 눈을 떠서 바라보게 되는 모습이, 대전으로 문안을 가서 보이게 될 마지막 모습이 안채에서 그를 기다리던 그 차림 그대로 붉은 치마에 연둣빛 저고리였으면 했다. 곱게 단장하여 모란처럼 화려하게 보일 필요도 없고 남복을 하여 청초한 난과 같다는 이야기를 들을 필요도 없었다.

지천에 흔한 것이 제비꽃이지만 기화요초를 키우는 궐에서는 찾아볼 수도 없으리라. 눈에서 보이지 않으면 마음에서도 멀어지기 마련이었다. 오늘이 지나면 한순간의 꿈과 같이 그녀를 잊을 수 있으리라.

그래도 한 조각의 미련이 남았다. 그녀의 목소리를 기억하지도 못할 이를 향해 나지막하게 속삭였다.

"궐 뒤편으로 보이는 산 아래, 본가가 있다 하였사옵니다. 혹여 마음에 그리움이 깃드는 날이 있거든, 기억하여 주옵소서."

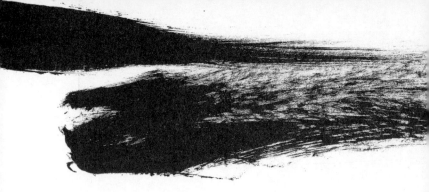

열셋
차마 전하지 못할 진심

"혹여 마음에 그리움이 깃드는 날이 있거든, 기억하여 주옵소 서."

사뿐하게 일어나는 그 모습을 향해 손을 뻗었다. 이렇게 보낼 수는 없었다. 나풀거리는 치맛자락이 손끝에 닿자마자 잡아채듯 끌어당겼다.

그의 힘을 이기지 못한, 아니 이기지 못하는 척 그를 향해 내려 앉는 여인을 안았다. 결코 떠나보내지 않으리라, 결연 한 목소리를 속삭이려는 찰나 그의 품이 텅 비었다. 고운 여 인은 연기처럼 사라지고 목적을 잃은 팔이 그의 몸 위로 툭 떨어졌다.

그와 동시에 눈을 번쩍 떴다. 방 안에 깃든 어둠이 그를 짓누르고 있는 것 같아 숨이 막혔다.

어둠 속에서도 왠지 시야가 뿌옇게 흐려진 것처럼 느껴져 눈 위를 눌렀다. 축축한 습기가 손에 묻어났다. 무엇이 그리 서러웠을까.

"부인."

반쯤 몽롱한 정신으로 낮게 뇌까렸다. 곁에 두고도 그리움이 줄지 아니하여 그녀를 떠나보내는 악몽을 꾸었는가. 사나운 꿈 따위에 휘둘리지 말고 다정한 연인에게 아낌없는 사랑을 표하는 쪽이 더 나았다.

늘 그의 팔을 차지하고 눕던 이가 어찌 그의 품에서 벗어나 있을까, 벌써 아침이 밝아 오는가 생각하며 몸을 돌렸다. 그에게서 등을 돌린 채 잠든 여인의 나신이 선명하게 눈에 새겨졌다. 정신이 번쩍 깨어났다.

"여의……."

그의 낮은 목소리가 누워 있던 여인의 잠을 깨운 모양이었다.

여인이 실오라기 하나 걸치지 아니한 풍염한 몸을 비비적거리고 애교 섞인 콧소리를 내며 그에게 감겨들었다.

"벌써 기침하셨사옵니까?"

역이 여인의 팔을 몸에서 떼어 냈다. 다소 거친 손길이었지만 기분 상한 기색도 없이 생글거리는 여인의 얼굴은 어딘가 낯이 익었다. 가만히 기억을 더듬었다.

종숙의 집에서 그에게 연유를 설명하던 기녀였다. 궐에서 연회가 있을 적이면 그의 곁에서 맴돌며 눈길을 받으려 애쓰는 홍청이었다.

"어찌 여기에 있소?"

"취함이 과하시면 늘 하시는 말씀이오나 그때마다 몹시 서운하옵니다."

역은 산들거리는 목소리를 흘려들으며 질문을 바꾸었다.

"부인은 어디에 있소?"

"부인이라니, 잠행을 가시었다 꽃이라도 한 송이 꺾어 숨기시었사옵니까?"

그 말을 되씹어 볼 새도 없이 여인이 다시금 그에게로 안겨 왔다. 전라의 여인이 몸을 붙여 와도 아무런 감흥이 없었다.

아무것도 걸친 것이 없는 맨몸에 맞닿아 짓눌리는 부드러운 피부가, 그토록 고운 정인을 놓아두고 다른 여인과 한 이불에서 뒹굴고 있는 상황이 불쾌하기만 했다. 꿈일 터였다. 꿈이어야 마땅했다.

"무슨 짓이오? 손을 떼시오!"

"전하."

여인의 목소리가 역의 귀에 닿았다. 전하라니. 몸서리를 치듯 몸을 떨었다. 정신이 맑아지는 것과 함께 지금까지와는 비교할 수도 없는 극도의 불쾌감이 온몸을 훑어 내려갔다. 현실을 직시하는 데는 단 한순간이면 족했다.

역이 신경질적인 몸놀림으로 옆에 아무렇게나 던져 놓은 옷을 걸쳤다.

"나인이라도……."

"필요치 않소."

조심스러운 목소리를 단칼에 잘라 낸 역이 자리에서 일어났다.

눈도 돌리지 않는 그를 보며 여인이 지그시 입술을 깨물었다. 그가 술에 취해 잠들었다 깨는 날에는 흔하게 일어나는 일이었다. 사랑스럽게 바라보고 다정하게 어루만져 주던 사내가 매몰차게 몰아내는 몸짓을 하면 무척이나 자존심이 상했다.

그를 마음에 담은 것은 벌써 십 년도 훨씬 더 된 그 어느 날의 연회에서였다. 귀를 황홀케 하는 음률, 천상의 선녀 같은 목소리, 나비보다 가벼운 춤사위. 그 어느 것에도 흥미를 드러내지 아니하고 지루한 표정으로 앉은 이가 눈에 들어왔다. 바싹 다가앉아 관심을 구하여도 심상한 눈길을 던지는 모습에 괜히 가슴이 설레었다.

고운 미색이 눈에 띄어 뽑혀 들어온 그녀였으나 아무렇게나 집어 드는 꽃송이에도 속하지 못한 처지는 불안하고 외로웠다.

수많은 여인을 가까이하면서도 눈길 한 번 주지 아니하는 왕보다 그 누구에게도 관심을 갖지 않는 대군에 흥미가 동한 것은 어찌 보면 당연한 일이었다.

대군에게는 그 누구보다 중히 여기는 부인이 있다더라, 기실 사내아이를 아껴 여인을 멀리하는 것이더라 하는 이야기가 들려왔으나 아무 상관없었다. 흥청인 그녀에게 대군인 역은 바라볼 수밖에 없는 존재였다.

부질없다 체념하려 했으나 자라나는 연심을 어쩌지 못했다. 결국 양아버지로 모시는 이에게 그 마음을 들켰다.

왕의 눈길을 사로잡는 대신 쓸모없는 대군에게 정신이 팔린 그녀를 질책하는 목소리에 전에 없이 큰 목소리로 대들었다.

"저 혼자 마음으로 사모하는 게 대체 무슨 잘못이란 말입니까. 숙용이 버티고 있는 한은 저 같은 일개 흥청 따위, 꺾어 보았자 곧장 내팽개쳐질 신세에 불과하지 않습니까!"

양부는 씨근덕거렸으나 손찌검을 하거나 욕설을 퍼붓지는 않았다. 얼굴이 재산이고, 같지 않게 자존심이 센 계집아이에게 분노를 표출하는 것이 이득 되지 않는다는 사실을 알기 때문이었을 것이다.

그로부터 오래 지나지 않아 반정이 일어났다. 그전에는 물론이고 그 후에도 그녀는 줄곧 궁에 있었다.

반정 직후 그녀가 가장 먼저 눈여겨보았던 것은 이레 만에 쫓겨난 중전이었다. 왕이 그토록 귀애하여 바깥 걸음조차 하지 못하도록 했다는 여인의 얼굴을 보는 순간 실소를 금치 못했다.

연회 자리에서 그 누구에게도 관심을 기울이지 아니한 것은 폐주를 두려워한 까닭이지 저 생기 없는 여인을 사랑하기 때문이 아니었을 것이다.

지존의 자리에 올라 어찌 고운 여인에게 눈길을 주지 아니할 것인가. 기회만 잡는다면 그의 총애를 받는 것은 어렵지 않을 터였다.

이레 만에 그림자 같은 여인을 내치고 네 명의 후궁을 뽑아 들일 때 그녀가 끼어 있던 것은 우연도 요행도 아니었다. 자색이 가장 뛰어난 데다가 그녀의 양부는 반정에 혁혁한 공을 세운 무관이었다.

중전의 자리는 빼앗기고 말았으나 역이 가장 자주 찾는 여인은 그녀였다. 그의 장자를 낳은 사람 역시 그녀였다. 흥청 출신의 계집이라 무시하고 빈정거리는 목소리는 부러움 섞인 시기에 지나지 않았다.

"전하."

그녀가 역의 뒷모습을 보며 간절하게 불렀다. 그러나 그는 눈길조차 주지 않은 채 방을 나섰다. 여인은 베개에 얼굴을 묻고 거친 숨을 삭였지만 눈물을 흘리지는 않았다. 지금 이 순간의 수치스러움만 삭이고 견뎌 내면 그가 다시 그녀에게로 돌아올 것임을 알고 있었다.

분노에 찬 걸음을 딛는 역의 뒤를 그림자처럼 따라붙는 내관이 있었다. 늙은 상선을 대신해서 그의 뒤를 따른 지 벌써 십 년이 넘었다. 그를 무시하고 건물 바깥으로 나섰다. 진득하니 내려앉은 어둠이 그의 주변을 둘러싸고 있었다. 끈끈하게 그에게 달라붙어 숨을 죄는 것 같은 느낌에 더욱 걸음을 빨리했다.

그가 처소로 돌아온 뒤, 한밤중에 때아닌 작은 소란이 일었다. 머리부터 발끝까지 몸을 씻어 내었지만 기분이 개운해지지 않았다.

날이 밝으려면 아직도 한참이나 남아, 야장의 차림으로 온기 하나 없는 차가운 이불 아래에 몸을 파묻었다. 잠이 오기는커녕 정신이 더욱 또렷해지는 탓에 결국 자리를 박차고 일어났다.

서안 앞에 앉아 침의를 두른 제 몸을 내려다보다 비식 웃었다. 정인이 아니어서 몸이 동하지 아니한 것이 아니라 이미 품은 정을 토해 낸 뒤였던 것이다.

아직 날이 밝지 아니하였으니 총빈의 처소를 박차고 나간 그의 발길이 자신에게로 향하기를 바라며 밤을 지새우는 여인도 있으리라.

　주요순 야걸주(晝堯舜 夜桀紂). 저는 결코 그리되지 않으리라 다짐하였던 때가 있었다. 그 전철을 밟는가 생각하다 헛웃음을 흘렸다. 전철이라 생각하는 자체가 사치였다. 정사(政事)에서는 아무런 힘도 발휘하지 못하는 무능력한 작자이면서 정사(情事)에 있어서만큼은 착실하게 따르고 있었다. 왕이 되리라는 생각은 떠올리지도 못하던 시절, 가장 닮고 싶지 아니하다 여긴 점을 쏙 빼닮아 버린 제 모습에 다시 실소했다.

　주요순은 감히 바라지도 못하면서 야걸주만은 착실하게 따르고 있었다. 폭정으로 말미암아 쫓겨난 그의 형님, 폐주와 무엇이 다를까. 사실 그만도 못한 존재일지 몰랐다. 형님은 마음에 들지 아니한 신료를 가차 없이 처단할 수 있었으나 그는 그들의 눈치를 보아야 하는 허수아비와 같은 신세였으니.

　주먹으로 서안을 내리쳤다. 문밖을 향해 날카로운 목소리를 냈다.

　"밖에 누구 있는가?"

　문이 열렸다. 그를 향해 고개를 조아리는 이는 아까 뒤를 따르던 내관이었다. 역이 몹시도 복잡한 얼굴로 그 모습을 바라보았다. 한참 후에야 무겁게 입을 떼었다.

　"가져오라."

내관이 방 어느 구석에서 나무로 만든 함을 찾아 역의 앞에 내려놓았다.

그는 몇 번이나 숨을 길게 내쉬었다. 머뭇거리듯 달그락거리는 소리에서 그의 마음속 망설임이 고스란히 드러났다. 이윽고 뚜껑이 열렸다.

몇 해나 지났는지 기억도 나지 않을 정도로 오래되어 이미 효용을 잃어버린 황장력을 물끄러미 바라보았다. 조심스러운 손길로 책장을 넘겼다. 갈피에 곱게 끼워진 거무튀튀한 꽃송이 비슷한 것이 매달린 모양이 눈에 들어왔다. 집어 들기만 하면 바스러질 것처럼 바싹 마른 모양을 보다 책장을 덮어 옆에 내려놓았다.

그 아래, 곱게 접힌 종잇장을 펼쳐 들었다. 그 언젠가 쌓여 있던 종이뭉치 맨 위에 놓인 것을 보고는 슬그머니 소매에 숨겼던 그것이었다.

끄트머리에 손톱만큼 조그맣게 쓰여 있는 두 글자를 바라보다 큰 글씨로 시선을 옮겼다.

鳳鳴南山月
麟遊北岳風
봉황은 남산의 달 아래서 울고,
기란은 북악의 바람에 노닌다.

왕의 자리에 올랐으니 남의 눈에는 봉황에 기린을 만난 것이나 다름없으리라. 그러나 봉황에 기린이 무슨 소용이랴, 가장 소중하게 여겼던 정인은 곁에 둘 수 없는 것을.

그렇게 몇 개의 사소한 물건들을 들어내며 하나하나 오랜 기억을 끄집어냈다. 그러나 그 함 어디에도 그가 찾는 것은 없었다.

역이 얼굴을 찌푸리자 내관이 그 마음을 알아차린 듯 입을 열었다.

"지난번에 전하께오서 갖다 드리라 하명하셨사옵니다."

"그리하였던가."

역이 다시 한 번 길게 한숨을 내쉬고는 함 뚜껑을 덮어 옆으로 밀어냈다. 내관의 손에 들린 함이 본디 있던 자리로 돌아갔다.

어지러운 마음이 가라앉지 않아 눈을 감았다. 그의 기억이 과거로 줄달음질 쳐 갔다.

어릴 때부터 마음에 품어 온 정인, 바라보는 것만으로도 가슴 설레던 단 한 명의 여인. 남복을 하고 몰래 대문 밖을 나서도 안채에서 고개를 빼고 기다려도 그저 사랑스럽기만 하던 부인.

군사가 몰려와도 당황하지 않고 조복을 갖추어 주던 의연한 손길, 그와 눈길조차 마주치기를 거부하던 이레 동안의 기억, 그리고 마지막 밤.

"혹여 마음에 그리움이 깃드는 날이 있거든, 기억하여 주옵소서."

그 목소리를 듣고 있으면서도 손끝 하나 까닥하지 못했다. 그것을 알지 못하는 듯 떠나가는 여인의 표표한 뒷모습에 가슴이 시렸다.

볼썽사납게 흘러내리는 눈물을 감추려 오래도록 잠든 척 그 자리에 누워 있었다. 눈물이 말라붙었을 적에는 이미 가슴도 메말라 고운 봄꽃처럼 소박하게 단장한 여인에게 무심한 눈길만 주고는 그 자리를 떠났다.

"한마디만, 단 한마디만 했더라면 좋았을 텐데."

여의가 그의 곁을 떠날 수 없다고 눈물로 애원했다면, 떠나느니 차라리 죽어 버리겠다 위협이라도 하였으면 품에 안고 놓아주지 않았을 것이다.

공신들이 그를 빌미로 더 큰 권세와 부귀를 요구하였겠지만 부귀와 권세는 처음부터 그의 것이 아니었으니 아깝지도 않았다. 그들의 손에 더 쥐여 준다고 하여 그가 더 많이 잃는 것도 아니었다. 애초에 자신이 할 수 있는 일은 아무것도 없었으니까.

그를 궐에 남겨 두고 혼자 갈 수 없으니 같이 떠나자고 속삭여 주었으면 얼마나 좋았을까. 그 누구도 그들을 발견할 수 없을 깊은 산골짝에 숨어 풀을 캐고 나무껍질을 벗겨 근근이 연명하여도 행복했을 것 같았다.

그러나 그녀는 그의 곁을 떠나갔다. 죄인의 딸로 쫓겨나게 되어 흰 옷을 입고 그보다 더 창백해진 얼굴을 하고서는 그에게 고개를 조아렸다. 눈길 한 번 마주치지 않고 돌아서서 나가던 여인을 향해 마음속으로 분노를 토해 냈다. 나를 연모한다는 말은 모두 거짓이었는가. 어찌 그리 매정하게 돌아설 수 있는가.

하지만 알고 있었다. 잠든 척 누워 일어나는 여인을 붙잡지 아니한 것은 그였다. 흰 옷을 입고 돌아서는 여인을 자리에 앉아 바라보기만 한 것도 그였다.

어쩌면 그의 마음 어느 구석에 옥좌에 대한 욕심이 있었을까. 역이 손으로 얼굴을 가리고 손가락에 힘을 주어 눈머리를 꾹꾹 눌렀다.

형님의 죽음을 방관하고 조카의 죽음을 방조했다. 가장 사랑하는 여인은 그 아비를 잃고 돌아갈 친정조차 없는 외로운 처지가 되었음에도 매정하게 내쳤다. 칠거지악을 면할 수 있다는 삼불거(三不去) 따위는 그의 부인에게 아무런 효력도 갖지 못했다.

조강지처를 헌신짝처럼 내버린 지 하루 만에 '중궁의 자리가 비었으니 하루속히 간택하시라'는 소가 올라왔다. 공신과 연이 닿아 있는 여인들로 후궁을 삼고 그중에 왕비를 가

려 뽑으라 하였다. 그 누구라도 상관없어 대비에게 맡긴 채
방관했다.

그토록 아끼던 부인을 아무 망설임 없이 내치고 후궁을
잔뜩 들이니, 전하도 결국은 사내여서 여색을 탐한다는 소리
가 떠돌았다. 그 소문 따위는 신경 쓰지 않고 여인을 가까이
하여 품에 안았다.

웃을 때 곱게 휘는 눈매가 되었든, 살포시 미소를 떠올릴
때면 몹시 부드러워지는 표정이든, 조금이라도 여의와 닮아
있다면 아무래도 좋았다. 전혀 닮지 않았어도 상관없었다.
술의 힘을 빌리면 그 누구에게라도 그녀의 모습을 덧씌울 수
있었다.

그렇게 덧없는 세월이 흘렀다. 여의와 함께 보낸 칠 년의
시간 동안 얻을 수 없던 첫 아이는 연회 때면 항시 곁을 맴돌
던 그 여인이 안겨 주었다. 심지어 아들이었다.

만약 여의가 잠시나마 품었던 그 생명이 빛을 보았다면,
아들이었다면 그녀를 지켜 줄 수 있었을까. 무사히 태어나지
못하였을지도, 자연스러움을 가장한 죽음을 맞이하였을지도
모를 일이었다.

아이들이 아주 어린 나이에 죽는 것은 흔한 일이었다. 힘
없는 여인에게는 그 또한 흠결이 되었을 것이니 어찌 생각해
도 도달하는 결론은 같았다.

그러나 그 사실이 그의 나약함을, 우유부단함을 정당화시

킬 수는 없었다.

"얼마나 되었는가."

"기다리고 계실 것이옵니다."

"무슨 소식을 전해야 할까."

역이 혼잣말처럼 중얼거리자 내관의 얼굴이 어두워졌다.
그가 전하는 소식은 늘 날카롭게 벼린 칼날처럼 여의의 마음
을 베어 낼 만한 것이었지만 그들 중 누구도 그 일을 먼저 멈
추려 하지 않았다.

차라리 듣고 싶지 아니하다는 기색이라도 내비치면 얼른
고하여 그만두도록 할 것인데 여의는 늘 잔잔한 미소를 띤
표정으로 내관의 목소리에 귀를 기울였다.

"날이 밝으면 다시 이야기하겠네."

역이 무겁게 입을 떼었다. 최악의 소식은 이미 지난번에
전했다. 그가 그토록 애타게 찾았던 물건도 그때 그의 손을
떠났다는 사실이 비로소 기억났다. 그녀는 그것을 받고 어떤
반응을 보였을까. 역이 물러나겠다는 인사를 하려 고개를 든
내관의 눈을 바라보았다. 어쩌면 저자의 눈에 여의의 흔적이
남아 있지는 않을까.

"여전하시옵니다."

마치 그의 마음을 읽은 듯 정중하게 대답한 내관이 불경
따위는 잊은 듯 역의 눈을 마주 보았다. 차마 입 밖으로 내지
못하는 말을 눈으로 전했다.

그림처럼 단정하고 바람이 일지 않는 연못처럼 잔잔하십니다.

전언을 들으실 때면 희미한 미소가 더 흐려지십니다.

물러 나올 적에는 파도에 휩쓸리는 조각배 같은 눈빛을 하고 계시옵니다.

내관을 물리치고 난 뒤 역은 다시 자리에 누웠다. 천장 위로 커다랗게 여의의 모습이 떠올랐다. 손을 뻗으면 잡힐 것 같은 환영을 물끄러미 바라보다 눈을 감았다. 눈가가 욱신거렸다.

아무리 노력해도 품에 안은 여인에게서 그녀와 닮은 점을 찾을 수 없고, 술의 힘을 빌려도 상대가 정인이 아님을 사무치게 깨닫는 날이 있었다. 그러한 날 홀로 침전에 누우면 그리운 연인이 그에게로 다가왔다. 정다운 미소를 머금은 얼굴을 볼 낯이 없어 눈을 감으면, 따스한 손길이 그를 다정하게 토닥였다.

사실은 침전에서만 그러한 것이 아니었다. 그가 딛는 걸음걸음마다 그녀가 따르지 아니하는 곳이 없어, 정전에서도 그녀의 눈길이 느껴지는 것 같은 날도 있었다.

언제쯤이면 뜻을 펼 수 있는 왕이 될 것이냐 묻는 것 같아 서둘러 자리를 박차고 나오면 숫제 곁으로 바짝 다가들었다. 따사로운 햇살을 받아 아지랑이가 일렁이면 부인과 함께 어깨를 나란히 하고 길을 걷던 시간이 떠올랐다.

귓가를 간질이는 산들바람은 제 여인의 숨결 같기도 했다. 시리도록 파란 하늘에는 잊을 수 없는 다정한 미소가 떠돌았고, 가랑비가 추적추적 내리면 그녀의 눈물인가 싶어 마음이 아렸다.

하루에도 몇 번이나 경회루를 지나며 저 먼 바위 위에 놓인 손톱만 한 작은 점을 바라보았다. 날이 지나도 바래지 않고 눈비에도 변함없이 자리를 지키는 붉은빛 그리움을 보노라면 옥새 따윈 아무에게나 던져 주고 달려가고픈 충동이 솟아올랐다. 그대가 변치 아니하였듯 나 또한 그대를 잊지 아니하였노라 속삭여 주고 싶었다.

그러나 우유부단한 남자는 단 한 번도 그 마음을 실천에 옮기지 못했다. 기껏, 미복잠행을 나가는 날 마치 우연인 듯 그 주변을 맴도는 것이 전부였다.

당장에라도 문을 박차고 들어가 그녀를 품에 안고 싶은 마음과 달리, 아무 망설임조차 없는 양 그 집 문 앞을 스치는 것이 고작이었다.

언제였던가, 단 한 번 서로 얼굴을 마주할 뻔한 적이 있었다. 인적조차 드문 집 앞, 어디엔가 다녀오는 듯 막 대문간에 닿은 여인을 멀리서 발견하고는 그늘에 숨어들었다.

품에 안고 있는 다소 빛바랜 연홍빛 자락은 온통 하얗기만 한 옷차림과 대조되어 핏빛처럼 붉어 보였다. 아쉬운 듯 밟아 온 길을 되돌아보던 그녀가 문득 그가 몸을 숨기고 있는 쪽을 바라보았다. 이목구비조차 분간할 수 없을 정도로 제법 거리가 멀었으니, 그를 보았더라도 누구인지는 알기 어려웠을 것이다.

그럼에도 뒷걸음질로 더욱 깊이 그늘 속으로 파고들었다. 그녀가 그를 알아보았을까. 알 수 없는 일이다. 지금껏, 그리고 앞으로도.

왜 그러하였을까. 여의의 얼굴을 보는 것이 두려웠나. 그럴지도 모른다. 그녀가 그를 반가워하여도, 원망 가득한 눈길로 바라보아도 죄책감이 드는 것은 매한가지였으리라. 지극한 사랑을 속삭여 놓고 하루아침에 손바닥 뒤집듯 태도를 바꾼 자신에 대한 환멸을 느꼈을 터였다. 싱그럽던 여인에게 갑자기 내려앉은 것 같은 세월의 두께가, 사실은 그가 오래도록 외면한 결과임을 대면해야 하는 순간을 견뎌 낼 자신이 없었던 탓일 수도 있다.

역은 귓전에 서늘한 물기가 배어드는 것을 느끼며 눈을 떴다. 아직도 그를 내려다보는 여인의 얼굴은 점차 흐려지고 있었다.

사라지기 전에 하나하나 제대로 살펴보려 하니 마치 처음부터 떠올릴 수 없었던 것처럼 희미하게 지워져 버렸다.

들판에는 지천으로 널린 제비꽃이 어찌하여 궐에는 없을까. 잠깐 보기만 하여도 여의의 모습이 생생하게 떠오를 것만 같은데. 그러나 그가 볼 수 있는 것이라고는 갈색으로 빛

바래어 납작하게 말라 버린 모양새뿐이었다. 사랑하던 여인
도 그처럼 시들고 있을 것인가.

'언젠가 그날이 온다면 지체하지 않고 달려가겠소, 부인.'

역이 빈주먹을 꽉 쥐었다. 부디 그날이 너무 늦지 않기를.

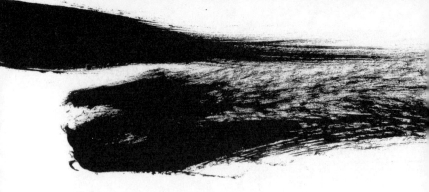

열넷
빛바랜 세월, 다시 흩날리는 그리움

코로 내쉬는 숨결이 뿌얀 안개처럼 피어오르는 몹시 추운 겨울밤이었다. 허공을 떠도는 공기는 얼음으로 만든 칼날을 숨겨 쥔 것처럼 매서운 추위를 품고 있어, 바람이라도 불면 살을 에는 추위가 밀려들었다.

그러나 그 길을 걷는 두 여인은 그저 묵묵히 걷는 데만 열중할 뿐 곁을 스치는 바람에 대해서는 어떤 반응도 보이지 않았다.

새앙머리를 한 나인은 이 길이 몹시 익숙한 듯 좁다란 골목길을 이리저리 바삐 움직였다. 하늘에 박힌 달만 환히 빛날 뿐, 인기척도 없는 눈 쌓인 길은 달빛에 파르라니 빛났다. 소녀가 딛는 걸음마다 뽀득거리는 소리와 작은 발자국이 남았다. 뒤따르는 여인은 그 발자국을 짚어 조용히 움직였다.

종종걸음을 치는 나인의 걸음걸이를 뒤따르기는 쉽지 않았다. 여의가 잠시 걸음을 멈추고 크게 숨을 들이마셨다. 찬 기운이 뼛속까지 스며들듯 시려 숨이 턱 막혀 왔다. 저만치 앞서가던 나인이 뒤를 힐끔 보더니 자리에 멈추어 섰다. 도로 돌아올 듯한 기세를 보며 고개를 젓고는 다시 걸음을 재촉했다.

"송구하옵니다. 하오나 시간이 많지 아니하옵니다."

몹시 미안한 표정을 지은 나인을 향해 고개를 끄덕여 보인 여의가 부지런히 그 뒤를 따랐다. 벅차오르는 숨결 탓인지 남의 것인 듯 생경한 감각으로 온통 하얀 눈이 뒤덮여 거리조차 가늠할 수 없는 꿈결 같은 길을 딛고 있노라니 현기증이 일었다. 여의가 발끝에 자꾸만 차이는 치맛단을 살짝 들자 어둠에 거뭇하게 물든 붉은빛이 어렴풋하게 눈에 띄었다.

'이 빛깔을 보면 경박하다 여기실까.'

그러나 곧 고개를 들고 제법 거리가 멀어진 나인의 뒤를 부지런히 쫓았다.

큰길에 인접한 곳에서 나인이 걸음을 멈추자 여의의 발도 자연스레 멈추었다. 저 멀리 횃불을 들고 어둠을 몰아내며 문을 지키는 자들이 보였다. 열려 있는 문은 마치 저승으로 가는 입구라도 되는 듯 속을 알 수 없이 시커멓게 물들어 있었다.

"저⋯⋯."

나인이 고개를 저으며 입술에 힘을 주어 꼭 다물어 보였다. 몹시 초조한 얼굴로 발을 동동 구르며 모아 쥔 손을 자꾸만 비벼댔다. 추위를 견디지 못하기 때문인지 불안감을 감추기 위함인지 알 수 없는 그 행동을 여의가 말없이 지켜보았다. 오래지 않아 모든 것을 빨아들일 듯 까맣기만 하던 문 안쪽에서 여승들이 걸어 나왔다. 나인이 낮은 목소리로 여의에게 말을 건넸다.

"지금이옵니다. 서두르십시오."

나인은 여의가 무어라 대꾸하기도 전에 먼저 종종걸음으로 앞서갔다. 문을 지키는 병사의 앞에 닿자마자 소매에서 무엇인가를 꺼내 내밀어 보였다. 병사가 나인의 얼굴과 손에 쥔 것을 번갈아 바라보더니 슬쩍 눈을 돌렸다. 여의의 존재는 눈에 보이지도 않는 것처럼 외면하는 그 얼굴에는 의아해하는 기색조차 없었다.

문을 들어서고도 다시 짧지 않은 거리를 걸어갔다. 늦은 밤인데도 이곳저곳에서 웅성거리는 소리가 떠돌아다녔다. 나인은 누구의 눈에라도 띌까 염려스러운 듯 발소리를 죽이고 건물 사이사이를 가로질렀고 그 사실을 눈치챈 여의도 나인의 발자국 위로만 걸음을 내디뎠다.

이윽고 목적한 곳에 닿은 모양이었다. 줄곧 앞서가던 나인이 옆으로 물러나 여의의 뒤에 섰다. 여러 칸의 계단이 앞에 늘어서 있었다.

"마마."

"그 말씀은 당치 않습니다."

여의는 깊이 허리를 숙이는 내관을 향해 고개를 저어 보였다. 그의 얼굴이 눈에 익었다. 눈을 감고 귀를 막아 풍문조차 닿지 않는 곳에 조용히 머무르는 그녀에게 수시로 나타나, 알고 싶지 않은 이야기를 끊임없이 전하던 그자였다.

최근 몇 달, 내관의 얼굴을 볼 수 없었다. 국상이 있다는 이야기는 어디에서도 들려오지 않았으니 둘 중 하나라고 생각했다. 그녀만큼이나 긴 세월을 견뎌 낸 내관이 세상을 하직하였거나…….

그러나 세상을 떠났으리라 여긴 내관이 살아 있었다. 말을 전하는 대신 그녀를 이곳까지 불러들였다. 이 사실이 의미하는 바는 무엇일까.

"길게 말씀드릴 시간이 없사옵니다."

여의가 생각을 정돈할 새도 없이 내관이 낮게 속삭이며 등을 돌렸다. 여의가 천천히 계단을 올랐다. 느린 걸음이 자꾸만 흐트러졌다.

기다란 복도를 따라 내딛는 걸음마다 가슴이 차올랐다. 여러 개의 불 꺼진 문을 지나 안에서 어슴푸레한 빛이 새어 나오는 문 앞에 멈추어 섰다. 건물은 비어 있지 않은 듯했으나 그 주변만큼은 몹시 조용했다.

"전하의 환후가 몹시 위중하옵니다. 전일 오후부터 이미 혼수상태에서 깨어나시지를 못하여 금일, 장례 절차에 대한 논의가 거의 끝났사옵니다. 세자 저하께서 보위를 계승할 준비도 마친 것으로 아옵니다."

그의 목소리는 몹시도 빠르고 낮았다. 여의가 고개를 끄덕이며 몸에 걸치고 온 포를 벗어 나인에게 건네었다. 굳게 닫힌 문 앞으로 한 발 더 다가섰다.

"여승이 기도를 올리고 간 지 오래지 않았으니 날이 밝기까지는 아무도 오지 않을 것이옵니다. 이 모든 건 독단으로 행한 것이오니 만에 하나 무슨 일이라도 생기면……."

여의가 더 들을 것도 없다는 듯 문을 열었다. 문을 열자마자 새어 나온 공기에는 그 긴 시간 동안 단 한 번도 잊어 본 적 없는 향기가 희미하게 스며들어 있었다. 여의가 온전히 방 안에 몸을 들이자마자 뒤따르던 나인이 문을 닫았다.

그녀를 방해할 수 있는 이는 아무도 없었다.

여의가 아주 느리게 발을 옮겼다. 희끗희끗해진 머리와 깊게 팬 주름, 창백한 얼굴은 그녀의 기억보다 훨씬 나이 들어 있어 세월의 흐름을 고스란히 느낄 수 있었다. 그럼에도 어제 보았던 것처럼 그저 다정하고 정답기만 했다.

여의가 그 옆에 앉으며 손을 가지런히 모아 무릎 위에 얹었다. 치맛자락의 선연한 붉은 빛깔에 어울리지 않게 주름 잡힌 메마른 손이 그녀의 시야에 잡혔다. 훈훈한 공기를 받

자마자 뼛속에서부터 한기가 스미어 오르는 손은 병자에게
는 과히 차가울 것이라 손을 뻗는 대신 몸을 앞으로 굽히고
오랜 그리움을 담뿍 담은 낮은 목소리로 속삭였다.

"전하, 신첩이옵니다."

전날 오후부터 줄곧, 하루 넘게 혼수상태로 숨을 쉬는지조
차 의심스럽던 그의 눈꺼풀이 미세하게 흔들렸다. 흔들리던
눈꺼풀을 애써 밀어 올리고는 천천히 눈을 깜박여 흐린 눈앞
을 조금씩 맑게 했다. 오래도록 그리움을 품어 온 얼굴이 그
의 눈앞에 나타나 있었다.

"부인?"

희미한 목소리가 무겁게 내리 앉은 공기를 힘겹게 뚫고 여
의의 귓가에 닿았다. 여의가 부드러이 미소 짓는 모습을 보
며 역이 눈을 껌벅거렸다. 긴 시간이 지났지만 아직도 여의
는 사랑스럽기만 한 방년의 부인이었고 그녀를 앞에 둔 그는
고운 부인을 둔 대군 나리였다.

"부인을 만나는 꿈을 꾸는 모양이오."

역이 힘을 끌어모아 어렵사리 손을 들어 올렸지만 그의 손
이 닿으면 그녀가 사라질까 두려워 더 뻗지는 못했다. 그 마
음을 짐작한 여의가 다정하게 손을 맞잡았다.

가시지 않은 냉기를 염려하여 손을 놓을까 망설였으나 미
약한 힘으로 그녀의 손을 감싸는 것을 느끼고는 그 마음을
버렸다. 여의가 그의 손을 자신의 얼굴 위로 갖다 대었다. 후

텁지근할 정도의 열기가 감도는 방 안, 그의 손에 닿는 이질적인 차가운 감촉에 역이 확신을 굳혔다.

'꿈이 아니구나. 진실로 부인이 내 앞에 있는 것을.'

"꿈이라면 스무 살 어린 여인이 되어 찾아뵐 것이옵니다."

여의의 목소리에 담긴 따스한 웃음을 느낀 역의 얼굴에 희미한 미소가 떠올랐다 이내 사라졌다. 그는 고운 여인의 얼굴에 깊은 주름이 새겨지도록 찾지 아니한 매정한 사내였다. 저 다정한 배려를 당연하고 자연스럽게 받아들일 자격이 없었다.

"이날이 오도록 부인을 버려두었소. 오늘도 부인이 올 것은 알지 못하였다오. 원망스럽지 아니하오?"

"원망할 것이 무엇이오리까."

여의가 미소의 여운이 남아 있는 목소리로 대답했다. 그 목소리가 역의 가슴을 울렸다.

경회루에서 보이는 손톱보다도 작은 붉은 점을 매일같이 눈에 담았으나 미복잠행을 나서는 길에는 그녀가 머무르는 곳 문 앞을 무심히 지나쳤다. 점차 희미해지는 들꽃 향기를 그리워하면서도 밤마다 분내가 짙게 배어든 여인을 품에 안았다. 어디 그뿐이었으랴.

"부인의 복위를 반대한 것은 나였소."

"풍문으로 들려오기 전에 먼저 전하신 그 뜻을 모르지 않사옵니다."

속죄하듯 중얼거리는 목소리에 여의가 고개를 저었다. 지금도 문밖을 지키고 있을 충실한 내관이 그 사자(使者)였다.

✻   ✻   ✻

"후궁 중에서 한 명을 선발하여 왕비로 삼는다 하옵니다."

"숙의 박씨가 수태하였다 하옵니다."

"중전마마께오서 원자를 생산하시어 나라의 경사라 크게 기꺼워하고 있사옵니다."

어명을 받고 온 이를 내칠 수 없어 그 이야기를 고스란히 듣고 있어야 했다. 잔잔한 미소로 아무렇지 않다는 듯 듣고 있었지만 심장을 날카로운 비수로 찌르고 베는 것처럼 극심한 통증이 밀려들었다.

그가 다른 여인을 품에 안아 아이를 얻었다는 소식을 들었을 때에는 원망이 흘러넘쳐 마음에 얼룩이 남았다. 차라리 모르고 살면 그저 외로움으로 족할 것을, 티끌 한 점 없는 그리움으로 남겨 놓을 수 있을 것을. 가슴에 품고 싶었던 소중한 감정을 뭉개는 이를 원망했다. 아이도 지켜 내지 못한 여인에 불과한 그녀는 그의 삶에 아무런 의미도 없었다고 차갑게 비웃는 것 같아 마음이 시렸다.

그럼에도 여의는 다음을 기약하는 내관에게 단 한 번도 찾아오지 말라고 이야기하지 못했다. 어명을 받들고 오는 이를 내칠 수 없음을 알기 때문이 아니었다. 그렇게라도 그와의 실낱같은 연(緣)을 이어 가지 않으면, 그렇게 가슴을 찔러 대는 아픔이라도 있지 않으면 그녀의 삶에는 정말로 아무런 의미도 남지 아니할 것 같았다.

"폐비 복위의 소(疏)를 올린 담양 부사가 파직되었사옵니다."

십 년의 시간은 길었다. 그녀를 다시 맞아들이지 않겠다는 확고한 의사 표명을 담담한 어조로 전하는 이를 향해 진심인 듯 웃어 보일 수 있게 되었다. 다음을 기약하는 이에게 기다리겠노라는 답을 돌려주었다. 날카롭게 찌르고 베어 내던 말들도 이미 너덜너덜하게 난도질당한 가슴에는 별다른 영향을 주지 못했다.

그녀를 잊는 정도를 지나 다시 연이 잇닿기를 거부하는 변덕스런 옛 정인에 대한 원망의 마음도 일지 않았다. 그저 멍하니 앉아 있을 따름이었다. 문득, 새로운 소식을 전한 이가 사라진 자리에 단정히 놓인 주머니가 눈에 띄었다. 주머니를 집어 들어 그 입구를 여는 손이 가느다랗게 떨렸다.

벌린 입구 사이로 손가락을 넣어 손끝에 닿는 매듭 끄트머리를 들어 올렸다. 어두운 초록 빛깔의 매듭과 술 사이에 진한 보랏빛의 매끄러운 돌이 매달려 빛나고 있었다. 귀한 취급도 받지 못할 정도로 흔한 자수정과 그 빛깔에 전혀 어울리지 않는 진초록빛의 실이 의미하는 바는 명확했다.

"받아라. 내 뜻을 네게 주는 것이야."
"오히려 오랑캐꽃은 모란보다도 마음에 든다 할까. 첫정이라오."

언제인지 기억도 나지 않을 만큼 오래전에 들은 말이 그녀의 귓가에 울렸다. 단정하게 무릎을 꿇고 앉아 조악한 노리개를 손에 쥐고 가슴에 안았다.

마치 누가 채어 갈까 두려운 듯 몸을 앞으로 숙이며 구부렸다. 치마폭 위에 점점이 떨어지는 물방울이 파문이 일듯 둥글게 퍼져 나갔다.

＊   ＊   ＊

"그게 정녕 잘한 일이었을까."
"잊지 아니하신 것만으로도 그저 감읍할 따름이었사옵니다."
역의 목소리에 생각에서 깨어난 여의가 낮게 속삭였다. 그 따스한 목소리가 더 서러웠다. 차라리 그녀가 원망하여 한이 되어 버린 그 마음이 자신에게 닿아 저주가 되는 쪽이 나을 것 같았다. 지금까지의 그는 마치 심술궂은 사내아이처럼 굴었다. 그대를 대신할 나이 어린 왕비를 맞이하였으며 그대는 지켜 내지 못한 아이를 얻었노라 자랑했다. 그 비정함을 그녀는 뜻이 담긴 일이었노라고 추어올렸다.

역이 맞잡은 손에 조금 더 힘을 주었다. 다시 볼 수 없으리라 여겼던 정인을 만난 마지막 순간에야 지금껏 서늘한 표정 뒤에 감추었던 진심을 내보일 마음이 들었다. 수십 년간 그 누구에게도 들키지 않고 품어 왔던 생각이었다.

"두려웠소. 그대에게 같은 상처를 두 번 주게 될 것 같아서. 그대에게 더 나쁜 일이라도 벌어지면 어찌할까, 그대가 내게 기억하고 있는 것과 다른 표정을 지어 보이면 어찌해야 할까. 그리되면 영영 그대를 마음에도 품을 수 없는 것은 아닐까."

폐비(廢妃)의 복위(復位). 꿈에서조차 간절히 바랐던 그 일을 논하는 이들은 지위가 낮았다. 달콤한 제안이었으나 이루어지기 어려웠다. 설령 그것이 가능하다 하더라도 그 자리가 굳건한 것은 아니었다. 후궁들의 치마폭 뒤에는 공신들이 있어 그들이 왕 하나를 바라보고 사는 여인들의 뒷배를 보아 주고 있었다.

그러나 여의는 역도로 몰려 죽임을 당한 이의 딸이자 폐주(廢主)의 인척이었다. 사소한 실수 하나에도 꼬투리가 잡혀 전보다 못한 처지에 떨어지게 될 것이었다. 과연 그녀가 시기와 질시가 숨을 죄어 오는 생활을 버텨 나갈 수 있을까. 그가 예전처럼 연모의 정을 온전히 보여 줄 수 있을지. 아니, 그 이전에 그가 과연 그녀를 지켜 줄 수 있을 것인가.

"신첩의 자리가 어디이든 아무런 상관이 없다 말씀드리지 아니하였사옵니까."

여의는 잠깐 동안 머무른 방의 온기에 덥혀진 그녀의 뺨이나 손끝보다 이 방에 줄곧 누워 있었던 역의 손이 더 차갑다는 사실을 깨달았다.

그녀의 얼굴에 갖다 대었던 손을 내려 자신의 무릎 위에 놓고 두 손으로 감쌌다.

"그 긴 시간, 외롭게 하여 미안하오."

"남겨 주신 향기가 평생을 떠나지 아니하여 외롭지 않았사옵니다."

여의가 작게 대답했다. 외롭지 않았다는 말은 거짓이나 거짓이 아니기도 했다. 그는 그녀를 곁에 두지 않았으되 끈질기게 그녀의 곁에 머물러 떠나지 않았다. 단 한순간도 그를 잊지 못했다. 잊을 수 없었다. 눈물을 보일 수 없어 입술 안쪽을 깨물고 몸에 이는 떨림을 들킬 것 같아 마른침을 삼키며 호흡을 가다듬었다.

"누구를 안고 어떤 이를 품어도 부인의 빈자리를 채울 수 없었소. 어찌 그럴 수 있으리라 오해하였을까. 손만 잡아도

393

마음이 평온해질 줄 알았더라면 앞뒤 재어 보지 말고 부인을 곁에 두었을 것을."

여의가 대답 대신 허리를 굽혀 주름진 그의 이마와 버석 거리도록 까칠한 입술에 입 맞추었다. 가볍게 닿았던 입술이 멀어지자 역의 시선이 여의의 얼굴에서 옷자락으로 서서히 이동했다. 화사한 봄빛 같은 연둣빛 저고리에 붉은 치마는 내실에서 그를 맞이하던 고운 부인이 즐겨하던 차림이었다. 아무런 장식조차 없는 것도 한결같았다. 나무라는 어조로 그 사실을 핀잔했다.

"사랑하는 이를 위해 치장함은 여인의 기본이라 일렀거늘."

"차림으로 여인을 판단함은 경박한 일임을 아뢴 기억이 있사옵니다."

"그때도 지금도 한마디를 넘어가지 아니하니 활달함도 여전하오. 담 안에 가두어 둘 수 없는 그 성품 때문에 내가 그대를 제비꽃과 같다 여겼던가. 제비꽃을 보면 그대를 떠올릴 수 있을 것 같았는데 어찌 궐에는 제비꽃이 살지 아니하는지."

"소박한 담장 아래에서 자라는 들꽃도 차별하지 않는 은덕을 입고 있음을 알리기 위함 아니겠사옵니까."

그의 곁이라면 구중심처에서 숨죽여 사는 것도 견뎌 낼 수 있었을 것이다. 그러나 역의 눈에는 그 모습이 시들어 가는 것으로밖에 보이지 않았으리라. 그는 그녀를 비난하는 목소리에 둘러싸였을 것이다. 그녀는 아비 생각에 가슴이 미어지고, 그의 곁을 둘러싼 수많은 여인들을 질시했을 것이다. 지극한 애정은 미움으로 변질되어 기껏해야 허울뿐인 중전으로 남았을 것이며, 틀림없이 폐위되었으리라. 아홉 겹으로 둘러싸인 담 밖에 있었기에 온전히 그리움으로 남길 수 있었다.

"제비꽃을 여의초라 이르는 것은 거짓이라 생각했소. 내 뜻은 부인과 백년해로하는 것에 있었단 말이오. 그러나 내가 조금 더 용기 있는 자였다면 지켜 낼 수 있었겠지. 부인의 이름이 품은 뜻을 어찌 기억하지 못했을까."

여의가 다시 역의 손을 어루만졌다. 온기가 점점 식어 가는 것 같은 손등을 안타까운 마음으로 쓸었다. 투정을 부리는 아이처럼 말하는 역의 목소리가 점점 잦아들었다.

"단언하건대, 제비꽃이 으뜸이었소. 모란도 난초도 곱기는 하나 제비꽃에 비할 수는 없었다오."

힘겹게 올리고 있던 눈꺼풀이 조금씩 아래로 내려왔다. 눈을 감기 전, 여전히 전과 다름없이 고운 그의 정인을 눈에 가득 담았다. 이제 그의 눈에서 그녀를 몰아낼 수 있는 이는 아무도 없었다.

굳게 쥐고 있던 손에서 힘이 풀리는 것을 느끼며 여의가 살며시 그 손을 내려놓았다.

여의가 자리에서 일어나자, 그녀의 움직임을 알아챈 듯 닫혀 있던 문이 열렸다.

"이만 돌아가겠습니다."

바깥에서 기다리고 있던 내관이 고개를 끄덕였다. 나인이 품에 안고 있던 포를 건네었다. 여의가 어깨에 포를 두르자 아래쪽에 드러난 약간의 붉은 빛깔을 제외하고는 온통 어두운 빛깔에 감싸였다. 조금 전까지 얼굴에 떠올라 있던 생기와 부드러운 미소도 언제 그런 적 있었냐는 듯 사라져 버렸다.

여의가 고개를 돌려 역의 얼굴을 바라보았다. 헤아릴 수도 없을 만큼 수많은 날을 기다린 끝에 겨우 만난 정인의 얼굴을 눈에 담고 마음에 아로새기는 듯 애틋한 눈길이었다.

그러나 그것도 잠시뿐이었다. 여의는 벌써 저만치 걸어가기 시작한 내관의 뒤를 따라 빠르게 걸음을 옮겼다. 건물 바깥의 계단 위에서 내관이 허리를 굽혀 작별을 고했다. 여기에서부터 여의를 인도하는 것은 나인의 몫이었다.

그쳤던 눈발이 조금씩 흩날리고 있었다. 여의가 나인의 뒤를 따라 궐문 앞까지 당도했다. 들어올 때 제지하지 않았던 것과 마찬가지로 나갈 때에도 그녀에 대해 묻거나 그 걸음을 막는 이는 없었다. 나인이 앞장서서 몇 발짝 떼었을 때, 여의가 부드러운 목소리로 말했다.

"날이 추우니 혼자 가려 합니다."

"하오나……."

나인의 임무는 모시고 온 부인을 다시 댁까지 모셔다드리는 일이었다. 나인의 얼굴에 난처한 기색이 떠오르자 여의의 목소리에 단호함이 실렸다.

"곧 날이 밝을 것이니 염려치 않아도 좋을 것입니다."

나인이 머뭇거리며 걸음을 멈추었다. 여의가 허리를 굽혀 정중하게 인사했다.

당황한 소녀가 똑같이 숙여 인사하고 고개를 들었을 때, 여의는 이미 희끄무레한 새벽빛을 받으며 저만치 걸어가고 있었다.

내딛는 걸음 뒤로 흩날리던 눈발이 점차 굵어지더니 이내 그 모습을 지우고 걸어간 발자국을 덮어 감출 만큼 어지러이 시야를 채웠다.

一完

작가 후기

독자님들께

절대 물러날 것 같지 않던 더위가 떠난 자리, 한 권의 책을 펼쳐 들고 찾아뵙게 되었습니다.

반갑습니다. '치마폭에 담긴 붉은 그리움'의 글쓴이, 지연희입니다.

'연(戀), 연(緣), 불망(不忘)'이라는 제목을 달고 전자책으로 선보였던 세 편의 이야기 중 한 편을 지면을 통해 보여 드릴 수 있게 되었습니다. 화면을 스크롤하는 대신 책장을 넘기며 읽는 이야기가 되었다는 데서 오는 설렘은 전과 다르지 않습니다. 더 오래도록 마음에 품고 있던 이야기인 탓도 있겠지요.

제목에서 짐작하셨듯이, 이 이야기의 주인공은 중종과 단경왕후 신 씨입니다. 사랑하는 여인이 역도의 딸이기에 떠나보낼 수밖에 없었던 남자와 중전의 자리에 고작 이레밖에 올라 있을 수 없었던 비운의 여인. 중종이 신 씨가 바위에 널어놓았던 붉은 치마를 보며 마음을 달랬다는 이야기는 잘 알려져 있습니다. 절절한 이야기의 이면에 숨어 있는 사실은 시류를 거스를 수 없었던 탓이라 생각하고 있습니다.

역사에 기댄 이야기를 보여 드릴 때마다 한결같은 바람을 품습니다. 오래전의 시간을 살아간 누군가의 모습에 얼룩을 묻히지 않기를, 더 사랑스러운 이야기로 보이기를, 독자님의 손길이 역사책으로 향하는 작은 계기가 되기를. 마음에 울림이 남는 이야기로 기억된다면 더 바랄 것이 없습니다.

불편을 감수하면서도 응원을 보내 주는 사랑하는 가족, 함께 고민을 나누어 준 봄 출판사 김민지 담당자님, 출간을 오래도록 기다려 주신 분들께 제 마음이 전해지기를 바랍니다. 후기에 이르기까지 함께해 주신 독자님들께도 마음을 담아 감사 인사 올립니다.

서늘한 바람이 몰고 온 가을빛이 하루하루 깊어 가고 있습니다.

조만간 들고 찾아뵐 다음 이야기를 기다려 주시기를 바라며, 짧지 않은 인사를 마칩니다.

2016년 10월의 어느 날,

지연희 올림.